T0267435

Traición en Palacio

Traición en Palacio

El negocio de la justicia en la 4T

HERNÁN GÓMEZ BRUERA

Grijalbo

Traición en Palacio
El negocio de la justicia en la 4T

Primera edición: junio, 2023

D. R. © 2023, Hernán Gómez Bruera

D. R. © 2023, derechos de edición mundiales en lengua castellana:
Penguin Random House Grupo Editorial, S. A. de C. V.
Blvd. Miguel de Cervantes Saavedra núm. 301, 1er piso,
colonia Granada, alcaldía Miguel Hidalgo, C. P. 11520,
Ciudad de México

penguinlibros.com

ISBN 978-607-383-258-8

Impreso en México – *Printed in Mexico*

A las y los responsables de que esta historia no se repita.

Índice

PRIMERA PARTE
El personaje

SEGUNDA PARTE
Los negocios judiciales

Advertencia

El contenido, información, narrativas y documentación del presente libro se desprenden de un cúmulo de 80 testimonios provenientes de funcionarios de alto y medio rango de diversas instituciones públicas, así como de litigantes que afirman conocer al personaje aludido aquí o su forma de trabajar. Por lo anterior, todas las observaciones del autor se basan exclusivamente en premisas fácticas narradas a este, así como en los registros de litigios y negocios puestos a la vista del periodista. No son, en ningún momento, conjeturas personales o elucubraciones. Las premisas en las cuales se sustentan las observaciones del autor son producto de la investigación, y de ninguna manera debe entenderse como propósito suyo afectar la consideración que del sujeto aludido tengan terceros o como un deseo personal de dañar la reputación de aquel. Esta obra es única y exclusivamente resultado de una indagación documentada y con fuentes sólidas que permiten formular los señalamientos que nos fueron revelados, a fin de aportar información sustancial para nutrir el criterio público y proporcionar una versión histórica, por informantes cuya identidad, a petición suya y en ejercicio del secreto profesional, se ha mantenido bajo reserva.

Presentación

La mentira es el demonio,
la verdad es revolucionaria.

AMLO, 14 de diciembre de 2019

"Quiero dar a conocer que el licenciado Julio Scherer Ibarra, consejero jurídico del Ejecutivo federal, ha decidido dejar el cargo y el encargo porque va a reincorporarse a sus actividades como abogado", anunció el presidente Andrés Manuel López Obrador la mañana del 2 de septiembre de 2021. El presidente quería mostrar que la relación entre ambos terminaba de forma amistosa, porque inmediatamente después agregó: "Julio es como mi hermano; nos ha ayudado mucho. Él es parte del proceso de transformación". Naturalmente, la prensa corporativa, y el grueso de la comentocracia, registró especialmente la segunda parte del mensaje.

Lo relevante de sus palabras, sin embargo, estuvo en una sutileza que solo registraron quienes conocen bien a Andrés Manuel López Obrador, para quien el compromiso con su proyecto político obedece a una entrega que va mucho más allá de las responsabilidades formales de un puesto burocrático: "ha decidido dejar el cargo y el encargo". Ahí estaba lo relevante del asunto, el mensaje que quería dirigir a los más cercanos. Con estas palabras AMLO no solamente cerraba la posibilidad de que Scherer pudiera ocupar nuevamente un puesto en su gobierno, sino también que apoyara en determinado tipo de tareas, que siguiera gravitando en la órbita de la 4T o incluso ser considerado parte de su equipo de confianza. El subtexto del mensaje era claro. Quien entendió entendió: Julio Scherer Ibarra estaba fuera, fuera de todo.

Diez meses antes de eso, López Obrador había despedido a otra figura relevante de su gobierno, Alfonso Romo, aunque de una manera muy distinta. Cuando el empresario dejó la Oficina de la Presidencia, el presidente publicó un tuit que decía: "Poncho está más en mi visión de que lo importante no es el cargo, sino el encargo. Él me ha ayudado y me seguirá ayudando. Es un hombre independiente, honesto, comprometido con las causas justas y además es mi amigo". AMLO anunciaba también que Romo seguiría ayudándolo por fuera y le daba un espaldarazo claro llamándolo "honesto".

Sabemos que, en realidad, Alfonso Romo no volvió a ocupar un papel relevante; tal vez nunca lo tuvo. Pero el hecho que importa aquí consignar es que el presidente lo seguía considerando uno de los suyos. A Scherer Ibarra, en cambio, AMLO le agradeció públicamente su contribución y su trabajo en buenos términos, pero no le concedió la posibilidad de mantener ningún "encargo", ni abrió puerta alguna para que continuara ayudándolo. Por cierto, en su despedida tampoco se refirió a él como un hombre honesto. Quizás las cosas no habían terminado tan bien como el presidente López Obrador y su consejero se esforzaron por aparentar en esa ocasión.

Este libro cuenta la historia que podría explicar lo que vimos aquella mañana: una historia de traición. La de un hombre que se ganó la confianza del presidente López Obrador y usó su nombre y buena reputación —la de un político honesto y comprometido con la lucha contra la corrupción— para satisfacer una ambición creciente de dinero y poder, alimentada desde la privilegiada posición de ser el consejero jurídico del Ejecutivo federal; asimismo, dispuso de su enorme influencia sobre el aparato de procuración e impartición de justicia y de haber sido, quizá, el segundo hombre más poderoso del país durante los primeros tres años de esta administración. Una historia de traición al ejemplo que ha buscado dar el presidente, a su movimiento político, así como a la narrativa central de erradicar la corrupción y separar el poder económico del poder político. Pero Julio también traicionó el legado de su padre, don Julio Scherer García, un viejo amigo de López Obrador, por quien logró acercarse al hoy presidente.

Comencé a interesarme por el consejero jurídico unos meses después de iniciado el gobierno de López Obrador. Personajes del entorno presidencial, leales al mandatario, me compartieron, con estricta reserva, historias sobre presuntas conductas irregulares y negocios en los cuales estaba involucrado el consejero jurídico de la Presidencia. Me sorprendió sobremanera escuchar que cuadros tan convencidos del ideario obradorista pudieran hablar de esa forma de un hombre tan cercano al mandatario. ¿Se trataba de uno de esos pleitos internos o había un verdadero trasfondo que justificaba sus aseveraciones?

En un principio me resultó difícil creer todo lo que escuchaba, pero lo que llegaba a mis oídos de forma reiterada se volvió imposible de ignorar. Eran historias dolorosas para algunos de los hombres y mujeres que han seguido luchando todos estos años junto a López Obrador, así como para sus simpatizantes. Por eso empecé a recopilar información y testimonios de cuadros destacados de la 4T en distintos niveles; personas preocupadas por la conducta de un personaje que daba la apariencia de haber llegado a servirse con la cuchara grande.

La lucha contra la corrupción estructural y la separación del poder económico del poder político han sido quizás los mantras más importantes del obradorismo. Lo que a partir de entonces se me revelaba acerca de Julio Scherer Ibarra, sin embargo, se apartaba cada vez más de ello. Más aún, la forma en la que Scherer actuaba dentro del gobierno, a juzgar por los testimonios que fui logrando recopilar, dice mucho acerca de la manera en que esas dos expresiones del poder —el económico y el político— están íntimamente vinculadas en México y son muy difíciles de separar.

El presidente le confió a Scherer Ibarra, en su carácter de funcionario público, un gran número de tareas. Resultaba estremecedor atestiguar la cantidad de poder que concentraba un personaje oscuro dentro de un gobierno que ha buscado ser diferente. Todos lo iban a ver: políticos del oficialismo y la oposición, líderes sindicales o empresarios pasaban por la oficina de un funcionario que comenzó a ser percibido como una suerte de vicepresidente. "Julio sí resuelve, Romo no", se escuchaba en el empresariado. "Es él quien realmente tiene acceso a López Obrador".

Aprovechándose de esa posición, el personaje tuvo una intensa actividad en los negocios. Varios elementos permiten suponer que no solamente se fue topando a lo largo del camino con oportunidades para hacerlos en grande, sino que, desde antes de llegar al poder, ya se venía preparando para beneficiarse económicamente, a pesar de que ello implicaba engañar u omitir verdades inconvenientes al presidente López Obrador.

Si algo me llamó la atención desde entonces era que el consejero raramente aparecía en público y casi nunca daba entrevistas. ¿Por qué alguien con tanta influencia, que ocupaba las funciones de un secretario de Gobernación, raramente mostraba la cara? Comencé a ver también que, dentro de Morena y el gobierno, muchos le tenían un gran temor (algunos todavía se lo tienen), lo que probablemente lo ha hecho doblemente poderoso, pues no hay poder comparable al que emana del miedo. Incluso a muchos todavía les resulta inconcebible cuestionar siquiera a una figura como esta.

En plena era de la 4T había un personaje intocable, alguien de quien no se podía hablar y, cuando se hacía en comidas o cenas, los comensales invariablemente bajaban la voz. "No te metas con Julio, no te conviene", me decían ciertos integrantes de la 4T, e incluso ejecutivos de algunos medios cuando empecé a hablar y escribir sobre este personaje. Nada me motivó más a publicar este libro que ese tipo de comentarios, en muy buena medida porque, si voté por López Obrador en 2018, y por todos los candidatos de su partido en 2021, no fue para seguir viviendo en un país de intocables. ¿Por qué Scherer Ibarra parecía serlo? La curiosidad de averiguarlo no me dejaba tranquilo.

Los testimonios que comencé a reunir apuntaban a que Scherer Ibarra habría montado una red de negocios judiciales con una serie de despachos asociados, junto con los cuales incurrió en presuntos casos de corrupción, extorsión y tráfico de influencias. Así lo vino a plantear el abogado Paulo Díez Gargari, el primero en señalar esto públicamente, en una entrevista concedida a Carmen Aristegui en octubre de 2021.

Julio se develaba en los testimonios como un personaje poseído por una ambición desmedida por el dinero, la cual lo llevaría a ocupar todos los espacios posibles y tratar de aprovechar cuanta oportunidad de hacer negocios se presentara en el camino. A tal punto crecería su ambición que su proceder empezó a ser cada vez más torpe y a dejar cada vez más rastros. Nada de eso se hizo visible, sin embargo, porque el personaje supo blindarse con la moralidad de la 4T y refugiarse detrás del nombre del presidente López Obrador, igual que alguna vez lo hizo detrás de su padre, un referente de la ética periodística en México.

Muy convenientemente, Scherer Ibarra se apropió de un ámbito poco conocido para López Obrador, y ante el cual suele mostrar una gran antipatía: el de los abogados y el sistema de justicia. Scherer, en cambio, sabía perfectamente de qué se trataba el asunto y se aprovechó de un punto ciego presidencial para satisfacer sus propios intereses y darles rienda suelta a sus ambiciones.

En el curso de esta investigación me di cuenta de que debía ir más allá de Julio Scherer Ibarra. Este caso podía y debía arrojar luz sobre un tema aún más profundo y complejo: la existencia de una cofradía mafiosa entre abogados que representan intereses económicos poderosos, jueces y políticos que administran el negocio de la justicia en México, así como el mercado en el que se negocia la impunidad. El exconsejero no era más que una pieza del mecanismo. Alguien que no llegó a inventar nada nuevo a la Consejería Jurídica del Ejecutivo federal; todo lo emprendió de una manera poco prolija, dejando muchos rastros de su actuación y un gran número de agraviados en el camino.

El consejero habría replicado en gran escala y de forma descarada un *modus operandi* empleado por otros personajes antes que él: un esquema usado una y otra vez por otros gobiernos, a través del cual ciertos *brokers* o intermediarios, a nivel local o federal, modulan e intervienen en una relación corrupta y corruptora que se establece entre grandes despachos de abogados y el Poder Judicial para obtener sentencias favorables en juicios de élite.

La gran paradoja es que un esquema de este tipo, que hace tiempo han venido usufructuando algunos abogados y políticos, llegó a extremos pocas veces vistos, justamente en el único gobierno que se ha planteado con cierta seriedad luchar contra la corrupción estructural y desmontar los privilegios. Un gobierno que, a pesar de eso, no entendió la necesidad de transformar al más opaco de todos los poderes de la unión: el Poder Judicial.

Entre finales de 2020 y la primera mitad de 2021, busqué varias veces a Julio Scherer Ibarra. Como es habitual entre los políticos, después de escribir una serie de artículos en los que lo cuestionaba,[1] acepté recibirme para conversar. El encuentro se pactó para el 3 de agosto de 2021. Fue un mes antes de su salida del gobierno, en su oficina de Virrey de Mendoza, en las Lomas, donde lo mismo atendía asuntos públicos y temas de Estado que sus propios negocios privados.

En esa ocasión hablamos por más de dos horas y lo cuestioné sobre una gran variedad de temas, incluida su actividad empresarial. Por tratarse de una plática que acordamos tener *off the record*, no reproduzco ni cito sus respuestas en estas páginas. Puedo decir, sin embargo, que el consejero se veía desgastado, cansado y molesto. Por momentos tuve la impresión de que sobreactuaba y buscaba generar empatía, mostrándose ya como víctima, ya como objeto de una serie de injusticias y actos de mala fe. Confieso que me costó creerle. En algún momento llegué a sentirme incómodo, cuando elevó el tono mucho más de lo normal para exigirme que lo viera a los ojos en lugar de tomar notas.

En cualquier caso, puedo decir que encontré en Julio Scherer a un tipo inteligente —sobre todo listo— y de amena conversación, e incluso que aquel día me convencí de que el personaje era suficientemente interesante en sí mismo como para escribir un libro. Irónicamente, cuando le formulaba mis preguntas al todavía consejero jurídico, uno de sus colaboradores allí presentes llegó a bromear con la idea de que escribiera un libro sobre su jefe. Si ya venía considerando esta posibilidad, ese día decidí tomarme la sugerencia en serio.

En aquella ocasión, en su oficina privada de las Lomas, el todavía consejero jurídico se comprometió a responder las dudas que pudieran surgirme y acordamos establecer una línea de comunicación a través de quien se ocupaba de su relación con los medios. En algún momento entretuve la idea de que podía contar con un testimonio de Scherer *on the record* o al menos ampliar mi indagatoria en la misma modalidad anterior. Intenté contactarlo dos veces más, pero, lamentablemente, ya no tuve éxito.

Dice Paco Ignacio Taibo II que los libros se hacen con lo que se tiene y no necesariamente con lo que se quiere. En ese sentido, lo que aquí se presenta no es más que una serie de pistas a partir de las cuales, posteriormente, será posible sacar conclusiones. Escapa a las posibilidades de esta investigación hacer una revisión exhaustiva de los presuntos negocios que Scherer habría hecho al amparo del poder. Lo que se pretende es ofrecer elementos, varios de los cuales requieren de una investigación más amplia para ser plenamente esclarecidos.

Este libro —que se compone de dos partes— revisa al personaje desde su historia personal y familiar, antes de llegar al gobierno y una vez que aterrizó en él. La primera parte arranca con su trayectoria personal y profesional, como abogado, y termina con su consolidación como un litigante y *broker* de la justicia. Se analizan aquí los distintos ámbitos en los que Scherer Ibarra incurrió en una traición: al legado de su padre, don Julio Scherer García, cuyo nombre e influencia política usó siempre en su provecho; al presidente López Obrador, de cuya confianza abusó; a Morena, que buscó instrumentalizar como si fuera una franquicia de dinero y poder, y a los valores más importantes de la 4T. La segunda parte examina con lupa el *modus operandi* de la red de negocios judiciales que comandó desde la Consejería Jurídica del Ejecutivo federal a partir de siete casos concretos que tuve posibilidad de reconstruir: Juan Collado, Alonso Ancira, Miguel Alemán, Cruz Azul, Aleatica, Oro Negro y Banco Santander.

Me ha parecido importante recabar la información disponible hasta el momento sobre Scherer y sus socios, tanto a partir de lo que ha aparecido en la prensa, como de las denuncias que han presentado en su contra y las carpetas de investigación existentes, así como de algunas otras evidencias documentales, algunas de ellas derivadas de solicitudes de transparencia.[2] Mi fuente principal, sin embargo, son unos 80 testimonios. Amparándome en el secreto profesional, no daré sus nombres, pues la mayoría de ellos así lo solicitó expresamente.[3]

Una parte importante de los testimonios fue recabada entre figuras de la propia 4T, con cargos y encargos de mayor o menor relevancia, así como de otras instituciones públicas en el nivel federal y local. Otra parte relevante proviene de litigantes familiarizados con el funcionamiento del Poder Judicial en México, muchos de los cuales conocen a Julio Scherer desde hace tiempo o tienen conocimiento de la forma en que operó el sistema de justicia durante la actual administración, e incluso antes. A todas y todos ellos les agradezco enormemente su contribución a este esfuerzo. No menciono a ninguno por su nombre, como tampoco a las muchas personas que me apoyaron en esta investigación, para no perjudicarlas. Ellas y ellos, en cualquier caso, saben de mi enorme gratitud.

El principal obstáculo para esta investigación ha sido el miedo de mis fuentes, las cuales en general han sido en extremo cautelosas. Casi nadie ha querido ser el primero en revelar información y pocos estuvieron dispuestos a compartir documentos. Todo esto representa una enorme dificultad para precisar detalles y proporcionar datos más específicos, so pena de exponer y poner en riesgo a quienes aportaron testimonios.

He de decir que yo mismo no pude hacer esta investigación con la comodidad y soltura que hubiera deseado; debí moverme con mucho cuidado, como me lo sugirieron mis fuentes dentro y fuera del gobierno. No es fácil, como periodista, investigar un perfil como el de Julio Scherer y sus socios sin ponerse en riesgo. De hecho, más de un medio de comunicación para el cual he colaborado —no todos— me pidió dejar de hablar sobre este personaje, ya por haber recibido llamadas suyas, ya por tener una relación de negocios o interés con el exconsejero. Otros se negaron a publicar mis textos, y en uno terminaron por cesarme, tres días después de que se enteraron del tipo de investigaciones que estaba llevando a cabo. El mensaje era muy claro: no te metas con Julio.

En la etapa final también recibí amenazas por redes sociales y correo electrónico. Una de ellas me llamó la atención especialmente porque ocurrió 36 horas después de encontrarme en un sitio público con una de las presuntas víctimas de extorsión del exconsejero. Ante tales hechos, que difícilmente pueden ser fortuitos, me vi obligado a presentar una denuncia penal y adoptar medidas de protección. Por todas estas circunstancias, no siempre pude indagar libremente, contrastar posturas y escuchar la versión de todos los involucrados (lo que en condiciones óptimas debe hacerse en un trabajo periodístico), porque no quise levantar más sospechas. Aun así, me comprometo a darles difusión en mis redes sociales y otros espacios en los que colaboro a aquellos aludidos en esta investigación que deseen ejercer su derecho de réplica.

Debo mencionar, asimismo, que en esta investigación usé como referencia, también, una serie de audios que llegaron a mí de forma anónima, luego de publicar varios artículos sobre Scherer, y en los que pueden escucharse conversaciones telefónicas comprometedoras para el exconsejero jurídico y sus socios, tanto en el ámbito empresarial como en el de los despachos de abogados afines a él. Hay más de 100 conversaciones, las cuales he decidido mantener mayoritariamente bajo reserva, aunque no dudaré en divulgarlas en caso de que el exconsejero o sus socios intenten hacerme daño. Por esta razón, he encargado estos audios a una persona de mi confianza, a la que le he pedido hacerlos del conocimiento público en caso de ser necesario.

En las siguientes páginas no acuso a nadie por cometer alguna conducta ilícita, tan solo soy la voz de mis fuentes. Además, difícilmente una persona en solitario podría generar el tipo de pruebas que requeriría sustentar una acusación formal sobre casos como los que aquí se relatan. Lo que se presenta en este libro, en todo caso, es una recapitulación de investigaciones previamente publicadas en la prensa —algunas de mi propia autoría—, así como pistas y aproximaciones adicionales que podrían servir para llevar a cabo una investigación más amplia que pueda arrojar conclusiones.

En última instancia, lo que busco es entender los desafíos que presenta la justicia en México y mostrar el tipo de mecanismos a través de los cuales opera y se perpetúa la corrupción en el Poder Judicial, especialmente, en casos que involucran a los grandes capitales. Centrarse en Julio Scherer Ibarra no solo es importante por el hecho de que un personaje que era cercano al presidente de la República presuntamente emprendió negocios al amparo del poder. También lo es porque su conducta pública, como veremos, afectó o pudo afectar los objetivos planteados por la 4T.

Por último, soy consciente de los riesgos que implica denunciar la existencia de una cofradía mafiosa entre abogados y jueces que controla áreas del sistema de justicia, un mecanismo que les ha reportado cuantiosos lucros. Mencionar a algunos de sus presuntos integrantes no les va a gustar, y varios, especialmente quienes se sientan más aludidos, podrán sentir que este ejercicio periodístico interfiere con un negocio que se ha nutrido por mucho tiempo del silencio en el que transcurre su forma de actuar.

Sé que Scherer y sus socios intentarán buscar alguna justificación —por ridícula que sea— para proceder legalmente en mi contra o perjudicarme por cualquier vía. Buscarán esgrimir, quizás, que mi actividad periodística afecta su honra. Por ello es importante recordarles que nuestra Constitución protege la libertad de expresión y que la Suprema Corte de Justicia de la Nación (SCJN), en casos como el de Humberto Moreira contra Sergio Aguayo, ha señalado que, cuando está en pugna el derecho a la libertad de expresión frente al derecho al honor, el primero tiene un lugar preferente en el ordenamiento jurídico, al considerarse un derecho humano y constitucional fundamental.

En el mismo sentido, el Marco Jurídico Interamericano sobre el Derecho a la Libertad de Expresión establece en su numeral 105 que, dado el interés del debate sobre asuntos públicos, la libertad de expresión adquiere un valor ponderado mayor, al tiempo que "las expresiones de interés público constituyen un discurso objeto de especial protección bajo la Convención Americana".

Con todo esto, y aunque la razón jurídica no los asista, sé que Scherer y sus socios abogados intentarán usar a esos jueces a sueldo de los que echan mano normalmente para tratar de silenciar al mensajero, evitar que se escuche el mensaje y que nadie quiera volver a hablar de este tema. Estoy preparado para eso, y también para continuar documentado —con todo interés periodístico— su *modus operandi*, aun cuando la víctima sea yo mismo. Con todo, estimo que, al actuar de esta forma, seguramente estarán pensando con la lógica del pasado. Lo harán porque no se han dado cuenta de que este país —aunque no ha cambiado todo lo que quisiéramos— ya no es el mismo de antes.

De hecho, estoy convencido de que no lo es. El simple hecho de que un político tan poderoso como Julio Scherer Ibarra haya tenido que despedirse del gobierno y de la Cuarta Transformación es un signo de que las cosas no son iguales. En administraciones anteriores, perfiles como el del exconsejero jurídico permanecían en sus cargos hasta el último día de su gestión, con pleno conocimiento de sus actos por parte del presidente. En este caso no fue así. Por eso creí que valía la pena contar esta historia.

Ciudad de México, 30 de mayo de 2023

PRIMERA PARTE

El personaje

1

El negocio de la justicia en México

Está como asignatura pendiente la reforma al Poder Judicial. Impera la corrupción ahí. Hay honrosas excepciones, pero como poder está completamente distorsionado, impactado por la corrupción y por la tendencia a proteger nada más a los de arriba, a la minoría, a los de la élite. No protegen al pueblo. Es un poder faccioso. Y es un asunto complejo. Su reforma no es fácil porque tiene que ver no solo con los jueces y los magistrados y los ministros: tiene que ver con la abogacía.

AMLO en la mañanera del 23 de marzo de 2023

¿Cómo van a ser los jueces y magistrados y ministros defensores de delincuentes de cuello blanco? ¿Cómo va a ser el dinero el que predomine y no la justicia?

AMLO en la mañanera del 24 de noviembre de 2022

Dentro de nuestro Poder Judicial, de forma muy clara en el local y más discreta en el federal, existe una habitación escondida, de difícil acceso, donde las élites económicas y políticas negocian los casos judiciales, y donde muy a menudo se compra y vende el acceso a la justicia, ya para castigar a ciertos enemigos, ya para que determinados personajes logren garantizar su impunidad. En esa recámara, habitada por jueces, *brokers*, litigantes, políticos y hasta presuntos delincuentes, opera el mercado de la justicia en México.

En el mundo de los abogados, no cualquiera puede acceder a esta alcoba secreta, al cuarto VIP. Por lo general, solamente lo hacen cierto tipo de litigantes pertenecientes a un grupo de selectos despachos, muy bien conectados con el poder económico y político, capaces de intercambiar grandes sumas de dinero a cambio de favores y trato especial. Unos 50 litigios "de élite", especialmente codiciados por algunos de los bufetes más influyentes, tienen lugar cada año en el país y representan el gran botín que ambicionan jueces y abogados. Tan solo el llevar uno de esos casos puede hacer rico de por vida a cualquiera.

En esa recámara —vedada a la mayor parte de los ciudadanos, huelga aclarar—, el abogado que paga la suma más elevada es quien, por lo general, logra asegurar la impunidad de su cliente o hacer que este reciba trato preferencial en las instancias de justicia. A menudo es en el ámbito civil, en los temas comerciales y mercantiles que se resuelven en los juzgados, donde se llevan a cabo los negocios de mayor envergadura. Un ámbito particularmente lucrativo es el de las herencias de las familias más adineradas, un terreno donde muy frecuentemente se ven casos de corrupción.

En otros ámbitos, como el penal, la corrupción también existe a raudales. La razón es simple: "Cuando la gente está en la cárcel es cuando más está dispuesta a resolver las cosas con dinero", como me explicaba un litigante de renombre. Nadie quiere estar preso y el simple hecho de lograr meter a alguien a la cárcel es una manera sencilla de doblarlo para obtener lo que sea. En la materia penal, además, los abogados más poderosos pueden obtener trato privilegiado para sus clientes o incluso acceder a esa justicia inasequible para los mortales.

Pocos periodistas, e incluso académicos dedicados a la rama judicial, han estudiado en México los mecanismos de corrupción en los juicios de élite. A partir de conversaciones con algunos abogados comúnmente involucrados en este tipo de litigios —todos los cuales solicitaron el anonimato—, pude encontrar algunos patrones sobre la forma en que opera la corrupción judicial, que se produce en litigios en los cuales están involucradas las más elevadas sumas de dinero.

Como punto de partida, algunos de los abogados consultados señalaron que, cuando una empresa intenta hacer efectivo un contrato que involucra más de 500 mil dólares, por poner una cifra, el tamaño de la chequera de cada una de las partes generalmente es lo que determina quién es el ganador. En efecto, en este tipo de procesos, es frecuente que los jueces acepten sobornos y que, para esconderlos, se escuden en toda una serie de enredados formalismos jurídicos, típicos de nuestro sistema legal, que buscan justificar sus decisiones en largas sentencias, escritas siempre en un lenguaje incomprensible incluso para los propios abogados.

Varios de los entrevistados sostienen que, en un sistema de justicia corrupto como el nuestro, la forma importa más que el fondo. Eso no pasa en otras latitudes, donde las sentencias suelen ser mucho más breves, concisas y legibles. En México, sin embargo, el lenguaje jurídico es deliberadamente complicado, tanto para ocultar la incompetencia de los fiscales y jueces como para disimular la irracionalidad de sus fallos y sus actos de corrupción. No hay que olvidar que todo este entramado transcurre siempre con sigilo, detrás de los usos más barrocos aunque elegantes del lenguaje jurídico, los cuales buscan dar una apariencia de legalidad y evitar dejar huella de los negocios que están detrás.

La corrupción judicial se efectúa a través de intermediarios o *brokers*: cada juez o magistrado dispuesto a acceder a este tipo de esquemas, por medio de los cuales opera el negocio de la justicia en México, suele tener un "amigo de confianza" cuya tarea es recibir los sobornos. El precio, por lo general, es un porcentaje del monto del contrato, que muchas veces suele pagarse en blanco. Para saber quién es el *broker* hay que estar bien informados o preguntarle a los *abogánsteres*, que suelen tenerlos bien identificados.

Un magistrado adscrito a la justicia local, en un estado del norte del país, contó cómo en varias ocasiones le han ofrecido dinero a cambio de sus resoluciones. "Quien te ofrece una suma", explicaba, "siempre es un abogado cuyo nombre no figura directamente en el expediente". En otras palabras, me explicaba esta fuente, "entre los propios abogados se arreglan para que el que te ofrezca un arreglo extralegal, y luego te pase el dinero, no sea el mismo que lleva el juicio". De esa manera es como los abogados evitan dejar sus huellas.

La mayoría de los intermediarios son también litigantes que tienen una oficina dedicada al "cabildeo", una forma de denominar el mecanismo a través del cual logran negociar los fallos en el sistema de justicia. Muchas veces los sobornos se pagan en efectivo, aunque también es frecuente que los asesores legales reciban transferencias bancarias por las cuales emiten un recibo de honorarios. Por ello en ocasiones las percepciones que reciben los abogados llegan a ser irracionalmente altas, como se ilustra en varios casos narrados en la segunda parte de este libro (véase especialmente el capítulo 11).

En cualquier caso, aunque la lógica nos haga sospechar que detrás de ciertos pagos exorbitantes está implícita una mordida o coima al juez o una manera de ganarse el favor de alguna autoridad, no es sencillo demostrar el acto de corrupción, pues no es fácil vincular el dinero que recibe el abogado y que llega al juez a través de un intermediario.

Por muchos años la práctica de buena parte de estos abogados ha consistido en hacerse "amigos" de los jueces y cotejarlos, teniendo además una relación de sospechosa cercanía con ellos. Igualmente importante para los abogados que están vinculados con los juicios de élite es tener contactos de alto nivel con el poder político y judicial, los cuales les permiten conseguir buenos favores para sus clientes. Esos abogados saben —como lo reconocía uno de los tantos que entrevisté— que sin tales vínculos sus carreras están limitadas y no pueden crecer más allá de un tope. Por ello no es extraño que los propios litigantes lleguen a dedicar más tiempo a la grilla política que a su trabajo técnico como abogados y que inviertan una considerable cantidad de tiempo en comidas, cenas y reuniones con los poderosos.

Personajes como José Luis Nassar, Diego Fernández de Cevallos o Manlio Fabio Beltrones son, según ciertas voces, algunos de los intermediarios o *brokers* más conocidos del sistema judicial. Al "Jefe Diego", en particular, se le conoce en el gremio por haber sido un abogado con acceso a información privilegiada de juzgadores, y es famoso porque podía enterarse de antemano de cuál sería el sentido de ciertos casos importantes y usar esa valiosa información con diferentes clientes. Fernández de Cevallos, señalan también las fuentes, habría recurrido a una amplísima red de relaciones con políticos en todos los niveles, a quienes se ganaba haciéndoles favores que después les cobraba al pedirles que lo ayudaran a resolver los asuntos de los clientes que representaba.

Otro perfil emblemático es el de Humberto Castillejos, consejero jurídico de Enrique Peña Nieto entre 2012 y 2017. Las fuentes señalan que este personaje recurrió a una red de despachos de abogados para promover negocios judiciales, de la mano de abogados como Diego Ruiz y José Luis Nassar. Scherer Ibarra, como veremos más adelante, parece haber aprendido e incorporado el *modus operandi* de Castillejos, aunque lo llevaría significativamente más lejos, de forma más burda y sin ningún límite ético. Algunos de los entrevistados incluso señalaron que Castillejos fue "un niño de pecho" al lado de Scherer.

A diferencia de este último, caracterizado por su desaseo en las formas legales, Castillejos procuraba ser cuidadoso, actuaba con más discreción y cubría las formalidades jurídicas para no dejar rastro. Según los testimonios, además, Castillejos conocía sus límites institucionales y legales, mientras que Scherer parece haberlos desconocido por completo. Otra diferencia, no menor, es que mientras el consejero jurídico de Peña les cumplía a sus clientes, Scherer Ibarra muchas veces cobró sumas por gestiones o favores que nunca consumó o incluso ni siquiera intentó realizar.

Volviendo al tema central de este primer capítulo, es normal que el abogado que contacta al intermediario nunca sepa cuánto dinero le toca al juez y cuánto al que se ocupa de la labor de intermediación. Pero eso resulta secundario. El mundo de la corrupción judicial ha funcionado y continúa operando porque se obtiene el resultado esperado: una sentencia a favor del que paga por ella. De hecho, si el mecanismo no ofreciera esa certeza probablemente no lo pondrían en marcha los litigantes.

Algo importante de precisar, según explican algunas fuentes, es que, en muchos de estos casos, la corrupción no se da tanto en la sentencia última que dicta determinado juez como en la capacidad para alargar significativamente los procesos, ganar tiempo y conseguir medidas precautorias. De esta forma el acusado inicia el proceso arrinconado y presionado, sin armas para defenderse, y puede ser doblegado rápidamente desde las primeras etapas del juicio o incluso antes de que este tenga lugar.

Los despachos que operan de esta manera, gracias a la acción de sus intermediarios, explicaba una de mis fuentes, "son más efectistas que efectivos", pues muchas veces acaban perdiendo los juicios en la última instancia. Antes de que eso ocurra, sin embargo, los procesos ya se han podido alargar, con lo que los clientes han obtenido importantes beneficios.

Entre abogados y despachos como los aquí mencionados, se conoce bien quiénes son los jueces corruptibles y a quiénes pueden recurrir para plantear arreglos extralegales. El personal que trabaja en los bufetes ya "les sabe el modo" a los jueces y a sus equipos, pues a menudo acuerdan directamente con los secretarios proyectistas que redactan las sentencias. A su vez, los actores del Poder Judicial conocen la forma en que opera cada despacho. Se trata de una clara relación de complicidad, alimentada por determinados usos y costumbres: "Los jueces ya saben cómo son las transacciones, les tienen confianza a esos despachos y saben que no se van a exponer o arriesgar haciendo negocios con ellos", explicó una fuente.

Los despachos que acceden a la recámara secreta del negocio de la justicia saben quién es quién en el Poder Judicial. De forma más frecuente de lo que se cree invitan a comer a los juzgadores o a sus colaboradores, y hasta les organizan convivios y celebraciones.[1]

En las procuradurías estatales (hoy fiscalías supuestamente autónomas), algunos de estos abogados gozan de un trato privilegiado y acceso directo a los más altos funcionarios. En la Fiscalía General de Justicia de la Ciudad de México (FGJCDMX), una fuente de alto nivel me contaba que, antes de la llegada de Ernestina Godoy, estos individuos ingresaban a la entonces Procuraduría de Justicia del Distrito Federal (PGJDF) sin registrarse a la entrada, como cualquier otro visitante, e incluso empleaban los ascensores privados de los altos mandos.[2]

La captura de las fiscalías, sin embargo, no siempre se da en los más altos niveles. Uno de los abogados entrevistados explicaba que todos los grandes despachos tienen gente en los ministerios públicos a través de la cual pueden allegarse de información valiosa. Así pueden enterarse, por ejemplo, del momento en que se va a dictar una orden de aprehensión en contra de un cliente, para que este tenga tiempo de darse a la fuga. "Si a estas personas les sueltas una lanita fija cada 10 o 15 días", reconocía un abogado con un realismo que me alarmó, "hasta padrino te hacen de sus hijos". "Es básico comprar a esa gente", me decía, "porque los de arriba te cuestan mucho más dinero. Sin esos mandos de abajo estás manco en el sistema".

LOS INCENTIVOS A LA CORRUPCIÓN

En el mundo de los abogados y sus intermediarios se concentra uno de los principales agentes corruptores del sistema de justicia. Para que estos operen, sin embargo, también se necesitan fiscales y jueces dispuestos a corromperse, así como un sistema que incentive y favorezca la corrupción. Ciertamente, sobran ejemplos de juzgadores dispuestos a recibir un beneficio particular a cambio de fallar en un sentido u otro. Es frecuente, incluso, que algunos subasten sus sentencias entre las dos partes involucradas en un litigio y terminen por fallar a favor del que da más.[3]

Pero la corrupción en el Poder Judicial va más allá de historias aisladas. Es estructural y se explica en gran medida por las debilidades de su diseño institucional. Varias razones están detrás de esa corrupción: una de ellas tiene que ver con la falta de una auténtica carrera judicial, a través de la cual se pueda decidir con imparcialidad la incorporación y ascenso de jueces y magistrados, con criterios objetivos previamente establecidos que permitan a los interesados identificar qué es lo que se premia y castiga en su conducta como juzgadores. En lugar de ello, la carrera de estos depende de las lealtades políticas —a veces mafiosas— y la complicidad que establecen con ciertas figuras poderosas del Poder Judicial.

En México, a diferencia de lo que ocurre en otros países del mundo, el presidente de la Suprema Corte de Justicia de la Nación encabeza simultáneamente el Consejo de la Judicatura Federal (CJF). De la misma forma, quienes presiden los tribunales superiores de justicia en las distintas entidades federativas del país también presiden los consejos de la judicatura en los estados de la República y la Ciudad de México. Como es sabido, el Consejo de la Judicatura se encarga de la administración, vigilancia y disciplina dentro del Poder Judicial y tiene entre sus atribuciones la designación, adscripción, ratificación y remoción de jueces, además de estar facultado para sancionarlos. Todo esto suele llevarse a cabo con altos niveles de opacidad y grandes márgenes de discrecionalidad, comúnmente a partir de criterios de subordinación y lealtad política.

Más allá de lo que establezcan la Constitución y las leyes, la lealtad y las redes clientelares son todavía la norma para definir la carrera de jueces y magistrados, y, en general, quienes presiden los consejos de la judicatura tienen suficiente poder como para interferir en el sentido de las decisiones de los juzgadores, so pena de reprenderlos en caso de no seguir la línea que suele imponerse.

Frecuentemente, las quejas que se presenten contra los jueces se emplean como un mecanismo de control para premiar o castigar a quienes se apartan de la línea que se busca imponer desde la presidencia de la Suprema Corte o de quienes encabezan los tribunales superiores de justicia en los estados.

Como parte de esta investigación hice varias solicitudes de transparencia ante el Consejo de la Judicatura Federal y de la Ciudad de México para conocer las denuncias y sanciones administrativas presentadas en contra de ciertos jueces y funcionarios del Poder Judicial. Sin embargo, no tuve éxito. Al no obtener la información que buscaba, recurrí a un alto funcionario del CJF vinculado al ministro Arturo Zaldívar. A esta fuente, que solo aceptó conversar conmigo *off the record*, le planteé mis dudas sobre la discrecionalidad con la que se procesan internamente las sanciones a los juzgadores.

Mi interlocutor señaló —falsamente— que el presidente de la Corte, y por tanto del CJF, no tiene relación con la forma en que se procesan ese tipo de denuncias; estas, explicó, recaen en la Unidad General de Investigación de Responsabilidades Administrativas (UGIRA). El funcionario explicó que esta dependencia goza de "autonomía técnica y de gestión" y funge como una suerte de procuraduría que decide si se admiten las quejas,[4] las cuales posteriormente pasan a la Secretaría Ejecutiva de Disciplina, donde se investiga si hay responsabilidad antes de que el asunto pueda ser objeto de una deliberación en el pleno de la Corte.[5] Todo este procedimiento burocrático, sin embargo, topa con pared, porque es bien sabido que quien en la práctica toma las decisiones de sancionar a los juzgadores es la cabeza del Poder Judicial federal o estatal, según el caso.

Como la carrera judicial en México no depende del mérito, sino de la lealtad política a un superior, como ya lo hemos dicho, quien controla los ascensos y adscripciones judiciales en el fondo es quien controla lo más importante. Por eso, además de establecer relaciones con jueces y magistrados para negociar favores, los intermediarios de los abogados de élite suelen tener vínculos al más alto nivel con los integrantes de los consejos de la judicatura, especialmente con sus presidentes, que a menudo pactan los precios de las sentencias y fungen como un nexo entre abogados, intermediarios y jueces. Como veremos más adelante, un buen ejemplo de ello, en la Ciudad de México, es el magistrado Rafael Guerra Álvarez, presidente del Tribunal Superior de Justicia (véanse los capítulos 8 y 14), mencionado en un buen número de testimonios.

En teoría, los consejos de la judicatura en todo el país son órganos de vigilancia de tribunales y juzgados. En la realidad, esa función está limitada porque la autoridad jurisdiccional y administrativa recae en la misma persona, la cual fácilmente puede formar una mayoría dentro de dichos consejos y así controlarlos. El Consejo de la Judicatura Federal, por ejemplo, está formado por siete miembros, cuatro de los cuales surgen del seno de la propia Corte (uno es el presidente de la SCJN y tres los designa el pleno). De los tres restantes, dos son nombrados por el Senado y uno por el presidente de la República. Con esa conformación, la persona que encabeza estas dos instancias —la jurisdiccional y la administrativa— muy fácilmente puede garantizar una mayoría al influir directamente en la conformación de los integrantes del colegiado.

La ausencia de una verdadera división de poderes es otro de los elementos que explican la corrupción judicial. El litigante de uno de los despachos más influyentes del país explicaba:

> A partir del momento en que el titular del Ejecutivo [federal o de una entidad federativa] se reúne con el presidente de la SCJN o los tribunales superiores de justicia para pedirle un cierto tipo de trato hacia los temas de su interés, y una vez que le solicita direccionar en un sentido u otro las decisiones de los jueces, los titulares del Poder Judicial terminan por asumir que, si van a darles un trato especial a los asuntos del presidente, gobernador o jefe de gobierno en turno, también pueden servirse de ese esquema para sus asuntos particulares y eventualmente mandar sobre los jueces para favorecer sus propios negocios.

Para la fuente, eso ha ocurrido especialmente en el Poder Judicial de varias entidades del país, donde los tribunales superiores de justicia actúan como empleados del gobernador o jefe de gobierno en turno. Uno de los vicios del sistema que facilitan la corrupción es la facilidad con la que pueden direccionarse casos específicos hacia jueces de consigna. En teoría, la asignación de los turnos en cierto tipo de juzgados o tribunales es aleatoria y supuestamente se hace a través de sistemas informáticos o algoritmos. En la realidad, las más diversas fuentes —incluso dentro del Poder Judicial— confirmaron que existen muchas maneras de dirigir asuntos, especialmente aquellos que representan elevadas sumas de dinero, al terreno en que se espera que reciban el trato deseado. Tanto en el nivel federal como en el local hay manera de dirigir los casos hacia ciertos juzgadores. Basta conocer las debilidades del sistema, saber los trucos y tener "amigos" en lugares estratégicos.

En algunos casos, quien se encarga de la tarea es el presidente del Tribunal Superior de Justicia; en otros, sin embargo, basta con acercarles una suma relativamente modesta a los empleados que administran la llegada de casos, quienes fácilmente pueden esperar para introducirlos al sistema en el momento adecuado y así lograr que sean turnados a tal o cual juez.

En la conversación que tuve con el alto funcionario del CJF antes citado, le pregunté por este asunto. La fuente tan solo señaló que los turnos se asignan en la Unidad de Estadística a través de un algoritmo que provee un sistema informático en una suerte de sorteo. Ante la vaguedad de su respuesta, insistí: "¿El sistema tiene algún tipo de certificación? ¿Ha sido auditado?". El funcionario parecía desconocer la respuesta, pero prometió referirme con el titular de la unidad para resolver mis dudas. Parecía genuinamente dispuesto a compartir la información. Tras nuestro encuentro, volví a comunicarme para concretar una reunión. Lo hice varias veces, pero solo conseguí que me diera largas. Luego de insistir varias veces a través del área de comunicación social, el responsable de ella terminó por responderme que en el Consejo de la Judicatura tenían una agenda muy saturada y que esta y otras reuniones que me habían prometido gestionar para aclarar mis dudas definitivamente no podrían realizarse.

Otro mecanismo para cargar los dados a favor o en contra en ciertos asuntos que llegan al Poder Judicial consiste en sustituir de antemano a los jueces o modificar la composición de los tribunales. A diferencia de lo que ocurre con los ministros de la Corte o con los magistrados de los tribunales superiores de justicia de los estados, que tienen un número determinado de años en su encargo, no existen en general periodos definidos para la gestión de los jueces de distrito o magistrados de circuito. Aunque se han establecido concursos para llegar a esas posiciones y ascender en el sistema, unos y otros pueden ser adscritos o readscritos con gran discrecionalidad.

En esa lógica, es perfectamente posible cambiar a los integrantes de los tribunales hasta instalar en ellos a perfiles dispuestos a recibir línea, dejarse presionar o intercambiar sus resoluciones por sumas de dinero, antes de que tengan lugar determinados juicios. Al ser posible alargar artificialmente los plazos en que se desahogan ciertos asuntos, los consejos de la judicatura pueden hacer los movimientos necesarios para modificar la forma en que se integra un juzgado o un colegiado antes de que conozcan los casos.

En la Ciudad de México, como explicó un litigante en temas penales, la Fiscalía General de Justicia sabe qué hacer para que los asuntos de su interés lleguen a determinados jueces, conocidos por abordarlos con un cierto enfoque o incluso alineándose a los intereses del poder. En ocasiones, según me narró un grupo de abogados penalistas, a esa institución le basta con judicializar un caso y solicitar una orden de aprehensión los viernes después del mediodía para que este sea turnado al juez que está de guardia durante el fin de semana. Basta con conocer de antemano el calendario y los días en que hacen guardia ciertos juzgadores para lograr que un caso caiga en manos de quien se busca.

Otra estrategia frecuente consiste en forzar a aquella persona a quien le toca resolver determinado asunto para que pida licencia y el caso sea turnado a otro juez. Los mismos abogados, como me explicaba un influyente magistrado del Tribunal Superior de Justicia de la Ciudad de México, también conocen los trucos para que una denuncia caiga en un tipo de juzgador. Según me relató la fuente, abogados que actúan en juicios civiles suelen presentar las demandas varias veces hasta lograr que caigan en la cancha de un juez "amigo", con el que ya tienen algún tipo de arreglo. El truco consiste en presentar las querellas sin sus respectivos anexos, con lo que la instancia correspondiente debe avisar al demandante que necesita completar la documentación. Es en ese momento que los sabuesos abogados optan por desistir, cuando saben que determinado juzgado o tribunal no va a favorecerlos, o por completar la documentación para que el proceso se desahogue con un juez afín, a quien saben que pueden llegarle al precio. En ese sentido, no es casual que varios de los casos en los que Julio Scherer Ibarra tenía un interés particular hayan sido resueltos por los mismos juzgados y tribunales colegiados, como se explica en el capítulo 8 y como se detalla en las figuras 2 y 3 que presento en este libro.

LA 4T Y EL PODER JUDICIAL

Tristemente, la llamada Cuarta Transformación no lo ha sido en el ámbito del Poder Judicial. Ni la administración de López Obrador a nivel federal ni la de Claudia Sheinbaum en la Ciudad de México han tomado medidas sustantivas para atacar los mecanismos causantes de la corrupción judicial. La llegada de Arturo Zaldívar a la presidencia de la Suprema Corte albergó esperanzas de hacer cambios de fondo. Su perfil parecía el idóneo para encabezar una nueva etapa. Por desgracia, antes que estar a la altura, Zaldívar terminó por convertirse en un defensor del *statu quo* que además permitió a Julio Scherer Ibarra y otros intermediarios como él operar a sus anchas. La reforma judicial —que López Obrador puso en sus manos— ha sido muy limitada y solo ha mostrado algunos avances cosméticos.

La reforma promovida por Zaldívar, ciertamente, arrojó algunos resultados positivos. Combatió con mucha firmeza el nepotismo y el acoso sexual, rompió con los hilos de poder y el control de los ministros de carrera que dominaban dentro de la "gran familia judicial" y estableció reglas más estrictas para robustecer el servicio de carrera. Sin embargo, Zaldívar usó las reglas a su antojo para concentrar el poder excesivamente en sus manos. El poder que les quitó a los ministros de carrera se lo otorgó a sí mismo.

Si una de las grandes debilidades del Poder Judicial en México —como ya se ha mencionado— es que la presidencia de la Suprema Corte y del Consejo de la Judicatura recaen en una misma figura, el ministro Zaldívar rápidamente se acomodó a este esquema de excesiva concentración de poder para usufructuarlo en su propio beneficio, al mantener bajo su órbita de influencia cuestiones como el ascenso y la adscripción de los jueces, así como las acciones disciplinarias que se siguen usando para premiar a los fieles y castigar a quienes se rehúsan a seguir la línea que se les impone desde arriba.

En efecto, el ministro utilizó la reforma judicial para concentrar aún más funciones en sus manos, a través de medidas que han reforzado el control del presidente de la Corte sobre el Poder Judicial y, particularmente, sobre su aparato disciplinario. Entre otras, promovió una reforma para que los asuntos que resuelve el Consejo de la Judicatura, como movimientos de jueces, decisiones de ascenso y sanciones, ya no lleguen al pleno de la Corte, sino que puedan resolverse en la órbita del Consejo. De esta forma, hoy los fallos del Consejo de la Judicatura son irrecurribles, por lo que es aún más fácil que antes readscribir o sancionar a un juez. Por si no fuera suficiente, a través de una serie de acuerdos internos del Poder Judicial, el Consejo ya no está obligado a motivar la reubicación de jueces en determinadas adscripciones, lo que ha incrementado la discrecionalidad de sus decisiones en un ámbito muy delicado.[6]

No menos importante, hoy el presidente de la Corte es el único que puede decidir qué amparos directos en revisión pueden llegar al pleno de la Corte, con lo que los que llegan en tercera instancia para determinar si es correcta la interpretación constitucional que ha hecho un tribunal colegiado ya no pueden ser estudiados, a menos que así lo decida el presidente. En otras palabras, a diferencia de lo que ocurría antes, cuando cualquier ministro podía aceptar que se conociera un amparo directo en revisión,[7] hoy se necesita el visto bueno del presidente de la Corte para que el tema llegue al pleno. Sobre las consecuencias de esto hablo en el capítulo 12 de este libro.

La reforma del Poder Judicial fue una reforma de Zaldívar y nada más de él. No involucró ni siquiera a los ministros de la Corte, a quienes les distribuyó una copia el mismo día en que se iba a presentar, y, para su sorpresa, se la quitó a los pocos minutos, supuestamente para evitar filtraciones, como reveló uno de ellos. Zaldívar tampoco tomó en cuenta a otras figuras de la SCJN y del Consejo de la Judicatura que llegaron promovidas por la 4T. Pero lo más grave del asunto es que el ministro le vendió al presidente una reforma para acabar con la corrupción, cosa que evidentemente incumplió.

Las cosas no están nada mejor en el Poder Judicial de la Ciudad de México. Allí, en lugar de intentar siquiera reformar el sistema judicial y promover un perfil capaz de limpiar la casa, la 4T mantuvo las cosas tal y como estaban, al permitir que el presidente del Tribunal

Superior de Justicia de la Ciudad de México, Rafael Guerra —heredero del negocio del oscuro Édgar Elías—, se mantuviera al mando. De hecho, en diciembre de 2021, el magistrado Guerra —quien años atrás se ganó la simpatía de López Obrador por haberlo defendido en el desafuero— fue reelecto para un periodo de cuatro años más, a pesar de ser inelegible, según la Constitución de la Ciudad de México y la Ley Orgánica del Poder Judicial, a la cual simplemente añadieron un transitorio a modo.[8]

Como he señalado, este libro pretende revelar uno de los mecanismos a través de los cuales opera la corrupción en el Poder Judicial, especialmente en los grandes juicios de élite en los que se mueven sumas millonarias. A pesar de que esta es una de las principales formas en las que los potentados aseguran su poder y reafirman su superioridad sobre el pueblo llano, el presidente López Obrador, quizás por ser ajeno a ese mundo, no entendió que en ese mecanismo corrupto, en gran medida, se sustenta el trato VIP del que gozan unos cuantos potentados en nuestro país.

Para entender ese complejo mecanismo, en este libro tomamos a Julio Scherer Ibarra como un caso emblemático. El esquema que habría operado el exconsejero no fue invención suya. Tradicionalmente, personeros del PRI y el PAN tuvieron sus propios *brokers* y despachos consentidos para hacer operar el negocio de la justicia. Julio, a quien ese mundo miraba con cierto desprecio y de arriba abajo, no estaba entre los actores más privilegiados dentro de ese sistema. Salvo por su influencia en el Poder Judicial de la Ciudad de México, no era un invitado de honor en ese cuarto selecto en el que se trafica con la impunidad y se negocia con la justicia.

Pero las cosas cambiarían cuando la 4T llegó al poder. Desde que Scherer Ibarra encontró en la izquierda un nicho de oportunidad, se fue preparando para ingresar en la alcoba selecta de los traficantes de influencias del sistema de justicia. Como veremos más adelante, a medida que el PRD comenzó a gobernar la Ciudad de México, nuestro personaje supo ocupar ese espacio para ir tejiendo una amplia red de negocios y favores en el ámbito político y judicial. Con el tiempo, esto no solo lo convirtió en un sujeto influyente y poderoso, sino también en un actor necesario.

Antes de tratar esa etapa, sin embargo, es preciso conocer la historia de este personaje y cómo logró encumbrarse.

2

En el nombre del padre

> Mi padre emprendió el viaje sin retorno. Nos quedó lo crucial: su amor, su recuerdo y su ejemplo. En última instancia lo mejor que tengo hoy es el amor que le sigo profesando cada instante de mi vida… Esta noche les pido que lo acojan en su memoria como un amigo, un maestro, un referente ético y moral, un padre cariñoso y bien dispuesto.
>
> JULIO SCHERER IBARRA en el homenaje póstumo a su padre, Julio Scherer García en la Feria Internacional del Libro de Guadalajara, diciembre de 2015[1]

Julio Scherer Ibarra es el primer hijo del matrimonio entre Susana Ibarra Puga y Julio Scherer García, del que nacieron otros ocho hermanos: Pablo, Regina, Ana, Gabriela, Adriana, Susana, Pedro y María. Julito, como siempre lo llamaron en la redacción de la revista *Proceso*, nació un 18 de diciembre de 1959 en la colonia Cuauhtémoc de la Ciudad de México, en el seno de una influyente familia de banqueros venida a menos tras la Revolución.

Hugo Scherer, su bisabuelo, fue un banquero alemán que llegó a México a mediados del siglo XIX para instalarse en la alta sociedad durante la dictadura de Porfirio Díaz. Con la Revolución mexicana, muchos de los inmigrantes europeos regresaron a Europa, aunque él se quedó para luego convertirse en director del Banco Nacional de México.[2]

Como es bien sabido, don Julio Scherer García fue una figura emblemática y muy respetada del periodismo mexicano. Fue director de *Excélsior* a partir de 1968, donde se mantuvo hasta 1976, cuando fue obligado a dejar su puesto por un golpe orquestado desde el gobierno. Fue, además, fundador de la revista *Plural*, en 1971, y del semanario *Proceso*, unos cinco años después. Ampliamente reconocido por su labor a favor de un periodismo libre e independiente, Scherer García dio muestras de un gran orgullo y dignidad. Si algo lo ilustra bien, es su rechazo, en 1988, al Premio Nacional de Periodismo, por tratarse de un reconocimiento que representaba la docilidad de la prensa ante el poder del presidente de la República y porque este galardón desde siempre le había dado la espalda al tipo de periodismo que él ejercía y defendía.[3]

En un medio periodístico y un sistema político caracterizado por la corrupción generalizada, cualquiera puede asegurar, sin temor a equivocarse, que don Julio jamás aceptó un peso a cambio de publicar o dejar de publicar algo; que, a diferencia de tantos otros periodistas, decidió contar las historias que otros no contaban y dio un paso decisivo para alterar esa lógica servil que por décadas caracterizó a la prensa en México.

A diferencia de lo que más tarde ocurriría con su hijo mayor, a don Julio no le interesaba mayormente el dinero. En cambio, sí le interesaba el poder: conocerlo y estar cerca de este. Por ello pudo y supo cultivar la amistad de políticos de todo el espectro ideológico, de los hombres de la cultura y de grandes empresarios. Aun así, un rasgo interesante de su personalidad es que siempre tuvo una gran habilidad para evitar que esas relaciones contaminaran su labor periodística y, particularmente, la línea editorial de los medios que dirigía: como prueba, su impronta en *Proceso*.

Pero volvamos al hijo incómodo de don Julio, que es de quien queremos hablar aquí.

Después de estudiar en colegios jesuitas, Julito ingresó a estudiar derecho a la Facultad de Estudios Superiores de Acatlán, de la Universidad Nacional. Nuestro personaje no parece haber sido un estudiante muy dedicado, al menos si consideramos que ingresó en 1982 y solo se graduó 11 años después, en 1993.[4] Tampoco fue un gran apasionado de la carrera que cursó. El grueso de los abogados con los que conversé —incluidos los más cercanos a él— no suelen referirse a Julio como un litigante destacado, ni mucho menos un profesional interesado en la técnica jurídica, ya ni se diga que haya hecho alguna contribución teórica a la disciplina.

Nada de esto impidió, sin embargo, que Scherer Ibarra tuviera una trayectoria profesional que algunos —incluido él mismo— podrían describir como "exitosa". Esa trayectoria, no obstante, en poco o nada se pareció a la de su padre. Frente al líder moral del periodismo en México, una figura valorada tanto por escritores y activistas sociales como por comunicadores, políticos y empresarios, el hijo mayor de don Julio probablemente estaba condenado a ser o sentirse una figura disminuida. Por ello, quizás, desarrolló una ambición muy distinta a la del patriarca que lo engendró.

Ciertamente, Julito compartía con su padre el gusto por el poder y el interés por relacionarse con quienes lo detentan. Pero uno y otro lo cultivaron para objetivos diametralmente opuestos: don Julio, por genuina curiosidad intelectual, porque le gustaba influir en las decisiones, ser parte de la historia y estar cerca del Príncipe para poder aconsejar sus pasos. Julito, en cambio, vio en el poder, desde tiempo atrás, una fuente de influencia para obtener tratos privilegiados, intercambiar favores y hacer dinero.

Desde los inicios de su carrera, Scherer Ibarra supo y pudo aprovechar los vínculos de su padre, como suelen hacerlo los hijos de la élite política, empresarial, cultural y mediática en nuestro país. A diferencia del ilustre periodista, sin embargo, el abogado fue desarrollando crecientemente un apetito desmedido por el dinero, a la par que aumentaba su habilidad para promover cierto tipo de negocios; un coctel peligroso que su propio padre, al parecer, llegó a advertir en conversaciones privadas, según las versiones que pude recabar y de las que también han dado cuenta algunos trabajos periodísticos.[5]

Muchos de quienes conocieron y trataron a don Julio Scherer García se han sorprendido por el contraste entre este y su hijo mayor.

Aquel fue siempre un hombre austero y con un estilo de vida sencillo, a quien le molestaba todo lo que fuera influyentismo y tráfico de
influencias. "No tengo chofer, rechazo la protección y generalmente
viajo solo", se le escuchó decir.[6] Periodistas que trabajaron en *Proceso*
relatan cómo, durante muchos años, don Julio llegaba a la revista y esta-
cionaba su automóvil en la calle, sin reservarse siquiera un sitio especial. Julito ha tenido una conducta diametralmente opuesta. No
hace falta sino ver los autos que conduce o las casas en las que vive, o
notar cómo al dejar la Consejería Jurídica seguía desplazándose por
las calles de la Ciudad de México rodeado de escoltas.

Con cierta dosis de humor, un reconocido escritor y crítico cultural mexicano llegó a describir al hijo de don Julio como un personaje que iba siempre detrás de su señor padre recogiendo los billetes
que este, completamente desinteresado, iba dejando regados por el
camino. Tanto los que alguno le ofrecía directamente y él sistemá-
ticamente rechazaba —podemos suponer— como los de quienes ni
siquiera se atrevían a ofrecérselos por ser conscientes de la entereza
del periodista.

Es muy probable que don Julio nunca dimensionó —como tampoco lo haría Andrés Manuel años más tarde— que detrás de los hombres rectos, esos que no se venden ni buscan el dinero fácil, suelen
refugiarse sujetos oportunistas, débiles ante el simple aroma de los billetes; personajes que muchas veces se ubican en su entorno más cercano y están dispuestos a capitalizar su relación, usufructuar la confianza
y tomar las oportunidades que ellos rechazan.

Antes que como abogado, muchos ven a Julio Scherer Ibarra
como un empresario. Pero este término tal vez sea impreciso, pues,
antes que entrar en esta categoría, que suele emplearse para identificar a aquel que crea una empresa, inventa una idea o un producto,
invierte, compite en un mercado y se vuelve exitoso en ello, Julito
pareciera situarse más bien en la categoría de "bisnero". Este es un
apelativo que describe a quienes hacen negocios a partir de sus relaciones con el poder; que buscan, a través de la amistad con los políticos,
el compadrazgo, el tráfico de influencias, los favores personales y, en

casos extremos, también por medio el chantaje y la extorsión, un trato privilegiado.

Lo que pocos pueden regatear a Scherer Ibarra es su inteligencia, aunque tal vez sea más preciso hablar de habilidad y astucia. Julito tiene y siempre tuvo un olfato particularmente desarrollado para leer rápidamente a la gente, anticipar sus intenciones e interpretar sus deseos. Sabe engañar y lo hace de forma cínica, mirando directamente a los ojos. Quienes lo conocen desde pequeño aseguran que "siempre daba la impresión de esconder algo". Julio Scherer Ibarra es un hombre a quien, por lo general, le resulta más provechoso actuar por detrás y atacar por la espalda. Por eso el terreno en el que mejor opera y ha operado siempre en la política y en el mundo de la justicia es tras bambalinas.

A diferencia de, por ejemplo, Arturo Zaldívar, viejo amigo suyo, Julio no es un personaje que guste del protagonismo mediático: lo suyo es operar detrás del tinglado, donde siempre se ha sentido más cómodo. Algo tiene que ver en ello el hecho de que nunca haya sido particularmente apto para hablar en público, ni articulado para dar entrevistas, como tampoco para escribir, argumentar persuasivamente o expresarse con elocuencia. De aspecto y maneras desaseadas, su mismo lenguaje corporal refleja una personalidad desaliñada y tosca. Quizás uno de los rasgos más característicos e inquietantes del personaje, que se revela a lo largo de su trayectoria, es la ambición desmedida por acumular riqueza y, en menor medida, poder, sin que nunca sea suficiente.

TRAYECTORIA PROFESIONAL

La trayectoria profesional de Julito podría dividirse en cuatro momentos previos a su nombramiento como consejero jurídico y hombre fuerte del presidente López Obrador. En el primero de estos hay una carrera marcada por su cercanía a prominentes figuras del PRI, a las cuales tuvo acceso gracias a las relaciones de su padre. Aunque don

Julio rechazaba el influyentismo, como se señaló antes, también solía decir que había que "hacerles fácil la vida a los hijos", como le escuchó decir uno de los colaboradores de *Proceso*.

En tal sentido, la forma en que Julio Scherer Ibarra logró abrirse paso en el terreno profesional no es muy diferente a la de otros jóvenes pertenecientes a sectores acomodados —de la izquierda o la derecha— que en México usan el nombre, los contactos o la influencia de sus progenitores. Aquí, sin embargo, habría un componente adicional: desde joven, Julito se refugió detrás de una figura prestigiosa y respetada que no escatimó en utilizar para beneficio propio, y que incluso le permitiría lavarse la cara a lo largo del camino, como más tarde haría con la figura de López Obrador.

Cuentan que don Julio escuchó varias veces de las andanzas de su hijo. Quienes lo conocen suponen que debe haberlo enfrentado en más de una ocasión, pero que, seguramente, Julito —a quien más de uno describe como un hombre hábil para manipular emocionalmente a las personas— logró siempre salirse con la suya y decirle a los ojos que se trataba de mentiras producto de la maledicencia.

Hay una segunda etapa en la trayectoria de Scherer Ibarra en la que los vínculos que había establecido con el poder le permitieron alcanzar varios puestos de dirección en empresas públicas y privadas. Después de su paso por el PRI, fue director general de diversas empresas paraestatales. Ya en su tercera etapa profesional, a partir del 2000, inició una carrera en el litigio, que luego combinaría con los negocios inmobiliarios y de otro tipo.

En esta tercera etapa vemos a un Scherer que actúa como un intermediario o *broker* entre diversos despachos de abogados, con jueces y magistrados, especialmente de la Ciudad de México, que emprende desarrollos inmobiliarios cuya naturaleza describo en el capítulo 4, y donde se acerca estratégicamente a los gobiernos de izquierda y centroizquierda en la Ciudad de México, ganándose en ese espacio buenos amigos capaces de hacerle grandes favores.

Poco se ha escrito sobre la trayectoria de Julio Scherer Ibarra. Tampoco figuran entrevistas en las cuales el personaje hable de temas que en general ha preferido mantener fuera de lo público. Sin embargo, gracias a un texto de Ortiz Pinchetti —un excolaborador de *Proceso* que fue despedido de la revista por diferencias con los Scherer, padre e hijo, durante la campaña electoral de 2000—, sabemos algo sobre cómo se fue abriendo paso, en el nombre del padre, explotando su reputación e influencia.[7] Con cierta dosis de acrimonia, el periodista asegura que, mientras don Julio se dedicaba a criticar al poder político y sus prácticas, el hijo comenzaba una carrera profesional muy cercana al entonces partido oficial.[8]

De hecho, fue así como Scherer Ibarra consiguió su primer trabajo en la Secretaría de la Reforma Agraria, en tiempos de José López Portillo, cuando fue asesor de Javier García Paniagua, un político de larga trayectoria que había sido titular de la extinta Dirección Federal de Seguridad, senador y presidenciable. El hijo mayor de don Julio acompañó a García Paniagua durante el tiempo que ocupó dicho puesto, de abril de 1980 a 1981, para más tarde ser su secretario particular cuando este fungió como presidente del PRI, entre marzo y octubre de 1981, y, finalmente, cuando se desempeñó como secretario de Trabajo de octubre a diciembre de 1981.[9]

En su segunda etapa, como director de varias paraestatales, nos relata Ortíz Pinchetti —a quien utilizo ampliamente como referencia en este apartado— Scherer llegó a trabajar con otro amigo de su padre: Eduardo *el Gordo* Pesqueira Olea, quien fuera secretario de Agricultura y Recursos Hidráulicos durante el gobierno de Miguel de la Madrid. Ahí, entre 1984 y 1988, se desempeñó como director general de Nutrimex, una empresa que se ocupaba de comedores industriales y de dotar de alimentos a poblaciones marginadas.

En esas fechas coincidió en el gobierno con Pedro Aspe Armella, quien en 1987 llegaba a la Secretaría de Programación y Presupuesto y con quien Scherer Ibarra habría de entablar una muy estrecha relación. Junto con Francisco Labastida, aquel sería uno de sus más importantes padrinos políticos. Aspe, que algunas fuentes describen como "un segundo padre" para Scherer, o incluso como su "verdadero padre" en el terreno político, lo impulsó para que ocupara varios puestos en el gobierno. Más tarde incluso terminarían siendo socios en negocios inmobiliarios (ver capítulo 4).

En 1994, todavía durante el gobierno de Carlos Salinas —justo cuando Andrés Manuel López Obrador se preparaba para ser candidato a gobernador de Tabasco por el PRD— Scherer llegó a la dirección general de Almacenes Nacionales de Depósito, S. A. (ANDSA), una paraestatal dependiente de Hacienda que fungió como principal depósito de los productos de la Compañía Nacional de Subsistencias Populares (Conasupo). Nuestro personaje llegó allí con la clara encomienda de privatizar la empresa, a pesar de que esta no operaba precisamente en números rojos y había logrado incrementar su rentabilidad, según Raúl González Avelar, quien ocupó la dirección de la empresa antes que Julito.

La paraestatal, sin embargo, fue víctima de la misma fiebre privatizadora que afectó a otras compañías del sector público durante esos años. Julio Scherer Ibarra actuó como el ejecutor del plan para marcharse de ahí al año siguiente, al concretar la venta de la empresa que tenía más de mil bodegas y un patrimonio de cientos de miles de millones de pesos. Nunca se supo bien en qué condiciones se llevó a cabo esa operación ni hubo algún tipo de investigación, aunque las fuentes consultadas señalan que —al igual que otras paraestatales— quienes estuvieron a cargo de esta desincorporación se llevaron buenas sumas de dinero.

JULITO Y SU PRIMER ESCÁNDALO PÚBLICO

Luego de su paso por Ocean Garden (1996-1997), empresa paraestatal que se ocupaba de vender camarón en Estados Unidos, a cuya dirección Julito llegó recomendado por Pedro Aspe,[10] fue nuevamente impulsado por su padrino para hacerse cargo de la dirección general del Consorcio Azucarero Escorpión (Caze), donde pronto habría de enfrentar un escándalo público —el primero de su trayectoria—, que estuvo a punto de llevarlo a prisión.

El consorcio en cuestión, de enormes dimensiones (entonces era el más grande del país), estaba integrado por ocho ingenios de cuyos consejos de administración Scherer formaba parte.[11] El consorcio era propiedad del magnate refresquero Enrique Molina Sobrino, un amigo cercano de Salinas —cuya campaña financió en 1988—, que fue además socio de Jorge Hank Rhon y Carlos Cabal Peniche. Molina Sobrino llegó a controlar 30% del mercado del azúcar, además de haber sido dueño de Grupo Embotellador Mexicano (Gemex), la embotelladora más grande de Pepsi Cola en México.[12]

Scherer Ibarra ocupó el puesto tan solo durante dos años, entre octubre de 1997 y diciembre de 1999. Una vez que Fox llegó al poder, sin embargo, empezaron los problemas, cuando el nuevo gobierno buscaba impulsar una política de combate a la evasión fiscal. Así, el 5 de abril de 2001, cuando Francisco Gil Díaz cumplía cuatro meses al frente de la Secretaría de Hacienda, el subprocurador de Investigaciones de la Procuraduría Fiscal de la Federación (PFF), Ambrosio Michel Herrera, presentó una denuncia contra Scherer por cobrar de forma irregular un subsidio para promover las exportaciones de excedentes de azúcar de las empresas integrantes del consorcio. A partir de entonces, un cúmulo de denuncias caerían sobre el hijo de don Julio.

El escándalo se hizo público un 19 de julio de 2001, cuando *El Universal* llevó a ocho columnas un titular que decía: "Investiga la Secodam a Julio Scherer Ibarra". La nota daba a conocer que, tras haber auditado la gestión de Scherer al frente del consorcio, la Secretaría de Contraloría y Desarrollo Administrativo, a cargo de Francisco Javier Barrio Terrazas, había encontrado irregularidades por 3 mil millones de pesos en el pago de consumo de agua, evasión de 2 mil millones de pesos en las cuotas al Instituto Mexicano del Seguro Social (IMSS), así como 100 millones en operaciones fiscales que estaban pendientes de aclarar.[13]

El caso estuvo abierto durante varios meses. El 20 de octubre de 2001, el escándalo subió de tono, con otras ocho columnas de *El Universal*, en las que podía leerse: "Piden detener a Scherer Ibarra". El diario informaba que la Procuraduría Fiscal de la Federación había solicitado a la PGR girar órdenes de aprehensión contra tres funcionarios de Caze acusados por el cobro ilícito de subsidios, entre los que figuraban, además de Scherer Ibarra, Héctor Sabas Islas y David Gómez Arnau, quien 20 años más tarde, también acompañaría al exconsejero jurídico en la acusación que Juan Collado presentó por extorsión (capítulo 9).

A las acusaciones de apropiación de recursos públicos se sumaban además denuncias de fraude, aparentemente cometido por los miembros del consejo de administración de Caze, entre los que también estaban Scherer Ibarra y el propio Molina Sobrino, quienes habrían dejado de pagar cientos de millones de pesos por concepto de impuestos que retuvieron por sus operaciones a terceros. Los delitos eran de tal gravedad, informaba el diario, que de consignarse el caso a las autoridades judiciales los responsables no podrían obtener libertad bajo fianza.

La nota explicaba que, a través de engaños y maquinaciones, el consorcio había cobrado más de 15 millones de dólares de forma ilícita y que Scherer, junto a otros funcionarios de Caze, había simulado exportaciones por más de 130 mil toneladas de azúcar para obtener varios millones de dólares más por concepto de subsidios.[14]

Frente a este polémico caso, don Julio salió a defender a su hijo vehementemente, actuando como una suerte de abogado ante el poder político. El fundador de *Proceso* fue a plantearles a las autoridades que Julito estaba siendo víctima de acoso y persecución por parte de la Procuraduría Fiscal. Al más alto nivel, el periodista hizo gestiones para que su hijo no fuera a dar a la cárcel. Así lo cuenta el propio Scherer García en *Los presidentes*, donde narra un encuentro de 20 minutos con Vicente Fox, a quien fue a ver para tratar varios asuntos, según escribe, aunque es evidente que la razón principal era la situación de su hijo.[15] Según puede leerse en la obra, el comentario del presidente fue que "no había llegado a él noticia alguna de que Julio hubiera cometido algún ilícito", e incluso le dijo claramente: "No se preocupe, Julio". Scherer García cuenta que insistió: "Borrón y cuenta nueva, señor presidente", a lo que este le contestó, indiferente: "Borrón y cuenta nueva".

La forma en que Scherer García relata este encuentro en su libro difiere de otros testimonios. Una de mis fuentes relató que en esa ocasión el periodista prácticamente le imploró a Vicente Fox que su hijo no fuera a prisión. "No se lo pido como periodista ni como director de *Proceso*, sino como ser humano", habría dicho. Otra fuente que estaba presente en Los Pinos aquel día dice haber presenciado el momento en el que don Julio hacía antesala, y de pronto apareció Marta Sahagún. Al saludarlo, la primera dama le dijo en tono irónico: "Las cosas que uno hace por los hijos, ¿verdad, don Julio?". Probablemente para esas épocas Martita ya era objeto de algunos cuestionamientos por los negocios de sus hijos, Manuel, Jorge Alberto y Fernando Bribiesca Sahagún, quienes habían sido acusados de amasar enormes fortunas, producto del tráfico de influencias.

Todo esto debe haber sido particularmente difícil para un hombre como Julio Scherer García, quien tenía una antipatía manifiesta hacia Vicente Fox Quesada. En un libro de Francisco Ortiz Pinchetti y Francisco Ortiz Pardo se cuenta que, en alguna ocasión, en uno de los desayunos que todos los viernes organizaba Juan Sánchez Navarro en el Club de Industriales, se sumó Adolfo Aguilar Zínser, quien para entonces ya se había integrado a la campaña presidencial del panista. Presente en la reunión, Scherer García se refirió a Fox como un sujeto oportunista, ignorante, ridículo, acomodaticio, sin ideas, repugnante y hasta "descerebrado". Según los autores antes citados, el director de *Proceso* dijo incluso que le daría asco darle la mano al guanajuatense. En el libro se refiere también cómo un jueves don Julio llegó a la redacción de *Proceso* y mientras subía las escaleras aseveró: "Prefiero a la momia de Labastida que a la prostituta de Fox".[16]

Pero las gestiones que el padre decidió hacer por su hijo, en las que tuvo que tragarse su desprecio al exdirectivo de Coca-Cola, no terminaron allí. Don Julio habló con todo el mundo. Recurrió al secretario de Gobernación, Santiago Creel, quien "lo recibió de inmediato", según puede leerse en *Los presidentes*, y le insistió que no debía inquietarse. "Dile a Julio que no se preocupe. Me mantengo pendiente del asunto y no considero que exista motivo de alarma", habría sido la respuesta del encargado de la política interior del país. El periodista cuenta en su libro que él y su hijo también fueron a ver al procurador de la República, Rafael Macedo de la Concha. El funcionario, según el relato, les dijo que estaba ahí para hacer cumplir la ley y subrayó que "vivíamos en un Estado de derecho" y, en consecuencia, "los problemas, los que hubiera, se resolverían limpiamente, en apego estricto a derecho".[17]

Entre las gestiones que el propio don Julio dice haber hecho en defensa de su hijo está una carta enviada al presidente de la Comisión Nacional de Derechos Humanos (CNDH), José Luis Soberanes Fernández. "Mi vida no es solo mía. Una parte, no sé cuál, no sé cuánta, pertenece a Julio Scherer Ibarra". Luego decía que su hijo venía padeciendo acoso y que: "La persecución de Julio me afecta en sus muy variadas consecuencias. No aludo a mi trabajo como periodista; aludo a mi vida en su conjunto".[18]

Entre los "buenos oficios" que don Julio hizo por Julito hay otro más que tampoco aparece narrado en la obra del padre. Según una fuente, también fueron a ver al secretario de Hacienda, Francisco Gil Díaz. Al parecer, el secretario fue implacable: les explicó el sustento de las acusaciones, sin ceder un milímetro ante el nombre del afamado periodista. Quizás esa actitud, la de no ceder ante él por ser hijo de quien era, habría de agraviar de por vida a Julio Scherer Ibarra, quien a partir de entonces albergaría un profundo rencor en contra de Gil Díaz. Tan grande debe haber sido el agravio que, dos décadas más tarde, y con todo el poder que amasó sobre el sistema de justicia, Scherer Ibarra buscaría vengarse, ya no contra Gil Díaz, sino contra su hijo, Gonzalo Gil White, como se relata en el capítulo 13.

Finalmente, el procurador Macedo de la Concha resolvió no judicializar el caso, ya por la presión del director de *Proceso*, ya porque Julio Scherer y Caze no eran los únicos en la industria azucarera que habían cometido ese tipo de ilícitos para beneficiarse de incentivos fiscales, con lo que era difícil justificar que no se trataba de una persecución en contra del director de un medio adverso al gobierno.

Las causas penales que enfrentaba Scherer Ibarra —de las que, por cierto, no se libró Molina Sobrino— se extinguieron por completo una vez que el último procurador del gobierno foxista, Daniel Francisco Cabeza de Vaca, asumió el cargo en abril de 2005. El episodio decisivo —que Scherer García también omitió relatarnos— tuvo lugar cuando él y su hijo se juntaron a comer con el nuevo funcionario. "Déjeme morir en paz y disfrutar la libertad de mi hijo", le habría dicho don Julio a Cabeza de Vaca. Ese fue el origen de una larga relación amistosa entre Julito y el entonces procurador.

En su momento, el episodio de Caze incomodó a más de uno de los cercanos a don Julio, pues este tuvo que intervenir directamente, usando sus contactos políticos, poniendo de frente su propio nombre para defender a su hijo. Uno de los colegas cercanos a Scherer García en *Proceso*, quien profesó una gran admiración por él, exclamó: "¿Cómo era posible que el gran periodista independiente, reconocido por su honestidad, tuviera que doblegarse ante el poder para defender las pillerías de su hijo? ¿Cómo era posible que el director de esa revista de izquierda fuera a pedirle un favor como ese a un presidente puesto por la derecha?".

Cuentan que en esos años, más de uno de sus allegados en el periodismo incluso le sugirió a don Julio bajarle a la defensa pública de su hijo. Sin embargo, la respuesta del director fundador de *Proceso* era siempre la misma: "Los hijos son los hijos". Es difícil saber lo que Scherer García realmente pensaba sobre la forma de actuar de Julito. "Anda en cosas raras, pero es mi hijo", le escuchó decir otro de sus colegas. Con todo, no es un dato menor que don Julio nunca permitió que su primogénito llegara a la dirección de la revista, a la que aquel alguna vez aspiró. Razones tendría.

PASOS POR LA POLÍTICA Y LA RELACIÓN CON *PROCESO*

A finales de 1999, Scherer abandonó el consorcio de Molina Sobrino para incorporarse a la campaña de Francisco Labastida como consejero político. Las funciones de Julito tenían que ver principalmente con la información y los medios. Trabajó entonces junto a Marcos Bucio, quien fuera secretario particular y posteriormente vocero de la campaña presidencial del priista, alineados siempre con Emilio Gamboa Patrón, el coordinador de la campaña presidencial y con quien tenía relación desde que fue subsecretario de Comunicación Social en la Secretaría de Gobernación, cuando Labastida era el secretario.

Cuenta Ortiz Pinchetti: "[Durante la contienda,] Scherer llamaba, visitaba, trataba de persuadir a los columnistas que hacían críticas al candidato priista. Estaba presente en las entrevistas que concedía Labastida, intervenía para cuidar el tono, el sentido de las preguntas de los reporteros. También utilizaba el nombre de su padre, el prestigio de *Proceso* —como lo hizo siempre— para dar mayor fuerza a sus intervenciones".[19]

Podría afirmarse que el testimonio de Ortiz Pinchetti está marcado por un agravio personal, por haber sido despedido de la revista tras un pleito público con Scherer García y su hijo mayor. Sin embargo, su versión coincide con la de otros que trabajan o trabajaron para la revista, quienes cuentan que —especialmente cuando su padre era el director— Julito solía aparecerse los días de cierre para curiosear en lo que venía y usar esa información de distintas formas, en su propio beneficio.

Sin pasar por su padre, pero aprovechando su relación consanguínea, era frecuente que pidiera favores personales a los redactores de *Proceso*, ya fuese para gestionar reuniones con políticos o empresarios y que se les dejara de golpear o para pedir que trataran bien a algún personaje. "De alguna forma", señalaba una fuente, "Julito litigaba con la revista", y hacía gestiones por las cuales posiblemente cobraba alguna suma o al menos se ganaba la simpatía de algún personaje del que pudiera obtener algún beneficio futuro.

Muchas veces Julito pedía las cosas al equipo de la revista, pero les decía: "No se lo digas a mi papá, por favor". En *Proceso* algunos periodistas le hacían caso, otros lo ignoraban, aunque ciertamente también había quienes "lo mandaban directamente a volar", como señaló uno de mis entrevistados, quien además aseveró que, en su concepción sobre la prensa y su relación con esta, "Julio [Scherer Ibarra] representa todo lo que su padre odiaba, al incurrir en las peores prácticas, desde la censura hasta la compra de columnistas".

Uno de los episodios más vergonzosos de la historia de *Proceso* ocurrió el 7 de agosto de 2000, cuando Julito le hizo una llamada telefónica al reportero Ricardo Ravelo, la cual fue filtrada al año siguiente por *El Universal*, donde se puede escuchar cómo el hijo del fundador de la revista intentaba persuadir por todas las vías posibles al periodista, quien había escrito una nota titulada "Amarga confiscación/No habrá Fobazúcar, pronosticaba Bancomext en tiempos de Zedillo". En el texto se abordaban, entre otros temas, los fraudes cometidos en la industria azucarera, en los cuales Scherer Ibarra había estado involucrado. En la conversación Julito le pedía encarecidamente a Ravelo omitir varios detalles relevantes sobre la forma en que se fraguó el fraude en Caze.[20] Julio le pedía al autor de la nota eliminar cuatro párrafos completos, que seguramente resultaban comprometedores.

—Pero ¿no se podría eliminar esta parte? Hacerla mucho más chiquita —preguntaba.

El reportero se resistía:

—Pues, mira…

—¿En eso no me podrías ayudar?

Transcurrido un rato de la conversación, era claro que el reportero ya había doblado las manos frente al hijo de don Julio:

—Ajá, entonces, ¿nada más meto esta parte?

Y Julio le decía:

—Sí. Quitas esa parte. Para hacerlo mucho más chiquito, Ricardo.

Después, el reportero volvía a insistir en que era necesario equilibrar la información. Entonces, el hijo de don Julio, ese gran referente de la ética periodística en nuestro país, le contestó con una frase memorable:

—¿Para qué lo equilibras?

Al final de esa larga conversación, que cualquier lector puede encontrar en línea, se menciona incluso el nombre del director de la revista, Rafael Rodríguez Castañeda. "Te juro que no te va a decir nada", le aseguraba Julito a su interlocutor, quien ya había aceptado complacerlo: "Me dijo Rafael que no hay ningún problema". Al final, Scherer Ibarra le anunciaba que de todas formas iba a hablar con él para consultarlo.

Más adelante, puede leerse cómo Scherer Ibarra le dice:

—[Ya] hablé con él. [...] Que no hay ningún problema. Que medio párrafo. Que sea mínimo.[21]

La derrota de Labastida cambió la suerte de Julio Scherer Ibarra en el mundo político. Primero —cuentan Ortiz Pinchetti y Ortiz Pardo—, con el pragmatismo que lo caracteriza, Julito buscó trabajo en la administración entrante, en la Dirección de Comunicación. Incluso presentó un proyecto para dicha área del siguiente gobierno, y hasta llegó a ser mencionado por algún medio como integrante del equipo de transición en el tema agropecuario. No obstante, Marta Sahagún se encargó de evitar su llegada. Poco tiempo después, este último no solo se vería fuera del gobierno, sino que, en 2001, debería enfrentarse a la investigación por defraudación fiscal a la que hice referencia anteriormente.

LA IZQUIERDA COMO NICHO DE OPORTUNIDAD

Podríamos decir que Scherer ha combinado diversas formas de hacer negocios, formas que han pasado por el litigio, la cercanía con jueces y magistrados, la mediación entre estos y ciertos despachos, así como entre empresarios contratistas y funcionarios públicos. Pero su modelo de negocios ha incluido también la participación política, la aportación de dinero para campañas electorales, la recaudación de fondos y hasta la innegable solidaridad que mostró en momentos clave con algunos de los cuadros más destacados del PRD y más tarde de Morena. Porque, sin duda, Julio es un hombre generoso, especialmente con quien le conviene serlo.

Desde que la izquierda llegó al poder en la Ciudad de México, con el ingeniero Cuauhtémoc Cárdenas, Julio acompañó a los jefes de gobierno emanados de sus filas. Por lo general, mediaba la relación entre empresarios y funcionarios del gobierno capitalino, movilizaba recursos para las campañas, buscaba hacer favores. En el mundo del litigio, encontró en la izquierda un buen nicho de oportunidad; pudo ejercer allí el papel de *broker*, que ya estaba copado en el PAN y el PRI, y encontró una palanca para promover una amplia variedad de negocios a partir de los recursos que tuviera a mano.

No está claro el origen de la fortuna de Scherer Ibarra ni en qué momento empezó a hacer grandes cantidades de dinero. Varios testimonios apuntan que fue durante el periodo de gobierno de Marcelo Ebrard Casaubón, en cuya administración actuó como *broker* entre despachos de abogados y el Poder Judicial de la capital, y además tuvo un papel de mediador entre políticos y autoridades, por un lado, y empresarios contratistas, por el otro. A estos últimos, según testimonios, solía cobrarles comisiones para conseguirles contratos de obra pública. Un ejemplo de este tipo de mediación, según una fuente, se dio con los trabajos de sustitución de asfalto por concreto hidráulico en el Circuito Interior de la Ciudad de México, en 2008.

Con Ebrard, Julio parece haber tenido una cercana relación de amistad que solo terminaría años después, aparentemente cuando el segundo dejó de apostar en él para la sucesión presidencial y prefirió a Claudia Sheinbaum. Fue durante la administración de Marcelo, además, cuando Scherer comenzó a crear una red de negocios judiciales en la que actuaría como un intermediario entre el Poder Judicial de la Ciudad de México y una serie de despachos de abogados, tema que abordo en el capítulo 7.

Durante aquella administración Scherer creó un vínculo importante con Miguel Ángel Mancera, a quien conoció cuando este era funcionario en la entonces Procuraduría General de Justicia del Distrito Federal, un lazo que se hizo aún más cercano cuando se convirtió en procurador, a partir de 2008. Durante esos años, Julio operaba directamente en la oficina de Mancera para obtener o frenar órdenes de aprehensión a favor de ciertos despachos. Un ejemplo de ello fue el pleito familiar que se estableció dentro de la empresa productora de Vitacilina, donde Julito intercedió a favor de Masao y Yasuo Tsuru Santa Rosa, representados por los abogados Luis Cervantes y Ulrich Richter (este último amigo y socio de Scherer), quienes buscaban apoderarse del negocio de su tío, Kiyoshi Tsuru Kayaba, un empresario de origen japonés, representado por Nassar Daw y Ramírez Ornelas.

Al parecer, luego de que se había girado una orden de aprehensión contra Masao y Yasuo, Scherer intervino con gran rapidez para evitar que pudieran detenerlos y logró darle al caso un giro de 180 grados para que se librara una orden de aprehensión, pero esta vez en contra de Masaru Tsuru Kayaba y sus dos hijos, Masao y Yasuo Tsuru. Una persona que estaba presente en la oficina del jefe de gobierno asegura que Julio entró a la oficina del procurador Mancera portando una maleta con varios millones de pesos para aceitar la decisión. Al final los abogados de ambas partes tuvieron que llegar a una conciliación forzada y fue necesario vender la empresa.

Los negocios que Scherer inició durante la administración de Ebrard trascendieron y se potenciaron significativamente durante el gobierno de Mancera. Con el tiempo, uno y otro se harían amigos y socios. De hecho, Scherer lo apoyó decididamente en su campaña a la jefatura de gobierno. En el entorno mancerista cuentan que fue él quien lo acercó a varios grandes empresarios, como Eduardo Tricio, Alejandro del Valle y José Antonio Chedraui, y le ayudó a recaudar fondos a través de estos y otros hombres de negocios. Ya con Mancera en el poder, Scherer buscaría interceder en favor de algunos de esos empresarios, sin que importara mayormente que sus agendas fueran políticamente sensibles para la izquierda.

Diversos testimonios dan cuenta, por ejemplo, de cómo Scherer intercedió ante diversas autoridades de alcaldías gobernadas por el PRD a favor de grandes supermercados para que pudieran instalarse en diferentes lugares. En 2016, por ejemplo, Julio intercedió por Chedraui para que pudiera poner un gran supermercado en Iztacalco, a tan solo 40 metros del mercado de la colonia Agrícola Oriental. Evidentemente, abrir un súper frente a un mercado popular, con más

de medio siglo de antigüedad, significaba poner en peligro el trabajo de los locatarios que llevaban tiempo trabajando allí, y se opusieron
al proyecto.

El hijo de don Julio hizo todo tipo de gestiones para apoyar a la
empresa, a la cual, aparentemente, recurrió para pedirle fondos durante la campaña y cuyo favor debía ahora retribuir. Para concretar la
operación, además, Scherer no tendría empacho en ofrecer financiamiento para las futuras campañas de aquellos políticos involucrados
en autorizar la instalación de nuevos supermercados. A Julito, evidentemente, el destino de 350 locatarios, que por tres generaciones habían
vendido frutas, verduras, carnes, pescado, ropa y plásticos, no era su
principal preocupación. Prefería interceder a favor de Carlos Estrada
Chedraui, con cuyo grupo empresarial estaba comprometido.

Ejemplos como este, que dibujan a un personaje movido fundamentalmente por el dinero, se repiten a lo largo de su trayectoria.
Scherer llegó a asesorar también a Alfredo Elias Ayub (director de CFE
desde 1999 y hasta 2015, con Zedillo, Calderón y Peña Nieto), a quien
buscó ayudar en la construcción de la polémica central hidroeléctri-
ca de La Parota, un proyecto presentado en 2003 con el que la CFE
buscaba edificar una presa que afectaría a cerca de 25 mil personas de
cinco municipios del estado de Guerrero, especialmente campesinos,
indígenas, ejidatarios y comuneros, inundando unas 17 mil hectáreas
con el represamiento del río Papagayo.

El interés de Julio, como era de esperarse, no estaba del lado de
esas comunidades, sino de la banca internacional, las grandes construc-
toras y los inversionistas a los que CFE buscaba impulsar con aquella
iniciativa, para lo cual el gobierno foxista no escatimó en recurrir a
la intimidación, las amenazas y la presión, según denunciaron en su
momento varios activistas.

Volviendo a Mancera, hay que decir que Scherer Ibarra tuvo su
agosto en aquella administración, en la que tanto él como sus socios
—según una denuncia del abogado Paulo Díez Gargari— fueron
beneficiados por el llamado "cártel inmobiliario", gracias a que la
Secretaría de Desarrollo Urbano de la ciudad le permitió edificar

construcciones irregulares y grandes desarrollos inmobiliarios que excedían por mucho el número de pisos permitidos.

Según el testimonio de un funcionario de confianza del ex jefe de gobierno, Julio también fue muy cercano a José Ramón Amieva, quien el 29 de marzo de 2018 fue nombrado jefe de gobierno interino para terminar el periodo mancerista. Al parecer, nuestro personaje habría sido el mediador en la celebración de una serie de jugosos contratos para otorgar, entre otros rubros, vales de despensa de fin de año al personal del gobierno capitalino, los cuales fueron asignados a una empresa llamada Broxel, que en los últimos años se ha beneficiado de jugosos contratos con el sector público.

Como lo investigó en su momento Salvador Camarena, entre los servicios que oferta esta firma están las tarjetas del metro y los vales de despensa, con los que se hace un negocio muy lucrativo, al meter en el circuito financiero los recursos que se depositan en las tarjetas.[22] Durante el interregno de Amieva, Broxel recibió, entre otros, un contrato por un total de mil 123 millones de pesos, otorgado por la Oficialía Mayor para la adquisición de combustible para el parque vehicular asignado a distintas dependencias del gobierno de la Ciudad de México.[23]

Entre los promotores y cabilderos de Broxel, según el testimonio recabado (no fue posible corroborar con otras fuentes), estaría Juan Lecanda, un político muy cercano a Emilio Gamboa, de quien fue secretario particular, y también cercano a Scherer, quien le habría abierto varias puertas para venderle al gobierno de la ciudad. Según esa misma fuente, Scherer también intercedió en la concesión de contratos de seguros a Grupo Salinas, lo que le facilitó el camino al CEO de TV Azteca, Benjamín Salinas, con quien Scherer Ibarra y, especialmente su hijo, Julio Scherer Pareyón (a quien me refiero aquí como Julito II), tienen una cercana relación de amistad y de negocios.

Julito II, por cierto, merecería una investigación especial que permita dilucidar, entre otras cosas, qué tipo de sociedad tiene con Miguel Barba Ampudia, mejor conocido como Mika, dueño de una empresa financiera y, según dos fuentes coincidentes, que como otras en este libro pidieron el anonimato, un facturero que se ha vuelto particularmente rico en los últimos años.

Con la actual jefa de gobierno Julio Scherer también ha tenido una relación de amistad, especialmente desde 2004, cuando estalló el tema de los "videoescándalos" que involucraron a su entonces esposo, Carlos Ímaz, acusado de haber recibido sobornos del empresario Carlos Ahumada. Sheinbaum le tiene gratitud porque, en esa ocasión, Scherer llevó el caso de Ímaz sin cobrarle un solo peso, un favor personal del que Julio ha intentado sacar provecho. Hábil para la manipulación, Julio ha pretendido obtener consideraciones especiales de la jefa de gobierno, disfrazando sus intereses personales de apoyos desinteresados.

En la elección de 2018, Julio le acercó a su primo y socio, el consultor político Hugo Scherer Castillo, quien más tarde también llevaría la imagen de su gobierno, hasta que el presidente López Obrador, enfadado por el papel que desempeñó en la campaña de 2021, junto a su exconsejero, le pidió apartarlo. Dentro del equipo de la jefa de gobierno existen versiones de que, desde entonces, Sheinbaum ha buscado mantener a los Scherer alejados, particularmente a Julio, a pesar de que no ha querido ofender a una persona que fue solidaria con él en el pasado. Aun así, varios empresarios que en su momento aportaron recursos para la campaña de López Obrador señalan que el exconsejero se les ha acercado para pedirles dinero para Claudia. Según pude conocer, estos esfuerzos los ha llevado a cabo sin tener autorización por parte de la jefa de gobierno.

Lo cierto es que, Julio tiene un buen olfato para saber cuándo y a quién ayudar. Seguramente por eso, cuando el 3 de diciembre de 2013, López Obrador sufrió un infarto agudo de miocardio que lo llevó a internarse en urgencias del hospital Médica Sur, fue Scherer Ibarra quien se ocupó de cubrir el costo de la cirugía y otros gastos del hospital, además de que, por un buen tiempo, se hizo cargo de sus hijos, quienes por obvias razones le tienen, junto con el presidente y su esposa, Beatriz Gutiérrez Müller, cariño y gratitud.

Esta no es la única historia de ese tipo. En una ocasión el Scherer benefactor también le pagó al cineasta y publicista Luis Mandoki los gastos de una muy cara atención médica en un hospital de Houston. ¿Habrán sido estos gestos humanos de Julio Scherer Ibarra acciones meramente desinteresadas o la muestra de un tipo astuto y visionario que no da puntada sin hilo ni paso sin huarache?

3

La relación con AMLO y la izquierda

> Que cada quien se haga cargo de sus responsabilidades.
> Desde que tomé posesión en la Cámara, dije que yo solo
> me hacía cargo de Jesús Ernesto, y eso porque es menor
> de edad.
>
> AMLO en la mañanera del 12 de julio de 2021

El 7 de enero de 2015 falleció Julio Scherer García, un hombre por quien López Obrador tuvo gran respeto y enorme aprecio. En varias ocasiones, el presidente de la República ha mencionado que mantuvo con el fundador de *Proceso* —a quien conoció por medio de Carlos Monsiváis— una cercana amistad. Cuando se anunció su muerte, Andrés Manuel estaba en una gira por el estado de Veracruz. Allí le dedicó un minuto de aplausos y recordó lo mucho que había querido a su amigo.[1]

Para López Obrador, él era el mejor ejemplo de lo que debía ser el periodismo en México.[2] "Don Julio Scherer García decía que era muy grande su amistad conmigo", cuenta AMLO, "y cuando lo interrogaban sobre mi manera de pensar y de ser, antes de responder, solía advertir que no podía ser objetivo".[3]

Pero había algo más que amistad y respeto mutuo entre estos dos personajes. Su cercanía se fortaleció a medida que se acercaban las elecciones de 2006 y don Julio —a quien, como ya he apuntado, no le gustaba el dinero, pero sí le interesaba la cercanía con el poder— comenzó a verse como un consejero informal de quien se perfilaba como posible presidente. Otro elemento que los convirtió en buenos compañeros de viaje es la antipatía que uno y otro sentían por Felipe Calderón Hinojosa.

Fue a través de don Julio que Julito conoció a López Obrador. El periodista solía comer algunos domingos en el departamento de Andrés Manuel, y su hijo mayor, que en un principio solo llevaba a su padre a esas comidas, saludaba a los presentes y se marchaba, en algún momento comenzó a encontrar provechoso quedarse a departir. Comenzó entonces a relacionarse más con el futuro presidente hasta que los tres —don Julio, Julito y Andrés Manuel— se vincularon en un plano más personal. Scherer padre e hijo compartían, además, el gusto de AMLO por el beisbol, y cuentan que en torno a esa afición llegaron a reunirse varias veces a ver los juegos. No todo era armonía en esos encuentros, pues mientras los Scherer le iban a los Yankees, Andrés Manuel se inclinó siempre por los Dodgers.

En algún punto se hizo evidente que don Julio tenía un marcado interés en acercar a su hijo a López Obrador y posicionarlo dentro del círculo de mayor cercanía y confianza del político. Seguramente por eso, entre 2007 y 2012, el fundador de *Proceso* motivó a su vástago —a quien nunca se le dio el arte de la escritura— a publicar varios libros. Fue así como apareció *La guerra sucia de 2006. Los medios y los jueces* (2007), escrito en coautoría con Jenaro Villamil; *Impunidad. La quiebra de la ley* (2009) y *El dolor de los inocentes. La guerra de Calderón* (2012). Estas publicaciones, más que obedecer a un interés genuino de parte de Julito por el trabajo intelectual o periodístico, fueron escritas con el apoyo de terceros para forjarse, siempre a la sombra de su padre, la imagen de un obradorista integrante del movimiento. Nada mejor para ello que hablar sobre la fatídica elección de 2006 y sumarse a la diatriba anticalderonista, tan redituable políticamente entonces como ahora.

Según la versión de un colaborador de don Julio, que pude confirmar con figuras cercanas al hoy presidente, en su lecho de muerte el periodista llegó a pedirle a López Obrador cuidar de su hijo mayor. Esto podría explicar que unos años después Andrés Manuel incorporara a Julito en un lugar destacado dentro de su campaña y más tarde le diera un espacio muy relevante en el gobierno.

Pregunté a algunas personas cercanas al círculo íntimo obradorista qué factores motivaron que Scherer Ibarra se ganara la confianza del líder de la Cuarta Transformación. Obtuve pocas respuestas esclarecedoras y, en ciertos casos, resistencia a hablar del tema. Inicialmente, y por un buen tiempo, es probable que López Obrador haya confiado en Julito simplemente por ser hijo de quien era. No es extraño que haya sido así, pues una de las debilidades más marcadas del presidente ha sido creer que el talento y la honestidad se heredan de los padres a los hijos.

Lo más probable es que Scherer Ibarra, con el olfato y sagacidad que lo caracteriza, haya sabido ganarse su propio espacio, primero al apoyarlo decididamente a él y a varios cuadros de su movimiento, al conseguir recursos sin los cuales difícilmente se puede hacer política en México; más tarde, en el gobierno federal, al actuar como un apagafuegos que resolvía problemas, y especialmente como un vínculo con políticos, empresarios y factótums reales de poder, gracias a las relaciones que venía cultivando desde tiempo atrás. Es muy probable que López Obrador haya considerado que Scherer podía serle útil, incluso para llevar a cabo cierto tipo de tareas que todo político suele requerir y para las que no cualquiera está capacitado o incluso moralmente dispuesto a emprender.

La cercanía de Scherer con el movimiento obradorista viene desde que Andrés Manuel era jefe de gobierno de la Ciudad de México, cuando empezó a fungir como un vínculo con las instituciones de justicia. Más tarde, en la elección de 2006, Julito formó parte del equipo jurídico que denunció el presunto fraude electoral de las elecciones presidenciales, y desde entonces se fue convirtiendo en uno de los asesores de AMLO en cuestiones legales.

En la campaña de 2012, Scherer Ibarra volvió a colaborar con el equipo jurídico, y para 2016 tuvo a su cargo armar una demanda por daño moral en contra de *The Wall Street Journal*, luego de que este publicara una nota en la que le atribuían a López Obrador no haber declarado dos propiedades. Gracias a uno de sus socios, Alonso Rivera Gaxiola, Scherer pudo dar buenos resultados, con lo que el diario no tuvo otra opción que pedir una disculpa pública y retirar sus afirmaciones.

Pero el papel del hijo mayor de don Julio en el movimiento fue más allá de lo jurídico. Desde tiempo atrás, fungió como un vínculo con representantes de los poderes económico y político. Al ser hombre de muchos amigos —"buenos y malos", decía una fuente—, siempre fue capaz de conseguir favores especiales y establecer vías de interlocución con representantes de "la mafia del poder". Gracias a las buenas relaciones que siempre ha tenido con medios de comunicación, Julito actuaba también como un publirrelacionista que acercaba a López Obrador a directivos, dueños de medios y periodistas.

Quizás una verdad inconveniente es que todo político necesita de un perfil estilo Julio Scherer Ibarra. En efecto, el hijo de don Julio también fue —y al parecer sigue siéndolo hoy— un importante recaudador de fondos de campaña. Al menos desde 2006 participó en esas actividades junto a Federico Arreola. En *El rey del cash*, Elena Chávez no miente al señalar que Scherer fue clave en identificar a empresarios para que financiaran la campaña presidencial de AMLO en 2012.[4] Existe plena evidencia de que en esa elección, la segunda en la que AMLO compitió por la presidencia de la República, Julito llamó a su amigo, el empresario de Grupo Villacero, Julio Villarreal Guajardo, para pedirle una buena suma de dinero.

Durante una conversación de casi cuatro minutos, que más tarde se filtró a los medios, Scherer pronunció el verbo "ayudar" cerca de 20 veces, pidiendo al empresario, a quien se dirigía con mucha familiaridad, 30 millones de pesos para el entonces presidente nacional del PRD.

—Necesitamos que ojalá puedas ayudar a [Jesús] Zambrano —se escucha a Scherer decir en el audio a su amigo.

Él le contesta que días atrás ya había aportado 50 millones:

—Cinco cero —dice textualmente.

Pero Scherer le pedía más y más.

—El presidente del partido está enfrentando una urgencia —le dice y repite—: Ayúdalo, tocayo.

Villarreal reacciona como si lo quisieran exprimir y le recuerda:

—Ya apoyamos.

Pero resulta que el dinero no alcanza y se necesita más. Quiere otros 30 millones. Scherer, insiste:

—Ayúdalo, ayuda.

—Ya apoyamos con cinco cero, ¿me entiendes? —repite Villarreal en una conversación que se vuelve cada vez más repetitiva.

Pero Scherer sigue, casi ruega:

—¡Ayúdalo, tocayo, ayúdalo, ayúdalo!

—Ahorita no lo puedo hacer —le responde el empresario, que ya quiere poner fin a la conversación—. Déjame ver qué puedo hacer, tocayo —le dice al final.

Y entonces viene ese momento en el que el asesor legal de AMLO le ofrece la seguridad de que su inversión será de utilidad:

—Todo mundo va a responder ahí, tocayo… —le asegura—. ¡Ya nada más dale una fraccioncita, tocayo![5]

Y sí, por lo visto le respondieron. Al menos Scherer lo hizo siete años después —o lo intentó—, tanto cuando operó a su favor para beneficiarlo con la compra de Caja Libertad a un precio muy inferior a su valor de mercado (capítulo 9), como al forzar un acuerdo reparatorio para que Alonso Ancira tuviera que venderle parte de Agronitrogenados (capítulo 10).[6]

Por varios años, Scherer habría sido uno de los hombres encargados de acometer buena parte de ese trabajo que existe en todos los partidos con vocación de poder, pero no todos están dispuestos a hacerse cargo. En cualquier caso, es probable que el propio Julito se haya visto beneficiado de este tipo de transacciones. Al existir una práctica generalizada en los partidos políticos de recibir dinero en efectivo y no reportar los montos verdaderamente recaudados, es muy común que quienes llevan a cabo estas actividades se embolsen cantidades nada despreciables, cual si se tratara de una comisión por los servicios prestados.[7]

El caso de Scherer como recaudador de fondos de campaña no parece haber sido distinto. Así lo sugieren testimonios que obtuve sobre lo ocurrido durante la contienda de 2018. El primero tiene que ver con el papel del empresario chihuahuense del sector maderero, Miguel Alberto González Lardizábal, quien fungió como uno de los enlaces de Alfonso Romo ante distintos hombres de negocios de su estado y aportó una importante cantidad de recursos. Durante los meses previos a la campaña y a lo largo de esta, el empresario —cuyo testimonio reproduzco aquí con su autorización— aportó un total de 120 millones de pesos, en pagos que se llevaron a cabo tanto en efectivo como por medio de transferencias bancarias. González Lardizábal se acercó al obradorismo tanto a través de Romo como de Rafael Espino, a quien lo une una larga amistad y quien sería uno de sus principales nexos con el obradorismo.

Normalmente, quienes aportan recursos a los candidatos en campaña, especialmente cuando están en condiciones de ganar, esperan recibir retribuciones a través de contratos o beneficios que incluso apalabran previamente. La retribución que los aportantes finalmente obtienen suele ser muy superior a los recursos aportados, incluso hasta 10 veces el monto de la contribución. Miguel González aportó dinero en varios momentos durante la campaña, pero no cerró acuerdos específicos. Cuando faltaban unas seis semanas para la elección, sin embargo, el empresario creyó necesario preguntarle a Espino de qué manera podría recuperar su inversión. "Que lo veas con Scherer", fue la respuesta que recibió de más arriba.

Fue así como el empresario chihuahuense acudió a ver a Scherer Ibarra a su oficina en el barrio de las Lomas de la Ciudad de México. En alguna ocasión ya había tratado con él, cuando aportó a través de este 5 millones de pesos para la campaña de Marcelo Ebrard para jefe de gobierno. Según el empresario, Scherer, que entonces coordinaba la campaña en la tercera circunscripción, correspondiente a los estados de Veracruz, Oaxaca, Chiapas, Tabasco, Campeche, Yucatán y Quintana Roo, no le resolvió nada. Lo que sí hizo, sin embargo, fue pedirle una suma adicional: "Necesitamos 10 millones de pesos para Veracruz, nos urgen", le dijo. Sorprendido ante esa petición, Miguel le contestó que él no tenía nada que ver con ese estado y se permitió recordarle: "Yo estoy en Chihuahua". Aun así, Julio le insistió: "Es por la causa". El empresario dio su brazo a torcer.

Pero la cosa no terminó ahí. Un mes después, ya muy cerca de la elección, Miguel coincidió con Gonzalo López Beltrán, el hijo menor del primer matrimonio de López Obrador, quien coordinaba la estructura de defensa del voto.[8] Durante la conversación, el empresario maderero comentó que había aportado una serie de recursos para la campaña en su estado y que también le había dado a Scherer la suma antes mencionada. Cuando Gonzalo escuchó esto, cuenta el empresario, no pudo ocultar su molestia. Al parecer estaba descompuesto. Aparentemente, el dinero no había sido reportado ni entregado a la campaña. Unos días después, González Lardizábal recibió una llamada de su amigo Espino: "Scherer está encabronadísimo contigo", le dijo. "Que dónde te deposita esos 10 millones". Al parecer, Gonzalo le había hecho un reproche muy severo a Julito, un comentario casi humillante.

La acción tendría consecuencias. Una vez que Julio se convirtió en el todopoderoso consejero jurídico, Miguel González Lardizábal no pudo obtener un solo contrato. Según el empresario, en un par de ocasiones en que estuvo a punto de cerrar algún acuerdo, Scherer, rencoroso, como lo describen varios, movió los hilos para obstaculizarlo. No sería difícil, pues, en virtud de una reforma que él mismo promovió —como explicaré en los siguientes apartados— logró nombrar y controlar a todos y cada uno de los directores jurídicos de las dependencias del gobierno federal, y por esa vía era capaz de facilitar o poner palos en la rueda ante cualquier contratación.

Esta no es la única historia de ese tipo. Durante la campaña de Claudia Sheinbaum a la jefatura de gobierno, circuló entre integrantes del equipo de campaña la versión de que Scherer se ostentaba como enlace ante la comunidad judía, a pesar de nunca haber sido designado para tal función, e incluso que en esa calidad recaudaba fondos de los que nunca enteró.

Cuentan que en una ocasión Claudia le preguntó por el asunto a Scherer Ibarra, quien se mostró ofendido, negó categóricamente las imputaciones e incluso le aseguró a la candidata que no necesitaba llevarse tres pesos más al bolsillo. "¿Cómo te atreves a sugerir algo así?", habrían sido sus palabras. "Yo soy millonario, no necesito hacer algo así". Estos testimonios hacen pensar en que alguna razón tendría una de las fuentes entrevistadas para esta investigación, cuando afirmó: "Julio tiene un estilo muy peculiar como recaudador de fondos: por lo general, de cada 20 pesos que junta, 19 son para él y uno es para la campaña".

Ciertamente, Scherer ejerció un papel relevante en la contienda de 2018. Fue parte de los equipos en que se discutía la estrategia del candidato y, como ya se dijo, fungió como coordinador territorial de Morena (hacía las veces de coordinador regional de campaña) en la tercera circunscripción electoral.[9] Hay que recordar que AMLO no le dio este tipo de posiciones a cualquiera. Las distribuyó entre gente de confianza, como Rabindranath Salazar (en la cuarta circunscripción) y Bertha Elena Luján (en la quinta), o bien figuras de peso político, como Marcelo Ebrard (en la primera) y Ricardo Monreal (en la segunda).

Es muy probable que, en consecuencia, para Andrés Manuel, Julio ya se había convertido en un hombre de confianza. De ahí que, al ganar la presidencia, no solo se vio en la necesidad de retribuirle sus servicios al movimiento, sino que también necesitaba de un perfil como el suyo para asegurar la gobernabilidad.

"TODO A TRAVÉS DE SCHERER"

Al mes de consumarse la victoria, López Obrador anunció que Julio Scherer Ibarra sería su consejero jurídico. *A posteriori*, este ha dicho que no quería ese puesto ni tampoco entrar al gobierno, aunque asegura que el presidente le insistió mucho para que aceptara. En una conversación con Juan Pablo Becerra Acosta, publicada en *El Universal*, el abogado aseguró que el presidente le llegó a pedir hasta 10 veces aceptar el cargo.[10] En esa misma conversación con el periodista, Scherer cuenta que AMLO lo llegó a considerar para ser su vocero, luego de que César Yáñez quedó fuera de la jugada por su polémica boda.[11]

Más allá del puesto formal que asumió nuestro personaje, López Obrador terminó por encomendarle tal cantidad de tareas que su rol habría de equipararse al de un secretario de Gobernación, si no es que más allá de eso. Julio, en ese sentido, pasó a ser una suerte de ministro del interior en la oscuridad, un perfil que actuaba fuera de los reflectores, que no debía dar mayor explicación o rendir cuentas de sus acciones. De hecho, en muy contadas ocasiones llegó a dar alguna entrevista.

Desde esa posición, donde podía explotar muchas relaciones, pedir favores y ejercer un derecho de picaporte con la élite política del país, el consejero pudo hacer negocios a partir del poder y la influencia de la oficina presidencial e incluso hablar a nombre del presidente de la República, como parece haberlo hecho en más de una ocasión sin que este lo autorizara o supiera. Incluso más de un gobernador relató que de las veces en que recibía una llamada Scherer, la mayoría era para pedir algún favor personal. Al final, bastaba con una llamada del consejero jurídico para que se asumiera que era una instrucción presidencial.

Ante una Secretaría de Gobernación, disminuida en sus facultades y con una titular que no formaba parte del círculo de mayor confianza del presidente —Olga Sánchez Cordero—, el consejero jurídico terminó convirtiéndose en una suerte de vicepresidente o segundo a bordo. El presidente le encargó dos de los temas en los que no tenía mayor interés: la relación con el Poder Judicial y la vinculación con las dos cámaras del Poder Legislativo, donde entonces tenía una cómoda mayoría. Desde luego, en este último caso también había otros operadores, como los subsecretarios de Gobernación o los líderes de Morena en el Senado y la Cámara de Diputados. Sin embargo, ninguno de ellos llegó a tener el peso e influencia política de Scherer Ibarra.

Julito también tuvo un papel importante como operador político, una función que se vio facilitada por la ambigüedad en las facultades del puesto de consejero jurídico. Un influyente legislador de Morena, explica así el empoderamiento de Scherer: "Cuando inició esta administración, AMLO tenía poca gente en la que pudiese realmente confiar. Aunque tenía respeto por la ministra Sánchez Cordero, estaba consciente de que su experiencia como jurista y exministra de la Corte no la hacían una operadora política eficaz, pues carecía de tal experiencia". Por eso, señala la fuente, el presidente le encomendó a su consejero jurídico la relación con el Poder Legislativo y fue muy claro en mandar ese mensaje. Cuando desde alguna de las cámaras se le preguntó al presidente quién debía ser su principal interlocutor con Palacio Nacional, la respuesta fue: "Todo a través de Scherer".

Pero las labores de Julio tampoco se limitaron a coordinar la relación con los dos poderes, el Ejecutivo y el Judicial. El presidente le fue dando muchas otras responsabilidades a su consejero, y quizás otras más este último las fue tomando sin permiso, por su propia y habilidosa iniciativa. En la lógica presidencial de que "importa más el cargo que el encargo", Scherer funcionó como una suerte de comodín, a quien el presidente empleaba para una variedad de asuntos.

Julio se volvió un interlocutor con gobernadores y partidos políticos, hablaba con Alito Moreno; se encargaba de cumplir con ciertos compromisos hechos por el presidente, como otorgar contratos a determinados grupos económicos; atendía asuntos espinosos de personajes políticos y empresariales con problemas —ámbito en el que Alfonso Romo nunca logró realmente ser el interlocutor—; tenía una relación fluida con el Ejército, como se puede apreciar en la cantidad de veces que se reunió con el secretario de la Defensa, según los Guacamaya Leaks; y buscaba destrabar problemas que llevaban tiempo sin resolverse: desde los sencillos, como pagos pendientes a ciertos proveedores, hasta los complejos, como recuperar sumas de dinero provenientes de casos de corrupción y que requerían de enmarañadas negociaciones.

Scherer buscaba solucionar conflictos que finalmente le caerían al presidente, y al mismo tiempo se convirtió en el conducto o la ventanilla a través de la cual todo tipo de políticos o empresarios buscaban resolver sus problemas con el gobierno. Más que como el abogado del presidente, en cuya labor no puso mayor empeño, Scherer actuó como un mediador entre el gobierno y los intereses de ciertos grupos influyentes. Esto lo llevó a desempeñar una función importante en la negociación con grupos empresariales en torno a la regulación del *outsourcing* —donde algunos opinan que tuvo una contribución importante—, aunque en ocasiones terminó por abogar a favor de los intereses de grupos económicos o cabilderos, como en el caso del glifosato, la agenda energética o los cigarrillos electrónicos, de los que hablo a detalle más adelante.

En suma, durante los primeros dos años del gobierno de López Obrador, Scherer se convirtió en una figura crecientemente poderosa, al grado de que todos —políticos, funcionarios, gobernadores, empresarios, perseguidos por la justicia, etcétera— lo empezaron a ver como el conducto no solo para obtener soluciones, sino incluso para acceder a algunos de los más jugosos contratos, obtener beneficios o conseguir favores.

Frente al perfil de un presidente visto por muchos como intransigente o implacable, el exconsejero buscaba matizar, mediar y negociar; era la posible carta con la cual buscar un arreglo, ya fuese legal o extralegal, unas veces a favor del interés del gobierno, otras en beneficio del propio consejero jurídico.

Más de una fuente dentro del gobierno refirió de qué manera el exconsejero hacía gestiones a favor de particulares, donde existía la fuerte sospecha de que obtenía algún tipo de beneficio personal. En el ámbito fiscal, señalan que Julio buscó interceder, entre otros, a favor de personajes como Amado Yáñez, de Oceanografía; Raúl Beyruti, de GINgroup —a quien habría buscado ofrecer un acuerdo reparatorio para cancelarle un adeudo por 160 millones de pesos—; así como de una empresa de tecnología mexicana a la que trató de favorecer para que pagara una suma significativamente menor a los 12 mil millones de su adeudo. Hay quien asegura que, a cambio de estas y otras gestiones con empresarios —que se revisan más adelante en este libro—, el consejero recibió cuantiosos beneficios materiales.

En el ámbito sanitario, fuentes del sector señalan que, al principio de la pandemia, el consejero buscó en más de una ocasión mediar para dejar a salvo a ciertos sectores de la economía, a fin de que sus actividades fueran consideradas, sin mayor sustento técnico, esenciales.

En una ocasión pidió al subsecretario de Salud, Hugo López-Gatell, firmar un decreto en el que se incluyeran en la lista de esenciales sectores como la industria cervecera o la minería, para lo cual llegó a pretextar que tenía el visto bueno del presidente López Obrador, cosa que resultó ser falsa. Acciones semejantes —que se explican más adelante— tuvieron lugar en controvertidos temas de salud alimentaria.

En la opinión de un hombre de confianza del presidente, Julio tuvo un papel importante en la medida en que buscaba conciliar intereses y hasta tratar de atemperar ciertas posturas del mandatario. En esa tarea, sin embargo, terminó siendo capturado por algunos grupos económicos poderosos y se volvió abogado de los ricos. Esto probablemente explique por qué hasta ahora Scherer no ha sido cuestionado por ninguno de los grandes medios hegemónicos.

CONTROL SOBRE EL APARATO JURÍDICO DEL GOBIERNO

AMLO nunca mostró suficiente interés por el Poder Judicial ni por el mundo de los juzgadores. Probablemente lo que más le interesaba al presidente en este ámbito era evitar que se obstaculizara su proyecto de gobierno: que la Suprema Corte, los jueces y los magistrados no impidieran su Cuarta Transformación.

En ese sentido, Julio cumplió eficazmente la tarea y medió relativamente bien la relación entre los poderes Ejecutivo y Judicial, y logró, además, mandar ciertos mensajes hacia los jueces y mantenerlos bajo cierto control. Probablemente por esa razón el presidente se sintió cómodo en delegarle la relación con la Suprema Corte, con los jueces y los magistrados del país y se despreocupó de lo que ocurría en la oficina de su consejero jurídico, sin darse cuenta de cómo este acrecentaba peligrosamente un poder sin contrapesos y ver el tipo de negocios que allí se hacían.

Además de las funciones que AMLO le atribuyó a su "encargo", Julio se fabricó un traje a la medida para desempeñar las funciones propias de su cargo. Un movimiento decisivo le dio un superpoder hasta entonces inédito para cualquier consejero jurídico de la presidencia.

En julio de 2018, cuando ya se había anunciado que ocuparía el puesto, el entonces presidente electo le encomendó a Scherer elaborar el proyecto de reforma a la Ley Orgánica de la Administración Pública Federal —que, entre otras, regula la forma y estructura de las dependencias del sector público— para incluir una serie de modificaciones, la más importante de las cuales tenía que ver con la estructura de la Secretaría de Seguridad.

Scherer aprovechó esa coyuntura para darse a sí mismo una facultad que habría envidiado cualquiera de sus antecesores: nombrar y remover a su libre arbitrio y conveniencia a todos y cada uno de los directores de asuntos jurídicos del gobierno federal. Desde esa posición privilegiada, habría de ejercer un gran control político sobre la estructura de toda la administración y, finalmente, desde allí, apalancar sus propios negocios.

No podemos saber si Scherer consultó previamente estas modificaciones legales con el presidente, pero es un hecho que intentó disfrazarlas para que pasaran desapercibidas. En una estrategia que habría de repetir otras veces, el consejero redactó la iniciativa de tal forma que se fraseó una idea en la exposición de motivos, pero se estableció otra muy distinta en el articulado, para de esa manera ocultar sus verdaderas pretensiones. Podríamos definir coloquialmente esta práctica como una de las forma de "shererear".

Para ser más precisos, en la exposición de motivos solamente se mencionaba: "... dentro de las modificaciones propuestas se establece que los titulares de las unidades administrativas de asuntos jurídicos u homólogos de las dependencias y entidades de la administración pública federal *se coordinarán* [nótese el término empleado] con la Consejería Jurídica en aras de una mayor y mejor eficiencia en sus funciones". Ya en la redacción del artículo 43, sin embargo, se puede leer claramente: "El consejero jurídico nombrará y, en su caso, removerá a los titulares de las unidades encargadas del apoyo jurídico de las dependencias y entidades de la administración pública federal, quienes estarán adscritos, administrativa y presupuestalmente, a las dependencias y entidades respectivas".

Cuando era consejero jurídico de Peña Nieto, Humberto Castillejos —de quien Scherer aprendió su *modus operandi* para llevarlo a extremos nunca antes vistos— se otorgó un poder parecido, aunque en ese caso únicamente podía aprobar los nombramientos que previamente hicieran los titulares de cada dependencia. Julio fue mucho más lejos en su reforma. Ciertamente, esta podría entenderse como inserta en el mismo modelo centralizador que llevó al presidente a poner figuras de su confianza, las cuales le reportaban directamente, para así controlar la estructura burocrática del Estado.

Así hizo también con el oficial mayor de la Secretaría de Hacienda, quien en virtud de la misma ley es quien hoy nombra a los titulares de las Unidades de Administración y Finanzas (UAF). Aquí, sin embargo, había una racionalidad asociada a la política de austeridad y la necesidad de efectuar compras consolidadas. El hecho de que el consejero jurídico asumiera facultades similares no tiene ninguna justificación desde el punto de vista administrativo ni mucho menos jurídico.

El poder que esta reforma le dio a Julio Scherer no resultó en absoluto menor, pues llegó a realizar 267 nombramientos de titulares en áreas jurídicas del gobierno, según información proporcionada por la propia Consejería Jurídica a través de una petición de transparencia.[12] Esos 267 movimientos se dividen en 19 nuevos cargos en secretarías de Estado, 16 sustituciones en estas y 232 puestos en las áreas jurídicas de las entidades de la administración pública federal que llegaron al inicio del sexenio.[13] Ningún consejero jurídico tuvo antes tanto poder.

Ese poder, de hecho, le permitió a Julio Scherer convertir en sus rehenes políticos a un gran número de altos mandos del gobierno, en la medida en que podía forzarlos a tomar cierto tipo de decisiones, so pena de meterlos en problemas legales o involucrarlos en escándalos mediáticos. Después de todo, los jurídicos no estaban ahí para cuidarles la espalda a los secretarios o titulares de dependencias, ni tenían como tarea principal cuidar los actos de legalidad de sus instituciones y superiores directos. Su obligación principal era responderle al consejero jurídico que los había nombrado y podía fácilmente removerlos si no obedecían sus instrucciones. No importaba si estas eran o no legales.[14]

A través de los jurídicos de las dependencias, además, Scherer no solo podía tener amenazados a varios altos funcionarios del gobierno federal y obligarlos a subordinarse, sino también allegarse de información muy valiosa con la cual beneficiarse él mismo o alguno de sus socios. Podía así evidentemente influir en el curso de cualquier tipo de compra gubernamental o negocio susceptible de hacerse desde las distintas oficinas de gobierno.

Tan solo hace falta imaginar la cantidad de información que, a través de su red de directores jurídicos, Scherer podía obtener sobre cuestiones fiscales, licitaciones o contratos con privados y dilucidar el tamaño de negocios que estaba en posición de emprender. El consejero, además, tenía la capacidad de allegarse de información muy valiosa sobre los grandes litigios y de esa forma recurrir a los interesados para que esa red de despachos de la que hablaré en detalle más adelante pudiera hacerse de los casos más atractivos y cobrar las comisiones más envidiadas en el mundo de los abogados.

Sin duda esta potestad de nombrar a los directores jurídicos le permitió a Julito crear una estructura funcional a sus intereses. En ocasiones, el consejero nombró a cuadros sin capacidad ni preparación jurídica, pero cuya característica más importante era su disposición a obedecer sin cuestionamientos las instrucciones que les impartía. Así ocurrió, por ejemplo, con Román García Álvarez, a quien hizo director de Asuntos Jurídicos en la Secretaría de Infraestructura, Comunicaciones y Transportes. Este personaje —según una denuncia de Paulo Díez Gargari— fue usado por el consejero para elaborar un acuerdo que le permitió al accionista de control de Aleatica seguir explotando ilegalmente el Viaducto Bicentenario, sin contar con una concesión del gobierno federal. Como explicaré en el capítulo 15, este es un caso en el que el exconsejero impidió un procedimiento de sanción a la empresa, actuando en contra del compromiso que hizo en campaña López Obrador y engañándolo para favorecer intereses personales y familiares.

Dentro de la propia Consejería Jurídica del Ejecutivo federal, Scherer también nombró a varios funcionarios que formaban parte de su red. Así lo hizo, por ejemplo, con Raúl Mauricio Segovia Barrios, por años uno de sus socios en el despacho Ferráez, Benet, Segovia e Igartúa (FBSI) y a quien hizo titular de la Consejería Adjunta de Control Constitucional y de lo Contencioso (ver capítulo 4). Lo mismo aconteció con Mario Iván Verguer Cazadero, un exdirector jurídico de la Secretaría de Desarrollo Urbano y Vivienda de la Ciudad de México que casualmente siempre perdía los juicios en los que Scherer y sus socios tenían interés y a quien más tarde habría premiado con la Consejería de Control Constitucional y de lo Contencioso.

INFLUENCIA SOBRE EL PODER JUDICIAL

Quizás el poder más importante que amasó Scherer se dio dentro del propio Poder Judicial. Desde un principio, el consejero jurídico ejerció una influencia decisiva en la Suprema Corte de Justicia de la Nación y en el Consejo de la Judicatura Federal, donde se controla a jueces y magistrados de tribunales colegiados y unitarios de circuito, así como en juzgados de distrito, por no mencionar otros tribunales especiales como el Tribunal Electoral del Poder Judicial de la Federación (TEPJF).

Nada de esto habría sido posible sin la colaboración del entonces presidente de la Corte, Arturo Zaldívar Lelo de Larrea. Varios testimonios señalan que el consejero fue clave al operar directamente su nombramiento. Zaldívar y el exconsejero, quienes tienen una amistad de larga data, se conocen al menos desde hace 30 años, e incluso tuvieron un buen tiempo la costumbre de desayunar juntos todos los sábados en el Café de la O, en las Lomas, sitio que a Scherer le gusta frecuentar.

En 2018 no pintaban fácil las cosas para que Zaldívar llegara a la presidencia de la Corte. Buena parte de sus pares —a quienes tocaba la decisión— no veían su perfil con los mejores ojos por no proceder de la carrera judicial. Los votos no le daban y no le hubieran dado de no ser por la intervención de Scherer. Si bien en el entorno de Zaldívar se asegura que el ministro llegó a la presidencia por el apoyo de López Obrador, el presidente no lo conocía realmente. Por ello es que, para satisfacer su ambición de presidir el máximo tribunal del país, el ministro tuvo que hacer varias concesiones al consejero jurídico, con lo que quedó obligado a hacerle todo tipo de favores. A cambio de ello, Scherer le aseguraba cercanía con el presidente y hacerse de un creciente poder.

Zaldívar y Scherer probablemente acordaron el nombramiento de dos puestos clave en el Consejo de la Judicatura, donde se definen los ascensos en el Poder Judicial y se toman medidas de disciplina: el secretario general del Consejo, Carlos Antonio Alpízar, quien al poco tiempo se revelaría como un habilidoso operador en el Poder Judicial, y el jefe de administración, Alejandro Ríos Camarena. Político de usos y costumbres típicamente priistas, Alpízar fue antes magistrado con Eruviel Ávila y es conocido por haber acumulado un patrimonio que ha generado dudas entre los abogados consultados que han seguido su trayectoria. Tiene un rancho en Ocoyoacac, donde las propiedades no suelen ser baratas, y una casa en La Herradura, donde en los últimos años se han estado haciendo diversas ampliaciones que son visibles desde fuera de la propiedad.[15] Con gran influencia entre magistrados de primer, segundo y tercer circuito —especialmente en la Ciudad de México, el Estado de México y Jalisco—, su rol dentro del Poder Judicial consistió en bajar línea a jueces y magistrados, buscando a aquellos que tenían quejas en su contra y presionándolos a grados extremos, ya con amenazas de trasladarlos a sitios inhóspitos y de alta criminalidad, ya a través de otro tipo de presiones, como incluso dan cuenta diversas notas publicadas en la prensa.[16] Según funcionarios del Poder Judicial y fuentes de la Presidencia de la República, Alpízar llevaba una lista de temas prioritarios para Julio Scherer —algunos para el presidente, otros solo para el consejero— y se reunía regularmente con él para darle cuentas de cómo evolucionaban.

Tanto el perfil de Carlos Alpízar como el de Ríos Camarena han sido sujetos de diversos cuestionamientos. El 4 de febrero de 2022 apareció una denuncia anónima en contra de ambos funcionarios, donde se señalaba precisamente que fueron nombrados en sus cargos por recomendación de Julio Scherer Ibarra. El primero, por su amistad con el abogado Alonso Rivera Gaxiola, a quien el denunciante señalaba como "operador" del exconsejero jurídico; y Ríos Camarena, por la amistad con integrantes del despacho de abogados FBSI, del cual Scherer es socio.[17] En el caso de Ríos, la denuncia fue por haber otorgado contratos por asignación directa con sobrecostos de hasta un 30%; en cuanto a Alpízar, por coaccionar a jueces y magistrados de forma indebida para conceder amparos de acuerdo a la voluntad del exconsejero.[18]

Volviendo a Zaldívar, vale la pena mencionar que este personaje habría sido tan funcional a los intereses del consejero jurídico que, probablemente por esa razón, Scherer terminó siendo clave para negociar su tan cuestionado y fallido intento reeleccionista en abril de 2021, cuando el Senado aprobó un transitorio que ampliaba su periodo como presidente de la Corte. Aunque es sabido que la enmienda fue presentada en el Senado por Raúl Bolaños, un político cercano a Monreal, difícilmente el presidente de la Junta de Coordinación Política de la Cámara Alta se habría lanzado solo a tomar esa decisión, la cual fue convenida entre Zaldívar y Scherer, con pleno conocimiento de ambos.

¿Hasta qué punto Arturo Zaldívar fue copartícipe y cómplice de los negocios judiciales de Julio Scherer? No lo sabemos. Las fuentes consultadas presentan versiones encontradas. Unos sostienen que lo que animaba al expresidente de la Corte era la ambición política y no el dinero; señalan que Zaldívar es un hombre probo al que no le interesaba usar su puesto para hacer crecer el ya considerable patrimonio que hizo como abogado litigante. Otros, sin embargo, creen que el nivel de servicio que le prestó a Scherer, aun después de que este último dejara la Consejería Jurídica (como se refleja en el caso Collado que reviso en el capítulo 9), solo puede explicarse por un vínculo económico que habría obligado al ministro a seguir brindándole protección.

En el caso de otros ministros de la Suprema Corte, Scherer Ibarra procesó el nombramiento de al menos dos, a quienes también conocía de tiempo atrás: Juan Luis González Alcántara Carrancá y Yasmín Esquivel Mossa.[19] Si bien ambos llegaron a la Corte por el apoyo del presidente, la opinión de un consejero jurídico siempre importa cuando se trata de proponer a un ministro. Hay versiones dentro del Poder Judicial de que, en más de una ocasión, estos perfiles se alinearon a los intereses del consejero.

En el caso de González Alcántara, no se puede hablar de un alineamiento automático; en el de Esquivel, la subordinación fue muy clara. La ministra, que más tarde quedaría inmersa en el escándalo por el plagio de sus tesis de licenciatura y doctorado, probablemente fue la que más se sometió al exconsejero jurídico. Como anécdota, un ministro o ministra de la Corte contó que, en una ocasión en que los togados tenían una reunión por Zoom, fue posible distinguir un cuaderno de notas de Esquivel en el que aparecían enlistados los temas que Scherer le había pedido sacar.

Es posible que entre Esquivel y Scherer haya existido una relación de complicidad desde que ella presidió el Tribunal de lo Contencioso Administrativo de la Ciudad de México, entre enero de 2012 y diciembre de 2015, en plena era del cártel inmobiliario mancerista. En esos años, como se aborda en el capítulo 4, se emitieron en ese colegiado varios fallos que beneficiaron a Scherer y a sus socios. El tema requiere mayor investigación.

Otro ámbito del Poder Judicial donde Scherer asumió una influencia decisiva fue en el Tribunal Electoral del Poder Judicial de la Federación, instancia clave por el carácter inapelable de sus decisiones y el poder que tiene para dirimir disputas al interior de los partidos. Como es sabido, durante el gobierno de Enrique Peña Nieto, Humberto Castillejos logró controlar al menos a cuatro de sus siete magistrados, especialmente los nombrados a partir de un acuerdo político entre el PAN y el PRI, quienes más tarde caerían bajo influencia de

Scherer. Para tener en cintura al órgano, lo primero que hizo el consejero en enero de 2019 fue remover a su entonces presidenta, Janine Otálora, quien llegó a su puesto en 2016 y cuyo mandato no debía terminar sino a finales de 2020.

Otálora había dado muestras de independencia que incomodaron al consejero y al nuevo gobierno. Un hecho que había molestado particularmente fue el caso de Puebla, donde, tres semanas antes de la renuncia de la magistrada presidenta, el Tribunal rechazó la propuesta de José Luis Vargas de anular la elección para gobernador en la que Martha Érika Alonso se impuso sobre Luis Miguel Barbosa. En la votación, tres integrantes del Tribunal se pronunciaron a favor y cuatro en contra; el voto de Otálora era decisivo. De la mano del ministro Zaldívar —como máxima autoridad del Poder Judicial—, Scherer operó para forzar a la presidenta a renunciar. En el caso de Zaldívar, este le "sugirió amablemente" separarse del cargo, como lo narró con precisión Roberto Zamarripa.[20] En el caso de Scherer, según las fuentes consultadas en el Tribunal, la presión fue brutal, al grado de incurrir en amenazas directas e insinuaciones contra su propia integridad.

Varios magistrados se quejan del trato déspota que les dio Scherer, y hasta su hijo, Julio Scherer Pareyón (Julito II), quien en ocasiones les llamaba directamente para hacerles distintos tipo de solicitudes e incluso en una ocasión llegó a levantarles la voz. De entre los cuatro que seguían línea directa del consejero estaba, en primerísimo lugar, José Luis Vargas Valdez, quien encabezó el Tribunal entre el 3 de noviembre de 2020 y el 4 de agosto de 2021. Este personaje estuvo involucrado en tal cantidad de escándalos que no tuvo otra opción que actuar como un auténtico incondicional de Scherer, quien a su vez le daría protección e impunidad. Los otros tres fueron Felipe Fuentes Barrera, Felipe de la Mata Pizaña y Mónica Soto Fregoso. Tanto Scherer como Zaldívar sabían cómo manipular a cada uno, y la amenaza de destitución siempre flotó en el aire.

El mecanismo parece haber servido bastante bien hasta que en marzo y abril de 2021 le tocó al Tribunal deliberar sobre la candidatura de Félix Salgado Macedonio, acusado de no reportar adecuadamente sus aportaciones de precampaña. En el Tribunal había resistencias a permitir que el senador guerrerense fuese candidato, especialmente por las acusaciones de haber violentado a dos mujeres y por haber acumulado dos denuncias de abuso sexual en su contra. Cuentan que en una reunión con los también llamados "cuatro fantásticos" (los magistrados antes mencionados), Scherer llegó al extremo de reprenderlos simultáneamente. Les gritó, los amenazó con su destitución y hasta sugirió que haría desaparecer el Tribunal. Para los magistrados el consejero cruzó en esa ocasión una línea. Tal vez por eso decidieron rebelarse y, por una mayoría de seis a uno (el voto del siempre fiel magistrado José Luis Vargas) frenaron la candidatura de Salgado. Al final, Scherer no cumplió su amenaza —no podía hacerlo—, con lo que su autoridad quedó debilitada, y la relación con los magistrados, dañada.

LA TRAICIÓN

Dos días antes de que López Obrador anunciara la salida de Julio Scherer Ibarra del gobierno —la cual se concretó el 2 de septiembre de 2021—, el presidente ya lo había desautorizado para ejercer su "encargo", es decir, para seguir cumpliendo con las responsabilidades ajenas a las funciones de su puesto. Primero lo hizo en una reunión de gabinete ampliado, en la que frente a todos le hizo saber su descontento ante la forma en que "algunos" promovían sus agendas personales, y frente a los presentes —como relató uno de ellos— lo desautorizó para seguir ocupándose de la relación con el Poder Legislativo.

Más humillante aún, para Scherer, fue cuando el presidente hizo algo similar en la mañanera. A una pregunta del periodista Diego Elías Cedillo, del portal *Tabasco Hoy*, AMLO anunció sin más que a partir de ese momento la relación de "todos los asuntos públicos políticos", incluida la interlocución con los poderes Legislativo y Judicial, le tocaba a Adán Augusto López Hernández, quien acababa de ser nombrado el 26 de agosto secretario de Gobernación.[21] Para quien sabe leer entre líneas, el distanciamiento entre Scherer Ibarra y López Obrador era más que evidente.

Con todo, el presidente no podía permitirse terminar peleado a los ojos de todo el mundo con su exconsejero, un hombre que tiene la potencial capacidad de hacer mucho daño. Quizás por eso AMLO tuvo el gesto y deferencia —que no tuvo con Irma Eréndira Sandoval meses atrás— de permitirle leer una carta para despedirse. En su mensaje, lleno de una actoral sensiblería, Scherer comenzaba por destacar la trayectoria de López Obrador, sus convicciones, su honorabilidad y su incuestionable compromiso con el pueblo. El ahora exconsejero recordaba haber conocido a AMLO desde hacía más de dos décadas, "tanto como un hombre puede conocer a otro", y relataba cómo juntos habían acordado la elaboración de las reformas que eran base del proyecto de nación. Al final de su discurso cayó en ese habitual cliché que empleamos cuando nos echan de un lugar o nuestra presencia se hace insostenible en él: "Hoy el ciclo se ha completado".[22]

Los argumentos empleados por Scherer para justificar su salida eran de lo más inverosímiles. Tan lo eran que, seis meses después, en una larga carta publicada en *Proceso*, el hijo de don Julio dejó ver razones muy distintas de su partida, tras acusar una confabulación entre Olga Sánchez Cordero y Alejandro Gertz Manero para denunciarlo por una serie de casos plantados a modo, según él, para inculparlo y ejercer una venganza personal. Para Scherer todo era un complot motivado por una exsecretaria de Gobernación incapaz de perdonarle su disminuido poder y un fiscal convencido de que su mala prensa se la debía a Julio Scherer.

En este punto es importante decir que el exconsejero tuvo una influencia importante en la Fiscalía General de la República (FGR), donde llegó a sugerir el nombramiento de algunos funcionarios y logró capturar a otros. Desde el principio, Scherer trabajó de cerca con el fiscal los principales temas de interés del presidente. Por ser el consejero jurídico, le tocaba ser el vínculo entre el mandatario y el fiscal, y todo parece indicar que se aprovechó de esa posición para venderle asuntos propios como si fueran solicitudes de López Obrador. En gran parte por ello el fiscal apoyó al exconsejero, sin cuestionar mayormente las peticiones que le planteaba.

La relación fluyó la mayor parte del tiempo, y probablemente llegaron a hacerse algunos favores mutuos, hasta que el fiscal, descubrió que Scherer operaba en su contra para erosionar su imagen por medio de filtraciones mediáticas a fin de tumbarlo y quedarse con su puesto. Aparentemente, el consejero buscaba asumir un cargo transexenal que le habría permitido consolidar su poder y potenciar su red de negocios judiciales. Aquello derivó en un fuerte conflicto personal y político. En ese sentido, buena parte de la información que al final se hizo pública cuando Scherer dejó su puesto, particularmente las acusaciones de extorsión y tráfico de influencias, probablemente no se habrían dado a conocer de no haber tenido lugar este diferendo.

En la revista fundada por su padre, Julito relata que el origen del pleito tuvo que ver con la publicación de un reportaje en *Proceso*, "La casa secreta de Gertz Manero", que el fiscal atribuyó a una operación de Scherer, así como a otras filtraciones a la prensa que aparentemente se originaron en la oficina del exconsejero. La otra razón, revelada por Scherer Ibarra, es que este último se negó a actuar ante la justicia para frenar el amparo solicitado por su cuñada Laura Morán y la hija de esta, Alejandra Cuevas Morán, a quienes Gertz acusó por el homicidio de su hermano Federico.

En cualquier caso, las razones de la salida de Scherer no están en sus disputas con Gertz o Sánchez Cordero. Fue el doble juego del consejero, su falta de lealtad al presidente y su proyecto, sus conflictos de interés y la gran cantidad de negocios en los que se involucró —cada vez más perceptibles, comentados y criticados dentro del propio gobierno— lo que enfadó al presidente de la República.

Quizás la gota que derramó el vaso fue cuando AMLO se enteró del papel que habían tenido el exconsejero y su primo, Hugo Scherer, en las elecciones intermedias de 2021, cuando apoyaron a varios candidatos de la oposición (ver capítulo 6).

Cuentan que AMLO entró en cólera cuando, ya pasada la elección, a finales de julio de ese año, Javier Corral, todavía gobernador de Chihuahua, fue a verlo a Palacio Nacional y le contó lo que estos personajes habían tramado durante la contienda en su estado, incluida la manipulación del Poder Judicial para ayudar a la panista Maru Campos, acusada de haberse beneficiado de la "nómina secreta" del exgobernador César Duarte, al tramitar unos amparos que le permitieron sortear la acción de la justicia.

Al día siguiente, AMLO tuvo una reunión del gabinete de seguridad en la que varios de los presentes le escucharon decir: "Por cierto, los Scherer son unos hipócritas mercenarios". En lo que los presentes coinciden es que, poco después de hacer ese comentario, el presidente se dio cuenta —o simuló darse cuenta— de que su consejero jurídico estaba presente en el salón. Según los testimonios, AMLO agregó entonces: "Bueno, tú no, Julio". Es sabido, sin embargo, que este asunto fue uno de los que más malestar causaron al presidente y precipitaron la salida del consejero jurídico seis semanas después.

Pero ocurrieron cosas más graves. Por razones que no son claras, al menos en tres ocasiones el consejero pasó a firma del presidente de la República decretos o iniciativas contrarias a sus instrucciones, otra forma más de "shererear" que se devela en esta investigación. En dos ocasiones esto ocurrió en temas ambientales y de salud alimentaria, una agenda que el presidente incorporó de forma enfática. Pero en otra coyuntura eso mismo pasó en una iniciativa clave para López Obrador en el ámbito energético.

Uno de estos episodios tuvo lugar a mediados de 2020, cuando se decidió prohibir el uso del glifosato en actividades agrícolas, un tema que afecta los intereses de algunos de los grandes corporativos globales de agroquímicos, como es el caso de Bayer-Monsanto o Corteva Agriscience, Syngenta y BASF, representados por el Consejo Nacional Agropecuario (CNA) y el sector agroalimentario, al que Scherer ha estado vinculado desde los tiempos en que fue director de ANDSA, y evidentemente a través de su consuegro, el secretario de Agricultura, Víctor Villalobos, firme defensor del agronegocio.

En reuniones de gabinete en que se discutió el tema, varios de los presentes me confirmaron que AMLO instruyó al consejero jurídico a elaborar un proyecto de decreto para reducir gradualmente el uso del agroquímico y finalmente prohibirlo en 2024. Scherer, sin embargo, prefirió hacerse el distraído y operó de la mano de Villalobos —un defensor de los intereses del CNA— para alterar la letra chica. En el texto al final se planteó realizar una serie de estudios para determinar si el uso de esta sustancia era peligroso y, ya hacia 2024, tomar una decisión. Evidentemente, esta era una manera de patear el asunto, darle largas y maniobrar para que el glifosato no se prohibiera. En un claro abuso de confianza, el consejero jurídico pasó el documento al mandatario y este lo firmó sin más, como solía hacer con los papeles que ya traían la rúbrica de Scherer.

Pero la cosa no terminó ahí. Para que el decreto pudiera ser válido, una serie de funcionarios de las secretarías de Hacienda, Salud, Economía y Medio Ambiente debían acceder a que se subiera al portal de la Comisión Nacional de Mejora Regulatoria (Conamer). A fin de lograr tal cometido, señalan las fuentes, Scherer presionó fuertemente a los titulares de las dependencias y a los responsables de las áreas jurídicas que controlaba, diciéndoles que el presidente había pedido urgentemente la aprobación del documento. A tres altos funcionarios del gobierno, al menos, les llamó personalmente y, con gritos y descalificaciones, les exigió cumplir con la supuesta instrucción del mandatario. Cuentan que a unos los llamó "sectarios", "radicales" y hasta "saboteadores que no tienen respeto por el presidente".

Ante la resistencia de los titulares, Scherer y Villalobos optaron por presionar a mandos medios, e incluso a uno de los funcionarios encargados de administrar los sistemas para obligarlo a subir el decreto a Conamer. Esta forma de actuar terminó por enfurecer al entonces secretario del Medio Ambiente, Víctor Toledo, quien, al darse cuenta de lo ocurrido, lanzó un fuerte comunicado donde denunciaba lo acontecido y se deslindaba del documento.[23] En cuestión de horas, se daba a conocer en los medios un audio, producto de una conversación privada, en el que Toledo criticaba a la 4T y señalaba que el gobierno "estaba lleno de contradicciones".[24] Durante las dos semanas siguientes, el secretario enfrentaría una dura campaña mediática, orquestada por Villalobos, Scherer y sus operadores.

Finalmente, el presidente se enteró de lo ocurrido. En una reunión con los involucrados en el tema del glifosato se le escuchó exclamar: "Me trataron de sorprender y engañar". AMLO le dio la razón a su secretario de Medio Ambiente, y la dupla Villalobos-Scherer se vio obligada a recular. Toledo, sin embargo, no aguantó la presión que le había caído encima con toda suerte de amenazas y al poco tiempo se vio obligado a renunciar.[25]

En la agenda sanitaria, otra molestia del presidente se dio cuando este último operó una vez más en contra de una instrucción suya: la de prohibir los vapeadores y cigarros electrónicos, tema ampliamente comentado entre diversos integrantes del gabinete y materia de algunas columnas.[26] Fue en julio de 2021 cuando Scherer, al pasarle al presidente un cúmulo de documentos que normalmente este firmaba sin ponerse a revisar a detalle, incluyó un decreto donde, a pesar de prohibir los vapeadores y cigarrillos electrónicos como se había acordado, dejaba a salvo los llamados sistemas alternativos de consumo de nicotina (SACN), los cuales ya habían sido objeto de prohibición, por instrucción presidencial, en un decreto publicado el 19 de febrero de 2020.

Es bien sabido que a favor de esto cabildearon intensamente algunas de las grandes empresas tabacaleras internacionales. El intento de burlar al presidente fue evidente cuando, en la mañanera del 17 de agosto de 2021, un periodista lo sorprendió haciendo notar que el nuevo decreto, publicado el 16 de julio, revocaba la prohibición a los SACN. En ese momento AMLO atribuyó lo ocurrido a una serie de "discrepancias" dentro de su gabinete y anunció que se corregiría el "error".

Al día siguiente, en la reunión de seguridad que se celebra en Palacio Nacional previo a la mañanera, y con Hugo López-Gatell presente, el presidente reclamó a su equipo que no se hubieran cumplido sus instrucciones. El subsecretario de Salud contestó con un comentario a quemarropa que llevaba clara dedicatoria: "Alguien debe haber hablado con Philip Morris". Rojo de la vergüenza, Julito comenzó a tartamudear, probablemente como no lo hacía desde adolescente, cuando su padre lo sorprendía en algo indebido. El consejero intentó entonces argüir que una serie de amparos —probablemente instigados por él mismo— impedían redactar el decreto como lo había solicitado AMLO. Mientras pasaba el tiempo era evidente que Scherer se enredaba cada vez más en sus propias palabras. Durante toda la reunión el presidente nunca volteó a verlo. Al final, el mandatario se dirigió a López-Gatell y a Olga Sánchez Cordero y les dijo: "Lo que ustedes redacten es lo que voy a firmar". No pasó mucho tiempo antes de que Julio Scherer Ibarra estuviera fuera del gobierno.

Pero de todas las "sherereadas", una de las menos conocidas tuvo lugar el 29 de enero de 2021, cuando el presidente firmó la iniciativa de decreto por la que se reformó la Ley de la Industria Eléctrica. A los funcionarios de CFE que redactaron la iniciativa, y a quienes el presidente dio su apoyo, les llamó sobremanera la atención que el documento que llegó al Congreso y que fue publicado en la *Gaceta Parlamentaria* el 1 de febrero no era el que se había acordado y el que López Obrador había suscrito.

Como por arte de magia, "alguien" en Presidencia había modificado dos artículos transitorios relacionados con los permisos de autoabastecimiento en un asunto nada menor. En el tercer transitorio, donde se indicaba que la Comisión Reguladora de Energía (CRE) podría revocar permisos de autoabastecimiento, se había eliminado la obligación de esa institución de revocar los permisos que resultaran de "actos constitutivos de fraude a la ley" y se había quitado la obligación de la CRE de declararlos nulos o jurídicamente inválidos.[27] De igual forma, en el cuarto transitorio, en la parte en que se mencionaban los llamados productores independientes, se había revisado la legalidad de los contratos de compromiso de capacidad y venta de energía suscritos con CFE.

Lo más extraño es que en la exposición de motivos —quizás para disimular la forma en que se había mutilado la iniciativa— estas cuestiones no solo aparecían y aparecen mencionadas, sino que se fundamenta claramente su relevancia. Con respecto al contenido del tercer transitorio, se señala la necesidad de revocar los permisos de autoabastecimiento obtenidos mediante fraudes legales porque el esquema de autoabastecimiento había sido objeto de una serie de abusos, al expedirse a favor de empresas cuyo objetivo primario no era la producción de energía para su propio consumo, sino para la satisfacción de necesidades de terceros. El documento decía también que, en el mercado eléctrico de autoabasto, se habían ido sumando "socios de paja" a los permisionarios primigenios, lo que "representa a todas luces un fraude a la ley".[28] ¿Por qué, si en la propia exposición de motivos estaba contemplado el asunto, había desaparecido el artículo en cuestión? Como señalé antes, esta no fue la única vez que el consejero recurrió a estrategias de este tipo.

Ninguno de los asuntos resultaba menor. Si esta reforma había sido una respuesta para evitar la serie de amparos que se estaban suscitando en el sector energético, como me explicó una experta en temas energéticos, incluir la cuestión del "fraude a la ley" y denominar así a los simuladores del autoabasto era parte de una estrategia de presión política, por la vía penal, para que los involucrados aceptaran renegociar sus contratos. Por ello, finalmente, los legisladores de Morena y sus aliados en la Cámara tuvieron que enmendar el "error" y regresar los transitorios a su redacción original. Así, hoy puede leerse un tercer transitorio que versa: "Los permisos de autoabastecimiento [...] obtenidos en fraude a la ley, deberán ser revocados por la Comisión Reguladora de Energía mediante el procedimiento administrativo correspondiente".[29]

Esta grave alteración, que tuvo lugar en la oficina de Julio Scherer, pudo obedecer a dos razones: en el mejor de los casos, a una postura político-ideológica del exconsejero, que no compartía el sentido de una reforma que buscaba modificar el régimen de libre competencia en cuanto a la generación y comercialización de energía eléctrica y fortalecer a la CFE en detrimento del interés de los privados. En el peor, Scherer habría hecho favores a algún particular al que perjudicaba especialmente esa reforma, a cambio de un posible beneficio personal. No hay que olvidar que, en esta materia, los intereses en juego son muchos y muy poderosos, tanto en lo que se refiere a las empresas de autoabasto —en quienes recae 14% de la generación eléctrica— como a los productores independientes.

No deja de llamar la atención, en cualquier caso, que el consejero jurídico pudiera atreverse a tanto. Intentar verle la cara al presidente en temas de la agenda sanitaria —como el glifosato o los cigarros electrónicos— tal vez podría no ser tan grave. Hacerlo a tal punto en algo tan prioritario para López Obrador como es su política energética nacionalista sugiere una enorme osadía y falta de deslealtad. ¿Con qué poder se sentía Julio Scherer Ibarra para atreverse a hacer algo así? No es casual que dentro de ciertos círculos del obradorismo se crea que esta fue una de las principales razones de la salida del exconsejero del gobierno federal.

Seguramente el mandatario también se enteró de las sospechas y acusaciones que pesaban sobre Scherer y se dio cuenta de que podían comprometer seriamente la reputación de su gobierno e incluso su propio legado. Un tema que molestó particularmente a AMLO fue la forma en que Scherer manejó la extradición de Alonso Ancira, a quien la red de abogados vinculados al consejero cobró una exorbitante suma de dinero y luego dejó salir de prisión con un acuerdo reparatorio que no garantizaba siquiera que le pagaría a Pemex lo que debía (ver capítulo 10). Al final, Julito era una bomba de tiempo que podía poner en riesgo la narrativa misma de la 4T: la de combatir la corrupción y separar el poder económico del poder político.

4

Patrimonio y negocios inmobiliarios

> ¿Por qué no pones a Rubén Darío? Un gran poeta, nada
> más que ahora ya no me gusta porque en esa calle de Rubén
> Darío ya vive puro fifí, pero no solo fifís, sino corruptos.
>
> AMLO en la mañanera del 15 de febrero de 2023

> Demasiada ambición al dinero, muchos deseos de vivir
> en mansiones, de tener departamentos en Nueva York, en
> Miami, carros de lujo.
>
> Tuit de AMLO, 4 de enero de 2020

Bien sabido es que Julio Scherer Ibarra era un hombre rico desde
antes de llegar al gobierno. En su primera declaración patrimonial
como consejero jurídico él mismo reconoció poseer dos departamentos por un valor de 108 millones de pesos, seis vehículos —tres
de ellos con un valor superior a un millón de pesos (dos Porche y
un BMW)—, 8 millones de pesos en obras de arte y 1.5 millones tan
solo en relojes.

Sabemos también por sus propias declaraciones ante la Secretaría
de la Función Pública (SFP) que, a la par de su actividad como consejero jurídico, recibía otros ingresos muy superiores a su sueldo como
funcionario. En 2018, por ejemplo, dijo percibir un ingreso mensual
de 574 mil 336 pesos netos (6 millones 892 mil anuales), de los cuales
solo 174 mil correspondían a sus percepciones como consejero jurídico. El resto aparecía bajo el rubro de "otros".

Desde un principio fue evidente que Julio buscaba ocultar su actividad empresarial. Como muestra, en 2018 no indicó ninguna actividad industrial, comercial, financiera ni de servicios profesionales. Mucho menos reconoció tener algún tipo de conflicto de interés, a pesar de lo muy evidentes que estos eran, como se desprende de lo que él mismo informó, como es su sociedad con el despacho Ferráez, Benet, Segovia e Igartúa (FBSI), o incluso lo que declaró más tarde en entrevistas, al referirse a su sociedad con el arquitecto Francisco Artigas Aspe, de quien hablaré más adelante.[1]

Dentro de las muchas cosas que Scherer Ibarra ocultó, llama la atención que en mayo de 2019, al presentar su primera declaración anual, no aceptó hacer públicos sus datos patrimoniales, cosa que no puede sino sorprender, pues el 4 de enero de 2019 AMLO dio la clara instrucción de que "todos los integrantes del Ejecutivo" debían hacerlo.[2] Extrañamente, este tema nunca fue objeto de críticas en la prensa.

¿A cuánto ascendieron realmente los ingresos de Scherer durante el tiempo que fue consejero jurídico? Probablemente nunca lo sabremos. Ya para mayo de 2021, unos meses antes de dejar el cargo, el consejero declaró un ingreso anual de 10 millones 971 mil pesos, equivalente a 914 mil mensuales, cifra 56.27% superior a lo declarado en 2018 y siete veces mayor a su sueldo como funcionario público. Del total de ingresos que percibió, el exconsejero declaró 7 millones 600 mil pesos como "otros rubros", los cuales tampoco es claro de dónde obtuvo.[3] Es muy poco probable que estos sean realmente los ingresos que percibió el exconsejero jurídico. Algunas fuentes consideran que la gran parte de su dinero está en proyectos inmobiliarios, en manos de socios o prestanombres y en paraísos fiscales.

LO QUE SCHERER OCULTÓ

Julio Scherer Ibarra posee muchas más propiedades que las dos que reconoció en sus declaraciones patrimoniales. Por lo menos hay que agregarle a la lista siete inmuebles más en la Ciudad de México y

Acapulco por un valor de 70.7 millones de pesos, según una investigación de Zedryk Raziel publicada en el diario *El País*. Buena parte de las propiedades, revela la investigación de este periodista, fueron transferidas a un fideicomiso para sus hijos, creado el 28 de febrero de 2019, tres meses después de que el abogado fuera designado consejero jurídico del Ejecutivo federal.[4] Aun así, a pesar de que el exconsejero ya no es el titular, su nombre aparece como fideicomisario, por lo que podría recuperar los bienes, como apuntó Raziel en su artículo.

A las siete propiedades antes mencionadas habría que sumar también otras dos en el extranjero, ya ventiladas en los medios. Una de ellas, según lo dio a conocer *El Universal* el 19 de noviembre de 2020, es un departamento de 1.7 millones de dólares en el Upper East Side de Manhattan, a cuadra y media de Central Park, una de las zonas más exclusivas de Nueva York.[5] El inmueble fue adquirido en enero de 2014. Desde entonces, y hasta octubre de 2020, el exconsejero jurídico había pagado año con año los impuestos correspondientes. Según *El Universal*, tanto el aviso de valor de propiedad como el registro de la misma, revisados por el diario en la plataforma del Departamento de Finanzas de la ciudad de Nueva York, demuestran que el dueño era Julio Scherer Ibarra.[6]

Unas horas después de publicada la nota, el consejero jurídico del presidente salió a decir que no había incluido este inmueble en su declaración patrimonial por ser propiedad de su exesposa, Nora Laura Pareyón Galván, de quien se divorció en 2015 y a quien habría transferido todos los bienes adquiridos durante más de tres décadas de matrimonio.[7] Para buscar salir del embrollo, Scherer Ibarra —que nunca mostró el convenio de divorcio— tan solo exhibió un acta notarial en la que Guillermo Alberto Rubio Díaz, el notario de cabecera, expedía una fe de hechos en la que decía haber visto el mencionado convenio.

Resulta más que legítimo poner en duda la validez de ese documento si consideramos que Rubio, notario 133 del Estado de México, ha sido denunciado por dar fe de hechos falsos en temas del exconsejero,[8] a quien además le debe favores. El consejero, por ejemplo, intercedió ante el exgobernador de Baja California, Francisco

Vega de Lamadrid —quien dejó el puesto en octubre de 2019— para que se le entregara a la hija de su notario, Viviana Rubio Padilla, una notaría. Así lo dio a conocer el también exgobernador Jaime Bonilla, quien al llegar al poder decidió cancelar esa y otras tres patentes notariales.[9] Cuando eso ocurrió, según Bonilla y su secretario de Gobierno, Amador Rodríguez Lozano, el consejero jurídico llamó para pedir que se mantuviera a la hija de Rubio en el puesto, recordándole que esa posición era suya. Al parecer, el gobernador se rehusó a seguir la instrucción, lo que llevó a Scherer a amenazarlo, como más tarde se hizo público,[10] y al final se volvió objeto de una venganza política.

Volviendo al departamento en Nueva York, lo que en cualquier caso Scherer Ibarra nunca explicó es por qué, si supuestamente ya no era suyo, siguió pagando los impuestos al menos durante 21 meses después del divorcio, y por qué en el sistema de propiedad de Nueva York Scherer seguía apareciendo como propietario o responsable del departamento.

Se le atribuye también a Scherer la propiedad de un departamento de 1.2 millones de dólares, adquirido en 2008 por una empresa ubicada en las Islas Vírgenes Británicas bajo el nombre de "3202 Turn Ltd.", conforme se divulgó en los Panama Papers en octubre de 2021.[11] Según aquella investigación, en 2011 Scherer recibió a través de esta compañía 50 mil acciones que provenían de la familia Landsmanas, dueña del Corporativo Kosmos, a la que hago referencia en el siguiente capítulo.[12] Si bien Scherer Ibarra no aparecía como propietario de la residencia, aquí también se encontró que pagó los impuestos de esta propiedad entre 2013 y 2016.[13]

LAS DUDAS MÁS SERIAS

Las inconsistencias más serias identificadas hasta ahora sobre el patrimonio inmobiliario de Scherer están en la Ciudad de México e implican una red de negocios inmobiliarios irregulares. En una denuncia presentada por el abogado Paulo Díez Gargari el 27 de mayo de 2022, a cuya carpeta de investigación tuve acceso, se acusa al exconsejero de haber mentido en todas y cada una de sus declaraciones patrimoniales y de intereses, además de haber ocultado su relación patrimonial con el exsecretario de Hacienda, Pedro Aspe Armella; con el empresario desarrollador Humberto Artigas Aspe, con Augusto Arellano Ostoa, así como con los abogados Andrés Ferráez Quintanilla y Raúl Mauricio Segovia Barrios.

En su declaración, el exfuncionario dijo poseer dos departamentos en Rubén Darío, Polanco V Sección, los cuales adquirió el 18 de noviembre de ese mismo año, a través de la cesión de un fideicomiso. Por ello no pueden sino causar risa las palabras del presidente López Obrador en la mañanera del 15 de febrero de 2023, cuando en una afirmación de humor involuntario (¿o voluntario?), aseguró: "¿Por qué no pones a Rubén Darío? Un gran poeta, nada más que ahora ya no me gusta porque en esa calle de Rubén Darío ya vive puro fifí, pero no solo fifís, sino corruptos".

Como ya se anticipó, Scherer Ibarra poseía más propiedades que las dos que declaró en Rubén Darío. Al menos otras tres aparecen documentadas en la denuncia de Díez Gargari: Alcázar de Toledo 234, en las Lomas; Ámsterdam 207, en la colonia Hipódromo, y Campos Elíseos 112-B, cuya propiedad compartía en una sociedad con Pedro Aspe, con Rafael Posada, con su hermana, Ana Marcela Scherer Ibarra, y con otros siete socios.

A partir de la ya referida investigación de *El País* sabemos también de la existencia de dos inmuebles más de Acapulco: uno en el club El Palmar, fraccionamiento Tres Vidas, dentro de la zona Diamante de Acapulco, la más cara del puerto, adquirido en octubre de 2012 por 630 mil 792 dólares (11.9 millones de pesos actuales). El otro, en Punta Diamante, lo adquirió en octubre de 2007 por 633 mil dólares (más de 12 millones de pesos actuales).[14]

Omitir o falsear información en una declaración patrimonial, aunque algunos lo consideren menor, está tipificado como delito de ejercicio ilícito en el servicio público, según lo establece el artículo

214 del Código Penal Federal. Scherer habría violado también el artículo 32 de la Ley General de Responsabilidades Administrativas, donde se establece que todos los servidores públicos están obligados a presentar sus declaraciones, bajo protesta de decir verdad.

Lo más grave, sin embargo, podría ser el incremento inexplicable en el patrimonio inmobiliario de Scherer durante el periodo en que se desempeñó como consejero jurídico. Al respecto, todo parece indicar que, desde que inició la administración, Scherer buscó continuar de forma disfrazada con sus negocios inmobiliarios, e incluso imprimirles un mayor dinamismo a partir de la influencia que venía de su posición como el hombre fuerte del presidente. Díez Gargari documenta, por ejemplo, cómo en ciertos inmuebles de su propiedad o copropiedad, donde no se había llevado a cabo ninguna obra desde 2015, comenzaron a darse estas con financiamientos multimillonarios.

En particular, Scherer aparece en la denuncia como uno de los grandes beneficiarios de la constitución ilegal de polígonos de actuación en la Ciudad de México, una figura jurídica creada durante el gobierno de Mancera para construir de forma abusiva e ilegal grandes desarrollos inmobiliarios. Para ello Julio y sus socios se valieron de una red de servidores públicos del gobierno mancerista en la Ciudad de México, en la cual estarían implicados el exsecretario de Desarrollo Urbano y Vivienda, Simón Neumann Ladenzon, además de Mario Iván Verguer Cazadero, director de Asuntos Jurídicos en esa dependencia.

Poco o nada supimos del negocio inmobiliario de Scherer durante el tiempo que fue consejero jurídico. No fue sino el 26 de marzo de 2022 cuando, en una conversación con el periodista Juan Pablo Becerra Acosta, hizo referencia a una de sus relaciones comerciales más importantes. Buscando convencer al periodista de que tiene un modo honesto de vivir, Scherer le mostró un catálogo inmobiliario "lujosamente editado" —como lo describió aquel en una columna de opinión— que contenía imágenes de departamentos de "ultralujo en Rubén Darío". Mientras el exconsejero le mostraba aquellas imágenes, le dijo a Becerra Acosta: "Esto es lo que yo hago desde hace diez años con el arquitecto Artigas. No tengo necesidad de otras cosas". ¿Por qué si esta relación venía de 10 años atrás no fue mencionada en ninguna de sus declaraciones patrimoniales? ¿Por qué ha mantenido esta relación comercial casi en secreto?

A quien se refería el exconsejero en aquella conversación con Becerra Acosta es al arquitecto Humberto Artigas Aspe, sobrino del exsecretario de Hacienda durante el gobierno de Carlos Salinas y figura muy cercana a Scherer. Famoso por haber construido Rancho San Francisco, en el Desierto de los Leones, Artigas Aspe no ha estado exento de cuestionamientos y escándalos. En el año 2000, durante la transición, se le atribuyó conflicto de interés al acondicionar las oficinas del presidente electo, Vicente Fox, y más tarde encargarse de la construcción de la residencia de su hermano, José Fox. Artigas también fue cuestionado por irregularidades en la remodelación de la residencia oficial de Los Pinos, donde se le responsabilizó de desvío de recursos.[15]

Entre los proyectos inmobiliarios en los cuales este personaje ha estado asociado a Scherer, según versa la denuncia, figura un negocio tan lucrativo como irregular: la torre de departamentos de Rubén Darío, ubicada dentro de los predios Rubén Darío números 141, 143 y 149, Tres Picos número 24 y Campos Elíseos número 112-B, en Polanco V Sección. El inmueble de Campos Elíseos —que extrañamente el consejero omitió enlistar en su declaración patrimonial— fue adquirido a un monto de 7 millones 804 mil 250 dólares el 30 de septiembre de 2015 por un grupo de socios, entre los cuales figuran algunos parientes de Artigas y Scherer.[16] Casualmente, desde que se compró esa propiedad y hasta marzo de 2019, no se llevó a cabo ninguna construcción en ese lugar, aunque a la fecha ya se ha hecho una excavación sustancial, como consta en diversas fotografías satelitales tomadas en abril de 2022 que figuran en la carpeta de investigación del caso.

La relación de Julio Scherer con las autoridades de la Secretaría de Desarrollo Urbano y Vivienda (Seduvi) durante el gobierno mancerista le facilitó a Scherer y sus socios edificar en una de las zonas de mayor plusvalía en la Ciudad de México; un permiso irregular, presumiblemente obtenido a través del tráfico de influencias, para construir un lujoso edificio de 16 pisos en una zona en la que solo se permitían cuatro, sin contar los seis sótanos de estacionamiento. Esto fue posible gracias a que, en julio de 2014, el exconsejero y sus socios consiguieron que la Seduvi aprobara la conformación de un polígono de actuación para el predio ubicado entre Rubén Darío, Tres Picos y Campos Elíseos.

En realidad, los llamados polígonos de actuación son un instrumento de desarrollo urbano creado para promover el desarrollo de zonas rezagadas de la ciudad, donde la infraestructura urbana está subutilizada.[17] Evidentemente, Polanco no es una zona deteriorada, pero en tiempos del cártel inmobiliario la legislación se desvirtuó para hacer toda clase de negocios, asignándose polígonos de forma por demás irregular y para propósitos muy diferentes para los que fueron creados.

Dados los abusos en que se incurrió con el tema de estos polígonos, desde junio de 2014 se prohibió de manera expresa su constitución en ciertas zonas de la ciudad, como Polanco. La prohibición, en realidad, siempre había existido porque, como ya se dijo, esta no es una zona "con franco deterioro" o de "infraestructura inutilizada". Sin embargo, la figura había sido empleada tramposamente por desarrolladores, en colusión con funcionarios de la Seduvi, entre los que destaca su extitular, Simón Neumann, considerado uno de los principales promotores del cártel inmobiliario.

La denuncia de Díez Gargari muestra de forma acuciosa cómo el exconsejero y sus socios lograron obtener un polígono de actuación en una zona de la ciudad donde no solo estaba prohibido hacerlo, sino que, cuando eso quedó aún más claro en la ley, se les permitió hacer el trámite de forma extemporánea. Esto último fue posible gracias a funcionarios que se hicieron de la vista gorda, al fingir que la solicitud del trámite había sido presentada en tiempo y forma. No fue así, pues la Dirección General de Desarrollo Urbano aprobó el polígono solicitado tres meses después de que la Asamblea Legislativa del Distrito Federal prohibiera expresamente su instalación en la zona de Polanco y un mes después de que la norma entró formalmente en vigor. El favoritismo del secretario Neumann hacia Scherer y sus socios fue claro en todo el proceso, con una autoridad de su lado y dispuesta a violar la ley simulando su cumplimiento.[18]

El papel de Neumann —personaje muy cercano a Scherer— no era desinteresado. Según la denuncia, desde 2013 vecinos de Polanco señalaron que dos años atrás, antes de llegar a la Seduvi, este funcionario cabildeó la posibilidad de construir un edificio de 29 pisos, precisamente en el terreno de Campos Elíseos 112-B, ubicado dentro del referido polígono, y que dijo ser dueño de este. El extitular de la Seduvi, por tanto, habría otorgado a Scherer Ibarra y a sus socios una autorización ilegal para constituir un polígono de actuación sobre un inmueble del que Scherer es copropietario y en el que el propio Neumann tenía un interés económico.

No es un dato menor que el 20 de octubre de 2014 este funcionario fue removido del cargo en medio de acusaciones de corrupción, conflictos de interés y violaciones al uso de suelo, así como de haber concedido permisos de construcción de forma ilegal.[19] Años más tarde, en el 2020, se dio a conocer en medios de comunicación que la Unidad de Inteligencia Financiera (UIF) había presentado una denuncia ante la fiscalía capitalina en contra de diversos integrantes del llamado "cártel inmobiliario", entre los que destacaba el propio Simón Neumann.

El negocio de Scherer y sus socios adquirió aún mayor fuerza cuando, en octubre de 2014, llegó a la Seduvi Felipe de Jesús Gutiérrez, con quien Scherer también tuvo una buena relación. En marzo de 2018 la dependencia le otorgó una licencia para fusionar los predios ubicados en Rubén Darío 141, 143 y 149 y Tres Picos 23, lo que formaría un solo predio identificado como Rubén Darío 141, donde quedaron como copropietarios Julio Scherer, Pedro Aspe Armella y otros socios.[20]

La irregularidad de este polígono debió revertirse cuando Claudia Sheinbaum llegó a la jefatura de gobierno de la Ciudad de México, especialmente porque desde que era jefa de gobierno electa ella aseveró que se revisaría "con lupa" y se echaría abajo cualquier contrato que hubiera sido firmado en la administración mancerista que tuviera indicios de corrupción, y mencionó que revisarían específicamente todos los polígonos de actuación.[21] Ya en funciones, Sheinbaum ratificó ese compromiso y anunció que en los casos en que se detectaran irregularidades se sancionaría a los desarrolladores y se revocaría la autorización.

El 7 de febrero de 2019, en una conferencia de prensa con la titular de la Seduvi, Ileana Villalobos Estrada, anunció que se habían revisado hasta ese momento 174 polígonos y en 28 de ellos se habían encontrado irregularidades, entre ellas, su otorgamiento en colonias donde estaban expresamente prohibidos. Sin embargo, a la fecha en que concluía este libro no se había aplicado sanción alguna al inmueble de Rubén Darío ni a otros polígonos en los que Julio Scherer Ibarra, sus socios o clientes tienen un interés económico directo. En marzo de 2019, la jefa de gobierno y la secretaria anunciaron la revocación de 20 permisos de construcción e informaron que cuatro inmuebles habían sido multados, aunque no parece que las propiedades *in comento* hayan sido objeto de sanciones.[22]

Pero hay más. Según la denuncia de Díez Gargari, alguien dentro del actual gobierno capitalino le hizo un favor a Scherer, pues el 21 de octubre de 2020, cuando este era consejero jurídico, la Seduvi —entonces a cargo de Ileana Villalobos Estrada— le ayudó a rectificar algunos "errores" que se habían cometido en la concesión del certificado otorgado en 2014. En particular, dice el texto, se modificaron las fechas y se simuló que el permiso había sido otorgado por el secretario del ramo —único autorizado para hacerlo—, y no por la Dirección General de Desarrollo Urbano, como en realidad había ocurrido.

Dicho esto, al momento de concluir esta publicación, el polígono de actuación se mantenía, a pesar de su carácter irregular, mientras que seguían las obras.

El polígono aquí comentado no es el único en el que Scherer Ibarra y sus socios se vieron beneficiados durante el gobierno mancerista. Dentro de la Seduvi un funcionario en particular fue especialmente funcional y hasta servil a Scherer Ibarra: Mario Iván Verguer Caza-dero, el director de Servicios Jurídicos de la dependencia. A este fun-cionario, nombrado por Felipe de Jesús Gutiérrez, le tocó varias veces litigar en los casos en que formalmente la Seduvi debía estar en contra de Scherer Ibarra y sus socios, pero, misteriosamente, la secretaría casi siempre perdía.

Un ejemplo de esto —plantea la denuncia de Díez Gargari— ocurrió en octubre de 2016, cuando Raúl Mario Segovia Barrios, uno de los socios de Scherer en el despacho FBSI, promovió un juicio de nulidad administrativa ante el Tribunal de Justicia Administrati-va de la Ciudad de México para conseguir un permiso para construir más de tres niveles y 55% de área libre en un inmueble ubicado en Pa-seo de la Reforma 2625. Para que este juicio terminara favoreciendo a Scherer y sus socios bastó con que Verguer Cazadero no se tomara siquiera la molestia de contestar la demanda, con lo que el 29 de agosto de 2018 el pleno del Tribunal obligó a la Seduvi a permitir que en el inmueble pudieran construirse seis niveles y un 30% de área libre para edificar así 65 viviendas.

Al parecer, estos no fueron los únicos favores que Verguer Caza-dero habría de hacerle a Julio, quien al llegar a la Consejería Jurídica del Ejecutivo federal supo recompensar bien sus servicios, primero al darle una dirección de área, y al poco tiempo hacerlo director general de Control Constitucional. En lugar de nombrar a un abogado recono-cido, con una trayectoria exitosa y buen desempeño, que hubiese de-fendido eficientemente los intereses de la Seduvi, el entonces "abogado del presidente" optó por colocar, en una de las áreas más importantes dentro de la dependencia, a un personaje con el que tenía especial cercanía,[23] y cuya principal virtud, al parecer, era estar dispuesto a ejecutar ciegamente sus órdenes.

¿Cómo explicar que se haya nombrado a un abogado que había dado tan pobres resultados para defender los intereses de la oficina para la cual trabajaba —o supuestamente trabajaba— sino porque estaba al servicio de los intereses de Julio Scherer? Consulté el asunto con un alto funcionario del gobierno de Miguel Ángel Mancera, quien fue brutalmente explícito en su respuesta: "No te llevas a un inútil que siempre pierde los casos [en una dependencia como Seduvi] a la Consejería Jurídica del Ejecutivo federal. No lo haces si lo que te interesa es que se haga un buen trabajo, más bien te llevas a alguien que puede resolver problemas y evitarlos".

Es importante señalar, en cualquier caso, que la red de complicidades que permitió a Scherer Ibarra llevar a cabo jugosos negocios en el ámbito inmobiliario va más allá de su complicidad con Verguer Cazadero. Según fuentes consultadas, los negocios se acordaban directamente con el secretario Felipe de Jesús Gutiérrez, con quien Julio tenía especial cercanía, por haberlo conocido cuando el primero era presidente del Colegio de Arquitectos de la Ciudad de México (1996-1998). Como es sabido, el hoy prófugo de la justicia fue uno de los responsables del cártel inmobiliario en tiempos manceristas.[24] Además, se le ha girado una orden de aprehensión por el mal uso de los recursos otorgados para la reconstrucción derivada de los sismos del 19 de septiembre de 2017, pues se calcula que desvió más de 46 millones de pesos de estos recursos.[25]

En ese tenor, sería importante investigar hasta qué punto y de qué manera la titular del Tribunal de lo Contencioso Administrativo del Distrito Federal, Yasmín Esquivel Mossa, pudo tener un papel en facilitar los casos que llegaban a ese colegiado, el cual presidió entre enero de 2012 y diciembre de 2015 y que, según algunas fuentes, todavía controla. Eso es particularmente importante si se considera que, años más tarde, Scherer operó su nombramiento como ministra de la Suprema Corte y a finales de 2021 hizo numerosos esfuerzos para que quedara como presidenta de ese órgano. Es sabido que el presidente López Obrador no la conocía, pues con quien realmente tenía relación era con su marido, José María Riobóo. Por ello en el medio jurídico se piensa que, sin el apoyo de Scherer, Esquivel difícilmente habría sido incluida en la terna. ¿Será que la ministra fue parte de la red de intereses y complicidades del exconsejero?

Las omisiones de una Seduvi capturada por Scherer Ibarra le permitieron a este obtener una resolución favorable en otro predio ubicado en Ámsterdam 207, en la colonia Hipódromo (Condesa), comprado en 2012 junto con José Andrés Ferráez, Mauricio Segovia Barrios, Alejandro Igartúa Scherer y otros socios, quienes finalmente lograron construir siete niveles y obtener un uso de suelo habitacional, y comercial en la planta baja, cuando el Programa Delegacional de Desarrollo Urbano de la delegación Cuauhtémoc solo permitía un uso de suelo habitacional y una construcción máxima de 15 metros de altura.

Aquí también la deficiente defensa de la Seduvi resultó favorable a los intereses de Scherer. En primera instancia porque —por ridículo que parezca y aunque usted no lo crea— el recurso de revisión que interpuso la secretaría terminó siendo desechado en el Poder Judicial por haber sido presentado por un pasante que no estaba facultado para representar a la dependencia. Al final, el tribunal colegiado que conoció el recurso ni siquiera tuvo que analizar el fondo del asunto. En otras palabras, la resolución fue consecuencia directa de una deficiente —si no es que inexistente— defensa por parte de la Seduvi.[26]

Algo similar a esto habría ocurrido con dos inmuebles más ubicados en Veracruz 97 y 99, también en la colonia Condesa de la Ciudad de México, en manos de un fideicomiso que ha sido representado por Humberto Artigas Aspe y Tania Yadira Hernández, empleada del despacho Ferráez, Benet, Segovia e Igartúa (FBSI) del que Julio Scherer Ibarra es socio. Contrario a lo señalado en el Programa Delegacional de Desarrollo Urbano, donde se permitían hasta tres niveles, aquí la Seduvi autorizó la construcción de ocho, con lo que pudieron edificar 20 viviendas. De forma análoga, se aprobó en este caso la constitución de un polígono de actuación, suscrito de forma irregular por Alejandro García Robles, director de Instrumentos para el Desarrollo Urbano, en ausencia del director general de Desarrollo Urbano.

Los polígonos irregulares obtenidos por Scherer no solamente abarcan inmuebles en los que este aparece como propietario o copropietario. Según la denuncia de Díez Gargari, también involucran a clientes del exconsejero y su despacho FBSI, como es el caso de Javier Sánchez Corral, a quien este bufete consiguió una autorización para construir 36 niveles en Pedregal 3232, cuando máximo se permitían 15. El 16 de julio de 2021, con Scherer Ibarra todavía como consejero, la Seduvi ratificó la validez del polígono, a pesar de haber sido dictaminado también por un funcionario que no tenía facultades para ello: un director de área llamado Francisco Alejandro García Robles, conducta por la cual hoy está vinculado a proceso.

La propia jefa de gobierno ha mencionado que la autorización de polígonos de actuación por funcionarios sin competencia para firmarlas —y que aquí vemos repetirse— es una de las principales irregularidades en su constitución. Sin embargo, a pesar de ser una de las mayores inconsistencias detectadas en la constitución de polígonos de actuación, hasta ahora ni este ni otros vinculados al exconsejero han sido revocados por el gobierno de la Ciudad de México, ni tampoco se han establecido sanciones por la forma en que se obtuvieron. Sin duda, esta es una de las tareas pendientes para Claudia Sheinbaum.

Según diversos testimonios, el esquema inmobiliario es uno de los principales medios empleados por Julio Scherer y sus socios para lavar el dinero que obtienen a partir de diversos negocios judiciales. El simple hecho de que las ganancias más importantes de algunos de los despachos vinculados al exconsejero provengan de emprendimientos inmobiliarios, antes que de la práctica profesional a la que estos abogados supuestamente se dedican de tiempo completo —reflexionaba una fuente— debe cuando menos llamar la atención. Especialmente, cuando esos despachos resultan tener a los mismos socios. Tal es el caso, por ejemplo, del despacho DDC, de los primos Sánchez Corral y Bécquer Corral, el cual es socio tanto de Julio Scherer como de Juan Araujo Riva Palacio.

NEGOCIOS INMOBILIARIOS EN LA 4T

El tipo de negocios que Scherer y sus socios hicieron en el ámbito inmobiliario en la era de la 4T merece investigarse a fondo. Cuando menos es llamativo que unos días antes del 1 de diciembre de 2018, en vísperas de asumir su cargo como consejero jurídico, familiares y despachos ligados a Scherer Ibarra comenzaron a formar una serie de sociedades mercantiles con desarrollos inmobiliarios. Lo que probablemente buscaban con ello era crear nuevas empresas que les permitieran organizarse para actuar en el terreno inmobiliario y estar listos para hacer negocios con la nueva administración.

Así, tuvieron lugar de forma sucesiva, ante el notario de cabecera de Scherer, una serie de actos de formación de sociedades, nombramientos de apoderados y renuncias a consejos de administración en los cuales participaba el exconsejero, sus parientes o socios. Antes que tratarse de movimientos para ceder posiciones ejecutivas, el consejero jurídico formó sociedades nuevas con sus familiares, como su hijo Julito II o su sobrina Valentina Scherer, e incluso en diciembre de 2018 se formalizó la constitución de una sociedad llamada Julio & Renata Nueva York, S. A. de C. V. (por el nombre de los dos hijos del consejero), cuyo objeto es "comprar, arrendar, vender, enajenar de cualquier forma, administrar, usar, obtener en concesión, operar y llevar a cabo toda clase de operaciones y actos jurídicos con bienes inmuebles dentro de los Estados Unidos Mexicanos o en el extranjero".[27]

El 6 de abril de 2019 se constituyó también la sociedad Mexicali 40, S. A. de C. V., que tiene por objeto, entre otras actividades, "operar como constructora, inmobiliaria y administradora, así como la construcción de obras públicas y privadas por cuenta propia o de terceros".[28] Los accionistas de dicha sociedad son Alejandro Igartúa Scherer y José Andrés Ferráez Quintanilla.

Figura también la empresa Desarrollos AHE, donde José Humberto Artigas del Olmo y su hijo, José Humberto Artigas Aspe, son socios de todos los socios de FBSI: Alejandro Igartúa Scherer, Raúl Mauricio Segovia Barrios (socio de Scherer a quien designó como consejero jurídico adjunto en 2019) y José Andrés Ferráez Quintanilla. Esta empresa fue constituida el 10 de octubre de 2018, también a unas semanas de que Scherer llegara a la Consejería Jurídica.

Todas las sociedades aquí mencionadas merecerían ser investigadas.

Por último, hay un dato no menor contemplado en la denuncia de Paulo Díez Gargari, y es el hecho de que, el 28 de diciembre de 2021, una sociedad representada por Humberto Artigas Aspe adquirió 3 mil acciones ordinarias representativas del 30% del capital social de Mota-Engil Turismo Holding, S. A. P. I., las cuales eran propiedad de Mota-Engil Latin America, B. V. En el contrato de compraventa se acordó pagar un precio de 40 millones de dólares a más tardar el 30 de junio de 2025. En otras palabras, Mota-Engil Latin America le vendió cerca de un tercio del capital de Mota-Engil Turismo Holding a un socio de Julio Scherer Ibarra a crédito. Como se advierte en la denuncia, esta no es una operación celebrada en términos de mercado, sino una "detrás de la cual podría esconderse el pago de favores".

Cabe recordar que Mota-Engil es una empresa portuguesa que llegó a México durante el gobierno de Enrique Peña Nieto, de la mano del líder del Sindicato Mexicano de Electricistas (SME), Martín Esparza, que ha sido muy cuestionada por el negocio de 15 plantas hidroeléctricas y una termoeléctrica. En su número del 18 de septiembre de 2022, *Proceso* destacaba que, sin licitación ni tener que pagar contraprestación alguna, le "regalaron" a Mota-Engil la participación mayoritaria para explotar durante 30 años 16 plantas generadoras que eran de Luz y Fuerza del Centro, incluido el sistema Necaxa y la termoeléctrica Jorge Luque.[29]

Durante la actual administración, señalaba también la nota, esta constructora ha sido una suerte de empresa consentida, a cuya filial mexicana, comandada por José Miguel Bejos —personaje muy ligado al Grupo Atlacomulco—, se le han comisionado importantes contratos como el tramo I del Tren Maya (adjudicado por Fonatur con 15 mil 538 millones de pesos), las carreteras hacia el Aeropuerto Internacional Felipe Ángeles o el permiso administrativo temporal para construir y operar el parque de diversiones en el inmueble que ocupaba la Feria de Chapultepec. Además, como menciona la denuncia de Díez Gargari, Mota-Engil Turismo Holding, S. A. de C. V., 43% de cuyo capital pertenece a Mota-Engil Turismo Holding, celebró un contrato con Fonatur para construir un desarrollo turístico de 267 hectáreas en Costa Canuva, ubicada en la Riviera Nayarit. El proyecto tiene contemplada la construcción de siete hoteles, un campo de golf de 18 hoyos y una marina, entre otras obras.

Lo que no mencionaba la revista fundada por Julio Scherer García —y no es extraño que sea así— es que Mota-Engil Latin America le vendió a crédito una porción importantísima del capital social de Mota-Engil Turismo Holding a Artigas Aspe, socio del hijo del fundador del medio. El dato no es menor, pues estos contratos fueron concedidos cuando Scherer Ibarra era consejero jurídico.[30] En este sentido, es posible suponer que para obtener este y otros contratos, la constructora portuguesa haya buscado comprar el favor de Julio Scherer Ibarra a través de un tercero.

La manera de asegurar ese presunto favor podría haber sido a través del pago de los mencionados 40 millones de dólares, canalizados a través de Humberto Artigas Aspe. Esto pudo haberse materializado por medio de la venta a crédito o de una suma que no tendría que pagar con recursos propios ni al momento de la venta, pues esto solo se haría cuatro años después. De esta forma, si la empresa genera utilidades, el comprador puede acabar adquiriendo su parte sin poner un solo peso: simplemente disponiendo de las ganancias que genere la propia sociedad a lo largo del periodo mencionado. Estaríamos, entonces, ante un negocio redondo que valdría la pena investigar a profundidad.

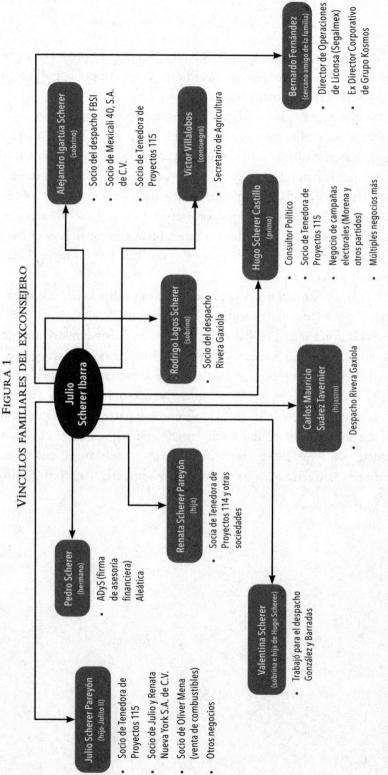

FIGURA 1
VÍNCULOS FAMILIARES DEL EXCONSEJERO

Julio Scherer Ibarra

Julio Scherer Pareyón
(hijo–Julito II)
- Socio de Tenedora de Proyectos 115
- Socio de Julio y Renata Nueva York S.A. de C.V.
- Socio de Oliver Mena (venta de combustibles)
- Otros negocios

Pedro Scherer
(hermano)
- ADyS (firma de asesoría financiera) Aleática

Renata Scherer Pareyón
(hija)
- Socia de Tenedora de Proyectos 114 y otras sociedades

Valentina Scherer
(sobrina e hija de Hugo Scherer)
- Trabajó para el despacho González Barradas

Alejandro Igartúa Scherer
(sobrino)
- Socio del despacho FBSI
- Socio de Mexicali 40, S.A. de C.V.
- Socio de Tenedora de Proyectos 115

Rodrigo Lagos Scherer
(sobrino)
- Socio del despacho Rivera Gaxiola

Víctor Villalobos
(consuegro)
- Secretario de Agricultura

Hugo Scherer Castillo
(primo)
- Consultor Político
- Socio de Tenedora de Proyectos 115
- Negocio de campañas electorales (Morena y otros partidos)
- Múltiples negocios más

Carlos Mauricio Suárez Tavernier
(hijastro)
- Despacho Rivera Gaxiola

Bernardo Fernández
(cercano amigo de la familia)
- Director de Operaciones de Liconsa (Segalmex)
- Ex Director Corporativo de Grupo Kosmos

NOTA: Otras sociedades que tienen como accionistas a familiares de Scherer Ibarra son Cuatro & Ocho, S.A. de C.V., ANAF Soluciones Estratégicas, S.A. de C.V., Productora de Servicios Inmersivos, S.A. de C.V., Main Thing, S.A. de C.V., Bodegas Tlalpan, S.A. de C.V y Promotora y Desarrolladora de Bodegas, S.A. de C.V

5

Negocios desde el poder

La corrupción es una enfermedad. Lo primero es aceptar
que se está enfermo.

AMLO en la mañanera del 15 de enero de 2020

En el mundo empresarial hoy es frecuente escuchar historias sobre los
negocios de Julio Scherer Ibarra, y no falta quien exprese dudas sobre
su carácter ilícito. "Andaba en todo", afirmó un reconocido empresario de la comunidad judía cercano a la 4T. "Cobraba comisiones y por-
centajes y se llevó su pedacito en todas las obras", decía otro hombre
de negocios, quien aseguraba: "Con Scherer no se iba a discutir qué,
sino cuánto". Un empresario más, que disfrutó de sus favores, pero
también padeció las duras condiciones que este le impuso, llegó a
decir: "Lo mejor del PRI era que le dabas el dinero a varias personas
distintas; aquí todo se lo doy a una sola".

Otro más, un empresario y político que lo conoce bien, aseveró:
"Julio nunca ha sido empresario en el sentido de crear una empresa.
Básicamente, lo que ha sido es un traficante de influencias, un bisnero". Lo que llama la atención es que incluso gente dentro del gobierno
que se refiere a él como un amigo lo reconoce: "Andaba en muchos
negocios". Paulo Díez Gargari, de los pocos que han hablado públicamente de este personaje, dijo en una entrevista a Carmen Aristegui:
"Yo pensaba que [Julio] jugaba con el presidente y con el gobierno,

pero en realidad me di cuenta después de que jugaba del lado de la delincuencia. [Julio] lleva un nombre [y un apellido] que no merece y no respeta".

Hacer una revisión exhaustiva de los negocios en los que se involucró Scherer presuntamente usando su posición en el gobierno requiere una investigación mucho más amplia que esta, incluso un libro en sí mismo. Lo que se pretende aquí, una obra cuyo énfasis está en el negocio de la justicia, es ofrecer algunas aproximaciones.

Varios elementos permiten suponer que este personaje no solamente se fue topando a lo largo del camino con oportunidades de hacer negocios a lo grande, sino que llegó al poder con toda la intención y la premeditación de llevarlos a cabo al amparo del poder. Y es que, desde un principio, el consejero usó su posición para beneficiarse económicamente a sí mismo como a su familia y algunos de sus socios, incluso si eso implicaba traicionar, engañar u omitir toda la verdad al presidente López Obrador.

Eso se puede ver, de entrada, en la reforma que él mismo impulsó para nombrar a todos los jurídicos del gobierno federal, como ya se describió: en el tipo de perfiles que colocó en algunos de estos puestos, gente que en el pasado le había resultado funcional a sus negocios; en la manera en que integró la propia Consejería Jurídica a su cargo; en la forma en que promovió a sus amigos y allegados en distintas instancias del gobierno; en los personajes que promovió para integrar las fiscalías federal y locales, así como en las distintas sociedades que creó junto a sus familiares, durante los meses previos a su llegada al gobierno, como se explica en este capítulo.

CORPORATIVO KOSMOS

Uno de los negocios más conocidos de Julio Scherer Ibarra es el vinculado a Corporativo Kosmos, propiedad de la familia Landsmanas Dymensztejn, un conglomerado empresarial al que representó como abogado, aunque, según algunas versiones, terminó por convertirse en una suerte de socio disfrazado a quien le consiguió numerosos contratos en el sector público.

En los Pandora Papers, cabe recordar, Scherer aparece ligado a esta familia a través de una sociedad con registro en las Islas Vírgenes Británicas, denominada "3202 Turn Ltd.". En 2017, este personaje aparecía como el único propietario de esa sociedad, la cual tenía activos valorados en 2 millones de dólares por el trabajo del exconsejero como abogado privado. Según dicha investigación, en 2011 Scherer se hizo de 3202 Turn Ltd., antes propiedad de la familia Landsmanas, y se la transfirió a quien entonces era su abogado.[1]

Corporativo Kosmos está entre los 100 conglomerados empresariales más grandes de México y es el proveedor más importante de servicios alimentarios en el país. Según su página web, el corporativo llega a movilizar más de 700 toneladas de comida al día, ofrece 600 mil servicios de alimentación en comedores industriales y alimenta a más de 3 millones de personas en prácticamente toda la República mexicana.[2] Al menos tres empresas son parte del grupo: La Cosmopolitana, que da los servicios de alimentación, mantenimiento y limpieza para comedores industriales, así como suministro de materia primas a diversas instituciones para la elaboración de alimentos; Serel, que provee servicios de alimentación para comedores industriales y sitios remotos, y se ocupa de la producción y distribución de desayunos y comidas escolares (de manera mensual entrega 2.7 millones de desayunos y más de 12 mil comidas escolares); y KolTov, con sede en Ciudad del Carmen, Campeche, que brinda servicios de alimentación, *catering* y hotelería costa afuera y costa adentro.[3]

En 2004 Kosmos comenzó a ampliarse para brindar también servicios de alimentación, mantenimiento y limpieza en centros penitenciarios del Estado de México y la Ciudad de México, para más tarde expandirse hacia servicios de alimentación y servicios generales para comedores industriales, así como para proveer despensas y desayunos escolares, servicios de alimentación, hotelería y otros.

En los últimos años, Corporativo Kosmos tuvo un crecimiento vertiginoso asociado a la venta al sector público. En una amplia investigación publicada por *Vice* y *Quinto Elemento Lab*, "El cártel de la comida", Karla Casillas y Laura Sánchez Ley documentaron cómo La Cosmopolitana creció especialmente a partir de 2002 gracias a contratos con sucesivos gobiernos. Si Kosmos tenía hasta ese año contratos por un valor de 6 millones de pesos, para 2009 la cifra había aumentado a 343 millones, y en 2018, a 5 mil millones. Entre las principales dependencias que contratan sus servicios, según el reportaje, se encuentran el IMSS, el DIF, Pemex, entre otras.

En cualquier caso, los mayores clientes de Corporativo Kosmos son las cárceles. El grupo da de comer al menos al personal administrativo, custodios y reos de 14 penales federales, 15 cárceles de la Ciudad de México y prisiones de otros estados. Varias denuncias de corrupción han acompañado a la empresa, que ha estado inmersa en diversos escándalos, en particular por la mala calidad de la comida que se reparte en las prisiones, según la investigación, donde se señala que La Cosmopolitana no solo dio carne de mala calidad a los custodios, sino también al personal de seguridad que no ocupa cargos de autoridad. En un informe encargado por la Comisión Nacional de Seguridad, por ejemplo, se recogieron testimonios en los que se asegura que les había dado carne en mal estado, con gusanos y cucarachas, y que, en general, la calidad de la comida era "pésima" y hasta se habían encontrado en ella larvas.[4]

Julio Scherer Ibarra fue abogado tanto de La Cosmopolitana como de Productos Serel, como lo confirmó para la citada investigación Ulises Castellanos, asesor de comunicación y medios del consejero. Señaló que estas empresas fueron clientes del despacho Scherer y Asociados por alrededor de cinco años, una relación de trabajo que oficialmente —dijo el portavoz— finalizó en octubre de 2018.[5]

Hay elementos para suponer que en realidad la relación no terminó ahí. Para empezar, el gobierno actual nunca dejó de comprarle a esta empresa. De hecho, después del escándalo suscitado por el reportaje de *Vice* y *Quinto Elemento Lab*, así como por investigaciones publicadas en otros medios, el 20 de marzo de 2019, la periodista Nadia Sanders le preguntó al presidente en una mañanera sobre la intoxicación que sufrieron 450 reclusos por ingerir alimentos en descomposición proveídos por La Cosmopolitana en el penal de Puente Grande, Jalisco. La reportera cuestionó al presidente sobre si renovaría contratos con esta cuestionada firma y, particularmente, si el consejero jurídico, Julio Scherer Ibarra, participaría en la revisión de los ya vigentes. En esa ocasión, AMLO dejó claro que su gobierno no refrendaría contratos con empresas "de mala reputación" y adelantó que su consejero no podría revisar el asunto, "no solo por conflicto de intereses, sino por una cuestión ética y moral".[6]

A pesar de estas declaraciones, el gobierno siguió otorgándole contratos a Corporativo Kosmos. Para junio de 2019, transcurrido el primer medio año de gobierno, el gobierno federal le había asignado ya 45 contratos, los cuales ascendieron a 436 millones 547 mil pesos. De estos, 39 fueron entregados por adjudicación directa, mientras que uno de ellos fue por invitación restringida. Otros seis contratos más fueron otorgados por gobiernos emanados de Morena, a saber, el de Veracruz y la Ciudad de México.[7]

En los meses siguientes a dicha investigación no cesaron las contrataciones. Tan solo en una búsqueda dentro de la Plataforma Nacional de Transparencia se puede corroborar que aún hay contratos vigentes entre empresas de Corporativo Kosmos y el gobierno federal. De hecho, este último otorgó 18 contratos a Productos Serel, S. A. de C. V., entre enero de 2020 y enero de 2022, por un monto de 869 millones 097 mil pesos.[8]

Según fuentes con conocimiento de compras gubernamentales, es probable que exista un número adicional de contratos que busquen disfrazar que, en realidad, el beneficiario es Corporativo Kosmos o la familia Landsmanas Al parecer, un conocido periodista estaba investigando el asunto, pero misteriosamente dejó de hacerlo tras haber tenido un acercamiento con el exconsejero.

La relación entre esta familia Landsmanas y Scherer fue muy cercana y frecuente durante estos años; así pude corroborarlo a través de los audios que recibí. En uno de ellos Jack y su padre discuten sobre las gestiones que les hacía el exconsejero, a quien se refieren en clave bajo el apodo de "el Quijote".

—Todo es con él —le explicaba uno al otro.

—Yo a donde tenga que llegar llego.

Por momentos, sin embargo, también expresan desilusión ante la lentitud con la que el consejero actuaba en ciertos asuntos:

—Se da a desear —exclamaba Jack.

—Nos está provocando un daño indirectamente —le contestaba su padre.

Es evidente en las conversaciones que el Quijote era clave para sus negocios, al facilitarles las cosas y hacerles toda suerte de favores. Lo que resulta peculiar es que un socio tan importante para Julio Scherer Ibarra apostaba muy poco por López Obrador y su proyecto; incluso parece haber tenido una imagen muy negativa de su liderazgo. En uno de los audios puede escucharse una conversación de octubre de 2018, previo a la cancelación del aeropuerto de Texcoco, en la que Jack discute con un empresario no identificado sobre la necesidad de sacar cuanto antes su dinero del país por la decisión que estaba a punto de tomarse.

—Como están las cosas —dice Landsmanas— hay que sacar todo lo que se pueda. Hay que sacar todo, todo, todo. Está horrible pero es la verdad… A mi papá ya lo convencí… Todas las operaciones nuevas que ahorita vamos a arrancar, todo [va a ser] con crédito de bancos. Voy a llevar mis pinches líneas de crédito a 20 mil millones. Y si voy a pagar 2 mil millones al año de intereses me vale madres… Mientras las cosas salgan bien, yo pago feliz de la vida; pero el riesgo que se lo coman los bancos. Chingue su madre, alguna pendejada o algo y esa lana yo la voy a tener fuera.

Una conversación aún más reveladora tuvo lugar después de celebrada la consulta que llevó a la cancelación del Nuevo Aeropuerto de la Ciudad de México. Durante la llamada, Jack y su interlocutor lamentan amargamente la decisión, la cual ambos califican como una "gran pendejada".

—Acuérdate que en este pinche país mataron a un candidato por salirse del huacal —dice una voz no identificada—, no descartes que este güey misteriosamente se la superpele… porque puede armar el pedo, pero pisar así 60 callos y que no haya pedo está difícil.

—Y es que no son 60 callos, la verdad es que está pisando 128 millones de callos —responde Jack

—Totalmente…

—Si yo estuviera ahí y dijeran oye, pus sería mejor para esto darle cranck, yo daría mi voto a favor, seguro —suelta Jack.

—¡Claro!, pues sin duda… Ayer en la noche casi medio voluntariaba yo, güey —contesta el amigo.

Gracias a la influencia de Scherer, el 1 de diciembre de 2018 se incorporó a Seguridad Alimentaria Mexicana (Segalmex), con el cargo de director de Operaciones de Liconsa, Bernardo Fernández Sánchez, quien, además de haber sido director corporativo de Kosmos entre 2016 y 2018, continuó siendo socio,[9] al igual que de otras empresas de la familia Landsmanas, como Energía Kan, Forsu Bioenergía y WTE Land, según información obtenida a través del Registro Público de Comercio.

Es difícil pensar que Fernández Sánchez, un joven itamita que carecía de experiencia en el sector lácteo, aterrizara ahí de forma casual. Llegó por su estrecha relación con la familia Scherer. El consejero estaba en la posición de recomendarlo, no solo por su influencia política, sino también por ser yerno del secretario de Agricultura, Víctor Villalobos. Formalmente, el puesto que ocupó este joven egresado del ITAM depende del director de Segalmex, Ignacio Ovalle; sin embargo, la decisión de su nombramiento necesariamente debió pasar por un consejo presidido por el secretario de Agricultura.[10]

No resulta descabellado señalar que Scherer trajo a Bernardo Fernández, directamente desde Corporativo Kosmos, no solo por la amistad con su familia (en distintas publicaciones llegó a aparecer como yerno de Julio), sino también para hacer negocios en Segalmex. En cualquier caso, no es extraño que un personaje vinculado estrechamente al exconsejero aparezca mencionado en uno de los casos más graves de corrupción que han tenido lugar en esta administración. De hecho, Fernández no tardó en demostrar a qué venía: para el 2 de mayo de 2019, a escasos cinco meses de haber llegado, ya le otorgaba un contrato por 15 millones de pesos a Productos Serel, el cual sería más tarde observado por la Auditoría Superior de la Federación (ASF). Dicha institución identificó que el contrato a Productos Serel había sido asignado en forma irregular, por no haberse entregado garantía de cumplimiento ni de responsabilidad civil.[11]

Montos aún más elevados fueron comprometidos al firmar un convenio con un representante legal de Carlos Ernesto Herrera Reza, de Coprolac, para descremar y deshidratar leche fluida a un costo por maquila superior al del mercado; la crema había sido adquirida por Liconsa a un precio por debajo de su valor comercial. Herrera Reza es un empresario lagunero de dudosa reputación, dueño de la empresa Chilchota, una de las productoras de quesos análogos más grandes del país, que se ha visto inmersa en escándalos de narcotráfico desde los años setenta.[12]

A través de este convenio de colaboración, firmado el 1 de mayo de 2020 y disponible en la página web de Liconsa, se estableció que Coprolac recibiría por parte de la paraestatal leche fluida de pequeños productores nacionales para descremar y deshidratar el líquido, y luego producir leche en polvo, agregarle grasa vegetal y venderla en su programa de abasto social a gente de escasos recursos. Para descremar el líquido se acordó que Coprolac pagaría a Liconsa 21 pesos por kilo, cuando su valor era entonces de 29.5, según el precio corriente en el mercado de la crema al momento de celebrarse el convenio. Así, por cada kilo la empresa obtuvo un lucro adicional de 8.5 pesos. Es importante mencionar, además, que este contrato tan ventajoso le fue otorgado a Coprolac a pesar de que muchas otras empresas estaban dispuestas a pagar los 29.5 pesos, según las fuentes que pude consultar dentro de la industria. Claramente, alguien hizo un negocio redondo y no puede descartarse que el propio Julio Scherer se haya visto directamente beneficiado.

Otra de las acciones más polémicas de Fernández, el joven protegido por Scherer, tuvo que ver con el otorgamiento de concesiones a empresarios acusados de corrupción en sexenios anteriores. Como lo dio a conocer la prensa, uno de estos perfiles es el de Alejandro Puente, a quien se le asignó un contrato por 4 mil millones de pesos a través de la empresa Vicente Suárez 73, S. A. de C. V. Además, Fernández también participó en la firma de un convenio con la empresa Transportadora Inteligente, S. A., por medio del cual se rentaron 22 pipas a 165 mil pesos mensuales cada una para transportar leche. Algunas pipas nunca fueron usadas por la absurda razón de que no se equiparon con bombas para cargar la leche de los pequeños productores. La prensa ha dado cuenta también de irregularidades en la contratación del servicio de arrendamiento de equipo de laboratorio para los centros de captación de la Red de Acopio de Leche Fresca, a través de una licitación electrónica simulada y en la cual se habría visto involucrado Alan Benjamín Torres, el primo de Fernández, a quien hizo subdirector de Producción.[13]

Varias fuentes que conocen la trama de corrupción en Segalmex han apuntado a Liconsa como la estructura usada para desviar el grueso del dinero de esa empresa pública. Al revisar las cuentas de Liconsa en 2020, la Auditoría Superior de la Federación encontró dinero faltante en múltiples casos. Uno de ellos es el mencionado caso de la crema, por el que se detectó un probable daño o perjuicio a la hacienda pública de 293.4 millones de pesos. Por otros contratos, como el de leche fresca y maquila de secado, encontró un posible desfalco de 518 millones de pesos. En el servicio de transporte, la ASF halló inconsistencias por un valor de 620.5 millones de pesos, mientras que en el gasto para los certificados de análisis de laboratorios de los productos, otros 46.3 millones.[14]

Si varios integrantes del gabinete creen que Scherer tiene relación o está detrás de algunos de los casos de corrupción más grandes que se han dado en el actual gobierno, Segalmex parece ser uno de los mejores ejemplos de ello.

Además de su vínculo directo con Fernández, una fuente dentro de la FGR señaló que el exconsejero podría estar implicado en los ilícitos cometidos por René Gaviria, exdirector de Administración y Finanzas de Segalmex, quien fue despedido por invertir, entre finales de 2019 y principios de 2020, 800 millones de pesos de Diconsa y Segalmex en títulos accionarios en la bolsa, así como por otros ilícitos. Dicha versión, sin embargo, no pudo ser debidamente confirmada, pues en la propia FGR existen versiones encontradas al respecto.

EMPRESAS FAMILIARES

Todo parece indicar que Julio Scherer se organizó para llegar al poder a hacer negocios quizá con la idea de cobrarse lo que había aportado en recursos para la campaña —suyos o de terceros—. Un indicio de ello son los movimientos que hicieron sus familiares y socios durante los meses previos e inmediatamente posteriores a su llegada al gobierno. En vísperas de asumir su cargo como consejero jurídico, la gente del entorno de Scherer empezó a constituir una serie de sociedades mercantiles.

Pareciera que se trataba de crear nuevas agrupaciones que les permitieran al consejero, sus familiares y socios organizarse para actuar en el terreno inmobiliario y estar listos para emprender distintos tipos de negocios con la nueva administración. Así, se llevaron a cabo de forma sucesiva, ante Guillermo Alberto Rubio Díaz, el notario de cabecera de Scherer —al que ya hice referencia—, varios actos de constitución de sociedades, nombramientos de apoderados, así como renuncias a consejos de administración en los cuales participaba Scherer, sus parientes o socios.

Lo que llama la atención es que, antes que tratarse de movimientos para ceder posiciones ejecutivas, como podría esperarse de alguien que se dedica a los negocios y va a entrar al gobierno, Scherer y los suyos formaron nuevas sociedades. Para una de ellas conformó, en diciembre de 2018, una sociedad inmobiliaria denominada Julio & Renata Nueva York, S. A. de C. V. (por el nombre de sus hijos), para realizar operaciones en México y en el extranjero.[15] Los accionistas son Julio Scherer Ibarra y Julio Scherer Pareyón, (Julito II). En el mismo acto de constitución se designó como comisaria de la sociedad a Elena Catalina Castillo García, secretaria particular de Scherer Ibarra desde hace más de 20 años.

El 6 de abril de 2019 se constituyó también la sociedad Mexicali 40, S. A. de C. V., que tiene por objeto, entre otras actividades, "operar como constructora, inmobiliaria y administradora, así como la construcción de obras públicas y privadas por cuenta propia o de terceros".[16] Los accionistas de dicha sociedad son Alejandro Igartúa

Scherer y José Andrés Ferráez Quintanilla, socios del despacho inmobiliario FBSI. Figura también la empresa Desarrollos AHE, de José Humberto Artigas del Olmo y su hijo, José Humberto Artigas Aspe, socios, a su vez, de todos los socios de FBSI. Esta empresa fue constituida el 10 de octubre de 2018, a mes y medio de que Scherer Ibarra llegara a la Consejería Jurídica.

El 22 de mayo de 2019, además, Julio Scherer Pareyón y su primo Hugo Pablo Carlos Scherer —quien se dedica al marketing político y de quien hablo ampliamente en el siguiente capítulo— crearon una nueva sociedad denominada Tenedora de Proyectos 115, un negocio familiar de los Scherer que da la impresión de haberse creado ex profeso para hacer negocios al amparo del gobierno. En esta compañía confluyen al menos otras siete sociedades más que tienen entre sus accionistas, además de Julito II y Hugo, a Valentina Scherer Navarro, la hija de Hugo; a Pedro Eduardo Scherer Ibarra, hermano del exconsejero; y a dos socios de FBSI: el sobrino de Julio, Alejandro Igartúa Scherer y José Andrés Ferráez Quintanilla, estos también acreditados como representantes legales de Tenedora de Proyectos 115.

A través de esta última sociedad, como reveló una investigación de *El Sol de México*, el hijo del exconsejero ganó dos contratos de adjudicación directa por un total de 36 millones 141 mil 522 pesos, gracias a información privilegiada que obtuvo de la Secretaría de Cultura de la Ciudad de México.[17] Según la investigación, los contratos los dio la Dirección General de Patrimonio Histórico, Artístico y Cultural a las empresas Tenedora de Proyectos 115 y ANAF Soluciones Estratégicas para la organización de "Celebrando la Eternidad", un espectáculo de luces y música que tuvo lugar en el Bosque de Chapultepec, entre octubre y noviembre de 2019, con motivo del Día de Muertos. En una acción que pareciera orientada a ocultar el favoritismo, se otorgó primero el contrato a Tenedora de Proyectos 115 para luego cederle los derechos a la empresa ANAF Soluciones Estratégicas, S. A. de C. V., la cual concretó la firma del contrato, primero por una cantidad de 21 millones 415 mil 222 pesos, luego por 15 millones 293 mil 612 pesos.

Lo que llama especialmente la atención es que unos dos meses antes de que se adjudicara el contrato, Julito II —quien suele ofrecerse como gestor ante el gobierno de la ciudad, según diversas fuentes— ya tenía información de primera mano sobre el acto en cuestión. Así lo comprueba el hecho de que el 13 de septiembre fue a registrar el nombre del espectáculo ante la Dirección Divisional de Marcas del Instituto Mexicano de la Propiedad Industrial (IMPI). En calidad de representante legal de Tenedora de Proyectos 115, Scherer Pareyón registró en ese momento "Celebrando la Eternidad", que más tarde adoptó la empresa ANAF Soluciones Estratégicas para el espectáculo.

Sobre el otorgamiento de este contrato, consulté al exsecretario de Cultura del gobierno de la Ciudad de México, José Alfonso Suárez del Real. En una conversación telefónica, el funcionario explicó que se hizo una adjudicación directa a esta empresa "por ser la que tenía la mejor propuesta y la más original de todas", además de ser "la única compañía que tenía una propuesta diferente a lo tradicional". El exsecretario negó que el contrato tuviera que ver con la relación familiar de la empresa con el consejero jurídico. Dijo desconocer por qué Scherer Pareyón registró la marca dos meses antes de que se adjudicara el contrato y cómo es que tenía la información antes de que esta se hubiera hecho pública. El funcionario aseguró ignorar las razones por las cuales el contrato fue originalmente adjudicado a una firma (Tenedora de Proyectos 115) y más tarde le fue cedido a otra (ANAF Soluciones Estratégicas). Por último, Suárez del Real negó también que el consejero jurídico hubiera tenido algún tipo de intervención para que se le otorgara un contrato a esta empresa.

Una característica importante que se observa en esta sociedad, Tenedora de Proyectos 115, S. A. de C. V., es que en ella confluyen al menos otras siete sociedades que también tienen como accionista a Julito II y otros familiares de Scherer Ibarra: Cuatro & Ocho, S. A. de C. V.; ANAF Soluciones Estratégicas, S. A. de C. V.; Productora de Servicios Inmersivos, S. A. de C. V.; Main Thing, S. A. de C. V.; Julio & Renata Nueva York, S. A. de C. V.; Bodegas Tlalpan, S. A. de C. V.; y Promotora y Desarrolladora de Bodegas, S. A. de C. V. Sin siquiera contar con portales de internet, como menciona la investigación publicada por *El Sol de México*, estas compañías de familiares y amigos cercanos a Scherer tienen como giro comercial, según sus actas constitutivas, el negocio inmobiliario, construcción, tecnología, organización de eventos, servicios administrativos y financieros, consultoría, asistencia técnica legal, entre otros.[18] Todas estas empresas, así como los contratos públicos que pudieran haber recibido, deben ser investigadas.

PARTICIPACIÓN EN MEDIOS DE COMUNICACIÓN

Otro de los negocios donde el consejero jurídico buscó exitosamente asentar su influencia fue en los medios de comunicación. Según testimonios coincidentes, Julio Scherer Ibarra operó fuertemente para quedarse con una parte de Grupo Radiópolis —conformada por 17 estaciones, entre las que se encuentra W Radio, Los 40 y la K-Buena—, a través de un tercero que se hiciera de un conjunto importante de las acciones de la empresa. Este último habría de ser uno de los socios de su hijo Julito II, llamado Oliver Fernández Mena, quien, aparentemente, también es uno de los hombres que le manejan los dineros a Scherer.

A muy grandes rasgos, la historia fue así: Miguel Alemán Magnani había acordado con Televisa comprar 50% de las acciones de su empresa radiofónica, pero, al poco tiempo de comenzar a efectuar los pagos, el nieto del expresidente Alemán y dueño de Interjet, quien nunca ha sido muy bueno en sus apuestas comerciales, entró en serios problemas de solvencia que no solamente pusieron a la compañía aérea al borde de la quiebra y en una situación complicada ante el fisco (como explico en el capítulo 11), sino que también le impidieron cumplir con lo acordado.

Fue así como, por intermediación del abogado Ángel Junquera, los empresarios Alejandro del Valle y Carlos Cabal Peniche entraron a rescatar a Alemán Magnani, mientras este negociaba con el Sistema de Administración Tributaria (SAT) la manera de poner en orden su situación impositiva. Para reunir la suma que le faltaba liquidar a Alemán, Del Valle aportó cerca de 100 millones de pesos en capital líquido y Cabal consiguió las garantías necesarias para avalar el monto restante. Hecho lo anterior, este último empresario recurrió a una Sofom llamada Crédito Real, controlada por Fernández Mena, para obtener los 695 millones de pesos necesarios para completar la operación.

Vale la pena explicar quién es este personaje que desempeñaría un papel relevante en la red Scherer. En diversas publicaciones se señala que este otrora tenista y capitán de la Copa Davis hizo su fortuna asociándose con Ernesto Zedillo Velasco, hijo del expresidente Zedillo, y con Juan Pablo Montiel, hijo del exgobernador del Estado de México, Arturo Montiel. Muy cercano a Videgaray y a Peña Nieto, fue también financiero de Elba Esther Gordillo y se ha beneficiado del negocio del otorgamiento de créditos de nómina no bancarios a servidores públicos a través de una financiera llamada Crédito Maestro, donde era socio con la maestra. En Palacio Nacional, por cierto, circula la versión de que este personaje es uno de quienes manejan granjas de bots en contra del presidente López Obrador.

Pero quizás uno de los rasgos más importantes de Fernández Mena es su cercanía con Amado Yáñez Osuna y el hecho de ser dueño de un porcentaje de las acciones de Oceanografía. En 2014, según dio a conocer un reportaje de *Contralínea*, tanto Yáñez Osuna, socio principal de esa naviera, como Fernández Mena fueron investigados por la Procuraduría General de la República (PGR) y otros órganos de inteligencia del Estado mexicano por haber constituido una presunta red criminal para lavar dinero del narcotráfico y del tráfico de hidrocarburos robados a Pemex. Según las autoridades federales, señalaba el reportaje, el origen del dinero vendría, por un lado, del Cártel del Golfo y, por el otro, de los combustibles robados a la paraestatal.[19]

Este tipo de negocios, por lo visto, continuaron en años recientes, cuando, entre 2019 y 2020, Amado Yáñez Osuna, Miguel Alemán Magnani y José Luis Ramírez Magnani se asociaron con Édgar Marín Meza Moreno, un presunto huachicolero y socio de Amado, en un negocio llamado Impulsora de Productos Sustentables (IPS), dedicado a la importación y distribución de hidrocarburos. Esa empresa, por cierto, sería investigada al año siguiente por un nuevo *modus operandi* del huachicol, que empleaba grandes embarcaciones para robar combustibles a Pemex, como lo dio a conocer otro reportaje de *Contralínea*.[20] Según este, la empresa simulaba sacar combustible del país obtenido de forma ilícita para reintroducirlo vía puertos como si se tratara de importaciones.

Al parecer, señaló una fuente, Oliver Fernández, junto a Hugo Scherer, primo del exconsejero, y Julito II llegaron a involucrarse también en este negocio, tanto a través de una línea de Crédito Real que ascendía a los mil millones de pesos como con la protección que el entonces consejero le habría brindado a Amado Yáñez.

Volviendo al tema central, es sabido que la intervención sugerida por Junquera para que Cabal y Del Valle rescataran a Alemán incomodó sobremanera a Scherer Ibarra, quien estaba resuelto a medrar con la situación por la que atravesaba el hijo del exgobernador de Veracruz, tanto en lo referente a Interjet como a la compra de Radiópolis, donde ya tenía una clara ruta establecida para hacer un gran negocio. Por ello, cuando más tarde se hizo el primer pago que Alemán adeudaba a Televisa, el consejero se puso colérico y amenazó a Cabal, a través de su también abogado, Ángel Junquera, para que se retirara del negocio si no quería arrepentirse.

Para entonces, Alemán ya había firmado un acuerdo con Cabal Peniche y Del Valle para rescatar Interjet, por medio del cual estos dos empresarios inyectarían 150 millones de dólares en tres momentos distintos. Esta situación enfadó aún más a Scherer, quien amenazó con que no se respetaría el acuerdo al que Alemán había llegado con el SAT, institución con la cual la aerolínea tenía una serie de adeudos que, en caso de no solventar, complicaban toda la operación crediticia para adquirir Grupo Radiópolis. En ese contexto, el consejero bloqueó a Carlos Cabal e impidió que el Instituto Federal de Telecomunicaciones (IFT) le diera la concesión y se le autorizara tomar posesión de las oficinas del grupo.

Al mismo tiempo, Fernández Mena y Scherer Ibarra se coludieron para impedir que Cabal recibiera el empréstito de Crédito Real, necesario para materializar la operación. La Sofom no solamente terminó por cerrarle al exdueño de Banca Cremi la llave de recursos, sino que también presentó una denuncia penal en su contra por un presunto fraude genérico en su proceso de obtención.

Lo que siguió fue una persecución judicial, orquestada por Scherer, quien intervino para que el 25 de agosto de 2021 la Fiscalía General de Justicia de la Ciudad de México (FGJCDMX) emitiera una serie de órdenes de aprehensión en contra de sus rivales, tanto Del Valle, detenido el 9 de septiembre de 2021, como Cabal y su esposa, Teresa Pasini Bertrán. Dicha orden, librada el 8 de julio de 2021, fue expedida por el juez Héctor Fernando Rojas Pacheco, adscrito a la Unidad de Gestión Judicial Número 12, una instancia donde —como veremos en el capítulo 8— se cocinaban órdenes de aprehensión a la medida de los intereses del consejero.[21]

Como Cabal Peniche y Pasini Bertrán estaban para ese momento en Italia, el país de origen de ella, no lograron meterlos presos una vez que se giró la orden de aprehensión. Casualmente, nunca se giró una orden de captura internacional o solicitud de extradición, la persecución cedió cuando el empresario tabasqueño aceptó entregar su parte de Radiópolis a Crédito Real, perdiendo en el camino unos 200 millones de pesos.

Para beneficio de Julio Scherer Ibarra, aparentemente, las acciones de Radiópolis se distribuyen hoy de la siguiente forma: 50% sigue en manos de Grupo Prisa, 20% pertenece a Grupo Coral, propiedad de la familia Alemán; 5%, a Javier Mondragón, un exabogado de los Alemán que logró llevarse una tajada, y el 25% restante es de Crédito Real, donde Fernández Mena podría ser el rostro detrás del cual se oculta el control de Scherer sobre una parte importante del grupo radiofónico.

Así las cosas, en plena era de la 4T, y traicionando su esencia y narrativa fundamental —esa que plantea separar el poder económico del poder político—, Scherer buscó, desde la cúspide del poder, convertirse, a la brava, en un megaempresario. Hacerse soterradamente de un gran medio de comunicación probablemente era un paso muy importante en esa dirección.

INFLUENCIA EN OTROS MEDIOS

En el ámbito informativo, Scherer también mantuvo la influencia que ya tenía previamente en otros medios de comunicación. Para el caso de la revista *Proceso* —el más visible de todos— Julio tuvo que hacer un deslinde claro al asumir su función en el gobierno. Aunque nunca dejó de influir en los contenidos de la revista —como lo prueban los reportajes en contra del fiscal general y otras filtraciones que surgieron de su persona—, tuvo que separarse de la parte comercial. Cabe recordar que, a partir de la muerte de don Julio, en enero de 2015, el hijo mayor se convirtió en presidente del consejo de administración de Comunicación e Información, S. A. de C. V. (CISA), la empresa que publica la revista. El consejo de administración quedó entonces integrado por cinco personas: Francisco Álvarez Romero, Estela Franco Arroyo, Salvador Corro Ortiz, Rafael Rodríguez Castañeda y el propio Julio Scherer Ibarra.[22] Sin embargo, el 11 de enero de 2019, más de un mes después de llegar al gobierno, este último tuvo que dejar su cargo por el conflicto de intereses que representaba con su posición en el gobierno federal. En una carta publicada en el mismo semanario, el consejero escribió: "En congruencia con los valores irrevocables del periodismo independiente y la absoluta libertad que definen a *Proceso*, he decidido separarme de su consejo de administración". Fue reemplazado por su hermana, María Scherer.

Lo extraño de esta convicción que Scherer decía tener con el "periodismo independiente" es que no la trasladó a otro medio en el que tenía una participación accionaria, el cual convenientemente decidió omitir de su declaración patrimonial. Sucede que, desde 2009, Scherer ha formado parte de Estrictamente Digital, S. C., la empresa que publica *Eje Central*, la cual fue escriturada el 10 de marzo de ese año.[23] Según el acta constitutiva, inicialmente participaron en su creación

27 socios, entre los que están Carlos Puig Soberón, Alberto Islas Torres, Luisa Alejandra Latapí Renner, Antonio Cuéllar Steffan, Claudio Conde Morales, José Enrique Campos Suárez, Enrique del Val Blanco, Francisco Abundis Luna, Héctor Marcelo Ortega Villegas, Irene Muñoz Trujillo, Jorge Buendía Laredo, Jorge Montaño Martínez, José Ramón Carreño Carlón, José Othón González Ruiz, Luis Mendoza Cruz, Mauricio Reyes López, Raúl Trejo Delarbre, Raymundo Riva Palacio Neri, Simón Vargas Aguilar, César Francisco Ortega, Guido Gerardo Lara López, Héctor Alejandro Estrada Regis, Alberto Antonio Fernández Maldonado, Alberto Emiliano Cinta Martínez, Gabriela Velázquez Álvarez y el propio Julio Scherer Ibarra.

El 24 de septiembre de 2012 se hizo una protocolización a través de la cual el número de socios de la empresa se redujo a 22, pero no se encontró evidencia de que Scherer haya vendido sus acciones. Como es sabido, el director general y representante legal de la empresa, además de socio administrador, es el periodista Raymundo Riva Palacio, a su vez tío de Juan Araujo Riva Palacio, uno de los socios clave en la presunta red de negocios judiciales de Scherer a la que hago referencia en el capítulo 7.

La relación de Scherer Ibarra con Estrictamente Digital llama la atención al menos por tres razones: en primer lugar, porque existe un vínculo —no muy claro— entre Scherer y el director general de la revista, Raymundo Riva Palacio, tío de Juan Araujo, quien es uno de los socios del exconsejero.[24] En segundo lugar, porque en el medio político y periodístico, Riva Palacio es conocido por haber difundido filtraciones que habrían tenido como fuente al exconsejero jurídico, quien reiteradamente recurrió a estrategias de ese tipo para golpear internamente a sus adversarios, normalmente a aquellos que no se alineaban a sus designios o le ponían algún tipo de resistencia. Y en tercer lugar, porque Scherer omitió transparentar su conflicto de interés al ser socio de Estrictamente Digital. No está de más mencionar que Estrictamente Digital ha recibido recursos públicos, lo que ciertamente representa un problema, particularmente porque el exconsejero estaba en una posición de influir en la asignación de contratos y recursos de publicidad oficial. En la Plataforma Nacional de Transparencia encontramos, por ejemplo, que el medio ha recibido pauta de parte de instituciones como el Inegi, el INE o el Tribunal Electoral del Poder Judicial de la Federación.[25] En este último, entre 2020 y 2021 se registran al menos cinco contratos, justo en tiempos en los que el presidente era José Luis Vargas, una figura claramente subordinada a Scherer.

A través de una búsqueda en CompraNet encontramos que a Estrictamente Digital también se le han concedido contratos por parte de instituciones del gobierno federal, por un monto equivalente a 1.5 millones de pesos.[26] La mayoría de estos pagos no son por publicidad oficial. Tienen que ver, sobre todo, con campañas institucionales o servicios de difusión para campañas digitales.[27] Si bien no son montos exorbitantes, llama la atención que ya no existe registro de contratos semejantes a partir de que Julio Scherer dejó su puesto el 1 de septiembre de 2021.

Por último, en el ámbito de los medios es importante mencionar que, contrario a la tradición de periodismo libre de su padre, Scherer recurrió a los más diversos mecanismos de control y a las más diversas estrategias de captura de directivos, periodistas y columnistas, no solo para dirigir golpes contra sus adversarios políticos, sino principalmente para que su figura no fuera cuestionada, aun después de marcharse del gobierno. Particularmente relevante fue su ascendencia en *El Heraldo de México*, cuya línea editorial fue claramente favorable al exconsejero, incluso entre sus columnistas y conductores en radio y televisión. La estratégica relación entre Scherer y el prominente empresario Ángel Mieres Zimmermann, con quien incluso ha hecho negocios y emprendido proyectos (como la creación de un banco, según trascendidos de prensa), se vio claramente reflejada en la línea editorial del medio. Basta con ver el homenaje en vida que llegó a hacerle el diario en su edición del 6 de septiembre de 2021, cinco días después de su salida, llena de loas y que, muy al estilo de ciertos diarios de provincia, se titulaba "Reconocen el trabajo de Julio Scherer Ibarra. Políticos, legisladores y académicos coinciden: fue interlocutor del gobierno".[28]

6

Morena como franquicia

> No se puede hacer política con trampas. El que hace
> trampa, el que no es respetuoso de la voluntad popular, el
> antidemocrático no es de izquierda. El corrupto no es de
> izquierda. Puede ser conservador, pero no es de izquierda.
> El que quiere triunfar a toda costa, sin escrúpulos morales
> de ninguna índole, no es de izquierda. Ese es conservador.
> Oportunista. Arribista. Convenenciero. Corrupto.
>
> AMLO en la mañanera del 28 de julio de 2022

El apetito de Julio Scherer Ibarra por acumular dinero y poder a cualquier precio se situó más allá de consideraciones éticas e ideológicas. Terminó incluso quebrantando los estándares mínimos de lealtad al movimiento político que llevó al presidente López Obrador al poder. Su ambición llegó al extremo de maquinar para apoderarse de la dirección de Morena, muy posiblemente como parte de una tentativa de usufructuar el negocio de las campañas electorales junto a su principal aliado: Hugo Scherer Castillo. Como es sabido, el primo hermano de Julio es un reconocido consultor del marketing político y un hombre talentoso, aunque de escasos escrúpulos, que por muchos años llevó las campañas de algunos de los políticos de la más dudosa reputación en el PRI y el PAN, y fue gracias al consejero que logró timonear las campañas de varios candidatos de Morena.

Se sabe que en septiembre de 2020, durante la elección interna para elegir al presidente del Movimiento Regeneración Nacional,

Scherer Ibarra operó activamente para descarrilar el proceso interno, cuando se enfrentaron en una agria disputa Mario Delgado y Porfirio Muñoz Ledo. Aunque muy al principio Scherer apoyó al exsecretario de Finanzas de la Ciudad de México para encabezar el partido, en algún momento se dio cuenta de que este personaje cobraba vida política propia y no daba señales del sometimiento que su proyecto requería. Un segundo elemento, aunque menos importante, era que, en su intento por ganarse el favor de Sheinbaum, quería apartar del camino a una figura que percibía muy cerca de Marcelo Ebrard, aunque a final de cuentas no resultó ser así.

Elegir a la dirigencia de Morena a partir de una encuesta fue una idea del presidente de la República para salir del *impasse* en el que estaba el partido, sumido en un conflicto interno desde hacía varios meses. Así, para cumplir una instrucción del presidente, Julio operó ante el Tribunal Electoral a fin de que el INE la organizara. Sin embargo, cuando el consejero empezó a ver que Mario iba aventajando, y Porfirio Muñoz Ledo simplemente no levantaba, buscó desesperadamente descarrilar la elección para prolongar el mandato de Alfonso Ramírez Cuéllar como presidente interino, una figura con la que creía poder tener ascendencia. El consejero recurrió entonces al grupo de magistrados del Tribunal que dominaba —Felipe Fuentes Barrera, José Luis Vargas Valdez, Felipe de la Mata Pizaña y Mónica Soto Fregoso—, para decirles que siempre no, que mejor no hubiera encuesta. Según fuentes del organismo, Scherer Ibarra agasajó en una cena a los cuatro magistrados que entonces eran clave en el Tribunal y ahí les vendió la idea de que había una solicitud del presidente de la República para modificar el plan y cancelar la encuesta.

Fue así como, a petición de Julio, Fuentes Barrera, el magistrado presidente, preparó un proyecto que tiraba la encuesta y prolongaba el mandato interino de Alfonso Ramírez Cuéllar, con la intención de que la presidencia de Morena se renovara al finalizar el proceso electoral de 2021.[1] Algunos creen que el exconsejero operó de esta manera para cuidar los intereses de Claudia Sheinbaum, frente a un perfil que entonces se asociaba a Ebrard, pensando que Porfirio sería más cercano a la jefa de gobierno. En realidad, este era solo un pretexto. Lo que el proyecto de Fuentes hacía, en todo caso, era fabricarles a los Scherer un traje a la medida de sus negocios. De lo que se trataba era de que Julio y Hugo pudieran manipular la dirigencia del partido para manejar las campañas electorales. El negocio que tenían enfrente no era poca cosa, pues en 2021 se disputaría la renovación de 500 diputaciones federales, 15 gubernaturas y 20 mil cargos locales. Manejar el partido les permitía situarse en una posición privilegiada no solo para cobrar por un buen número de campañas, sino también para hacerse de contratos con los gobiernos que lograran llegar al poder, siguiendo la forma en que suele operar Hugo Scherer.

Esta intervención del consejero despertó enormes molestias en un sector de Morena, especialmente cuando se enteraron, a través de integrantes del propio Tribunal, de que Scherer había usado el nombre del presidente López Obrador, una vez más, sin consultárselo. Finalmente, el intento de frenar el proceso interno no prosperó, en gran parte gracias a que el asunto se conoció antes de la votación, cuando Delgado decidió denunciar la operación y dar a conocer públicamente el proyecto de Fuentes, mismo que divulgó por redes sociales.

En la mañanera del 2 de octubre de 2020, el asunto llegó al presidente de la República,[2] cuando un reportero le mencionó al presidente que había versiones de que Scherer Ibarra se había reunido con cuatro magistrados para acordar postergar la presidencia interina del partido. "Si bien el Tribunal ya resolvió que la encuesta va, el consejero dijo que esta era una instrucción de usted", soltó el periodista, quien le pidió al presidente confirmar esa versión. AMLO respondió:

Bueno, no me meto en estos asuntos, no intervengo en estos asuntos y no soy de dos caras, no soy hipócrita, y hay que ver si es real, si es cierto que Julio se reunió con estos consejeros. Desde luego, no se debe de utilizar mi nombre, yo no me meto en estos asuntos, pero le tengo confianza a Julio y hay que esperar a que él aclare, como tú mismo lo sostienes. O no lo hizo o no sirvió su gestión, porque la decisión del

Tribunal fue que se hiciera la encuesta, entonces no tuvo efectos; pero de todas maneras hay que investigarlo, hay que verlo, de qué se trata.[3]

No está de más reparar en algunas de sus palabras: "no se debe utilizar mi nombre", "hay que ver si es real" y "hay que investigarlo". Todo parece indicar que el presidente le daba cierto crédito a la versión que había circulado y no descartaba la posibilidad de que su consejero, efectivamente, hubiese estado involucrado. Más importante aún, si se lee su respuesta entre líneas, estaba desautorizando públicamente al consejero y pidiéndole que no hablara a nombre suyo. Por lo demás, habría que pensar qué hubiera sido de Morena si Porfirio Muñoz Ledo hubiera quedado al frente del partido, y hasta dónde Julio Scherer Ibarra estaba dispuesto a llegar con tal de satisfacer sus ambiciones. Seguramente el presidente ya se ha hecho esta pregunta.

LA DUPLA HUGO-JULIO

A diferencia de lo que ocurre en otros países, en México los consultores políticos saltan fácilmente de un partido a otro. El caso de Hugo Scherer Castillo no es la excepción, aunque no deja de llamar la atención que una gran cantidad de campañas de una fuerza de reciente creación y cierto compromiso programático, como Morena, hayan sido comandadas en esos años por una figura tan identificada con partidos y figuras del antiguo régimen.

Ideólogo de las grandes campañas de Solidaridad en tiempos de Salinas, estratega de Manlio Fabio Beltrones y cercano a Labastida Ochoa, Hugo Scherer llevó, además, la imagen institucional de varios gobernadores panistas y priistas como Javier Duarte, en Veracruz —cercano amigo suyo—; el también veracruzano Miguel Ángel Yunes Linares; Claudia Pavlovich, en Sonora; Roberto Borge, en Quintana Roo; José Ignacio Peralta, en Colima; y al menos otros tres candidatos en Tamaulipas, donde ha tenido un presencia importante: Eugenio

Hernández (detenido en 2017 por peculado y operaciones con recursos de procedencia ilícita), Tomás Yarrington y Francisco García Cabeza de Vaca, a quien incluso más tarde le llevó la comunicación gubernamental.[4] Hugo también trabajó para Gabino Cué y Marcelo Ebrard, a quien no solo asesoró en su campaña por la jefatura de gobierno, sino que también apoyó más tarde en su comunicación de gobierno.

Previo a la llegada de Enrique Peña Nieto al poder, Hugo Scherer fue quien ideó el concepto del "nuevo PRI", de donde surgió una nueva generación de gobernadores, muy cuestionados la mayoría de ellos, y con algunos de los cuales el primo del exconsejero fue muy cercano. Quienes conocen a Hugo se refieren a él como un hombre muy creativo y ocurrente, aunque también con una mentalidad perversa que no tiene empacho en recurrir a estrategias de dudosa legalidad y éticamente cuestionables, como el espionaje telefónico o las más despiadadas campañas negativas. Experto en campañas negras, se sabe que cobra mucho y que se maneja siempre con grandes cantidades de efectivo que guarda en cajas fuertes. Hombre de muchos amigos, algunos de los cuales no gozan de la mejor reputación, como los hermanos Jesús Gabriel, William Jorge y Paul Karam Kassab, dueños de Hidrosina, la gasolinera acusada de comprar huachicol, y quienes , según los testimonios recabados, fueron socios del primo de Julio en algunos negocios.

Muchos políticos han encontrado en Hugo Scherer Castillo más que a un simple consultor o marketero. Amigo cercano de algunos de los encuestadores más conocidos, lo mismo negocia encuestas que portadas en algunos medios de comunicación, con los que maneja contratos por varios millones de pesos. Al mismo tiempo, distintas fuentes señalan que los servicios que este personaje ofrece no terminan con las campañas. Continúan una vez que sus candidatos han llegado al gobierno, donde no solo intenta llevar la comunicación de sus clientes, sino también recomendarles proveedores para contratar toda suerte de servicios (desde luminarias, pasando por recolección de basura y agua, hasta asesoría en temas financieros), por los cuales cobra muy buenas comisiones. Por todo esto podemos presumir que él y Julio —encumbrado en la Presidencia— apostaban por apoderarse de la maquinaria del partido y así construir una enorme estructura de poder al servicio de sus negocios.

Por ello, después de haber permanecido por años distanciados debido a un conflicto personal, Hugo y Julio se reconciliaron hacia 2017. Probablemente consideraban que, en la víspera del triunfo de AMLO, tenían mucho que ganar juntos en el ámbito de los negocios. Fue así como, durante la campaña, el futuro consejero jurídico empezó a promover activamente a su pariente. A través de Julio es que Hugo conoció a Claudia Sheinbaum, a quien primero apoyó en la crisis del Rébsamen, luego en su carrera a la jefatura de gobierno de la Ciudad de México y más tarde como jefa de gobierno, cuando le llevaría la imagen y comunicación gubernamental, junto con Alfonso Brito, hombre de confianza de los Scherer. Julio, naturalmente, siempre supo hacerle creer a Claudia que su apoyo era desinteresado.

Pocos perfiles podrían estar más alejados de los valores de la 4T que el marketero Hugo Scherer Castillo. Algunos cuadros obradoristas que entrevisté les resultó desconcertante que un perfil como el de Hugo Scherer le hablara al oído a Sheinbaum y tuviera influencia sobre ella. A varios incluso les generó malestar que la jefa de gobierno hasta cierto punto lo ayudara a posicionarse dentro del partido, con lo que lograría que varios precandidatos de Morena lo recibieran y este terminaría llevándoles sus campañas. Más tarde, sin embargo, la jefa de gobierno prefirió tomar distancia frente a este personaje, cuando se ganó la antipatía del presidente, cosa que también parece haber hecho con Julio.

Previo a las elecciones de 2021, el consejero comenzó calculadamente a contactar a quienes se perfilaban como candidatos para ofrecerles su "apoyo". El mismo patrón se repitió en diversos momentos, según los testimonios que logré recopilar: Julio se acercaba a las figuras que veía con potencial político para "platicar sobre sus aspiraciones" o incluso motivarlas a lanzarse. En algunas ocasiones, mencionaba que el presidente le había pedido buscarlas; en otras, simplemente lo daba a entender. Pocos podían poner en duda la palabra de una figura tan poderosa y que se percibía tan cercana al mandatario.

Después de conversar con ellas y ofrecerles apoyo, venía la oferta, el negocio: Julio les hacía la amistosa "sugerencia" de que recurrieran a un muy buen consultor político, el cual resultaba ser nada más y nada menos que… su primo. "Platica con él", les decía. Para muchos, no era fácil resistirse a ese tipo de "recomendaciones". A juzgar por la habitual forma de actuar de Scherer Ibarra, es altamente probable que, por cada campaña que le consiguiera a su primo, y lo que surgiera más adelante, se llevara algún tipo de comisión o una parte del pastel.

Un caso especialmente ilustrativo de la forma en que los Scherer buscaron usar la estructura de Morena como una extensión de sus negocios fue el de Arturo González Cruz, exalcalde de Tijuana, a quien, según colaboradores suyos, le pidieron 100 millones de pesos para hacerlo candidato a gobernador de Baja California: la mitad para hacerlo ganar la encuesta interna, la otra mitad una vez que la hubiera ganado. Al final, González nunca obtuvo la candidatura y perdió al menos la mitad de su dinero. Más tarde, González Cruz se enteró de que Julio y Hugo lo habían usado más bien para golpear políticamente a su rival, el gobernador Jaime Bonilla, sin realmente tomarse en serio al alcalde.

En los audios que me fueron entregados (a los que hice referencia al principio de este libro, y cuyo origen desconozco), hay algunas conversaciones entre Julio Scherer y González Cruz, en las cuales se hablan con mucha cordialidad y halagos. En una de ellas, por ejemplo, el consejero comienza diciendo:

—Alcalde querido, estás en altavoz porque hay un admirador tuyo.

Nunca dice quién es, aunque podríamos suponer que se trata de Hugo Scherer.

Momentos después, Julito le habla de la manera en que puede ayudarlo a posicionarse en la encuesta de Morena y le insinúa que para hacer ese trabajo se necesitan recursos. Más tarde, el alcalde los invita a su informe de labores, aunque el consejero contesta:

—Nunca vamos a informes porque está muy visto —dejando ver cómo prefería que su actuación fuese siempre tras bambalinas, aunque le sugiere encontrarse en otro momento.

Julio le pregunta si prefiere comer o cenar.

—Ordéname, tú eres mi jefe —le responde González Cruz.

En más de una ocasión, se vio que cuando Hugo y Julio ya tenían amarrado algún tipo de compromiso con políticos de oposición o veían que tenía más posibilidades, metieron mano para debilitar a candidatos morenistas. Un caso emblemático fue el de Nuevo León, donde, fiel a su estilo de operación, el consultor y el consejero habrían jugado simultáneamente en dos bandos, al apoyar primero a Clara Luz Flores, y probablemente más tarde al candidato priista, Adrián de la Garza, para terminar por sabotear deliberadamente los esfuerzos a favor de la exalcaldesa de Escobedo.

Entre algunos de los que integraron el equipo de campaña de esta última, varios vieron con desconfianza la intervención del primo incómodo, quien insistía en tomar ciertas decisiones que afectaron a la candidata: desde el pobre manejo de sus redes sociales hasta la actuación de Valentina Scherer, hija de Hugo, quien, según testimonios, torpedeaba cualquier esfuerzo a favor de Clara Luz, siempre con la actitud soberbia e impositiva de quien sabe mejor hacer las cosas, viniendo desde la Ciudad de México.

Basta ver el propio curso que adoptó la campaña de Clara Luz para darse cuenta de que había sido diseñada por su peor enemigo: cuando inició la contienda, la candidata —que había optado por desenmarcarse de Morena y no usar los colores del partido— llevaba la delantera con 38 puntos, que le bastaban para ganar. ¿Cómo pudo caer a un humillante cuarto lugar el día de la elección? Recordemos cómo sucedieron las cosas.

El 23 de marzo, por recomendación de Hugo Scherer, Clara Luz se lanzó contra Adrián de la Garza, señalándolo por corrupción. Estando ella en el primer sitio, ¿qué necesidad había de atacar? Primer error. A toda acción corresponde una reacción. Y esta llegaría pronto.

El 24 de marzo la candidata asistió a una entrevista con Julio Astillero. En lo que algunos morenistas creen que fue una pregunta sembrada, el periodista la cuestionó por su participación en la secta NXIVM y le preguntó si había conocido al líder de esa agrupación, Keith Raniere, condenado en agosto de 2020 por delitos como tráfico de personas y explotación sexual. Siguiendo nuevamente las recomendaciones del marketero, la candidata negó categóricamente los hechos, en lo que resultó ser el segundo y más grave error de su campaña. Y es que dos semanas después, el equipo de Adrián de la Garza, respondiendo al golpe de la candidata, dio a conocer aquel video tan poco favorecedor, en donde Clara Luz mantiene una conversación con Raniere.

Inmediatamente, Hugo Scherer organizó las cosas para que la candidata fuera hasta su propia casa, en la calle Rubén Darío de Polanco —donde le gusta recibir a sus clientes en shorts y sandalias— a grabar un video de respuesta, en lo que pareció el tercer error de la campaña, o quizás la tercera de una serie de acciones concatenadas para hundirla definitivamente. Basta ver ese video en el que Flores aparece insegura, nerviosa y sin aplomo alguno, leyendo de un teleprompter, para darse cuenta de que algo así solo pudo subirse a las redes para afectarla. Y eso fue precisamente lo que terminó por ocurrir, pues la intención de voto de la candidata morenista se desplomó a partir de ese momento, y en cuestión de días ya estaba en el tercer lugar, para quedar finalmente en un humillante cuarto sitio el día de la elección, donde apenas obtuvo 14% de la votación.

Cuando observamos cómo se dieron estos hechos, solo caben dos posibilidades: o Hugo Scherer es un pésimo consultor político, o resultó ser un traidor que, en algún momento, decidió privilegiar a quien podría aportarle algún beneficio material. No hay muchas posibilidades más. A juzgar por la anécdota que me refirieron integrantes del equipo de campaña de Clara Luz, parece que estamos ante lo segundo, pues la noche de la elección, cuando la candidata perdedora estaba reunida con su equipo, entró una llamada de Hugo Scherer que fue puesta en altavoz. Allí se escuchó cómo decía: "Nos chingaron, compadre, los votos se fueron para los naranjas". En su estado de ebriedad, fácil de notar en su voz, Hugo se había confundido al momento de tratar de llamarle a Adrián de la Garza, y en su lugar le había marcado a quien parece haber sido su otro cliente. Dice la sabiduría popular que los niños y los borrachos siempre dicen la verdad. Tal vez este episodio compruebe esa gran tesis de la sabiduría popular.

SIRVIENDO AL ENEMIGO

Lo que más llama la atención en la actuación de Hugo Scherer —y que llegó a irritar en demasía al presidente López Obrador— fue que en la elección de 2021 el primo incómodo del consejero no operó solamente a favor de los candidatos de Morena. Fiel a su estilo, lo mismo llevó las campañas de Clara Luz en Nuevo León y Alfonso Durazo en Sonora que las de panistas como María Eugenia Campos en Chihuahua y Mauricio Kuri en Querétaro, o Ricardo Gallardo por el Partido Verde en San Luis Potosí. Julio, por su parte, no se quedó al margen, al prestarse y ser parte del juego de su primo. En Campeche, por ejemplo, recurrió a Layda Sansores para que recibiera a su primo y platicaran. Como la hoy gobernadora no se interesó en los servicios de un sujeto arrogante que llegaba de la capital, cual si conociera mejor que ella la política local, los Scherer aparentemente terminaron apoyando a otro candidato.

En Chihuahua, varios testimonios dan cuenta de la forma en que buscaron favorecer la candidatura de la hoy gobernadora Maru Campos. No es un dato menor el hecho de que, a finales de 2020, Maru tuvo algunos contactos con gente de Morena para intentar ser candidata por ese partido. La panista no tuvo éxito, pero un mes más tarde el primo del consejero ya figuraba como consultor de su campaña. La estrategia de Julio y Hugo a partir de entonces fue tratar de debilitar a quien ya se perfilaba como candidato del partido guinda, Juan Carlos Loera. Para ello buscaron persuadir al senador Rafael Espino para competir en el proceso interno en el estado —e incluso le cobraron una buena suma de dinero como a González Cruz—, ya para generar división interna, ya para que llegara un candidato menos competitivo que Loera y pudiera despejarle el camino a su clienta.

Como parte de su oferta de servicios, Hugo usaba el poder de Julio para influir en decisiones políticas que, evidentemente, estaban más allá de un consultor o estratega, desde operar para intervenir en los procesos internos de Morena hasta venderles a los candidatos para los que trabajaba la posibilidad de tener una buena relación con el presidente. A valores entendidos, su oferta de servicios parecía incluir también la posibilidad de obtener ciertos favores en el ámbito de la justicia. Fue así como Julio operó directamente a favor de Maru Campos en su estrategia judicial para librar una serie de causas penales que tenía en su contra.[5]

Según las fuentes consultadas, el consejero jurídico le habría facilitado las cosas a la defensa de la candidata panista para prepararse mejor y obtener suspensiones que le permitieran postergar plazos y comprar tiempo. Para lograr ser candidata, Campos inició una estrategia legal consistente en promover una serie de amparos para obtener acceso a la carpeta de investigación y así retrasar las acusaciones judiciales lo más posible. En suma, nada muy distinto a lo que hacen otros políticos que tienen acusaciones de corrupción: prolongar los procesos, saltar a otro puesto y ganar un fuero detrás del cual escudarse.

Aunque la carpeta de investigación se había originado en Chihuahua, la defensa optó por llevar el caso a juzgados federales, donde el exconsejero jurídico habría hecho un par de llamadas para apoyar a la panista. Así, el 25 de enero de 2021 Campos logró finalmente convertirse en candidata del PAN a la gubernatura de Chihuahua, y el 6 de junio se alzó con una victoria sobre su rival, Juan Carlos Loera.

Maru Campos no habría tenido un camino tan sencillo para sortear las dificultades legales que enfrentaba de no ser por el apoyo que le brindaron los Scherer. Hechos narrados por diversas fuentes así lo apuntan: a mediados de abril de 2021, Campos se reunió, por intermediación de Hugo, con uno de los accionistas más influyentes de Latinus, Alexis Nickin. Allí la panista le dijo a este empresario que su candidatura estaba firme, que no había nada de que preocuparse y que su vinculación a proceso no significaba que ella hubiera cometido algún delito. "Pero, además", agregó, "Julio Scherer me está ayudando con los amparos", fue lo que le contestó.

Esa versión se la contó Nickin a Javier Corral después de las elecciones, y estaban presentes, en ese momento, dos colaboradores de este último: Francisco Muñoz y Francisco Lozano. Durante el encuentro, el exgobernador le preguntó al director de Latinus:

—¿Eso te dijo?

—Sí, que Julio Scherer la estaba ayudando.

Sorprendido, Corral aventuró:

—Eso es una mentira, ella está usando a Scherer.

Ante ello, Nickin contestó:

—No, de hecho fue Hugo el que me habló para concertar una entrevista que Loret le hizo a Maru.

Algo aún más interesante ocurrió después de las elecciones. Fue el día 7 de julio, cuando Maru Campos se juntó a comer con Julio en el hotel Nikko, de la Ciudad de México. Según dos testigos diferentes que presenciaron estos hechos, Maru llevaba una caja de chocolates que le regaló a Julio para agradecerle por todas sus amables y bonitas atenciones que había tenido con él. El consejero, que no podía perder tiempo, llevó a su hijo, Julito II, para empezar a plantearle a la futura gobernadora algunos negocios, aparentemente relacionados con la venta de luminarias.

La pareja que contó esta anécdota —sentada en una mesa cercana, aunque oculta detrás de una cortina— dice haber registrado también el momento en que Julio le decía a Maru Campos que podía contar con él y la apoyaría en todo lo necesario. Scherer incluso le dio a la panista algunos "tips" sobre cómo tratar al presidente, justamente porque al día siguiente tenía su primera cita con él en Palacio Nacional. Una de las sugerencias del consejero, según los testigos, fue apoyarlo a él y a su partido de cara a 2024, "porque de todas formas el PAN no va a ganar". No se conocen bien las razones, pero lo cierto es que, al día siguiente, Maru Campos llegó a ver al presidente a Palacio Nacional, vestida con una blusa de color guinda que hacía un bello juego con la corbata del presidente. Extraña forma de agradarle a un mandatario…

A finales de julio, el todavía gobernador Javier Corral fue recibido en Palacio Nacional para una reunión con el presidente López Obrador. Allí le contó a AMLO acerca del papel que los Scherer habían tenido en la elección de Chihuahua en contra del candidato de su propio partido y le habló de la forma en que le habían facilitado los amparos a Maru Campos. Como ya se había referido en el capítulo 4, al día siguiente de aquel encuentro, en una reunión del gabinete de seguridad,

AMLO soltó ese comentario de "los Scherer son unos mercenarios", y luego agregó "Bueno, tú no, Julio". Es sabido que este asunto fue uno de los que más malestar le generaron a López Obrador y que precipitarían la salida de Scherer del gobierno seis semanas después.

Un año más tarde, el 19 de junio de 2022, en una entrevista que hice al exgobernador Javier Corral para La Octava, le pregunté si eran ciertas las versiones de que alguien dentro del gabinete de López Obrador le había otorgado facilidades a Maru Campos dentro de la justicia federal. Su respuesta fue inequívoca: "Está acreditado. A ella la apoyó en la campaña para conseguir amparos muy relevantes, en términos de eludir el proceso penal, el exconsejero jurídico de la República, Julio Scherer. […] En esa oficina no solo se tejieron traiciones al propio presidente de la República. También se fabricaron negocios a partir de la influencia judicial".[6]

Otro caso más que muestra la falta de lealtad de Julio Scherer Ibarra al obradorismo fue su apoyo a Francisco Javier García Cabeza de Vaca, gobernador de Tamaulipas entre 2016 y 2022. Siendo uno de los panistas más cuestionados y de peor reputación, uno esperaría que dentro de la 4T se hubiese producido un cierre de filas para concretar su desafuero. Sin embargo, no fue así, en parte por la protección que le habría vendido el exconsejero. De hecho, varios intereses han ligado a los Scherer, tanto a Julio como a Hugo, con Cabeza de Vaca. Hugo, como ya se señaló, fue el estratega de su campaña en 2016 y después llevó la imagen de su gobierno a través de la marca Tam, según un periodista tamaulipeco con conocimiento del tema. En el caso de Scherer, por ejemplo, consta que La Cosmopolitana, la empresa de los Landsmanas con la que Scherer tenía un patente conflicto de interés,[7] recibió en 2019 un contrato por un monto de 103 millones de pesos.[8]

Recordemos que el 23 de febrero de 2021 llegó a la Cámara de Diputados la solicitud de desafuero del gobernador de Tamaulipas, y el 30 de abril, por una mayoría de 302 votos a favor, 134 votos en contra y 14 abstenciones, el gobernador fue desaforado. El mismo día que eso ocurría, el Congreso de Tamaulipas rechazó homologar la decisión de desaforar al gobernador y ya tenía lista una controversia constitucional para frenar la declaratoria de procedencia, la cual sería presentada el mismo 30 de abril. Una vez que esta llegó a la Corte, el caso cayó en manos de Juan Luis González Alcántara, quien actuó como ministro instructor. El ministro, conocido por su histórica cercanía a Scherer y por ser tío de uno de los socios de este último, Daniel Carrancá, adoptó desde el principio una postura favorable a la continuidad del mandato de Cabeza de Vaca. Primero lo hizo al darle la razón en el congreso local, cuando planteó que, al no retirarle la inmunidad procesal al gobernador, el congreso local ejerció sus atribuciones con apego a la Constitución. Siguiendo esa lógica, el ministro consideró que no había materia para una controversia constitucional.

Según fuentes con conocimiento de la política tamaulipeca, en distintas etapas de la investigación, y a lo largo del proceso de desafuero que le siguió, era evidente que Cabeza de Vaca estaba siendo bien asesorado desde Palacio Nacional, a juzgar por la prontitud con la que lograba reaccionar a cada uno de los movimientos. Incluso una periodista del estado, con buen acceso a los círculos políticos locales, comentó: "Durante todo el proceso de desafuero parecía que desde Presidencia le avisaban a Cabeza de Vaca lo que venía. A cada paso que daban, él salía con un nuevo recurso y ya tenía una estrategia preparada. Parecía como si alguien le soplara las respuestas del examen". Y ese alguien, algunos creen, fue Julio Scherer, quien habría ido alertando al gobernador desde que comenzaron a seguirse las investigaciones en su contra.

El 24 de marzo de 2022 la directora del portal *En un 2x3* de Tamaulipas, Martha Olivia López, le lanzó al presidente una pregunta bomba durante la mañanera: "¿Ha considerado usted alguna línea de investigación para saber si desde la oficina del exconsejero jurídico Scherer se brindó información de alerta privilegiada al gobernador Francisco García Cabeza de Vaca en su proceso de desafuero y en su proceso legal en su contra?".

Llama la atención que el presidente no desestimó la pregunta ni dijo, como otras veces, que eran "chismes". AMLO pudo salir en defensa de su exconsejero jurídico, que había dejado el puesto seis meses antes, pero no lo hizo. En lugar de eso prefirió irse por las ramas:

"Eso tiene que ver básicamente con la Fiscalía General de la República, que fue la que llevó a cabo la investigación sobre la presunta responsabilidad del actual gobernador de Tamaulipas",[9] contestó en una clara muestra de que estaba esquivando el asunto. Es probable que el presidente supiera ya algo comprometedor y prefirió evitar una respuesta.

En cualquier caso, el tema debe ser investigado a mayor profundidad, pues hay versiones encontradas. Un integrante del equipo de Cabeza de Vaca reveló que Scherer en realidad nunca ayudó al exgobernador. Que le cobró un millón y medio de dólares a cambio de detener el desafuero en su contra en la Cámara de Diputados, cosa que no cumplió. El testimonio asegura que, más tarde, Scherer todavía le fue a pedir al exgobernador que renunciara a su puesto y a cambio de ello le ofreció protegerlo para no ir a prisión. Al parecer, Cabeza de Vaca rechazó esta opción y rompió con el consejero.

7

El litigio como mina de oro

La justicia se inventó para que los hábiles, los audaces y los poderosos se la pasen por el arco del triunfo. Cuándo me iba a imaginar que durante gran parte de mi vida esa sería mi divisa.

Eugenio Aguirre, *El abogánster*[1]

"Siempre tuve dudas de si Julio sabía derecho, aunque no me cabía duda de que era un hombre astuto", soltó sin querer el socio de uno de los bufetes de abogados más cercanos a Scherer Ibarra con quien tuve la oportunidad de conversar. Casi las mismas palabras empleó un reconocido litigante, históricamente cercano al obradorismo, aunque sin el mismo tipo de cercanía: "Es hábil, inteligente, pero no es un buen abogado ni un jurista preparado". En general, quienes conocen su trabajo consideran que no es especialmente brillante en el mundo del derecho.

En efecto, Scherer nunca destacó en ese ámbito. No se le conoce ninguna publicación relevante en el ámbito jurisprudencial, ni tampoco haber encabezado algún litigio de relevancia. Son más bien algunos de sus socios quienes lo han hecho. En todo caso, dentro del ámbito legal y político, es conocido como un "coyote", nombre que recibe cierto tipo de abogados que operan en los juzgados a partir del tráfico de influencias, el fraude y el engaño, y con el cual más de uno de los consultados se refirió a él.

Luego de las elecciones de 2000, habiendo perdido su candidato y sin lograr colarse en el foxismo, como fue su intención después de la derrota de Labastida, para quien trabajó, Julito se concentró en el mundo del litigio, el cual usó como un instrumento para hacer todo tipo de negocios. Aunque aparentemente montó un despacho propio, Scherer y Asociados,[2] lo verdaderamente relevante es la manera en que se asoció a otros bufetes para actuar como un intermediario o *broker* de la justicia.

Fue así como este personaje "encontró en el litigio una mina de oro", como refiere un texto de Ausencio Díaz.[3] Gracias a las relaciones que logró tejer dentro del Poder Judicial y a la formación de una red de relaciones políticas con los gobiernos de izquierda en la Ciudad de México, Scherer Ibarra comenzó a actuar como un intermediario para conseguirles favores a terceros e incluso apalancar sus propios negocios.

Su gran espacio de actuación y nicho de oportunidad fue el Poder Judicial de la capital.[4] No es casual: la corrupción más fuerte y descarada dentro de la justicia mexicana se da en el ámbito local, donde es más fuerte la presencia de jueces que diseñan sentencias a la medida de los despachos de élite y abogados más influyentes, así como la colusión con los ministerios públicos. Esas prácticas ocurren en varias entidades del país, aunque en la Ciudad de México tienen mayor relevancia por la cantidad de dinero que se maneja en los litigios.

Las cosas no siempre fueron así en la justicia capitalina, según cuentan viejos litigantes. El sistema empezó a debilitarse paulatinamente a partir de mediados de los años noventa, conforme se redujeron los presupuestos y sueldos de jueces y magistrados, y los montos de los sobornos a los jueces crecieron. Como resultado, los abogados más preparados fueron perdiendo interés en ejercer como jueces locales o agentes del ministerio público en la ciudad, mientras la justicia local comenzó a volverse más atractiva para los menos escrupulosos, aquellos que, antes que prestigio profesional, buscaban oportunidades para hacerse de dinero fácil.

Fue precisamente en ese contexto, donde se precarizaba la justicia capitalina y la corrupción se generalizaba, que Scherer Ibarra empezó a litigar y armar la red de abogados que años más tarde llevaría al ámbito federal, con un poder cualitativamente mayor. El hijo de don Julio Scherer García se fue erigiendo paulatinamente como un me-

EL LITIGIO COMO MINA DE ORO

diador entre cierto tipo de abogados y autoridades del Poder Judicial. A partir de ello, cobraría sumas importantes por hacer gestiones que iban desde conseguir reuniones y tramitar citas con jueces y magistrados, hasta intermediaciones de mayor envergadura, como refirieron las fuentes que han seguido su trayectoria.

Julio iría apuntalando esta labor con otra no menos importante para los abogados de élite, como ya he señalado, que es la de las relaciones políticas y el "cabildeo", por llamarlo de forma elegante. Conforme se convertía en un actor relevante para los sucesivos gobiernos del PRD en la capital, el personaje comenzó a fungir también como un canal de comunicación entre el Poder Ejecutivo y el Judicial. En el Tribunal Superior de Justicia de la ciudad, Scherer logró hacerse de un derecho de picaporte que le ha dado acceso incluso a las oficinas de los sucesivos presidentes de ese órgano.

Scherer tuvo una cercana relación —y aparentemente todavía la tiene— con Juan Luis González Alcántara Carrancá, el presidente del Tribunal entre 2000 y 2004, donde acumuló un poder decisivo dentro del Poder Judicial capitalino. La relación entre ambos es de larga data, pues aparentemente el hoy ministro de la Suprema Corte llegó a despachar en el bufete de Araujo y González, e incluso es pariente de uno de sus socios, Daniel Carrancá. Aunque González Alcántara es conocido por tener un modo de vida honesto, sin que se le conozca mayor interés por el dinero, parece ser uno de los personajes que le han hecho favores a Scherer.

Pero la gran oportunidad de Scherer Ibarra —y en esto coincide más de uno de los testimonios en el mundo de los abogados que conocen su trayectoria— llegó en 2007, cuando Édgar Elías Azar se convirtió en presidente del Tribunal. Este personaje, secretario de Finanzas del gobernador José Francisco Ruiz Massieu y oscuro personaje de la política guerrerense, encabezó una de las etapas más corruptas en la historia reciente del Poder Judicial de la Ciudad de México. No es casual que con este personaje Julio haya tenido una relación estratégica —aún más importante que con su antecesor—, la cual podría explicar el origen de su fortuna.

Me detengo un momento en Édgar Elías, a quien un funcionario muy cercano a Miguel Ángel Mancera describió como "un buen pillo" y un "auténtico mercenario del Poder Judicial local". Conocido coloquialmente en los círculos políticos de su natal Guerrero como "Tropelías", y entre abogados de la Ciudad de México como "la Garra", por su mano larga, este abogado y político condujo el Tribunal Superior de Justicia con mano de hierro y escasos contrapesos, y controló por muchos años la carrera de varios jueces y magistrados, instruyéndolos a votar en determinado sentido con estrategias ya de zanahoria, ya de garrote.

Con el enorme poder que acumuló, Elías Azar hizo toda clase de negocios. Por sus manos pasaban todos los asuntos grandes que llegaban al Tribunal y representaban sumas importantes de dinero. Incluso existe la versión de que los magistrados tenían la indicación precisa de informarle cuando supieran de casos que excedían ciertas sumas.

Promotor de los intereses de grandes corporaciones empresariales y mediáticas, y protegido por ellas,[5] los informes de Elías congregaban a políticos conocidos y a notables empresarios, y era común encontrarse en las primeras filas a grandes hombres de negocios y dueños de los medios de comunicación como Carlos Slim, Olegario Vázquez o Ricardo Salinas Pliego.[6]

Édgar Elías acumuló también una enorme fuerza política, gracias, en buena medida, a que los jefes de gobierno de la capital, principalmente Marcelo Ebrard y Miguel Ángel Mancera, encontraron en él un perfil dispuesto a sacarles los asuntos que más les preocupaban. A cambio del control político que a través de este personaje lograban tener sobre los jueces, se despreocuparon frente a su conducta indebida.

Fue tal la influencia política del magistrado Elías que pudo reelegirse dos veces y permaneció como presidente del Tribunal por 10 largos años, de 2007 a 2017.[7] Y aunque en su segunda reelección el proceso fue controvertido y polémico, 60 de 77 magistrados votaron su permanencia en el cargo.[8]

A lo largo de este periodo, Elías emprendió una serie de proyectos inmobiliarios, casualmente o no asesorado por uno de los padrinos políticos de Scherer Ibarra, Pedro Aspe, que formaban parte de una red de negocios sobre los que en su momento llegaron a aparecer varios reportajes periodísticos.[9]

Durante esos 10 años llegaron al Tribunal, promovidos por él, varios magistrados de perfil cuestionable, algunos incluso con antecedentes de inhabilitación, que, a pesar de ello, aún permanecen hoy en sus puestos.[10] Un ejemplo es el propio Rafael Guerra Álvarez, la cabeza actual del Tribunal, quien también se reeligió en el puesto de forma cuestionable y que, como veremos más adelante, tuvo un papel clave en la red de negocios judiciales de Scherer Ibarra, como lo dieron a conocer diversas fuentes.

Con el tiempo, Elías Azar terminaría siendo objeto de innumerables acusaciones. Entre otras, fue señalado en Estados Unidos por supuestamente permitir sobornos a jueces a cambio de fallos a su favor,[11] y haber hecho negocios inmobiliarios poco éticos y transparentes hasta acumular cerca de 70 propiedades. Incluso, el 7 de enero de 2020, la Unidad de Inteligencia Financiera (UIF) lo denunció ante la Fiscalía General de la República por los delitos de lavado de dinero y enriquecimiento ilícito, al señalar que el exfuncionario contaba con ingresos anuales de 78 millones de pesos, provenientes de inmuebles de los cuales no queda clara su procedencia.

¿Y qué tiene que ver todo esto con Scherer Ibarra? Que en el momento en el que "el Tribunal se convirtió en un mercado, Julio era en uno de sus mercaderes", como lo señaló uno de varios testimonios recabados entre litigantes e integrantes de la carrera judicial. Estos aseguran que el personaje se benefició considerablemente de su cercanía con Elías Azar, al recibir los más diversos favores, como facilidades en juicios mercantiles, civiles y penales.

A través de su red de despachos, Julito fungía como un intermediario entre jueces, magistrados del Tribunal y abogados que buscaban obtener sentencias favorables para sus clientes. A partir de este presunto mecanismo de corrupción y tráfico de influencias, señalan las fuentes, Scherer se reportaba con dinero ante jueces y magistrados, en gran medida a través del propio Elías.

En esos años Scherer Ibarra aprendió a operar con mucha destreza, empleando la habilidad y la astucia que indudablemente lo caracterizan. "Era alguien que conocía bien las cañerías del Poder Judicial y que llegó bien recomendado por el jefe de plomería", explicó un litigante con varios años de experiencia en la Ciudad de México que conoce algunos de sus secretos mejor guardados. "Scherer conocía bien a las Lupitas y a los Gutiérrez de los juzgados y trabajaba con gente en todos los niveles de los tribunales y ministerios públicos". Al mismo tiempo, señalaba la fuente, supo aprovecharse de la fragilidad del sistema para colocar a personajes clave en el Poder Judicial de la ciudad que, con el paso del tiempo, también terminarían por deberle sus favores.

Otro de los vínculos que habrían de reportarle beneficios al hijo de don Julio Scherer García, según el testimonio de litigantes, fue Víctor Carrancá, quien en 2011 se convirtió en procurador de justicia en Puebla, con el gobernador Rafael Moreno Valle, para más tarde, a partir de 2016, tornarse el "fiscal carnal" del panista en el estado. Durante los noventa, Carrancá fue integrante, junto a Juan Araujo y otros abogados, del despacho Araujo, Carrancá, Acosta y Riquelme (fundado en 1992, hoy bajo el nombre de Araujo, González, Peimbert, Robledo y Carrancá), uno de los principales bufetes a través de los cuales Scherer ha operado sus negocios en el ámbito judicial, como explico más adelante.

Según un reconocido litigante, Carrancá —primo del ministro González Alcántara Carrancá, como ya se ha señalado— habría establecido, junto con Scherer, un *modus operandi* muy similar al de otros *brokers* de la justicia. Con un fiscal aliado y socio, dice el testimonio, Araujo, González y sus socios aparecían formalmente defendiendo a ciertos clientes, mientras Scherer Ibarra operaba la relación con el Poder Judicial y la fiscalía locales. Al igual que con Tropelías, Scherer fue uno de los encargados de organizar el esquema. "Era quien conseguía al cliente, hablaba con el juez y hacía la labor de mediación", señala la fuente. Como en tantos otros casos, sin embargo, Julio nunca firmaba nada y su nombre no aparecía en ningún lado, por lo que no figuran evidencias en su contra.

Al parecer, para que Araujo, González o sus allegados pudieran ser contratados, la Fiscalía desempeñaba un papel esencial, pues, como en otros casos similares, la misma institución que giraba las órdenes de aprehensión era la que les "recomendaba" a los imputados contratar a cierto tipo de abogados. Cuentan que el mecanismo era relativamente simple: "A ti te detenían y en cuanto te ponían a disposición del ministerio público los agentes te decían: 'Lo mejor es que te pongas en contacto con este despacho y lo contrates, si no, va a estar difícil que salgas', o bien, le anticipaban al detenido: 'Si quieres salir rápido de aquí, te recomendamos contactar a este despacho'". Se antoja difícil que un sujeto que está en prisión se pueda resistir a semejantes "recomendaciones".

Al parecer, un esquema similar se puso en práctica cuando Víctor Carrancá fue subprocurador de Procesos, en la Procuraduría General de Justicia del Distrito Federal, entre 1997 y 2010, a donde se llevó como director general de Consignaciones y luego como subprocurador de Procesos Penales a Alejandro Robledo Carretero (otro socio de Araujo y Scherer que más tarde llegaría a la subsecretaría de Planeación y Prevención de la Secretaría de Seguridad y Prevención Ciudadana —SSPC— con la 4T) para llevar a cabo una serie de prácticas que buscaban favorecer a clientes de su despacho.

El tipo de esquema que Scherer utilizó en la justicia local —y que no inventó él— en algún punto sería replicado, en mayor escala y con mucho más poder, en el ámbito federal. Al parecer, era tan clara la intención que este personaje tenía de recurrir al mismo *modus operandi* que, según algunas fuentes, en 2018 le recomendó a Claudia Sheinbaum los nombres de Víctor Carrancá y Juan Araujo para encabezar la Fiscalía General de Justicia de la Ciudad de México. Sin embargo, la jefa de gobierno se decantó finalmente por Ernestina Godoy, un perfil honesto vinculado a Morena y ajeno al mundo de los abogados cercanos a Scherer.

MODUS OPERANDI A NIVEL FEDERAL

Julio Scherer Ibarra no reveló su esencia al llegar a la Consejería Jurídica del Ejecutivo federal. La suya ha sido una carrera ascendente que comenzó como una suerte de "coyote VIP" y *broker* de la justicia en la Ciudad de México hasta establecer, ya como consejero, un enorme control sobre el aparato de justicia en el país. Antes de 2018, Julio no era de los abogados más encumbrados a nivel nacional; no estaba en el círculo más selecto ni podía considerarse tampoco un litigante de alto nivel. La transición obradorista, sin embargo, le ofreció una oportunidad de oro para dar un salto cualitativo en su carrera, situándose en una posición que hasta entonces solo habían ocupado "los grandes": figuras de la talla de Diego Fernández de Cevallos o Manlio Fabio Beltrones. En ese contexto, el consejero adquirió un poder inédito que le permitió apropiarse de forma cuasi monopólica de un botín que antes solían repartirse los abogados y políticos más vinculados a gobiernos emanados del PRIAN.

El 27 de marzo de 2022 *Reforma* llevó a ocho columnas la denuncia del abogado Juan Collado en contra de Julio Scherer Ibarra por extorsión y tráfico de influencias.[12] Scherer intentó presentar esto como resultado de una fabulación de la exsecretaria de Gobernación y una maquinación en su contra por parte del fiscal Alejandro Gertz Manero para perseguir una venganza personal. Aunque es muy posible que el pleito entre Scherer y Gertz haya animado a que la FGR judicializara esta denuncia; parece haber materia suficiente para tomarla en serio, como puede verse a detalle en el capítulo 9.

Cabe señalar que antes incluso de que se hiciera público a la presunta extorsión a Collado, el abogado Paulo Díez Gargari ya había denunciado, en una entrevista con Carmen Aristegui, concedida en octubre de 2021, que el exconsejero había creado una "auténtica red de corrupción y extorsión" de la mano de abogados, notarios y asesores financieros, para lo cual usó las instituciones del Estado y engañó al propio presidente López Obrador. Díez Gargari planteaba, además, que Scherer había llevado al extremo un esquema empleado por

Humberto Castillejos, como ya se mencionó, al operar como el dueño de una franquicia que se alquilaba a una serie de despachos.[13]

Como puede apreciarse a detalle en la segunda parte de este libro, Scherer y sus socios no fueron particularmente creativos, imaginativos o novedosos: hicieron lo que siempre se había hecho, aunque lo llevaron aún más lejos. El exconsejero llegó a instrumentar, desde la Presidencia de la República, un mecanismo que por mucho tiempo ha sido usado desde el poder y que, como ya mencioné, comenzó a operar en el ámbito local. Scherer y los suyos, además, llegaron a actuar de forma muy similar a figuras que les precedieron, para lo cual emplearían triquiñuelas parecidas pero en gran escala y centrarían todo en una sola figura. En esa lógica, la red del exconsejero llegó a apropiarse de los litigios más importantes, los juicios "de élite", donde despachos de abogados y jueces obtienen ganancias millonarias.

Un elemento que parece diferenciar a Julio de sus antecesores, sin embargo, es la voracidad. "En una lógica de agandalle", narraba un conocido litigante, "Scherer entró cerdamente a administrar el mercado de las sentencias, pero lo hizo de una manera bestial, sin cuidar las formas y dejando por todos lados evidencias en un sistema donde generalmente no se deja huella". Creyéndose todopoderoso, sabiéndose impune y escudándose detrás de la autoridad moral del presidente de la República —pensando, quizás, que siempre tendría su respaldo—, actuó con extrema soberbia.

Las acciones del exconsejero fueron a tal punto "descuidadas, atrabancadas y torpes", decía otra fuente más, "que hacía cosas que jamás haría un profesional, como tratar temas delicados por teléfono". De hecho, más de uno llegó a grabar conversaciones comprometedoras que sostuvo con él, como yo mismo lo pude comprobar a través de los cientos de audios que me llegaron. En su modo de proceder, agregaba la fuente, Scherer violó los códigos y las reglas no escritas del corrupto sistema de justicia, al arrebatarles casos a otros despachos, actuar con indiscreción y descuidar las más elementales formas.

Los testimonios recabados apuntan a que, a diferencia de muchos otros *brokers* de la justicia que operaban con sigilo y cierta "elegancia",

Scherer actuó de forma abusiva, concentrando un enorme poder y llegando incluso al extremo de cobrar presuntos honorarios por gestiones y promesas que no cumplió. En los casos que se narran en la segunda sección de este libro puede verse cómo el consejero usó su influencia dentro del Poder Judicial para que los temas que venían de su oficina tuvieran un trato preferencial, tanto en fiscalías como en juzgados y tribunales federales y de la Ciudad de México, por medio de un esquema en el cual, además de la presunta compra de jueces, se contaba con el apoyo de las más altas autoridades del Poder Judicial.

SEGUNDA PARTE

Los negocios judiciales

8

El *modus operandi* de la red Scherer

La presunta red de negocios judiciales creada por Julio Scherer Ibarra durante el gobierno de AMLO ha tenido como protagonistas a cuatro grandes despachos de abogados (véase figura 1). Al menos en tres de estos el vínculo fue reconocido públicamente por el propio exconsejero jurídico. De hecho, en el currículum que él mismo presentó a la Secretaría de la Función Pública al asumir el puesto admitió haber sido socio del despacho Araujo, González, Peimbert, Robledo y Carrancá Consultores Legales, S. C. (AGPRyC); Rivera Gaxiola, Kálloi, Fernández, Del Castillo, Quevedo, Lagos y Machuca Abogados (al que identificaremos aquí como Rivera Gaxiola y socios); así como Ferráez, Benet, Segovia e Igartúa, S. C (FBSI).[1] Hay, no obstante, un cuarto despacho adicional, cuya relación no ha sido reconocida por Scherer, a pesar de ser el que desempeñó el papel más importante dentro del esquema de negocios judiciales del exconsejero: el bufete García González y Barradas (GGyB).

Scherer nunca ha aclarado el tipo de relación que tiene con todos estos abogados, ni si ha sido formalmente socio de ellos.[2] Los vínculos, sin embargo, pueden rastrearse fácilmente, pues incluso varios familiares del exconsejero están asociados, trabajan o han trabajado para estos despachos.

La actuación de los abogados que integran la red Scherer no siempre resulta fácil de rastrear, ya porque en ocasiones disfrazan su intromisión a través de litigantes menos conocidos, quienes figuran formalmente en los expedientes, ya porque disimulan su participación en ciertos litigios en los que constan domicilios distintos a los de sus oficinas principales.[3]

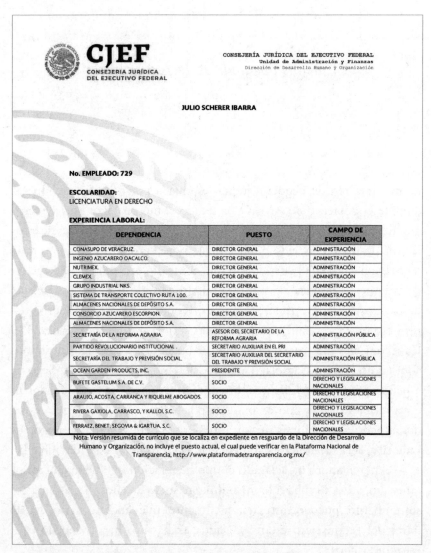

Despachos con quienes Julio Scherer Ibarra tuvo relación laboral.

Araujo, González, Peimbert, Robledo y Carrancá (AGPRyC) es un despacho fundado originalmente en 1992 por Juan Araujo Riva Palacio, su principal cerebro, y Víctor Carrancá de la Mora, exsubprocurador de Justicia de la Ciudad de México y exfiscal de Puebla, además de primo del hoy ministro de la Suprema Corte, Juan Luis González Alcántara Carrancá. En 1997 se sumó Agustín Acosta, famoso por haber sido el abogado de Florence Cassez.[4] Hoy integran este bufete, además del propio Araujo, César Omar González Hernández —principal vínculo con Julio Scherer—, José María Peimbert Calvo, Alejandro Robledo Carretero y Daniel Carrancá de la Mora, hijo de Víctor.

AGPRyC se dedica fundamentalmente a temas penales y es conocido por haber defendido a Florence Cassez, René Bejarano, Alfonso Ramírez Cuevas, personaje cercano a Scherer, e incluso a Guillermo Zayas, procesado por el caso New's Divine cuando era jefe de la policía capitalina, durante el gobierno de Marcelo Ebrard. Araujo, particularmente, ha sido mencionado en la prensa por su controvertido papel en el caso del polémico Lord Ferrari.[5]

Entre diversos litigantes ha llamado la atención cómo estos socios de Scherer, según diversas fuentes, se hicieron rápidamente de una inmensa casona —prácticamente una mansión— en la calle Francisco Sosa, en Coyoacán, cuyo valor asciende hoy a unos 8 millones y medio de dólares. Ese sitio, además de ser usado como una de las oficinas del despacho, alberga hoy el llamado Instituto Mexicano de la Justicia.

Circulan distintas versiones sobre esta propiedad: algunos señalan que Araujo y González se la quitaron a la mala a uno de sus clientes, y otros cuentan que estos actuaron a través de la Fiscalía General de Justicia de la Ciudad de México para que se ordenara incautarla, ofrecer una solución legal y finalmente adquirir la propiedad en el momento en el que había perdido su valor en el mercado, precisamente como resultado de la incautación que estos abogados promovieron.

Lo que es claro, y puede comprobarse en el folio real núm. 9513829, relativo a esta propiedad, es que desde finales de 2019 el inmueble fue hipotecado en circunstancias poco habituales a nombre de Vertical CDMX, S. A. de C. V. para garantizar un crédito a favor

FIGURA 2
LA RED DE ABOGADOS DEL EXCONSEJERO JULIO SCHERER IBARRA

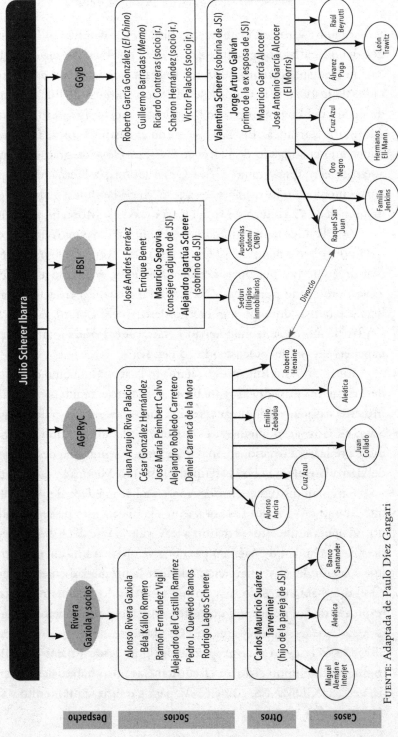

FUENTE: Adaptada de Paulo Díez Gargari

de Unifin Credit. Cabe destacar que Vertical CDMX, constituida apenas en 2018, es propiedad de un socio de Araujo llamado Augusto Pi Suñer Azcuaga, cuya dirección registrada, por cierto, es un espacio de trabajo compartido (o *coworking*). Lo primero que llama la atención, como señala Paulo Díez Gargari, es que una sociedad aparentemente controlada por Araujo haya constituido una hipoteca sobre un bien inmueble de su propiedad para garantizar el pago de un crédito a un tercero. Lo segundo es que la tasa de interés es de 45% anual, un valor muy superior al del mercado. Esta operación no fue celebrada en términos de mercado. De hecho, es común que cuando una persona garantiza una obligación de otra por medio de un inmueble de su propiedad, en realidad es porque se trata de uno perteneciente a otra, no de quien se ostenta como dueño. Algunos creen que el verdadero propietario de este palacete pudiera ser Julio Scherer Ibarra, aunque no hay mayores elementos de prueba.

De todos los despachos que conforman la presunta red del exconsejero, ninguno ha sido tan mencionado en los medios: AGPRyC llevó el caso de Juan Collado (capítulo 9), Alonso Ancira (capítulo 10) y tuvo cierto papel en el tema Cruz Azul (capítulo 14). En el primero hablamos de una denuncia por extorsión y la tentativa de obligar al abogado a vender su empresa, Caja Libertad, a un precio muy por debajo de su valor en el mercado, a un empresario cercano a Scherer de quien ya hemos hablado: Julio Villarreal. En el segundo caso la cosa es parecida, aunque Ancira finalmente no llegó a denunciar. Casualmente, aquí también el mismo empresario amigo de Scherer pretendía ser favorecido con la compra de una parte importante de Altos Hornos de México.

Según fuentes reservadas, este despacho también habría llevado el caso de Emilio Zebadúa, acusado del desvío de aproximadamente 5 mil millones de pesos a través de la Estafa Maestra, aunque los integrantes de este despacho negaron expresamente haber estado involucrados cuando se lo pregunté a uno de ellos. Fuentes con conocimiento indirecto del caso aseguran que, para darle un criterio de oportunidad, el exoficial mayor de la Secretaría de Desarrollo Social

(Sedesol) fue obligado a entregarle a este despacho unos 100 millones de pesos en dinero e inmuebles. El momento crítico tuvo lugar en abril de 2021 cuando César González logró que el juez tercero de distrito con sede en Tapachula, Chiapas, Oswaldo Alejandro López Arellanos, le consiguiera una suspensión que impidió que se actuara en su contra por la investigación de la Estafa Maestra. Según abogados que tuvieron contacto con él, González llegó a presumirles la facilidad con la que logró sobornar a este juez con 5 millones de pesos.

En contraste con lo ocurrido a Rosario Robles, llama la atención que, desde entonces, el caso Zebadúa no ha avanzado, ni se conoce cuáles han sido las verdaderas implicaciones de sus declaraciones. De hecho, aunque el exoficial mayor de Sedesol —cuya declaración fue redactada en su totalidad por Araujo— daba nombres, apellidos y detalles de los principales implicados en la Estafa Maestra, el hecho es que prácticamente a ninguno de ellos le sacaron en su proceso información proveniente de dichas confesiones. El criterio de oportunidad que se le ofreció a Zebadúa, además, nunca se concretó realmente e incluso ha sido jurídicamente cuestionado. Como es sabido, para que se conceda un instrumento de ese tipo, el beneficiado debe denunciar o dar información sobre un delito de mayor gravedad al cometido por él mismo. Zebadúa, en realidad, estaba acusado de un delito semejante al de Rosario Robles, quien enfrentó un proceso muy distinto al suyo.

A pesar de que el exconsejero ha reconocido públicamente haber sido socio de este despacho, Araujo asegura que a lo largo de los años únicamente litigaron juntos "algunos casos". Otra fuente dentro de este mismo despacho, con la que conversé *off the record*, asevera que apenas han llegado a litigar juntos en tres asuntos. ¿Por qué será que Scherer y sus socios ofrecen versiones distintas sobre el tipo de sociedad que han tenido?

Como lo di a conocer en *Aristegui Noticias*, en su momento, según una fuente de inteligencia a la que tuve acceso, el espionaje del que fue objeto el fiscal Alejandro Gertz Manero el 25 de febrero de 2021, cuando se exhibió una llamada entre él y el subprocurador Juan Ramos, pudo haberse efectuado en Damas 94, San José Insurgentes, en la

Ciudad de México, desde una oficina alterna usada por el despacho de Araujo y González. Como se puede comprobar por medio de una simple búsqueda en Google, en ese domicilio llegó a estar registrada también una empresa de seguridad e investigación privada de Estados Unidos llamada Thomas Dale & Associates, dirigida por Thomas Elfmont,[6] un exjefe de la policía de Los Ángeles. La firma llama la atención porque en 2011 fue acusada en tribunales de aquel país de haber contratado un servicio de espionaje para intervenir un celular en San Bernardino, California, como consta en diversas notas periodísticas.[7]

Lo que vemos entonces es que en las mismas oficinas donde aparece domiciliada una empresa estadounidense de seguridad, que al menos una vez habría cometido actos de espionaje (incluso figura una segunda empresa de seguridad de capital suizo llamada Glarus, S. A. de C. V.), el bufete AGPRyC tiene una suerte de sede alterna.[8] La oficina se ubica justo en la esquina de Damas 94 y Mercaderes 39, donde hay dos casas distintas interconectadas, las que han sido usadas por Araujo y sus socios como domicilio legal.[9] ¿Será una mera coincidencia que dos empresas de seguridad —una de ellas acusada de espionaje— hayan operado en una dirección de Araujo y sus socios? ¿Será que desde allí pudo haber sido espiado el fiscal general de la República? Alguna información debió tener el presidente de la República cuando el 7 de marzo declaró en una mañanera, al referirse al espionaje contra el fiscal: "Esos son despachos de abogados, grupos de políticos corruptos, espías".

El segundo despacho de la red Scherer es Ferráez, Benet, Segovia e Igartúa, S. C. (FBSI), fundado en 2010 para dedicarse a temas inmobiliarios. Sus socios son José Andrés Ferráez Quintanilla, Enrique Benet Gregg, Mauricio Segovia Barrios y Alejandro Igartúa Scherer, sobrino del exconsejero. El propio Scherer reconoció haber sido socio de este despacho entre 2014 y 2018.[10]

Sin lugar a dudas, este es el bufete más cercano a Scherer y sus intereses, pues se dedica principalmente a gestionar trámites y patrocinar litigios relacionados con el desarrollo inmobiliario de la Ciudad de México. Como se explica en el capítulo 4, durante el gobierno de Miguel Ángel Mancera, este bufete les sirvió al consejero y a los suyos para capturar la Secretaría de Desarrollo Urbano y Vivienda (Seduvi), a través de un acceso privilegiado que le ha permitido obtener permisos para edificar desarrollos que, en muchos casos, exceden el número de pisos permitidos por ley.

En contravención a la máxima obradorista de separar el poder económico del poder político, dos de los nombramientos más importantes que efectuó el exconsejero dentro de su equipo más cercano de trabajo surgieron de cuadros vinculados a los negocios inmobiliarios del despacho FBSI: Raúl Mario Segovia Barrios, a quien hizo consejero adjunto de Control Constitucional y de lo Contencioso, y Mario Iván Verguer Cazadero, a quien nombró director general de Control Constitucional y de lo Contencioso.

El vínculo del exconsejero con este bufete es imposible de disimular. El mismo Scherer hizo público, el 13 de octubre de 2021, en una entrevista para *Aristegui Noticias*, que durante el tiempo que ocupó el cargo de consejero jurídico del Ejecutivo federal siguió siendo socio de este despacho.[11] Seguramente para disimular la evidente relación que tenía con quien ahora estaba al frente de la Consejería Jurídica, a partir del 8 de febrero de 2019, a escasas semanas de que Scherer asumió su nuevo puesto, FBSI adoptó una nueva razón social: Regulation & Compliance.

El consejero favoreció a esta firma para que la Comisión Nacional Bancaria y de Valores (CNBV) le otorgara tres contratos, entre 2019 y 2021, por un monto total de 89.7 millones de pesos.[12] Muy probablemente, Julio aseguró estos contratos para sus socios, en un claro conflicto de interés, a través de Sandro García Rojas Castillo, un amigo y operador suyo que llegó a la Vicepresidencia de Supervisión de Procesos Preventivos de la CNBV.

Por falta de personal suficiente, según me explicaron fuentes con conocimiento de asuntos financieros, la CNBV suele contratar un despacho externo para revisar el trabajo de todas las auditorías de lavado de dinero de las sofomes, centros cambiarios y transmisores de dinero en el país. Como puede leerse en uno de los contratos (CNBV/037/20), la firma quedó a cargo de elaborar el "estudio de informes de auditoría en materia de prevención de operaciones en recursos de procedencia ilícita y financiamiento al terrorismo de centros cambiarios, transmisores de dinero y sociedades financieras de objeto múltiple no reguladas".[13]

Estamos ante un ejemplo típico de captura del Estado para el beneficio de un particular, pues al haber obtenido estos contratos, además de embolsarse una buena suma, Scherer y sus socios se situaron en una posición privilegiada, no solo para auditarse a sí mismos, sino también a sus potenciales competidores. De esa forma eran capaces de castigar a entidades financieras que en algún momento representaran un obstáculo en el camino.

El bufete Rivera Gaxiola, Kálloi, Fernández, Del Castillo, Quevedo, Lagos y Machuca, fundado en 2002, está integrado por Alonso Rivera Gaxiola, Béla Kálloi Romero, Ramón Fernández Vigil, Alejandro del Castillo Ramírez, Pedro Iván Quevedo Ramos, además del sobrino de Julio, Rodrigo Lagos Scherer, un joven egresado del ITAM que se integró al despacho en 2017. En este despacho, además, trabaja o trabajaba Carlos Mauricio Suárez Tavernier, un hijo de la pareja de Julio Scherer Ibarra.

Este bufete se dedica especialmente a temas de litigio mercantil, civil y administrativo, y se ocupa de llevar a cabo concursos mercantiles y resolver conflictos entre accionistas. En 2016 Julio recurrió a Rivera Gaxiola para representar a López Obrador en el litigio que inició en contra del diario *The Wall Street Journal* por una nota publicada sobre propiedades no declaradas. El abogado habría sido uno de los principales operadores de Scherer en el Poder Judicial de la Ciudad de México, e incluso en el Poder Judicial federal, donde se ha dicho que tiene una cercana relación con Carlos Alpízar, secretario general del Consejo de la Judicatura Federal y hoy funcionario en la Secretaría de Gobernación (Segob).

Al inicio de la administración de López Obrador circuló fuertemente el rumor de que Rivera Gaxiola podía ser incluido en la terna del Senado para convertirse en ministro de la Suprema Corte. Al parecer, Scherer Ibarra intercedió a favor de él recordando el papel positivo que desempeñó en la denuncia a *The Wall Street Journal*.[14]

El despacho de Rivera Gaxiola habría estado involucrado en un presunto caso de extorsión o tráfico de influencias a Miguel Alemán Magnani, en el tema Interjet, sobre el cual hablo en el capítulo 11, además de que habría operado tras bambalinas a favor de las hermanas María del Carmen, Gabriela y Viviana Garza Sada, en una disputa legal por una herencia en contra del Banco Santander, donde lograron revertir una sentencia y sacarle al banco una suma estratosférica, gracias a los favores que la red Scherer pudo obtener en el Poder Judicial federal (capítulo 12).

García González y Barradas, S. C. (GGyB)[15] es un despacho fundado en febrero de 2014 por Roberto García González y Guillermo Barradas (mejor conocidos en el mundo abogadil como "el Chino" y "Memo"), además de Ricardo Contreras, Sharon Hernández y Víctor Palacios como socios *junior*. Barradas y Scherer, en particular, tienen una relación personal desde hace tiempo, solidificada a partir de su vecindad domiciliaria. En este despacho, además, ha trabajado Valentina Scherer, hija de Hugo Scherer, primo de Julio.

En el pasado, se llevaron casos muy polémicos en este bufete, como el del exgobernador Javier Duarte, con quien Barradas parece haber tenido una relación muy cercana, además de que, según información publicada en la prensa, le ayudó a formular un "plan de contingencia" y obtener casas de seguridad en tres países para que pudiera refugiarse de la justicia.[16]

Aunque el despacho AGPRyC ha sido hasta ahora el más cuestionado en los medios, el papel que parece haber tenido GGyB en la red Scherer es muchísimo más inquietante. A diferencia del bufete de Araujo, que ha tenido más vida propia, si este otro despegó en los últimos años, es gracias a su cercanía con el exconsejero jurídico.

Probablemente aquí se llevaron los casos de mayor interés para Scherer, como es el de la cooperativa Cruz Azul (capítulo 14), la mina de oro del litigio en México, y el de los inversionistas de la empresa Oro Negro que demandaron a Gonzalo Gil White —hijo del secretario de Hacienda en tiempos de Fox, con quien Scherer buscaba una evidente venganza personal (capítulo 13). Además, el despacho del Chino y Memo estuvo involucrado en casos como el del general León Trauwitz, exsubdirector de Pemex durante el gobierno de Enrique Peña Nieto, detenido por brindar protección a huachicoleros; en la disputa entre la Universidad de las Américas Puebla (UDLAP) y la Fundación Mary Street Jenkins; así como en los del facturero Víctor Manuel Álvarez Puga, el *outsourcerero* Raúl Beyruti y, tangencialmente —según algunas fuentes—, en el caso Rosario Robles, aunque sobre este último existen versiones encontradas.

Este despacho también llevó el caso de los empresarios André y Max El-Mann Arazi, quienes, junto a sus socios Rafael y Teófilo Zaga Tawil, accionistas de Telra Realty, fueron acusados por un contrato irregular firmado en 2014 con el Infonavit. García González y Barradas les habrían cobrado a los El-Mann unos 200 millones de pesos a cambio de un acuerdo reparatorio por medio del cual devolvieron otros 2 mil millones equivalentes a una parte de la reparación. Muy distinta fue, por cierto, la suerte de los Zaga Tawil, quienes se negaron a ser parte del juego. Por resistirse a los términos planteados, el 25 de diciembre de 2020 la Subprocuraduría Especializada en Investigación de Delincuencia Organizada (SEIDO) liberó una orden de aprehensión en contra de Rafael, Teófilo y Elías Zaga, el hijo de Rafael.

Un personaje importante cercano a este despacho es Jorge Arturo Galván Jiménez, quien, además de ser primo de la exesposa de Scherer, algunos consideran central en la red. Al parecer, ha estado involucrado desde hace tiempo en varios asuntos del exconsejero, al actuar como uno de sus brazos tanto en la justicia local en la Ciudad de México como en el ámbito federal. En 2004 Galván fue el abogado que figuró en la defensa de Carlos Ímaz, donde estuvieron involucrados Araujo y

Scherer. Como se explica en el capítulo 14, Galván habría tenido una participación relevante en el caso Cruz Azul.

Algunas fuentes señalan que este personaje estuvo involucrado en el caso Rosario Robles, en el que el despacho de Barradas tuvo una participación relevante durante la etapa previa a la liberación de la exsecretaria. Uno de los testimonios refiere que al ver que los sucesivos fallos judiciales no la favorecían, Robles decidió acudir a Julio Scherer Ibarra, presumiblemente a través de Galván. Al parecer, por su conducto, el despacho habría cobrado algunos millones de dólares para facilitarle el camino a la extitular de la Sedesol. Como es sabido, el 19 de agosto de 2022, el juez Ganther Alejandro Villar Ceballos le permitió a Robles enfrentar su proceso en libertad. Sobre el tema, sin embargo, hay mucho que investigar todavía, y los involucrados han sido reacios a dar su versión. La propia Rosario Robles se negó a hablar sobre el asunto.

EL ESQUEMA

El esquema a través del cual funcionó la red Scherer parece haber operado así: cuando alguien iba a ver al entonces consejero para solucionar algún problema legal, recomendaba a alguno de sus despachos asociados para que llevaran los casos ante la justicia o se ocuparan de cabildear y hacer gestiones ante las autoridades. Los interesados en obtener favores o "solucionar sus problemas" se daban cita en las oficinas de esos bufetes, donde básicamente se les informaba cuál era el precio para arreglar las cosas, como explicó el abogado Díez Gargari.[17] En algunos casos, como el de Miguel Alemán (capítulo 11), llegaron a presentarse cotizaciones por escrito en las que se solicitaron sumas exorbitantes que solo pueden sugerir que una comisión o forma de soborno estaba implícita.

Según testimonios, quien se llevaba la mayor parte de los dividendos que se reportaban a partir de esta red de negocios judiciales era el exconsejero jurídico. Por ser la cabeza del grupo y principal anclaje en el poder, Scherer se llevaba entre 70 y 80%, mientras que a los despachos les tocaba entre 20 y 30%. Evidentemente, cantidades muy importantes también iban a dar a los jueces. Según cálculos elaborados a vuelo de pájaro por un litigante que conoce a Scherer y a su grupo de abogados desde hace unas tres décadas, esta red se embolsó al menos unos 2 mil millones de pesos durante el tiempo en que duró la gestión del consejero. Todos estos números, sin embargo, requieren de una investigación mucho más a fondo para poder dilucidarse.

En algunos casos, los asuntos entraban a la órbita de Scherer directamente a través de su oficina, a la que comúnmente llegaban personajes en problemas a pedir favores o solicitar gestiones, o por medio de los abogados de la red. En otros, sin embargo, Scherer y sus socios buscaban potenciales casos millonarios y se los apropiaban. Así lo señala una investigación de Juan Pablo Becerra Acosta, publicada a manera de columna en *El Universal,* donde explica cómo los despachos vinculados a Scherer habrían presionado a clientes adinerados para que despidieran a sus abogados y contrataran a los socios del consejero.[18] El *modus operandi* era el mismo, según las fuentes consultadas por este periodista. Uno de los empresarios con los que habló describe esta forma de chantaje: "Me advertían que, si me quedaba con mis abogados, perdería el caso. Que no había alternativa. Estamos hablando de asuntos millonarios, no de unos pesos. Y que si los contrataba a ellos, a los amigos o socios de Scherer, me garantizaban que, gracias a su poder e influencias, mi caso se resolvería favorablemente y de forma expedita".

En ese sentido, explica Becerra Acosta, "lo que vendían, a través del miedo, era la marca Scherer, el poder de Scherer, cobrando mucho más dinero que otros despachos, y quitando de en medio a esos despachos, que quizá habían tenido cercanía con los anteriores regímenes".[19]

Casos como el de Juan Collado o Alonso Ancira, que se analizan en los siguientes capítulos, han sido definidos como prácticas de extorsión, entendida, según el artículo 390 del Código Penal, como obligar a otra persona a "dar, hacer, dejar de hacer o tolerar algo, obteniendo un lucro para sí o para otro causando a alguien un perjuicio patrimonial". En realidad, en el mundo del litigio, no es claro hasta dónde puede configurarse un delito de este tipo, según explicaba una de mis fuentes. "Pensar que personajes poderosos como Ancira, Collado u otros pueden ser sujetos fáciles de extorsión probablemente sea ingenuo", decía quizás con razón.

Por ello, sin descartar la posibilidad de que efectivamente las prácticas de extorsión hayan tenido lugar, es posible que estemos ante la existencia de un conjunto de negocios judiciales basados fundamentalmente en el tráfico de influencias, donde algunos personajes —varios de los cuales sí cometieron ilícitos— recurrieron a figuras de probada eficiencia y cercanía con el poder para que les resolvieran sus asuntos. Como finalmente resultaron estafados o engañados por quien les ofreció un trato privilegiado, terminaron por denunciar a quien les incumplió.

El *modus operandi* de Julio Scherer parece haber consistido en la extracción de rentas a partir de una combinación de estrategias. En varios casos, ciertamente, la red les cumplió a sus clientes al otorgarles fallos favorables, generalmente a cambio de grandes sumas de dinero. Así ocurrió con los hermanos André y Moisés El-Mann, implicados en un fraude al Infonavit; o con los hermanos Jesús Gabriel, William Jorge y Paul Karam Kassab, dueños de Hidrosina, gasolinera acusada de comprar huachicol, a quienes en 2019 se les congelaron sus cuentas y en febrero de 2020 se les había dictado una orden de aprehensión.[20] Según versiones de litigantes consultados, Julio Scherer también les habría ofrecido protección a estos personajes a cambio de algunas propiedades en Polanco. En el círculo de los despachos de élite se asegura también que el exconsejero intercedió a través de Rafael Guerra, el presidente del Tribunal Superior de Justicia de la Ciudad de México, para que el abogado Ulrich Richter —su amigo— pudiera ganarle a Google una demanda por usurpación de identidad por la exorbitante cantidad de 250 millones de dólares (unos 5 mil millones de pesos mexicanos) por daños morales y punitivos.

En otros casos, sin embargo, Scherer y los suyos no les cumplieron a sus clientes. En su desmedida ambición, el consejero llegaría a cobrar grandes sumas por gestiones que se comprometió a realizar ante el Poder Judicial o las fiscalías, sin entregar nunca resultados o siquiera intentar llevar a cabo lo prometido. Varias fuentes narran experiencias en ese sentido. Una señala que al rey del *outsourcing*, Raúl Beyruti, Gónzales y Barradas le habrían cobrado 20 millones de dólares a cambio de protección; no obstante, al final terminó expidiéndose una orden de aprehensión en su contra. Julio tampoco parece haberle cumplido a Víctor Manuel Álvarez Puga, el mayor facturero del país, y a su esposa. Algunas fuentes aseguran que durante la campaña Álvarez Puga le entregó a Julio 100 millones de pesos —aunque, como siempre, no se sabe si estos recursos fueron enteramente reportados—, a cambio de obtener la protección del futuro gobierno. Por lo visto, cuando estuvo en problemas acudió con el consejero para pedirle que le ayudara a sortear la acción de la justicia, reclamando el pago que le había hecho. Al parecer, el funcionario le respondió que el dinero que en su momento le había entregado cubría el hecho de que él le diera el pitazo, a fin de que pudiera salir huyendo del país antes de que le fuera girada una orden de aprehensión. Para poder seguir ayudándolo, el exconsejero le habría mandado a sus socios, el Chino y Memo, quienes le cobraron una suma en propiedades, entre ellas una casa en el fraccionamiento Tres Vidas de Acapulco (que al parecer luego tuvo que devolver).[21] Si acaso lo que logró el consejero fue retrasar la acción penal en su contra.

Esto, sin embargo, de nada de le sirvió. otro testimonio, Scherer tampoco le quedó muy bien al exgobernador Cabeza de Vaca, a quien le prometió que le ayudaría a evitar su desafuero a nivel federal a cambio de un millón y medio de dólares: le puso a Aguilar Zínser como abogado y no consumó la tarea, lo que llevó al exgobernador a cambiar su defensa. Lo mismo parece haber ocurrido con Alonso Ancira, a quien Juan Araujo y César González le prometieron que no iría a prisión al regresar a México a enfrentar el proceso penal en su contra, como explico en el capítulo 10.

En ocasiones, cuando los clientes investigaban, se enteraban de que el entonces consejero no había hecho nada de lo que había prometido. Por eso, probablemente, Julio Scherer Ibarra hoy no puede caminar libremente por las calles sin sus escoltas, a pesar de haber formado —paradójicamente— parte de un gobierno que tomó la decisión de limitar considerablemente la seguridad de los funcionarios públicos. Sobre el tema reflexionaba así un empresario muy cercano a la 4T: "El problema de Julio Scherer es que no entendió que el poder político es efímero, pero el poder económico no lo es. Julio se chingó a los que tenían dinero y poder antes de este gobierno y que lo seguirán teniendo cuando termine. Quiso hacerse millonario extorsionando a los ricos y eso nunca se lo van a perdonar".

Otro patrón que se detecta en los negocios judiciales de Scherer es colocar a sus socios abogados —ya por la vía de la persuasión, ya por la de la presión— en dos lados opuestos de las disputas legales, con lo que se asegura de todas las posibilidades para ganar y recibir comisiones de ambas partes, incluso prometiendo o insinuando tener la capacidad de influir en los resultados. Un caso que lo ilustra de forma clara es el desgarrador pleito legal que sostuvieron, a partir de octubre de 2018, Roberto Javier Henaine Buenrostro, hijo del empresario textilero y exdueño del club de futbol Puebla, Ricardo Henaine Mezher, y su exesposa, Raquel Juan Marcos, proveniente de una familia considerablemente acaudalada, por la custodia de su niña, de cuatro años.

Según los testimonios recabados, la historia ocurrió más o menos así: Roberto y Raquel se separaron por una infidelidad del primero. En una ocasión ella se llevó a la pequeña a un viaje fuera del país, donde recibía un tratamiento contra el cáncer. Cuando habían pasado ya varios días, el padre empezó a dudar sobre el paradero de su hija, que no regresaba a casa el día que su madre había prometido, y solo recibía largas sobre la fecha de retorno. Henaine, que decidió poner una Alerta Amber para localizar a la niña, se enteró finalmente de que su esposa buscaba arrebatarle la custodia y que pretendía acusarlo de haber abusado sexualmente de la niña. Quienes conocen el caso aseguran que este era endeble y que las acusaciones probablemente venían de una mujer que se sentía despechada.

Representada por los abogados Víctor Oléa y Celestino Alonso, la madre de la niña presentó entonces una serie de denuncias contra su exmarido. En un primer momento, se formuló una, acompañada de un video de la menor, en el cual esta señalaba que su padre la había tocado cuando la bañaba y lo explicaba diciendo de qué manera le había "limpiado la popó". Al poco tiempo, sin embargo, la madre presentó otra denuncia en la cual cambiaba la versión. Ahora decía que quien había llevado a cabo la acción no era su padre, sino el abuelo, según se lo habría contado a su psicólogo. Pero más tarde se modificó nuevamente la versión de la niña: no había sido ni su padre ni abuelo, sino su primo de cuatro años quien le habría metido una cucharita. Ante estos hechos, el abogado de Henaine para la parte penal, Diego Ruiz, presentó una imputación contra Raquel Juan Marcos por falsedad de declaraciones.

Previo al momento en que se iba a celebrar la audiencia, sin embargo, las familias decidieron suspender la sesión para tratar de llegar a un arreglo y evitar el juicio. Estaban ya en la antesala de alcanzar un convenio bastante satisfactorio para la madre, con el cual Roberto básicamente solo podría ver a su hija unas cuantas veces al año y siempre con la custodia de Raquel. Sin embargo, el arreglo se suspendió sorpresivamente por razones que entonces no eran del todo comprensibles. ¿Qué fue lo que pasó? Pues que Raquel —buscando venganza más que justicia— llegó a Julio Scherer por intermediación de su cuñado, uno de los dueños de Blue Marine que conocía al exconsejero. La recomendación que Julio le hizo entonces a Raquel fue la misma que les hizo a otros que iban a pedirle favores: cambiar de abogado. Fue así como la madre de la niña sustituyó al despacho de Víctor Oléa por el de Guillermo Barradas, el cual le cobraría una suma más elevada, pero le garantizaba el resultado que esperaba. Mientras se preparaban para la nueva acometida, el día en que la audiencia estaba programada sucedió algo insólito: el agente del ministerio público no llegó. Siguiendo la misma lógica de Raquel, a las tres semanas, Ricardo Henaine, padre de Roberto y quien se encargaba de las negociaciones, también fue a ver a Julio Scherer, a quien al parecer llegó a través de David Gómez Arnau, socio y financiero del exconsejero. Una vez más la recomendación de este último fue cambiar de abogado y contratar nada más y nada menos que al despacho de Juan Araujo y César González.

No se sabe cómo es que al final Henaine terminó perdiendo definitivamente a la niña, aunque es sabido que los abogados le cobraron 3 millones de dólares para llevar su caso. Operando al interior de la Fiscalía General de Justicia de la Ciudad de México, Barradas y los suyos lograron formularle al padre de la niña una imputación por violencia de género, forzando así a que aceptara firmar un convenio en el que renunciaba a la custodia de la menor, sin poder acercarse a ella hasta que cumpla la mayoría de edad. El padre no tenía otra opción que acceder al acuerdo, ya que, de no hacerlo, seguramente le habrían prescrito prisión preventiva, pues tal ha sido la práctica en la Ciudad de México en casos de este tipo.

A cualquiera que observe el caso desde fuera debería llamarle la atención que, en cuestión de semanas de diferencia, dos despachos cercanísimos a Julio Scherer —el de Barradas y el de Araujo— hayan entrado de pronto a dirimir un asunto que estaba a punto de resolverse por la vía de la conciliación. Según presumen algunos de los involucrados las cosas terminaron por resolverse, con algunas llamadas que llegaron a la Fiscalía, a favor de quien posiblemente pagó la suma más elevada a los dos despachos integrantes de la red Scherer. Imposible saber si la custodia de la niña terminó por decidirse a favor de una de las partes como resultado de una subasta o si los dados ya estaban cargados desde el principio para caer de un lado.

FISCALES Y FUNCIONARIOS AL SERVICIO DE SCHERER

La red de Julio Scherer no habría logrado operar si no hubiera contado con apoyos estratégicos al interior de la Fiscalía General de la República y la Fiscalía General de Justicia de la Ciudad de México, donde el consejero recomendó a algunos perfiles e incluso logró que otros se pusieran a su disposición para resolver sus asuntos con celeridad. En particular, Scherer mostró un claro interés por las áreas de delitos financieros dentro de las fiscalías, por ser las que se ocupan de las faltas cometidas por los poseedores de grandes fortunas, donde en general se dan los pleitos que involucran sumas importantes de dinero y tienen lugar las averiguaciones previas que valen enormes fortunas. Para esto, Scherer no necesariamente tenía que pasar por los titulares de las dependencias, Alejandro Gertz Manero y Ernestina Godoy; incluso, no es claro si estos funcionarios tuvieron o no conocimiento del *modus operandi* del consejero o si acaso lo consintieron en algún momento.

Es ampliamente comentado que dentro de la Fiscalía General de la República, Scherer contó con la colaboración de su cercano amigo, Alfredo Higuera Bernal, el titular de la Subprocuraduría Especializada en Investigación de Delincuencia Organizada (SEIDO), a quien los abogados vinculados al exconsejero recurrirían permanentemente para hacer gestiones en su nombre, sin que fuera necesario llegar al fiscal general. Un abogado de élite comentó que varios titulares de la SEIDO acordaban asuntos con Julio Scherer en sus oficinas público-privadas de Virrey de Mendoza. Esa misma y otras fuentes más señalan también que un personaje que le habría permitido al exconsejero operar a sus anchas fue el responsable del área de lavado de dinero, Mauro Anselmo Jiménez Cruz, extitular de la Unidad Especializada en Investigación de Operaciones con Recursos de Procedencia Ilícita, Falsificación o Alteración de Moneda. Con el conocimiento de Higuera Bernal, Scherer habría echado mano de este funcionario en casos como el de Oro Negro, Cruz Azul y Cabeza de Vaca, en los que el exconsejero tenía un interés personal. En el último de esos casos, Jiménez Cruz se encargó personalmente de agilizarle las cosas para perseguir a Billy Álvarez y sus socios, apartándolos de la dirección de la cooperativa y librando órdenes de aprehensión para internarlos en el penal del Altiplano, una cárcel de máxima seguridad que recibe a sujetos de alta peligrosidad, como se explica en el capítulo 14.

Según algunas fuentes dentro de la Fiscalía General de la República, el entonces consejero le recomendó personalmente al fiscal Alejandro Gertz Manero, para encabezar la Unidad de Análisis de Delitos Fiscales y Financieros de esa dependencia, a José Óscar Valdez

Ramírez, cercano a Scherer y compadre de su notario de cabecera, Guillermo Alberto Rubio Díaz, quien desde el 5 de marzo de 2019 fungía como asesor en la Consejería Jurídica, conforme señala un reportaje de *Contralínea*.[22] Al parecer, el consejero, que entonces tenía una buena relación con el fiscal Gertz Manero, fue particularmente insistente en este nombramiento hasta que aquel terminó por ceder, y el 15 de septiembre lo firmó. Dos semanas después, sin embargo, antes de que Valdez pudiera tomar posesión formalmente, algo insólito ocurrió: el 2 de octubre, su chofer, José Antonio Ramírez Beltrán, fue detenido en una carretera en el Estado de México mientras conducía un automóvil en el que transportaba 3 millones 950 mil pesos en efectivo. Cuando lo encontraron, el chofer declaró ante las autoridades que ese dinero no era suyo, sino propiedad de su jefe, quien se lo había entregado horas antes con la orden de llevarlo a su casa en Toluca. Tanto el dinero como el vehículo —ambos propiedad del recomendado de Scherer— fueron asegurados, y el chofer, detenido y vinculado a proceso.

José Óscar Valdez finalmente nunca tomó posesión (al parecer la Fiscalía nunca le entregó formalmente su nombramiento), e incluso se supo más tarde que "el Sultán", como se identificaba a este personaje, encabezaba una red de extorsión que cobraba cantidades millonarias a empresarios para resolverles investigaciones inexistentes, según puede leerse en el reportaje de *Contralínea*.[23] Fue así como la FGR le abrió una causa penal por el delito de operaciones con recursos de procedencia ilícita, extorsión, usurpación de funciones y delincuencia organizada. Según las indagatorias dadas a conocer por *Contralínea*, este doctor en derecho y exasesor de la Consejería Jurídica (cosa que nunca pude comprobar, pues no figura un registro de que hubiera trabajado ahí) les hacía saber a sus víctimas que tenían diversas investigaciones por el delito de lavado de dinero y que podría ayudarlos a evitar el ejercicio de la acción penal a cambio de altas sumas. De acuerdo con uno de los denunciantes, el propio Valdez Ramírez le había dicho tener la capacidad de resolver una carpeta de investigación en su contra, la cual a la postre resultó ser apócrifa. Para ello, sin embargo, le exigió el pago de 15 millones de pesos, según la mencionada publicación.[24]

La relación de Óscar Valdez con Scherer Ibarra no es clara y merece investigarse más ampliamente. Según la publicación, para extorsionar, Valdez se escudaba en una supuesta amistad con él, aunque también con Santiago Nieto. En cualquier caso, las fuentes de la Fiscalía consultadas aseguran que esta persona ya extorsionaba antes de su nombramiento en la FGR y que efectivamente había sido recomendado por el exconsejero, quizás con conocimiento de las actividades ilícitas que desempeñaba. Al parecer, Valdez tenía toda la intención de llegar al área de Delitos Fiscales y Financieros de la Fiscalía, donde tradicionalmente se ha operado con prácticas extorsivas.

Como ya se ha dicho, el exconsejero también estableció un vínculo importante en la Fiscalía General de Justicia de la Ciudad de México, con otro funcionario que, aunque no sabemos si recomendó, ciertamente parece haber estado a su disposición: el titular de la Fiscalía de Investigación Estratégica de Delitos Financieros, Édgar Pineda Ramírez, en cuya oficina cayeron varias carpetas de investigación atractivas para Scherer, como las de los casos Oro Negro y Cruz Azul (capítulos 13 y 14), y en todas ellas la actuación de la institución tendió a ser muy favorable a los intereses del entonces consejero jurídico. En esa oficina los asuntos de Scherer le fueron generalmente asignados a un agente del ministerio público en específico: Andrés Maximino Pérez Hicks, titular de la Unidad de Investigación C-6. El conducto para tratar estos temas era el despacho García González y Barradas, aunque allí dentro se sabía bien que quien impulsaba los asuntos era el entonces consejero jurídico, cosa que obligaba a sus funcionarios a darles celeridad y trato privilegiado.

Pero hubo otros personajes dentro de la fiscalía capitalina a través de los cuales Scherer habría logrado hacer avanzar sus asuntos: uno de ellos es Rodrigo de la Riva Robles, coordinador general de Investigación Estratégica, una de las áreas más importantes de la Fiscalía, quien más tarde se iría como funcionario de la Secretaría de Seguridad Ciudadana. Este sujeto llegó a su puesto gracias a su cercanía con Rosa

Icela Rodríguez, de quien fue secretario particular en la Secretaría de Desarrollo Social de la Ciudad de México entre 2012 y 2015. Dentro de la Fiscalía, según reconocen fuentes de la propia dependencia, De la Riva trataba los asuntos de Scherer con particular atención, al grado de que más de un litigante que acudió a él para plantearle algún asunto recibió la misma respuesta: que simplemente no podía tratar asuntos "de Julio".

Otro funcionario que fue especialmente funcional a los intereses de Scherer fue Facundo Santillán Julián, coordinador general de Investigación Estratégica (hoy titular de la Unidad de Transparencia de la Secretaría de Seguridad), recomendado, no extrañamente, por el magistrado presidente del Tribunal Superior de Justicia de la Ciudad de México, Rafael Guerra. En la cancha de Santillán cayó, entre otros, el caso de Junquera, abogado de Cruz Azul, y fue a través de su sucesor, Octavio Cevallos, con quien se negoció el acuerdo reparatorio, con el que se terminó por cancelar la orden de aprehensión, como veremos más adelante.

Fuera de las fiscalías, hay otro funcionario federal del ámbito financiero que también parece haber jugado un papel relevante en los asuntos de Scherer: Santiago Nieto Castillo. No es clara la relación del extitular de la Unidad de Inteligencia Financiera (UIF) con el exconsejero: mientras que al interior del gobierno algunos creen que tuvo una relación tirante con el exconsejero y que se resistió a algunas de sus solicitudes, otros aseguran —especialmente litigantes consultados— que tuvo un papel clave en la red de extorsión y tráfico de influencias de Scherer y que fue cómplice de algunas de las acciones promovidas por este, especialmente a través de la Mesa de Judicialización, en la que uno y otro impulsaron sus agendas personales. Sin la participación de Nieto, afirman esas fuentes, difícilmente se explicaría lo ocurrido en casos como el de Cruz Azul, Álvarez Puga, Beyruti, Juan Collado o Jenkins.

Como es sabido, la UIF no puede ordenar el congelamiento de cuentas sin una orden judicial o mediante petición de una autoridad extranjera u organismo internacional. Para aparentar lo segundo la prensa ha dado cuenta cómo, Santiago Nieto empleó un mecanismo a

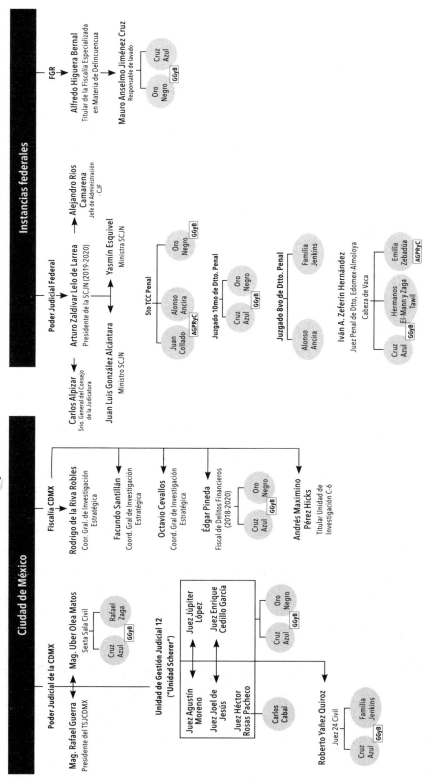

FIGURA 3

ELEMENTOS DEL PODER JUDICIAL Y FISCALÍAS VINCULADOS A LA RED SCHERER

Ciudad de México

Poder Judicial de la CDMX

Mag. Rafael Guerra
Presidente del TSJCDMX

Mag. Uber Olea Matos
Sexta Sala Civil

> Cruz Azul / Rafael Zaga — **GGyB**

Unidad de Gestión Judicial 12 ("Unidad Scherer")

Juez Júpiter López
Juez Enrique Cedillo García

Juez Agustín Moreno
Juez Joel de Jesús
Juez Héctor Rosas Pacheco

Carlos Cabal

> Cruz Azul / Oro Negro — **GGyB**

Roberto Yañez Quiroz
Juez 24 Civil

> Cruz Azul / Familia Jenkins — **GGyB**

Fiscalía CDMX

Rodrigo de la Riva Robles
Coor. Gral. de Investigación Estratégica

Facundo Santillán
Coord. Gral de Investigación Estratégica

Octavio Cevallos
Coord. Gral de Investigación Estratégica

Édgar Pineda
Fiscal de Delitos Financieros (2018-2020)

Andrés Maximino Pérez Hicks
Titular Unidad de Investigación C-6

> Cruz Azul / Oro Negro — **GGyB**

Instancias federales

Poder Judicial Federal

Carlos Alpízar
Srio. General del Consejo de la Judicatura

Arturo Zaldívar Lelo de Larrea
Presidente de la SCJN (2019-2020)

Alejandro Ríos Camarena
Jefe de Administración -CJF

Juan Luis González Alcántara
Ministro SCJN

Yasmin Esquivel
Ministra SCJN

5to TCC Penal

> Juan Collado / Alonso Ancira — **AGPRyC**
> Oro Negro — **GGyB**

Juzgado 10mo de Dtto. Penal

> Cruz Azul / Oro Negro — **GGyB**

Juzgado 8vo de Dtto. Penal

> Alonso Ancira / Familia Jenkins

Iván A. Zeferín Hernández
Juez Penal de Dtto., Edomex-Almoloya Cabeza de Vaca

> Cruz Azul / Hermanos El-Mann y Zaga Tawil — **GGyB** / Emilia Zebadúa — **AGPRyC**

FGR

Alfredo Higuera Bernal
Titular de la Fiscalía Especializada en Materia de Delincuencua

Mauro Anselmo Jiménez Cruz
Responsable de lavado

> Oro Negro / Cruz Azul — **GGyB**

FUENTE: Elaboración propia, a partir del testimonio de las fuentes y/o información de sentencias. Se resaltan aquellos juzgadores que conocieron más de un caso de interés para el exconsejero jurídico.

todas luces ilegal para congelar diversas cuentas, falseando solicitudes de instituciones de los Estados Unidos, como la DEA, el Departamento de Justicia, el FBI, la embajada de este país y el FinCEN (el equivalente a la UIF). En realidad, lo que hizo el extitular de la UIF fue echar mano de un simple agregado de la embajada de Estados Unidos en México, Joseph González, quien, sin tener autorización ni facultades expresas, firmaba a nombre de las instituciones mencionadas, empleando incluso sus sellos y logotipos. Por esa razón, en enero de 2022, un grupo de cooperativistas de Cruz Azul denunciaron ante el Departamento de Justicia de Estados Unidos tanto a Nieto como a González.[25] Existen otras dos denuncias presentadas en ese país por Oro Negro y Cabeza de Vaca, las cuales están siendo investigadas.

Algunos creen que por estas y otras irregularidades Santiago Nieto fue forzado a presentar su renuncia, cosa que ocurrió el 8 de noviembre de 2021, nueve semanas después de Scherer. Su salida de la UIF, en este sentido, no se debió tanto al escándalo generado por su boda en Antigua, Guatemala, como al hecho de que el presidente estaba buscando un pretexto para deshacerse de un funcionario al que le había perdido la confianza por su actuación en casos como los aquí mencionados. Por lo demás, no es claro hasta qué punto pudo haber una relación de complicidad entre el extitular de la UIF y el exconsejero jurídico. Este libro no pretende arrojar conclusiones al respecto. Algunos testimonios apuntan a que Nieto tuvo una relación tirante con Scherer y llegó a oponerse a algunas de sus solicitudes, aunque otros señalan que era parte de algunos de sus negocios. Al respecto, un conocido litigante relató: "Yo estaba presente una vez en la que Scherer llamó por teléfono a Santiago Nieto para pedirle una gestión y escuché cuando le aseguró: 'Lo tuyo ya está arreglado'".

Intenté conversar con Santiago Niego en reiteradas ocasiones. Después de insistir, acordamos que le mandaría un cuestionario por escrito. Extrañamente, contestó en varios mensajes de WhatsApp, con respuestas breves, algo evasivas y que poco contribuyeron a esclarecer mis dudas sobre su relación con Julio Scherer Ibarra.

Algunos jueces de la red

La red de Julio Scherer no podría haber funcionado sin un Poder Judicial fácilmente manipulable y corruptible que le permitiera obtener fallos favorables, ya fuera a través de la negociación directa de sentencias entre despachos de abogados y jueces, o por medio de la influencia y capacidad de presión de los consejos de la judicatura, en donde existen diversos métodos de coacción para los juzgadores, como expliqué en el primer capítulo de este libro.

Un indicio de que Scherer Ibarra y sus despachos asociados obtuvieron fallos a modo es el número de casos de su interés que cayeron en los mismos juzgados o tribunales. No fue algo casual. Como expliqué también en el primer capítulo, las denuncias que llegan al Poder Judicial se turnan a los jueces de forma supuestamente aleatoria a través de un sistema informático o algoritmo. Todos saben, sin embargo, que ese sistema es manipulable y el hecho de que varios casos de interés para el exconsejero hayan sido asignados a los mismos jueces es muy sospechoso.

Las coincidencias no son pocas, tanto en la justicia federal como en la de la Ciudad de México. Basta con asomarse a la figura 2 para encontrar algunos ejemplos que me fueron referidos.

En la justicia federal, como puede apreciarse en la figura 2, el Juzgado Décimo de Distrito de Amparo en Materia Penal de la Ciudad de México, encabezado por la jueza Ruby Celia Castellanos Barradas, resolvió importantes amparos de Oro Negro y Cruz Azul, promovidos por GGyB. Estos y otros asuntos en los que Scherer Ibarra tenía interés, además, se trabajaron en la misma mesa del ministerio público, donde se solicitaron también medidas cautelares muy cuestionables ante la misma unidad del Tribunal Superior de Justicia de la Ciudad de México.

En el Quinto Tribunal Colegiado en Materia Penal del Primer Circuito cayeron los recursos de revisión de Alonso Ancira, Juan Collado y Oro Negro (los dos primeros patrocinados por el despacho de Araujo). También fue el mismo juez de distrito, Iván Aarón Zeferín Hernández, asignado a Almoloya de Juárez, quien libró órdenes de aprehensión en los asuntos de Cruz Azul y la familia Jenkins, ambos igualmente patrocinados por el despacho García González y Barradas. Este juez, probablemente uno de los más serviles a Scherer, resolvió casos como el del fraude al Infonavit, que implicó a las familias El-Mann y Zaga Tawil, así como los asuntos de Emilio Zebadúa con la Estafa Maestra. A su vez, al Juzgado Octavo de Distrito de Amparo en Materia Penal en la Ciudad de México, encabezado por Luz María Ortega Tlapa, se turnaron las órdenes de aprehensión en contra de Alonso Ancira y la familia Jenkins.

En la justicia de la Ciudad de México, Scherer y su red de abogados han tenido una influencia superlativa, al grado de que pudieron comportarse "como dueños y señores", al tener controlados a un gran número de jueces de primera instancia y magistrados del Tribunal Superior de Justicia. Algunos litigantes aseguran que, durante estos años, "la sola mención de que un asunto era de Julio Scherer en la justicia local alineaba a todos los funcionarios de forma grosera".

En particular, Scherer pudo tener una enorme influencia sobre el magistrado presidente del Tribunal Superior de Justicia, Rafael Guerra. Mucho más que el caso de Arturo Zaldívar, como presidente de la Corte, el contubernio entre Guerra y Scherer aparece en prácticamente todos los relatos que logré recabar. Como se sugiere específicamente en el caso Cruz Azul, que expongo en el capítulo 14, es posible que entre Scherer y Guerra exista un importante vínculo económico. A través del presidente del tribunal, Scherer y sus socios lograron hacerse de una enorme influencia en asuntos penales. Buena parte de estos se desahogaron en la Unidad de Gestión Judicial Número 12, donde se librarían varias órdenes de aprehensión, medidas cautelares y cateos a la medida de los intereses de Scherer Ibarra. Los tres casos más conspicuos son los jueces Agustín Moreno Gaspar, Júpiter López Ruiz y Joel de Jesús Garduño Venegas. "Coincidentemente" estos tres jueces, que conocían los asuntos en los que había dado línea Scherer —y que eran llevados por el despacho Barradas— giraron varias órdenes de aprehensión en contra de funcionarios de Cruz Azul y Oro Negro.

Cabe destacar que el juez López Ruiz es el mismo que dictó una serie de medidas cautelares que le permitieron al despacho de Barradas tomar el control de la Universidad de las Américas e incluso fue denunciado ante la Fiscalía General de la República por no acatar una suspensión para devolverle el control de esa universidad a la familia Jenkins de Landa. En agosto de 2021 esto le valió al juez recibir un ultimátum por parte del Juzgado Tercero de Distrito en Materia de Amparo Civil de Puebla para hacerlo.

Otro juzgador que también estuvo adscrito a esa unidad es el juez Enrique Cedillo García, quien dictó una muy polémica medida mediante la cual se ordenó tomar posesión de las plataformas de Oro Negro en altamar para entregarlas a un grupo de acreedores contratados por García González y Barradas. Lo interesante es que, unos meses más tarde, este juez fue ascendido a magistrado en el Tribunal Superior de Justicia de la Ciudad de México. Y hay que decir que Cedillo no llegó a cualquier posición: aterrizó directamente en la Séptima Sala Penal, una de las más influyentes y codiciadas, según testimonios, por el tipo de negocios que se pueden hacer en ella. Ese ascenso puede deberse, entre otras, a la lealtad y servicios prestados a Guerra y al propio Scherer.

Por último, no es irrelevante que esa misma Unidad de Gestión Judicial Número 12 es la que dictó orden de aprehensión en contra del empresario Carlos Cabal Peniche y su esposa, a través del juez de control Héctor Fernando Rojas Pacheco, por un presunto fraude genérico en la compra de Radiópolis a Televisa. Según distintos testimonios, el exconsejero parece haber tenido un interés particular en evitar esa compra, pues buscaba hacerse de una parte de esta empresa, posiblemente a través de un tercero.

Otras sospechosas coincidencias que involucran al despacho de Barradas son Roberto Yáñez Quiroz, juez 24 de lo civil, y José Manuel Salazar Uribe, juez 60, quienes dictaminaron un embargo precautorio del patrimonio de la familia Jenkins de Landa, además de ser los encargados de emitir las resoluciones que desconocieron la presidencia de Billy Álvarez en el consejo de administración de la cementera, en la cual Barradas representaba la disidencia de José Antonio Marín y Víctor Manuel Velázquez.[26]

Cabe señalar, también, que otro de los elementos más cercanos a Julio Scherer Ibarra en el Poder Judicial de la Ciudad de México ha sido el magistrado Francisco José Huber Olea Contró, integrante de la Sexta Sala Civil. Este personaje no podría faltar en un listado de los magistrados más cuestionables en la Ciudad de México, pues sobre él pesa un largo historial de irregularidades y acusaciones por comportamiento indebido.[27] Por sorteo, supuestamente, a este magistrado le cayeron los 18 juicios que la cooperativa Cruz Azul tiene contra Billy Álvarez Cuevas.

Ese mismo magistrado, además, ha estado involucrado en el conflicto de Rafael Zaga Tawil con los hermanos El-Mann Arazi, donde parece haber seguido la línea que le dictaba el exconsejero jurídico de tomar partido a favor de Moisés y Max El-Mann Arazi, mostrando, además, una franca complicidad con el Poder Judicial de la Ciudad de México, como lo denunció el primero en un desplegado publicado el 28 de marzo de 2022, donde se detalla una larga lista de irregularidades.[28] Además de Scherer, Huber Olea ha tenido una relación muy cercana con su socio, el abogado Alonso Rivera Gaxiola.

En un sistema judicial transparente y realmente orientado al objetivo de hacer justicia, no veríamos a tantos juzgadores resolviendo los casos que le interesan a un mismo sujeto o despacho. Si esto ocurriera tan solo un par de veces, podría ser normal, pues ciertamente hay una posibilidad estadística de que determinado tipo de casos caigan en un mismo juez.[29] Aun así, ¿se puede pensar que todos los casos arriba señalados sean meras coincidencias o es más realista afirmar que había un cerebro detrás, alguien ocupándose de modificar los turnos en el Poder Judicial federal y local para que los casos de interés del exconsejero quedaran en manos de ciertos perfiles afines?

9

Juan Collado: "libertad por libertad"

Juan Collado ha sido probablemente uno de los abogados políticamente más influyentes durante las últimas décadas en México. Conocido como el "abogado del poder político", ha tenido entre sus clientes a varios personajes de la política mexicana, algunos de los cuales, gracias a él, se salvaron de pisar la cárcel. Por su cartera de clientes han pasado Carlos Romero Deschamps, Raúl Salinas de Gortari, Carlos Ahumada, Diego Fernández de Cevallos, exgobernadores como Mario Villanueva, Javier Duarte, Roberto Borge y, como es sabido, Enrique Peña Nieto.

En los últimos años se abrieron algunas investigaciones y procesos judiciales en los que se acusó a Collado, entre otras cosas, de defraudación fiscal, por 36 millones de pesos; peculado en perjuicio del gobierno de Chihuahua, por 13.7 millones; delincuencia organizada y operaciones con recursos de procedencia ilícita.[1] Dos procesos al menos están relacionados con las operaciones de Caja Libertad[2] y el presunto manejo irregular de una cuenta bancaria en Andorra. Sin embargo, no nos interesa aquí entrar en los detalles de estas acusaciones.

Importa decir que, para la 4T, Juan Collado representaba un caso emblemático por su cercanía a algunos de los más claros representantes del antiguo régimen y por lo que simboliza su figura. Se trata de un personaje despreciado por buena parte del obradorismo por haber sido el abogado que en 2004 dio a conocer los "videoescándalos" en los que René Bejarano recibía un maletín de dinero de Carlos Ahumada, luego de haber acusado al exsecretario particular de López Obrador por el delito de lavado de dinero.

Una vez que llegó al gobierno, el propio Julio Scherer Ibarra operó personalmente el asunto de Juan Collado, al promover ante la FGR que se presentara una denuncia en su contra. Fue él, según las fuentes, quien acercó a buena parte de los denunciantes y operó el asunto en la Mesa de Judicialización, una iniciativa impulsada por Scherer donde se reunían regularmente representantes de la Consejería Jurídica, la FGR, el Poder Judicial, la Procuraduría Fiscal y la Unidad de Inteligencia Financiera para revisar temas prioritarios para esas instituciones.

Todo parece indicar que con este caso el consejero pretendía dos cosas: por un lado, quedar bien con el presidente y la 4T, al procesar a un personaje tan antipático para el movimiento; y, por el otro, hacer un negocio doble consistente en sacarle una buena suma de dinero a Collado por medio de su red de negocios judiciales y, particularmente, lucrar con la venta, a un precio muy bajo, de Caja Libertad, a algún amigo o socio suyo.

Probablemente el presidente dejó el tema en manos de Julio, pues, cuando llegó a su mesa la posibilidad de ofrecerle un acuerdo reparatorio a Collado, este le aseguró con mucha convicción que podía conseguir que el imputado devolviera a los cofres públicos unos 2 mil millones de pesos. Olga Sánchez Cordero y Santiago Nieto, en cambio, sugirieron una suma de tan solo 500 millones, como me lo confirmó el segundo. Lo que el presidente no sabía era que el móvil primordial de Scherer era hacer un muy buen negocio a expensas del sistema de justicia.

Como es sabido, el 19 de octubre de 2021, Juan Collado presentó una denuncia —a cuya carpeta de investigación tuve acceso— en contra de Julio Scherer Ibarra, Juan Antonio Araujo Riva Palacio, César Omar González, David Gómez Arnau e Isaac Pérez Rodríguez por extorsión y tráfico de influencias. Al hablar de estos personajes, el abogado alude a la existencia de un "aparato de poder" y una "red de complicidad organizada para cometer delitos de corrupción, delincuencia organizada, lavado de dinero, extorsión y otros más, a través de los cuales se buscó "utilizar al Estado mexicano y sus respectivas instituciones" para obligarlo a entregar grandes cantidades de dinero y bienes de su propiedad.[3]

Hasta ahora este es uno de los testimonios más detallados que se han conocido públicamente sobre el *modus operandi* del exconsejero jurídico y sus socios, pues desnuda la existencia de un esquema de tráfico de influencias y manipulación de las instituciones de justicia de grandes dimensiones.

Algunos podrían descalificar *a priori* al denunciante por su mala reputación y las acusaciones en su contra (corrupción, lavado de dinero,[4] delincuencia organizada, operación con recursos de procedencia ilícita y blanqueo de capitales), las cuales ponen en duda su versión.[5] Sin embargo, el testimonio de Collado cobra particular validez cuando vemos que hechos semejantes a los que narra se repiten en otros casos relatados en este libro.

Para contrapuntear la versión de Collado, conversé también con Juan Araujo y uno de sus socios, quien pidió no ser identificado.[6] Durante el encuentro de casi tres horas, Araujo negó que su despacho tuviera una relación de sociedad con Scherer, como en su momento sí lo reconoció públicamente el exconsejero jurídico. Incluso señaló que este último les desaconsejó llevar el caso, versión que resulta muy poco creíble.

LOS HECHOS DENUNCIADOS

La denuncia de Collado relata una historia compleja que intento simplificar aquí en 10 actos consecutivos:

Primer acto. Tiene lugar en noviembre de 2018, cuando aparentemente Juan Araujo y César González se acercan al abogado de Peña Nieto para invitarlo a un desayuno. En él, entre otras cosas, le cuentan que tenían una relación muy cercana con el nuevo gobierno federal, en especial con Julio Scherer Ibarra, y que podían ayudarlo a obtener resultados favorables para sus clientes. En ese primer encuentro, dice Collado, acuerdan una posible colaboración entre despachos.[7] Meses después, vuelven a reunirse a comer y los abogados le insisten en la necesidad de formar una "alianza", ya que Scherer tendría el control de "todo el aparato de justicia", cosa que este podría usar en favor de sus clientes.[8]

Segundo acto. Comienza a operarse un esquema por medio del cual los socios de Scherer le ofrecen a Collado ayuda y colaboración, por un lado, pero por el otro lo acechan para que no tenga otra alternativa más que recurrir a ellos. Primero, el 28 de mayo de 2019, Darío Celis, un columnista que aparece reiteradamente en casos vinculados a Scherer, casi como si fuera parte de sus estrategias extorsivas, publica una nota donde destaca que el SAT está revisando la situación fiscal de Collado. En seguida, Araujo y González se comunican con Collado para tomar un café y le comentan que se trata de un tema político; que ellos, por vía de Scherer, son el único conducto para arreglar su problema. Los socios de Julito le señalan, además, que ellos dos tienen buenas relaciones tanto con el SAT como con la Procuraduría Fiscal y con la UIF, al tiempo que le aseguran que, si no quiere que el problema pase a mayores, debe recurrir a ellos. Collado acepta el ofrecimiento.

Tercer acto. El 7 de junio de 2019, Araujo y González contactan al abogado de Salinas y Peña para anunciarle que tiene otro problema más: aparentemente, está siendo investigado por la Unidad de Inteligencia Financiera, encabezada por Santiago Nieto, a causa de un depósito en sus cuentas bancarias que es necesario aclarar. Con esto, el autor de la denuncia dice haberse dado cuenta de que los abogados tenían acceso a información a todas luces confidencial, proveniente de distintas autoridades federales. La "extorsión de Estado", con Scherer a la cabeza, parecía ya estar operando en su contra.

Los abogados también esta vez le ofrecen solucionar el asunto haciendo gestiones ante la UIF. Cuenta Collado que Araujo y González logran que los reciba Santiago Nieto, quien se reúne con ellos a mediados de junio. Según Collado, lo único que entonces le señaló el titular de la dependencia era que, en caso de haber alguna irregularidad en materia impositiva, le daría aviso a la Procuraduría Fiscal. Lo que Collado no sabe entonces es que, después de esa reunión, Araujo y González tratarán de cobrarle 20 millones de pesos, como al parecer se lo solicita el segundo unos días después. Ante ello, el abogado de Peña Nieto expresa su desacuerdo. Sin embargo, César González le hace saber que, si no cumple con ese pago, tendrá problemas con Scherer. Discuten. Finalmente, negocian que el pago sea de 10 millones, los cuales serán entregados en efectivo en la terraza del hotel Four Seasons. El mismo día que eso ocurre, González le entrega un documento donde consta que no hay ninguna investigación en su contra.

Por supuesto, Araujo y su socio niegan haber recibido la suma mencionada por Collado. Reconocen, no obstante, haberse reunido con Collado en el Four Seasons. Extrañamente, uno de ellos acotó: "No es ilegal recibir dinero en efectivo", aunque insistió en no haberlo hecho. Araujo y su socio señalan, además, que nunca buscaron a Collado para hablarle del problema que tenía con la UIF, sino que fue este quien recurrió a ellos para resolverlo.

Hasta aquí, la versión de Araujo y su socio podría ser creíble. Lo extraño quizás es que reconozcan haber hecho una gestión ante la UIF, pero no acepten haber cobrado por esa labor. Según ellos, en ese momento simplemente estaban "explorando una posible relación profesional con Collado" y, en esa lógica, habrían concertado la reunión con esa dependencia. En otras palabras, lo que Araujo y su socio habrían hecho es una gestión *pro bono* a favor de uno de los abogados más ricos de México para ganárselo como un futuro cliente. El lector podrá juzgar si esa versión le resulta creíble. Por lo demás, no hay muchos elementos para saber si Santiago Nieto les facilitó o no información sobre el caso Collado que pudiera haber sido usada por Juan Araujo y César González para venderle un favor a Collado. El extitular de la UIF lo negó, aunque sin ofrecer mayores explicaciones.[9]

Cuarto acto. A principios de julio de 2019, cuando Collado está en España, recibe varias llamadas y mensajes de César González, en los que este le pide volver de manera urgente a México, por tener algo importante que decirle. Collado —quien aparentemente todavía le tiene confianza al personaje— regresa y el 9 de julio se reúne con él en el restaurante Brasserie Lipp del hotel Marriot en Polanco. Allí, el socio de Araujo le anuncia la existencia de una investigación federal en su contra por operaciones con recursos de procedencia ilícita; le dice que tiene esa información por la relación de Araujo con Scherer. González, nuevamente, le ofrece protección: "Me dijo que no me preocupara y que mientras estuviera bien con ellos nada podía salirse de control", relata en su denuncia.

Todo parece indicar que esta habría sido una trampa para entregar a Collado, trayéndolo desde España para luego ponerlo en un sitio donde fuera fácilmente localizable por parte de las autoridades. De hecho, tan solo unas horas después, Collado se dirigió al restaurante Morton's para acudir a una comida prevista con su cliente Carlos Romero Deschamps —un compromiso de cuya existencia ya estaba enterado César González— y ahí fue detenido. ¿Fue todo una trampa, entonces? ¿Lo hicieron regresar desde España y lo citaron para así ubicar sus pasos sin complicaciones? Araujo y su socio niegan que haya sido así.[10]

Quinto acto. Una vez que Collado ya está en el Reclusorio Norte, lo visitan Araujo y González para decirle que el tema es "delicado", pero que puede resolverse a través de una apelación o un amparo. Le ofrecen ayuda, pero le advierten que debe acceder a lo que ellos le pidan. "Mi libertad estaba en sus manos", dice Juan Collado en su denuncia, señalando que los abogados le habrían recordado nuevamente que Julio Scherer era quien controlaba el Poder Judicial de la Federación.

Sexto acto. Araujo y González vuelven a visitar a Collado unos días después y le fijan un primer pago de 1 millón 500 mil dólares y otro idéntico al terminar el asunto. "No tengo acceso a esa cantidad", les contesta Collado. Ellos le advierten entonces que ese es el único camino hacia la libertad; que, así como le ayudaron en la UIF, pueden ahora cerrarle las puertas. El denunciante dice haber accedido a este ofrecimiento ante el temor de que Scherer y sus socios presionaran a las altas esferas del gobierno en su contra. En su denuncia precisa:

Quiero hacer énfasis en que ese pago se realizó porque Juan Araujo me comentó que ellos podrían —a través del consejero Julio Scherer— obtener resultados favorables de la apelación y del amparo en contra de mi auto de vinculación, pues el consejero tenía el poder y las relaciones suficientes en el Poder Judicial, específicamente en el Consejo de la Judicatura Federal y en la Suprema Corte de Justicia, y siempre y en todo momento me enfatizaron que no había otro camino hacia mi libertad que no fueran ellos.[11]

De acuerdo con el relato de Collado, los socios de Scherer no recibieron directamente el dinero. En lo que parece una práctica recurrente en este y otros despachos de la red, Araujo y González evitaron que el contrato quedara a su nombre, suponemos que para no dejar rastro ni comprometerse. Así, quien firmó y más tarde cobró en España 1 millón 381 mil dólares (la cantidad que finalmente se acordó), de manos de la hermana de Juan Collado, fue un abogado de escasísima experiencia, Isaac Pérez Rodríguez, que cobraba un sueldo quincenal de 3 mil 700 pesos por trabajar, desde 2015, en una empresa de software, como consta en el expediente judicial del caso. Los fiscales señalan en su acusación que esta operación en realidad fue una supuesta fachada para dar una apariencia de legalidad al cobro de la presunta extorsión, ya que este personaje, denunciado por Collado por considerarlo parte de la trama de extorsión en su contra, nunca prestó ningún servicio a Collado, jamás fue su abogado, no estaba nombrado como tal ni llegó siquiera a visitarlo en el reclusorio.[12]

Séptimo acto. Le ofrecen a Collado "libertad por libertad". Aquí se da uno de los capítulos más escandalosos de todo este caso, el cual tiene que ver con las maniobras que habría hecho Scherer a través de sus socios para obligarlo a vender su empresa, Caja Libertad, a un precio irrisorio. Todo comienza cuando, en una de las visitas que le hacen en el reclusorio, los socios de Scherer le dicen que para buscar una salida legal a su asunto debe vender. Collado le contesta que nada tienen que ver sus procesos penales con la venta de la empresa, aunque les especifica: si eso es necesario para alcanzar un acuerdo reparatorio, que se establezca en un documento por escrito, avalado por la autoridad. En la reunión, Araujo le comenta que es mejor vender Caja Libertad porque de todas maneras va a perderla. Incluso le asegura que ya tenía luz verde de Julio Scherer Ibarra, representado en esa operación por David Gómez Arnau, el asesor financiero y amigo del exconsejero con quien por muchos años trabajó en el Consorcio Azucarero Escorpión.

A partir de ese momento y en sucesivas reuniones, Araujo y González siguen insistiéndole que venda su empresa, pues de otra manera no ganará ningún recurso jurídico en todo el sexenio e incluso podría enfrentar nuevas acusaciones.[13] Finalmente, Collado se decide a avanzar en la venta. En junio de 2020, luego de varios meses de pandemia, Araujo y González visitan de nuevo al imputado en la prisión para informarle que la persona interesada en la compra de Caja Libertad es precisamente Julio Villarreal —uno de los dueños de Banco Afirme—, agregando que era amigo personal de Julio Scherer, quien estaría representado por Gómez Arnau. Cabe destacar que Villarreal resultaría ser el mismo personaje al que Julio trató de beneficiar cuando buscó negociar un acuerdo reparatorio con Alonso Ancira (ver capítulo 10). Y, casualmente, también es el hombre a quien en 2012 Scherer llamó por teléfono para pedirle un financiamiento irregular de campaña para el PRD (ver capítulo 3).[14]

Octavo acto. Araujo vuelve a visitar a Collado en prisión, ahora junto a Gómez Arnau. Le comentan que puede interceder con las autoridades a través del consejero jurídico para llevar a cabo la venta de Caja Libertad. Le plantean que para hacerlo es necesario un avalúo de la empresa. A la par, comienzan a presionar a Collado. El 5 de octubre de 2020 —como se puede comprobar en la carpeta de investigación—, Araujo le manda por WhatsApp el proyecto de resolución del amparo en revisión 16/2020 del Quinto Tribunal Colegiado en Materia Penal del Primer Circuito, donde se confirma la negativa a concederle un amparo en contra del proceso que se le había iniciado por los delitos de delincuencia organizada y lavado de dinero. No deja de llamar la atención que, para el momento en que Araujo le envía este proyecto a Collado, el asunto ni siquiera se había sesionado en el tribunal mencionado. Con esto queda claro, una vez más, que los socios de Scherer tenían información privilegiada dentro del Poder Judicial Federal. Collado estaba acorralado.

No es un asunto menor que los socios del exconsejero pudieran tener en sus manos el proyecto de resolución antes de la sesión en el Quinto Tribunal Colegiado. En mi conversación con uno de ellos le pregunté cómo logró obtener el documento. "A través de mis fuentes", me dijo, "igual que tú como periodista puedes obtener información y documentos". Ante mi rostro de asombro, el abogado agregó, como queriendo ser más convincente: "Cuando te dedicas al litigio es normal obtener de forma anticipada los proyectos de resolución". Luego de pensarlo un momento añadió: "Bueno, es normal, aunque no es legal".

Anoté aquellas palabras en mi cuaderno, en letras muy grandes y subrayé dos veces las palabras "NO ES LEGAL". En ese momento mi fuente detectó lo que había escrito. "¡Ahora vas a poner que no es legal...!", exclamó, con rostro desanimado y como arrepentido de sus propias palabras, cual si se hubiese percatado de que su relato no lograba persuadirme. El abogado aventuró entonces una justificación más: que lo mismo había hecho el fiscal general de la República, al obtener antes de tiempo un proyecto de amparo que iba a ser discutido en la Corte. El símil me pareció extravagante. No pude dejar de señalar en voz alta: "O sea que ustedes se comparan con el fiscal".

No está de más recordar, como se mencionó en el capítulo anterior, que el Quinto Tribunal Colegiado en Materia Penal, que entregó de forma anticipada a Araujo y González el amparo que iba a presentar, estuvo involucrado también en los casos Ancira y Oro Negro, con lo que quedó claro que se trataba de otro de los colegiados al servicio de la red Scherer.

Noveno acto. Entre marzo y abril de 2021, Gómez Arnau visita a Collado en el reclusorio para decirle que su empresa tiene una baja en cartera, lo que complica su venta, cosa que parece un cuento preparado de antemano, pues inmediatamente el financiero de Scherer le ofrece comprarla él mismo, pero ¡al 40% de su valor! Collado se da cuenta de lo que están intentado, pero no accede. Caja Libertad no se vende. Para entonces, el denunciante comienza a experimentar reticencia a continuar con el trato y duda incluso de que este sea realmente el camino para quedar en libertad.

A partir de entonces el abogado de Peña Nieto deja de tener noticias de Araujo y González. En algún momento llega a encontrarse con ellos en el reclusorio, cuando visitan a Alonso Ancira, a quien también representaban y con quien las cosas terminarían igualmente mal (como veremos en el próximo capítulo). El denunciante cuenta que en esa ocasión les reclama que se hayan olvidado de él. La respuesta que obtiene es inequívoca: "Tú no has querido avanzar".[15] La relación se rompe. Collado ya no está dispuesto a soltarles más dinero a Araujo y González, ni a negociar con el consejero a través de ellos.

Décimo acto. Transcurrido un buen tiempo sin que Collado vuelva a saber de los socios de Scherer, en diciembre de 2020, sus hijos se encuentran casualmente con el consejero jurídico en un restaurante de Miami y le solicitan una cita para tratar el tema de su padre. El 10 de diciembre se lleva a cabo la reunión en las oficinas de Scherer en las Lomas. El consejero les plantea directamente que es posible alcanzar un acuerdo reparatorio, pero les advierte que deben entregar una suma de dinero para materializarlo. Les pide entonces los 2 mil millones de pesos: 300 millones de forma inmediata y mil 700 millones restantes en pagos parciales a lo largo de tres años. Para este momento, en el que Araujo y González ya no participaban en la negociación ni seguían extorsionándolo, el consejero todavía parecía querer concretar la venta de Caja Libertad a Julio Villarreal, aunque no es claro de qué manera.

Lo que sabemos, sin embargo, es que el hijo de Collado preparó entonces un cheque por 150 millones de pesos para cubrir parte del pago inicial, a fin de cumplir con el acuerdo reparatorio que se planteaba, mientras se preparaba para hipotecar las propiedades necesarias para cubrir el monto restante. El 27 de julio de 2021 Scherer les dice que todo está prácticamente cerrado. Sin embargo, una vez que tratan de formalizar la propuesta ante la FGR comienzan las complicaciones, pues el subprocurador Juan Ramos se muestra en desacuerdo. Para él se requiere una reclasificación del delito de delincuencia organizada, cosa que considera improcedente. Finalmente, Collado se entera, por los medios de comunicación, de que Scherer ha renunciado a la Consejería Jurídica.

EL JUICIO

Supongamos que eres un juez y tienes que resolver un caso en el que el demandante es el mismo hombre que metió a la cárcel a uno de tus tíos. Supongamos también que el caso que debes resolver es el de un grupo de abogados que más tarde sacaron de la cárcel a ese mismo tío. ¿No tendrías un conflicto de interés y razones de sobra para excusarte?[16]

Esto es lo que debió hacer el juez Felipe de Jesús Delgadillo Padierna, a quien le tocó conocer la denuncia que el 19 de octubre de 2021 presentó Juan Collado en contra de Julio Scherer Ibarra, Juan Antonio Araujo Riva Palacio, César Omar González, David Gómez Arnau e Isaac Pérez Rodríguez por extorsión y tráfico de influencias.

Y es que el conflicto de interés no podría ser más claro: Delgadillo Padierna es sobrino de Dolores Padierna, y el despacho de Juan Araujo y César González, junto a Agustín Acosta, es el que sacó de prisión a René Bejarano, el esposo de Dolores. Acosta, a su vez, es el abogado que llevó el proceso por el delito de lavado de dinero en contra de Bejarano.

Pese a que el juez Delgadillo tiene una obvia animadversión en contra de Collado y una amistad con los imputados, no presentó un impedimento para conocer los hechos. Así, el 19 de mayo de 2022, después de resistirse tres veces a comparecer ante otros juzgados que probablemente no consideraban favorables a su causa, los acusados se presentaron a comparecer ante este juez que les venía como anillo al dedo.

Probablemente, el simple hecho de que el caso haya caído en manos de Felipe de Jesús Delgadillo Padierna no es fortuito. Podría ser una muestra más del poder de Julio Scherer para manipular el sistema de justicia, aun después de haberse marchado. Como era de esperarse, este juez penal con sede en el Reclusorio Sur ignoró las pruebas presentadas por la Fiscalía y decidió sobreseer el caso, saliendo incluso en abierta defensa de Scherer, sin estar él mismo siquiera imputado.

Pero las cosas no terminaron ahí. El 26 de octubre de 2022, el Cuarto Tribunal Unitario en Materia Penal del Primer Circuito determinó revocar el sobreseimiento decretado por Delgadillo, con lo que echó atrás la decisión del juez de cerrar la investigación. Presionada por Zaldívar, según revelan fuentes consultadas, la magistrada Graciela Rocío Santes confirmó el auto de no vinculación a proceso. Aunque el juicio estaba en una etapa inicial, para la que bastaba simplemente con presentar indicios, el fallo planteó que la investigación de la FGR no demostraba elementos suficientes para imputar a los acusados. En particular, se argumentó que la institución no entregó evidencia de las supuestas gestiones hechas por los acusados ante la UIF para poder sustentar un presunto tráfico de influencias, como tampoco pruebas contundentes de que se hubiera consumado una extorsión.

A pesar de todo esto, el tribunal no se atrevió a ir tan lejos: con la revocación del sobreseimiento de la causa, dictado por el juez Delgadillo, la Fiscalía quedó facultada para continuar con la investigación inicial, a partir de nuevas pruebas o elementos que puedan integrarse a la carpeta del caso.[17]

No deja de llamar la atención el manejo informativo que algunos medios hicieron del caso. En lo que pareciera una operación mediática típica de Julito, el jueves 17 de noviembre —tres semanas después haberse dictado el fallo, que ni un solo medio había hecho público— *Milenio* llevó una nota de Laura Sánchez Ley (quien en otras épocas condujo importantes investigaciones sobre uno de los negocios del exconsejero) que en ocho columnas decía: "Exculpan a Scherer Ibarra y abogados de 'extorsión' a Collado". Extrañamente, la nota en ningún momento decía que el sobreseimiento dictado por Delgadillo había sido revocado. En el cintillo tan solo podía leerse: "Magistrada desecha por 'incongruentes' las supuestas 20 pruebas de la Fiscalía General de la República contra el exconsejero jurídico de Presidencia".[18]

10

Alonso Ancira y Altos Hornos de México

Durante el último año de gobierno de Enrique Peña Nieto estalló un escándalo público por la venta de Agronitrogenados que Alonso Ancira, dueño de Altos Hornos de México (AHMSA), hizo a Pemex. Según denunciaría más tarde la paraestatal, el empresario vendió a sobreprecio una planta de fertilizantes en Veracruz que estaba en muy mal estado a un precio de 274 millones de dólares, cuando su valor era de 58 millones de dólares.

El 2 de agosto de 2018, *Quinto Elemento Lab* publicó una investigación donde se exhibían los vínculos de esta compra con el caso de Odebrecht.[1] Con estos antecedentes, Lozoya fue citado a declarar, e inició un proceso judicial que solo adquirió potencia con el gobierno de Andrés Manuel López Obrador. El 5 de marzo de 2019 Pemex presentó una denuncia contra Ancira por daño patrimonial contra la paraestatal.[2]

Tres meses después, el 27 de mayo de 2019, se dio a conocer que la UIF había congelado las cuentas bancarias de Emilio Lozoya y Altos Hornos, y al día siguiente la Policía Nacional española detuvo a Ancira en Mallorca. Inmediatamente después de la detención, el gobierno de México solicitó su extradición y, tras un complicado proceso legal que se prolongó casi dos años, el 3 de febrero de 2021 Ancira llegó a México.

Desde un primer momento, Julio Scherer Ibarra metió mano en el caso por medio de sus socios, no solo con el probable objetivo de cobrar presuntas comisiones a los abogados encargados de llevar el caso, sino para entregarle una parte de Altos Hornos a su amigo y socio, Julio Villarreal, probablemente para beneficiarse él mismo de la operación, igual que en el caso de Juan Collado.

Por un lado, Scherer dio su visto bueno para que el despacho de Araujo y González se ocupara de la supuesta defensa de Ancira.[3] Por otro lado, el exconsejero buscó persuadir al fiscal general de la República, Alejandro Gertz Manero, para que Antonio Navalón, un abogado, periodista y empresario español que llegó a México después de estar implicado en un caso de corrupción en su país —hombre también cercano a Araujo y a Scherer— se ocupara de llevar el juicio de extradición, junto al juez Baltasar Garzón. De esa forma, el consejero muy probablemente buscaba otener algún tipo de beneficio.

En un principio, Ancira llegó al despacho de Araujo recomendado por el abogado civilista Jaime Guerra (del bufete Guerra González & Asociados), quien le habría sugerido que, por tratarse de un tema político y no jurídico, le convenía recurrir a uno de los despachos vinculados al consejero jurídico.

En diversas entrevistas Araujo Riva Palacio ha buscado minimizar su participación en la "defensa" de Ancira y asegura que su trabajo se limitó a preparar a los peritos mexicanos en la Audiencia Nacional en Madrid.[4] En realidad, su participación en el caso se dio antes y después de estos acontecimientos, aunque el abogado buscó disfrazar su actuación por medio de terceros —como lo ha hecho en otros casos—, ya fuese a través de socios, prestanombres o empleados. Un ejemplo es Tonatiuh Emmanuel de la Cruz Franco, a quien recurrió en julio de 2020 para combatir la orden de aprehensión en contra del dueño de Altos Hornos y así intentar —sin éxito— que la Suprema Corte resolviera un amparo para frenar la orden de aprehensión en su contra.

Según las indagatorias, para hacerse de Altos Hornos, Julio Scherer Ibarra habría actuado como intermediario en una serie de negociaciones entre esta empresa y Grupo Villacero, propiedad de su amigo y socio Julio Villarreal. El 9 de diciembre se firmó un acuerdo entre la empresa de Ancira y Lámina Placa Comercial, S. A. de C. V., filial de Villacero, el cual asentaba que Villarreal y su socio, Jorge Silberstein, comprarían 55% de las acciones de Grupo Acerero del Norte, sociedad tenedora de las acciones de AHMSA, en una operación disfrazada de "alianza estratégica" que llevaría a cabo una reparación del daño a Pemex por la venta de Agronitrogenados.

El hecho de que en los dos casos —Collado y Ancira— aparezca una venta a Villarreal difícilmente es casual. Araujo y sus socios aseguran, sin embargo, que el vínculo es fortuito y acaso se explica porque tanto Ancira como Collado necesitaban capitalizarse para poder librar los procesos penales que enfrentaban. Por esa razón, sostienen estos abogados, ambos recurrieron a Julio Villarreal, según ellos por voluntad propia. El lector podrá juzgar si esta versión le resulta creíble.

Lo cierto es que, mientras Ancira estaba en España, Araujo viajó allí varias veces a entrevistarse con él para plantearle los términos y condiciones que habría establecido Scherer para lograr un acuerdo. A cambio de no pisar la cárcel en México, le pidieron al dueño de AHMSA no solamente indemnizar a Pemex, sino también vender la mayor parte de las acciones de la empresa. Ante lo primero, Ancira estuvo de acuerdo; frente a lo segundo, puso serias objeciones, como también lo hizo Collado. La presión para vender era muy clara.

Araujo acordó con Ancira un pago de "unos 6 millones de dólares", aunque aseguró que después tuvo que devolverle parte del pago, cuando dejó de representar a su cliente. Al parecer, la devolución terminó siendo muy significativa, pues de otra forma Ancira habría presentado una denuncia por extorsión, como ocurrió en el caso Collado.

El juego de Araujo se desnuda de forma prístina cuando revisamos una entrevista concedida al diario *El Universal* el 2 de febrero de 2021, donde declara: "Él [Alonso Ancira] está dispuesto a llegar a este acuerdo y si le parece justo o no ese es otro tema".[5] Se trataba de una declaración insólita viniendo de un abogado que supuestamente estaba para proteger los intereses de su cliente (¿o al menos aparentarlo?) y a quien no podía resultarle indiferente la opinión de quien le pagaba por sus servicios.

Antes de regresar a México, el 26 de enero de 2021, Ancira presentó a la Fiscalía un escrito en el que solicitaba la aprobación de un acuerdo reparatorio. El documento no solamente lo firmó él; extrañamente, también lo hicieron Villarreal y Silberstein, con lo que queda claro que sabían de qué se trataba el juego. El texto incluía, entre otras cosas, una disposición que obligaba a Ancira a venderle al amigo de Scherer 55% de las acciones de Altos Hornos, cláusula que además de absurda también sería ilegal. ¿Qué sentido tenía sujetar un acuerdo reparatorio entre Pemex y el dueño de Altos Hornos al trato entre dos particulares, donde uno le compraría la empresa al otro?

Incluir semejante cláusula era más que innecesario. Contrario a la falsa versión de Araujo, Ancira no requería de la capitalización de Villarreal, pues había negociado previamente un compromiso de pago a tres años. Pemex, por su parte, tampoco necesitaba del acuerdo —como me lo explicaron funcionarios de la paraestatal—, pues, además de que no era de su incumbencia, Ancira había ofrecido poner su propia empresa como garantía de cumplimiento.

El 3 de febrero de 2021, el dueño de Altos Hornos aterrizó finalmente en México. Las cosas no salieron como se las habían prometido el exconsejero y sus socios. Unos días antes, al parecer, Scherer fue a ver al fiscal para plantearle la necesidad de que, al llegar al país, Ancira quedara libre, dado que ya existía un acuerdo con él para que pagara lo que debía. Gertz, sin embargo, se negó a proceder de esa manera, pues, a diferencia de lo que se negoció con Lozoya, donde había de por medio un criterio de oportunidad por el cual el exdirector de Pemex se comprometía a dar información, con el dueño de Altos Hornos no había ningún convenio semejante que justificara evadir la prisión. Por ello, el fiscal le puso peros a la negociación y se negó a firmar el acuerdo reparatorio. Entre otras objeciones, la FGR señaló que el texto tan solo estaba avalado por un funcionario del área jurídica de Pemex, sin contar con el visto bueno de su consejo de administración.

Acostumbrado a recibir respuestas favorables, en esa ocasión Scherer se fue de la Fiscalía muy, muy enfadado.

Fue así como se frustró el plan del consejero jurídico, quien buscaba llegar a la audiencia inicial con todo planchado ante el juez. Por eso, cuando el dueño de Altos Hornos llegó a México, se vino abajo lo pactado en España y el caso se trabó en dimes y diretes durante al menos tres meses. Contrario a lo que Araujo le había prometido a Ancira (el primero niega categóricamente haberlo hecho), el empresario acerero fue a dar al Reclusorio Norte cuando, el 9 de febrero, al llevarse a cabo la audiencia inicial, el juez José Artemio Zúñiga Mendoza rechazó el acuerdo reparatorio propuesto por considerar que se trataba de un convenio ilegal e insistió en el mismo argumento de la Fiscalía: el documento tenía que ser aprobado por el consejo de Pemex.

Al verse evidentemente engañado, Ancira se enfurece con Araujo y decide prescindir de sus servicios como "abogado", pues para entonces ya le había fallado en todas las promesas que le había hecho. Según la versión que pude obtener, primero le había dicho que no sería extraditado a México; luego, que no iría a prisión preventiva; y más tarde, ya en México, que su caso no sería vinculado a proceso.[6] Además, Ancira estaba convencido de que había una prueba crítica que Araujo, probablemente de forma deliberada, había decidido no usar.

Así las cosas, Scherer influyó para que se convocara al consejo de administración de Pemex, a fin de que pudiera aprobarse allí su ansiado acuerdo reparatorio. Se convocó entonces a una sesión extraordinaria (la número 967), donde sorprendió la presencia del consejero jurídico de la Presidencia. Probablemente, decidió apersonarse ahí para ejercer presión sobre los consejeros de la paraestatal, usando una vez más el nombre del presidente y la institución presidencial, para asegurarse de que las cosas salieran conforme a sus deseos.

En aquella sesión, celebrada el 19 de abril de 2021, se logró finalmente dar legalidad al acuerdo reparatorio, del cual existe una versión pública en la web. En el documento no solo se incluyó el pago de 216.6 millones de dólares, sino también (páginas 9 y 10) un contrato de compraventa de acciones con la Alianza Minerometalúrgica

Internacional, representada por Villarreal y Silberstein, para adquirir hasta 55% de las acciones de la empresa.[7] La inclusión de ese acuerdo de compraventa, como ya se ha dicho, no solo resulta de dudosa legalidad, sino también particularmente sospechosa.

En efecto, no había razón por la cual Pemex debiera aprobar semejante acuerdo para capitalizar Altos Hornos: en nada incumbía a la paraestatal y nada tenía que ganar con ello. Esto probablemente se hizo porque ya existía un arreglo entre los amigos tocayos, Julio Scherer y Julio Villarreal, para que este último pudiera quedarse con la mayor parte de la empresa en condiciones ventajosas, igual que se buscó hacer con Caja Libertad.

A través de esta enredada operación, lo que probablemente buscaba el astuto consejero era darle una apariencia de legalidad a un interés y beneficio particulares. En otras palabras, Scherer Ibarra habría querido hacer pasar un presunto acto de corrupción y tráfico de influencias por una decisión tomada por Pemex y su consejo de administración.

Las cosas, sin embargo, no le salieron tal cual lo esperaba, porque la paraestatal no aceptó la versión original del texto que promovió Scherer, donde Ancira se veía expresamente obligado a vender la empresa. En el documento final, la abogada de Pemex, Luz María Zarza, retiró esa cláusula y tan solo dejó constancia de que se celebraría una acuerdo de compraventa de acciones para adquirir el 55% de la empresa por parte de Villarreal y Silberstein. A diferencia de lo que pretendía el consejero, sin embargo, nada en el acuerdo reparatorio obligaba a Ancira a vender.

En el texto se contempló, finalmente, que Ancira pagaría en tres momentos: un primer pago de 50 millones de dólares ese mismo año, otros 54.1 millones de dólares en 2022 y los restantes 112.5 millones de dólares en 2023. Asimismo, llevaría a cabo estos pagos el 30 de noviembre de cada año a través de un fideicomiso a favor de Pemex como garantía de reparar el daño. Con ello, el 20 de abril de 2021, Ancira logró salir del Reclusorio Norte, aunque —cosa extraña— todavía sin pagar un solo peso. Esto no gustó al presidente López Obrador cuando llegó a sus oídos.

En el arreglo se contemplaba la creación de un fideicomiso, pero no se daban mayores detalles. En realidad, lo único firme era que Ancira iba a vender su empresa. No obstante, quien supuestamente la iba a comprar tampoco daba garantías de pago; quien lo hacía era Ancira. Por lo visto, a Scherer no le interesaba tanto resarcir a la hacienda pública como concretar el negocio de compraventa del que probablemente buscaba obtener un beneficio particular.

No menos grave, el acuerdo negociado por el consejero no impedía que Ancira se marchara del país, lo que terminó haciendo el 21 de abril, justo al día siguiente de abandonar la prisión, cuando se marchó a los Estados Unidos. Desde ese país, y amparado en su doble nacionalidad, el dueño de Altos Hornos empezó a considerar presentar una denuncia por extorsión. No lo hizo, finalmente, porque llegó a un acuerdo para que Araujo y los suyos le devolvieran buena parte de la suma que le habían cobrado, como ya se mencionó al principio de este capítulo.

Al poco tiempo de haberse marchado del país, el dueño de Altos Hornos empezó a ponerle peros al asunto, suscitando una serie de controversias en torno al establecimiento del fideicomiso para resarcir a Pemex.[8] En una muestra más de su descaro, Scherer Ibarra habría solicitado también que el fideicomiso se aperturara en Banca Afirme, casualmente, propiedad de su amigo Julio Villarreal, lo que quizás era otra manera más de asegurarse el negocio que tenía en mente.

Las cosas se complicaron. El 27 de agosto de 2021, Darío Celis, el columnista que una y otra vez aparece en los negocios judiciales del exconsejero, escribió un texto en *El Financiero* donde contaba que Ancira estaba desconociendo el acuerdo pactado y no pretendía pagar los 216 millones, como se había comprometido. En la columna de Celis —transmisión extorsiva de Scherer—, se le mandaba una advertencia a Ancira: "Si en cinco días no honra el compromiso que adoptó con Pemex, la FGR le reactivará la orden de aprehensión".[9]

El asunto solo se resolvió cuando Scherer se marchó y Adán Augusto López Hernández, el nuevo secretario de Gobernación, entró a enmendar el entuerto que había dejado el exconsejero. El secretario se acercó a Ancira para ofrecerle garantías de que nadie le intentaría quitar su empresa y este finalmente se comprometió a pagar la suma a la que se había comprometido, lo cual a la fecha de concluir esta publicación ya había terminado de materializarse.

Según fuentes dentro del gabinete presidencial, la forma en que Scherer manejó el caso Ancira fue uno de los temas que más enfurecieron al presidente y abonaron a su salida del gobierno, la cual tuvo lugar seis meses después de que el dueño de Altos Hornos se marchara del país.

11

La extorsión a Miguel Alemán

Nieto del expresidente de México, Miguel Alemán Valdés, e hijo del exgobernador de Veracruz, Miguel Alemán Velasco, el empresario Miguel Alemán Magnani proviene de una de esas familias mexicanas que hicieron fortuna al amparo de lo público. Durante décadas, y gracias en buena medida a los negocios que el abuelo empezó a hacer desde el gobierno, ser miembro de la familia Alemán fue sinónimo de riqueza y no solo de poder.[1]

Como empresario de las comunicaciones, Alemán Magnani dirigió primero la emisora radial WFM para después desempeñar varios cargos directivos en Televisa. En 1999 creó el Grupo Alemán (Galem), una empresa multisectorial dedicada al transporte aéreo, desarrollo regional e inmobiliario, comunicaciones, entretenimiento y energía.[2] Más tarde, en 2005, fundó ABC Aerolíneas, conocida como Interjet, una empresa que rápidamente se convertiría en la insignia de la familia Alemán[3] y que entre 2011 y 2018 llegó a ser la segunda aerolínea mexicana más importante del país.[4]

Después de una primera década exitosa, sin embargo, la compañía entró en una debacle a raíz de la compra de 20 aeronaves rusas que resultaron defectuosas y con cuestionables estándares de seguridad. Más importante aún, Interjet acumuló una serie de adeudos fiscales con el SAT y con otras instituciones como Aeropuertos y Servicios

Auxiliares (ASA) y el Instituto Nacional de Migración, los cuales recrudecieron su situación económica. En el contexto de la pandemia, se complicaron aún más las finanzas de la aerolínea, la que pasó de tener una flota de unos 60 aviones a quedarse tan solo con cuatro, además de acumular un adeudo de más de 2 mil 500 millones de pesos.[5] La falta de solvencia se volvió problema de todos los días.

En octubre de 2019, el SAT señaló que la compañía tenía una deuda acumulada, entre 2013 y 2017, de 549 millones de pesos, unos 27 millones de dólares, por la cual tanto Miguel Alemán Magnani como su padre, Miguel Alemán Velasco, figuraban como responsables solidarios. Más tarde, en septiembre de 2020, un presunto trabajador de Interjet presentó una denuncia ciudadana, donde señalaba que de 2018 a esa fecha la compañía había dejado de enterar al fisco 66 millones 285 pesos de la retención del impuesto sobre la renta por el pago de sueldos a sus trabajadores, con lo que se configuró un posible delito de defraudación fiscal.

En la extensa carta que Julio Scherer publicó en *Proceso*, en marzo de 2022, asevera que Alemán Magnani se acercó a su oficina para tratar de salvar la quiebra de Interjet. Otras versiones aseguran, sin embargo, que fue el propio consejero quien citó al dueño de la compañía para resolver la situación de esta. En cualquier caso, si Alemán Magnani fue quien buscó a Scherer, lo hizo porque sabía, como muchos otros empresarios del país, que para arreglar asuntos como el suyo había que pasar por la llamada "aduana Scherer", donde el consejero podía usar su poder político e influencia dentro del Poder Judicial para sacarlo de apuros. Lo que no contó el exconsejero en el semanario fundado por su padre es el trato que le dio al caso, y este se volvió otro de los asuntos que probablemente lo llevaron a perder la confianza de López Obrador.

El encuentro se dio el 3 de mayo de 2020 en la oficina alterna de Scherer, en la calle Virrey de Mendoza. Allí se dieron cita, por un lado, Miguel Alemán Magnani y su abogado, Ángel Junquera, y por el otro, el consejero jurídico, César González y Oliver Fernández Mena (personaje a quien Scherer logró beneficiar con la compra de

Radiópolis referida en el capítulo 5). Durante la reunión, el consejero le sugirió a Alemán que se acogiera a un concurso mercantil para, según lo fraseó más tarde Darío Celis[6] —siempre Darío Celis—, reestructurar ordenadamente sus deudas, tanto las fiscales como aquellas que la empresa tenía con proveedores y empleados, a fin de efectuar una inyección de capital fresco que permitiera salvar a la compañía.

El dueño de Interjet se resistió a esta alternativa, en primer lugar, porque ya había hecho un acuerdo con Raquel Buenrostro, la titular del SAT, para resolver sus adeudos fiscales; e incluso el propio Miguel Alemán Velasco, padre de Alemán Magnani, había tenido platicas directas con el presidente para intentar evitar la quiebra de la compañía y comprometiéndose a cubrir los adeudos. Para ese entonces, además, Alemán Magnani había logrado ya negociar una inyección de capital con Carlos Cabal Peniche y Alejandro del Valle, quienes estaban dispuestos a comprar acciones de la compañía por 150 millones de dólares.

A Julio, sin embargo, esa alternativa no le gustó porque lo dejaba de lado, y fue muy claro con el hijo del exgobernador de Veracruz: "Es Rivera Gaxiola o no vas a salir del problema. Si no lo haces a través de él, te vas a meter en problemas legales". Más tarde, la presión fue aún más clara y llegó también al abogado de Alemán, Ángel Junquera.

La alternativa que entonces parece haberle ofrecido Julio al presidente del consejo de administración de Interjet fue la misma que había usado en otros casos: dirigirlo a uno de sus despachos para que le ayudaran a encontrar la famosa "solución a su problema", a través del concurso mercantil. Fue así como, siguiendo la "recomendación" del consejero, Alemán Magnani fue finalmente a ver a Rivera Gaxiola. El abogado materializó entonces la ruta a seguir establecida por el consejero.[7]

Así, el 8 de mayo de 2020, Rivera Gaxiola le presentó a Interjet —en un papel membretado, firmado con su puño y letra, y donde también aparece el nombre de Rodrigo Lagos Scherer, sobrino del consejero y socio de ese despacho, en el costado izquierdo— una propuesta de honorarios para la reestructura de Interjet y un procedimiento de concurso mercantil, que es el que se sigue cuando en una empresa se abre un periodo de conciliación con el objeto de que el deudor y los acreedores puedan alcanzar un convenio para evitar la quiebra.

La cotización, que en su momento di a conocer públicamente, luego de que circulara entre algunos empresarios, abogados y altos mandos de la 4T —incluido el presidente de la República—, causó escándalo, pues se pretendía cobrarle al dueño de Interjet cerca de 40 millones de dólares a cambio de poner en orden a la empresa y sacarlo del enredo legal en que se encontraba. Para darse una idea de lo que eso significaba, un parecer elaborado por la consultora MacKenzie —según relató una fuente— había concluido que se necesitaban 50 millones de dólares para solucionar los distintos problemas financieros que enfrentaba la compañía.

La cotización de Rivera Gaxiola —que me hizo llegar una fuente y que se reproduce, íntegra, más adelante— presenta una cifra tan extravagante para cualquier bufete jurídico que dejó la firme impresión de que el exconsejero jurídico estaría implicado en una posible trama de extorsión o tráfico de influencias, similar a la de Juan Collado y Alonso Ancira. Por los servicios, el despacho planteó cobrar un monto inicial que ascendía a 9 millones de dólares, única y exclusivamente para empezar a estudiar y analizar el asunto, revisar documentos y hacer la solicitud de concurso mercantil. Como parte de este servicio se incluía, además, la "gestión ante las autoridades competentes y necesarias para procurar la solución satisfactoria del asunto".

Pero los cobros no terminaban ahí. La cotización contemplaba una iguala mensual por 450 mil dólares durante el tiempo que durara el procedimiento y hasta la conclusión del asunto, lo que se preveía hacer en 24 meses. Es decir, serían 10.8 millones de dólares en dos años (en caso de finalizar antes de todas formas sería necesario cubrir el resto de las mensualidades), así como un honorario final por 19 mil 800 dólares, al momento de concluir el procedimiento. Como si estos números no fuesen más que abusivos, la propuesta de cotización establecía que podrían agregarse "gastos extraordinarios", con lo que quedaba abierta la posibilidad de seguir exprimiendo al empresario con nuevos cobros.

RIVERA GAXIOLA, CARRASCO Y KÁLLOI
A B O G A D O S

Ciudad de México, a 8 de mayo de 2020.

ABC Aerolíneas, S.A. de C.V. ("Interjet")
Lic. Miguel Alemán Magnani
Presidente del Consejo de Administración
Presente.

Estimado Lic. Alemán:

Por medio de la presente, le presento nuestra propuesta de honorarios por la prestación de nuestros servicios para la reestructura de Interjet y su procedimiento de concurso mercantil, así como de las gestiones extrajudiciales y ante las distintas autoridades gubernamentales correspondientes y/o recursos y juicios de amparo que sean necesarias y/o que se deriven del mismo:

I.- Cobraríamos honorarios fijos por las siguientes cantidades y conceptos:

a) Honorario inicial por la cantidad de USD$9'000,000.00 (Nueve millones de Dólares 00/100 Moneda de los Estados Unidos de América), por el estudio y análisis de toda la situación y entorno del asunto, así como de toda la documentación correspondiente, atención de todas las juntas necesarias, diseño y preparación de la estructura y estrategia procesales y de comunicación, así como de la solicitud de Concurso Mercantil, incluyendo nuestra gestión ante las autoridades competentes y necesarias para procurar la solución satisfactoria del asunto.

b) Honorario de iguala mensual por la cantidad de USD$450,000.00 (Cuatrocientos cincuenta mil Dólares 00/100 Moneda de los Estados Unidos de América), durante el tiempo que dure el procedimiento y el o los recursos que se interpongan por terceros o por la compañía hasta la total conclusión del asunto, que se estima tenga una duración de 24 meses. En caso de que el asunto concluya antes de dicho plazo, se devengará igualmente la iguala antes indicada por el total calculado por el plazo antes indicado y el saldo entonces resultante será pagadero justo a la conclusión del asunto.

www.rgcyk.com

RIVERA GAXIOLA, CARRASCO Y KÁLLOI
A B O G A D O S

c) Honorario final por la cantidad de USD$19'800,000.00 (Diecinueve millones ochocientos mil Dólares 00/100 Moneda de los Estados Unidos de América), al momento de concluir el asunto.

Los gastos que se generen con motivo de la atención del asunto correrían a cargo de Interjet, respecto de los cuales entregaríamos en forma periódica las relaciones y comprobantes correspondientes para efectos de su reembolso, excepto para el caso de gastos extraordinarios, cuya autorización y ministración les solicitaríamos por anticipado.

A todas las cantidades señaladas, excepto la de los gastos, deberá adicionarse el Impuesto al Valor Agregado correspondiente.

Sería de gran honor para nosotros servirlos en este asunto, por lo que esperamos encuentren de conformidad la presente propuesta, en cuyo caso mucho le agradecería se sirva enviarme un tanto de la misma debidamente firmado.

Quedo a sus órdenes para cualquier duda, comentario o aclaración.

Atentamente,

Alonso Rivera Gaxiola.

De conformidad,

Interjet
Representada por:

www.rgcyk.com

Ciertamente, los concursos mercantiles suelen ser onerosos. Sin embargo, ni de cerca llegan a costar una suma como la que pretendía cobrarse y que pareció extravagante para todos los abogados que consulté en el medio. "Cuando mucho 4 o 5 millones de dólares para una compañía de ese tamaño", señaló uno de ellos, "pero en general la mayor parte se paga una vez que el proceso ha concluido satisfactoriamente. Además, normalmente, los cobros se ligan al alcance de objetivos y metas concretas". Nadie cobra 9 millones de dólares solo por estudiar un caso y presentar una solicitud, como pretendía la cotización para Interjet.

Al mismo tiempo, llama la atención el hecho de que Rivera Gaxiola presentó una propuesta de honorarios de casi 40 millones de dólares sin conocer siquiera la situación de la empresa. Si Interjet hubiese aceptado la propuesta de este bufete, habría tenido que pagar por lo menos 19.8 millones a Rivera Gaxiola, independientemente de que al final la compañía terminara siendo declarada en quiebra. Es decir: Alemán habría sido obligado a pagar 19.8 millones de dólares por nada. Al parecer, quienes elaboraron aquella cotización entrarían en la definición obradorista de quienes definitivamente "no tienen llenadera". Cuando Alemán leyó ese documento, según mis fuentes, tuvo la firme convicción de que estaban intentando extorsionarlo.

Resulta altamente probable que en los honorarios contemplados estuviera implícito una soborno para que Interjet pudiese solucionar sus problemas obteniendo las facilidades legales que solo alguien como el consejero jurídico era capaz de conseguir en las instancias judiciales, como se desprende de algunas de las frases de la propia cotización. Finalmente, los beneficiados de esa suma habrían sido jueces o magistrados, los integrantes del despacho Rivera Gaxiola y el propio consejero jurídico, que, según testimonios, era quien se llevaba la mayor parte de los réditos, aproximadamente 70%, según las versiones que circulan en el medio.

En realidad, nada de esto era necesario para Miguel Alemán Magnani, pues para este momento ya había logrado firmar un acuerdo con Raquel Buenrostro, quien respondía directamente al presidente y no permitía que Scherer le marcara el paso. Alemán había ya hecho un compromiso firme —sellado por su propio padre, Miguel Alemán Velasco, con el presidente López Obrador, como mencioné antes—, ofreciendo todas las garantías, y ya había empezado a cubrir el pasivo de Interjet, tanto con el SAT como con otras instituciones. Incluso mis fuentes revelan que el empresario había logrado un acuerdo para pagarle a los trabajadores con el dinero de la propia compañía.

¿Qué pasó entonces? Alemán Magnani rechazó la propuesta y decidió irse por la libre. Vino entonces la inyección de capital de Cabal y Del Valle, que enfureció a Scherer cuando se percató de que la solución de la aerolínea ya no pasaba por sus manos. Comenzó entonces una persecución en contra del nieto del expresidente. Se prepararon órdenes de aprehensión tanto en contra de Alemán Magnani como de Alemán Velasco, aunque, al parecer, el presidente López Obrador intercedió a favor del exgobernador de Veracruz.

Al enterarse de lo que se le venía, en enero de 2021, el dueño de Interjet salió del país rumbo a Francia. Poco tiempo después, la Procuraduría Fiscal interpuso una querella en su contra por defraudación fiscal de 65 millones de pesos, la cual se convertiría en una denuncia ante la Fiscalía General de la República; el 8 de julio un juez libró orden de aprehensión en su contra, y en septiembre se emitió una ficha roja ante la Interpol. Por el hecho de ser ciudadano francés, sin embargo, el empresario no pudo ser extraditado a México.

La persecución no solamente involucró a este empresario; también se dirigió en contra de Cabal y Del Valle. A este último, como lo señalé en el capítulo 5, se le persiguió también por la compra de Radiópolis. La orden de captura fue solicitada el 25 de agosto de 2021 por uno de los jueces de la Unidad de Gestión Judicial Número 12, la misma en la que se procesaron varios casos de interés para el exconsejero.[8]

Un año después, cuando Darío Celis se refirió al tema, señaló que Miguel Alemán había recurrido al abogado Rivera Gaxiola por recomendación de Julio Scherer (lo dice textualmente) y reflexionó: "Si entonces le hubieran hecho caso al consejero jurídico, se hubiera evitado el cese de operaciones de la atribulada línea aérea".[9] Con el mismo descaro con que el abogado Rivera Gaxiola firmó la cotización antes mencionada, también subió el artículo a su página web: una suerte de mensaje mafioso.

Algunos meses después, se publicó el libro de José Lemus, *El fiscal imperial*, donde se contaba una versión muy distinta a la que aquí se ha referido. Sin mencionar siquiera el papel de Scherer Ibarra en esta historia, el periodista atribuye enteramente la persecución en contra de Alemán Velasco a un deseo de venganza por parte de Alejandro Gertz Manero. Según Lemus, el fiscal general solicitó y obtuvo la orden de aprehensión para perseguir a Miguel Alemán Magnani por la mera razón de ser nieto de Miguel Alemán Valdés, quien, como secretario de Gobernación durante la administración de Manuel Ávila Camacho, persiguió y acusó de espionaje nazi a Cornelius B. Gertz y a José Cornelio Gertz Fernández, abuelo y padre, respectivamente, del fiscal.

De acuerdo con esta explicación, no habrían sido los negocios de Scherer y su red de abogados los responsables de la persecución en contra Alemán Magnani, sino los deseos de un fiscal que "tuvo que esperar pacientemente 79 años, hasta que llegó a la Fiscalía General de la República, para satisfacer su necesidad de venganza".[10] El lector juzgará si esta historia le parece verosímil.

Naturalmente, la pregunta queda en el aire: ¿se habría podido evitar la quiebra de Interjet o al menos sorteado algunas de sus peores consecuencias, de no haber sido por la voracidad de Julio Scherer Ibarra?

12

Banco Santander y la millonaria herencia de Garza Sada

De toda la gama de negocios judiciales en los que habría estado inmerso el exconsejero jurídico, uno que podría tener serias consecuencias para la reputación de México en el exterior es el que tiene que ver con Banco Santander y la disputa legal por la herencia de don Roberto Garza Sada. Probablemente, pocos casos ilustran mejor la ambición desmedida del exfuncionario: la red del exconsejero intervino en las instituciones de justicia para obligar a este banco a pagar una suma exorbitante a las hermanas María del Carmen, Gabriela y Viviana Garza Delgado, quienes, a pesar de no haber sido favorecidas por la herencia de su padre, don Roberto Garza Sada, alegaron haber sido defraudadas por su hermano y por el propio banco.

Revisemos esta historia en la que se repite el mismo *modus operandi* de otros casos narrados en este libro.

Roberto Garza Sada fue uno de los más importantes empresarios de Monterrey. Hijo del industrial Roberto Garza Sada y de doña Margarita Sada de Garza, formó parte de una dinastía que fundó conglomerados como la Cervecería Cuauhtémoc, precursora de Grupo Femsa, de Vitro, Cydsa y Grupo Alfa, del cual sería su director. A la fecha de su fallecimiento, el 14 de agosto de 2010, don Roberto había dejado una herencia calculada en 900 millones de dólares.[1]

Varios años antes de morir, el empresario comenzó a organizar la sucesión de sus bienes. En junio de 1994 creó un fideicomiso testamentario en el que depositó un paquete de 10 millones 700 mil acciones nominativas de Alfa. En la más pura tradición patriarcal, Garza Sada decidió que su primogénito varón, Roberto Garza Delgado, fungiría como albacea y a él le tocaría 85% de las acciones del grupo.

Se dice en Monterrey, aunque muy al nivel de trascendidos, que don Roberto no quería a una de sus tres hijas, por lo que no le dejó nada; y por considerar que los esposos de sus otras dos descendientes mujeres no eran precisamente muy trabajadores, optó por dejarles una suma limitada de su fortuna a cada una. Así las cosas, el fideicomiso sería administrado por la entonces Banca Serfín (en 1996 comprada por Santander), entonces propiedad de un cercano pariente suyo, Adrián Sada Treviño.[2]

En marzo de 1999 el empresario firmó siete cartas de instrucción, a través de las cuales transfirió una serie de acciones a sus hijos, que el banco depositó en sus respectivas cuentas. Según lo estipulado en cuatro de esas cartas, se transfirieron a Roberto Garza Delgado, en cuatro movimientos distintos, un total de 36 millones 700 mil acciones,[3] mientras que a las hermanas Gabriela y Carmen les tocó un millón y medio a cada una. Todos estos movimientos fueron certificados por el notario público 120 de Monterrey, José Luis Farías Montemayor, ante quien compareció en persona don Roberto Garza Sada.

Las cosas parecen haber estado bastante claras y, si no lo estaban, extraña que no hubiesen sido cuestionadas en su momento. Y es que al año siguiente de la muerte de don Roberto,[4] las hermanas iniciaron una serie de demandas en contra de su hermano mayor, en uno de esos desgarradores pleitos por herencias que suelen darse dentro de las familias más adineradas de México; pleitos que tienden a prolongarse por años y se complican particularmente cuando se apela a la influencia de políticos, jueces y abogados de élite, a quienes se les pagan grandes sumas para obtener los resultados esperados.

LA HISTORIA DEL CONFLICTO

En enero de 2011, las hermanas María del Carmen, Viviana y Gabriela Garza Delgado comenzaron a difundir la versión de que su hermano Roberto les ocultaba información sobre el fideicomiso que había dejado su padre antes de morir, por lo que decidieron recurrir al bufete Montes Abogados, encabezado por un exsubprocurador de Nuevo León, Gerardo Montes Martínez,[5] e iniciaron un largo litigio que no parece haber tenido otro objetivo que tratar de obtener en los tribunales lo que su padre no les había dejado en vida.[6]

En julio de 2011, las hermanas promovieron un juicio mercantil contra Santander por considerar que habían desaparecido 36.7 millones de acciones, que habían sido transferidas a su hermano y que habían quedado únicamente en el fideicomiso 292 mil 733 acciones. Al mes interpusieron también una denuncia ante la Agencia del Ministerio Público Especializada en Delitos contra la Industria e Instituciones de Nuevo León contra quien resultara responsable de sustraer las acciones del fideicomiso y disponer su venta.[7] Las hermanas alegaban que Roberto Garza Delgado y el notario Farías Montemayor habían modificado el contenido del acta notarial para la repartición de la herencia para despojarlas del dinero que según ellas les pertenecía.

Lo extraño de estas denuncias, como ya se ha dicho, es que ocurrieron más de 10 años después de que don Roberto Garza Sada hubiera transferido la herencia a su hijo e hijas. Llama la atención, además, que las propias hermanas, que participaron en asambleas de accionistas y votaron sus resoluciones, no habían presentado hasta ese momento objeción alguna e incluso habían recibido en sus cuentas el dinero que les tocaba. Por lo demás, los delitos por los cuales acusaban a Roberto Garza Delgado y al banco ya habrían prescrito, pues, de acuerdo con el Código Civil y de Comercio, eso es lo que ocurre una década después en casos de este tipo.

En los años y meses siguientes, el conflicto escaló a niveles telenovelescos. El 24 de enero de 2013, los hermanos se encontraron en un patio común que comparten sus residencias en San Pedro Garza García, y la conversación terminó en una riña que se convirtió en un escándalo público, el cual fue grabado y más tarde difundido en las redes. En el video —que ya no está disponible en la web— podía verse cómo las señoras Gabriela y Carmen llegaban al extremo de acusar a su hermano Roberto de haber matado a su padre y luego a su madre. Insultos y conatos de violencia fueron parte de la escena. Cuando el hijo mayor de don Roberto decidió marcharse, su hermana le advirtió: "Vas a ver, se va a morir una de tu familia, la voy a matar, como tú mataste a mi papá". El video del altercado fue usado por Roberto Garza Delgado para interponer una denuncia por amenazas ante el Juzgado Séptimo Familiar, donde se dictó a las tres hermanas una orden de restricción que les prohíbe acercarse 200 metros a la redonda.

En marzo de 2017 Santander se defendió en un juicio donde argumentó, como lo hizo en varias ocasiones, haber actuado de acuerdo a las órdenes de Garza Sada. Como prueba de ello, el banco español exhibió las siete cartas de instrucción, donde don Roberto autorizaba la transmisión de la mayoría de las acciones a su primogénito varón. La contraparte argumentó entonces que las firmas en dichos documentos eran falsas. Para probar lo contrario Santander mostró en el juicio cinco peritajes distintos que comprobaban que no era así. Como era de esperarse, la jueza absolvió al banco en primera instancia.[8]

Pero las hermanas Garza Delgado no se detuvieron ahí. Después de todo, no tenían nada que perder y esperaban mucho que ganar. Decidieron entonces interponer un recurso de apelación ante la Séptima Sala Unitaria del Tribunal Superior de Justicia de Nuevo León, pero este fue rechazado en abril de 2018. También como era de esperarse, el Tribunal ratificó la decisión previamente tomada por el juez, especialmente porque había transcurrido ya mucho tiempo desde que las hijas de don Roberto habían recibido su parte de la herencia.

LA MANO NEGRA

La larga disputa legal entre las hermanas Garza Delgado con su hermano Roberto y Banco Santander dio un giro de 180 grados en mayo de 2021, un vuelco que sorprendió a muchos.

Para entonces, las hermanas estaban muy lejos de poder ganar el caso. De la mano de Montes (a quien busqué en varias ocasiones para conocer su versión del caso, sin éxito), habían perdido en el Tribunal Superior de Justicia de Nuevo León en primera y segunda instancia. Con el abogado Jaime Guerra y el Jefe Diego, a quien metieron para tratar de apalancar con su conocida influencia como *broker* de la justicia, tampoco habían tenido suerte.

Las cosas cambiaron ahora, sin embargo, porque Jaime Guerra se hizo ayudar de Alonso Rivera Gaxiola, un exsocio y aprendiz suyo, a quien seguramente recurrió por su muy cercana relación con Julio Scherer Ibarra, para operar tras bambalinas y así favorecer a las hermanas en su disputa contra el banco a través de un juicio de amparo. Al parecer, el exconsejero rápidamente vio una buena oportunidad de hacer dinero y decidió meter su cuchara en el asunto. Para ello —aseguran las fuentes— habría echado mano del entonces presidente de la Corte, Arturo Zaldívar, y su incondicional en el Consejo de la Judicatura, Carlos Alpízar, entonces secretario general del organismo y hoy funcionario en la Segob.

Fue así como, por arte de magia, el caso comenzó a ganarse, aunque esta vez en instancias federales. En una muestra más del *modus operandi* que expliqué en el capítulo 8, se trataba de contratar a los abogados que estuvieran cerca del poder y tuvieran la capacidad de influir sobre ciertos jueces.

Según fuentes consultadas, Rivera Gaxiola operó junto a Alpízar, con quien tiene una cercana relación, para lograr un fallo favorable a las hermanas Garza Delgado. Para ello, como pude confirmar a través de fuentes en el Consejo de la Judicatura, en los meses previos conformaron un colegiado a modo dentro del Primer Tribunal Colegiado en Materia Civil del Cuarto Circuito con sede en Monterrey, donde debía decidirse una solicitud de amparo presentada por las hermanas. De este modo, retrasaron deliberadamente los tiempos del juicio, y un trámite que normalmente no tarda más de un año —como es la concesión de un amparo— se demoró cerca de tres. Ello no solo se justifica por la pandemia; influyó también el tiempo que tomó integrar un tribunal a modo y luego poner de acuerdo a las partes en torno a un presunto convenio monetario para aceitar el negocio.

En estas acciones se puede ver de forma diáfana cómo opera uno de los mecanismos que facilitan la corrupción en el Poder Judicial, pues el hecho de que no exista una duración establecida en el encargo de cada magistrado en determinada adscripción, que desde la presidencia de la Corte y la Judicatura se puedan agilizar o retrasar los tiempos a discreción y que las readscripciones puedan ser decididas con tal arbitrariedad permitió efectuar movimientos para colocar perfiles dispuestos a favorecer el interés de Scherer y sus socios.

Así, de los tres magistrados que integraron el Primer Tribunal Colegiado en Materia Civil del Primer Circuito, dos de ellos, Juan Antonio Trejo Espinoza y Édgar Gaytán Galván, llegaron en septiembre de 2019 con una encomienda clara (el presidente del tribunal, Antonio Ceja Ochoa, estaba ahí desde 2017).[9] Los tres se reunieron para hablar del tema con Rivera Gaxiola y Carlos Alpízar. A Ceja y a Trejo los doblaron fácilmente. El primero llegó desde el principio con una consigna específica, mientras que con el segundo emplearon el tan socorrido recurso de usar procedimientos disciplinarios a discreción, ya comentado en el primer capítulo de este libro. Según algunas versiones, el magistrado entonces tenía una investigación por corrupción, la cual Alpízar le ofreció archivar a cambio de un voto favorable a los intereses del consejero. Lamentablemente, no es posible obtener vía Transparencia información sobre quejas presentadas en contra de este y otros jueces para corroborarlo.[10]

Con Gaytán, en cambio, las cosas no resultaron tan sencillas, pues el magistrado se mantuvo firme en su posición de votar en contra de otorgar el amparo de la justicia federal a las hermanas Garza Delgado. Tocó a este magistrado, quien ocupaba la presidencia de este Tribunal en el momento en que se llevó a cabo el juicio, elaborar el primer proyecto de resolución, el cual se discutió a finales de 2020. Allí estableció claramente su postura, donde persuasivamente argumentó que la voluntad de don Roberto estaba muy clara en las cartas de instrucción y no había margen de duda.

Como Trejo y Ceja discreparon de la postura del presidente en la sesión en que se discutió el asunto, acordaron cambiar de ponente. Tocó entonces a Trejo asumir la tarea. El fallo se produjo finalmente el 27 mayo de 2021, cuando se presentó la ponencia de Trejo y el Tribunal decidió otorgarles el amparo solicitado a las hermanas Garza Delgado, con el voto en contra de Gaytán. Se emitió entonces una sentencia que obligaba a Santander a restituir "de forma absoluta y sin condición alguna" 36 millones 700 mil acciones comunes nominativas de Alfa A, con un valor de referencia de 6 mil 290 millones 380 mil pesos. La suma exacta a pagar, sin embargo, no se conocía al momento de concluir este libro, pues aún debe ser establecida en un nuevo juicio. Todo parece indicar que sería una cantidad estratosférica, pues, desde que Montes era el abogado que representaba a las hermanas, se calculó con base en una inédita colocación en bolsa que hizo Santander en el año 2012, la cual constituye una de las mayores operaciones de una oferta pública accionaria que haya habido en México.

El argumento de los magistrados fue que el banco actuó de manera negligente, al ser palpable "la inobservancia de deberes fundamentales de la fiduciaria demandada —Santander— […] que incurrió en la falta de cercioramiento [sic] y omitió tomar las medidas que correspondía, a fin de verificar la recepción, procedencia y autenticidad de las cartas de instrucción por medio de las cuales se dispuso del patrimonio".[11] Algo realmente inaudito.

Basta con ver la sesión en la que se llevó a cabo este juicio —de acceso público— para darse cuenta de cómo se dieron las cosas y lo endeble de los argumentos usados por dos de los tres magistrados presentes. Algunos de estos resultaron por demás burdos, según la opinión de litigantes consultados, como cuando se afirmó que el presunto crimen cometido no había prescrito, pues los tiempos debían contabilizarse a partir de que las hermanas se habían enterado del presunto fraude y no desde el momento en que se distribuyeron las cartas. Igualmente absurdo parece haber sido avalar la supuesta desaparición de acciones, cuando las propias hermanas las habían recibido y estaban depositadas en sus cuentas bancarias.

Además de esto, según pude entender, el tribunal colegiado emitió una resolución muy atípica, al erigirse en juzgado resolutor y otorgar un amparo integral, donde prácticamente no quedaba nada más que hacer. En otras palabras, era como si el amparo otorgado a las hermanas Garza Delgado agotara el caso, cuando en realidad solo implicaba que este debía regresar a la segunda instancia en la que se había librado el juicio, para volver a emitir una sentencia.

Una fuente reveló que Julio Scherer Ibarra y Alonso Rivera Gaxiola festejaron ese fallo en grande, junto a otros socios suyos. Tal parece que no se preocuparon de ser discretos porque fueron vistos una tarde celebrando alegremente la operación. La persona que los encontró esa noche, en el patio central del restaurante San Ángel Inn, de la Ciudad de México, asegura que departieron fastuosamente, e incluso escuchó a algunos de los presentes presumir que se habían comprado unas camionetas Mercedes Benz.

Pero las cosas no terminaron aquí. Tan escaso habría de ser el convencimiento de los dos magistrados (Trejo y Ceja, que votaron por la concesión de este amparo) que, poco tiempo después, en julio de 2022, los abogados de Santander promovieron un impedimento para que ya no pudieran conocer del caso. Ellos mismos aceptaron dar un paso al costado en septiembre de 2022.

En ese momento, Scherer ya no era consejero jurídico y el poder de Alpízar no era el mismo de antes. Tal vez para entonces los dos magistrados ya se habían percatado del problema en que se habían metido y prefirieron desentenderse de un asunto tan comprometedor como haber emitido una resolución así de cuestionable en contra de una entidad tan poderosa como un banco internacional que tiene en México uno de sus centros de operación más importantes.

En noviembre de 2022, el Consejo de la Judicatura decidió cambiar a Trejo de adscripción y designar un reemplazo. La decisión que tuvo que operar Alpízar probablemente estuvo influenciada por el hecho de que, siete meses antes, en abril de 2022, López Obrador recibió en Palacio Nacional a Ana Botín, presidenta de Santander a nivel global. Circula fuertemente la versión de que este polémico juicio fue uno de los asuntos comentados durante la reunión, con lo que el mandatario podría ya estar enterado del rol que tuvieron Scherer, Zaldívar y Alpízar en esta trama.

Como último recurso, los abogados de Santander intentaron recurrir a la Suprema Corte de Justicia por dos vías: el amparo indirecto y la capacidad de atracción. Sobre la primera vía, en abril de 2022, los abogados de Santander presentaron un amparo de revisión ante la Corte para que esta atrajera el asunto, pero, el 27 de mayo, el ministro presidente, Arturo Zaldívar, rechazó la admisibilidad de este, con el argumento de que el recurso carecía de un carácter excepcional y de que se trataba de un tema entre particulares.[12] El 22 de agosto de 2022, ante un segundo intento de Santander para que el máximo tribunal atrajera el caso, ningún ministro de la Suprema Corte se mostró dispuesto a revisar el asunto.

En lo jurídico, Zaldívar tenía la ley de su lado porque la ya comentada reforma constitucional del 11 de marzo de 2021, que él mismo promovió (capítulo 1), le dio poderes al presidente de la Corte para ser el único capaz de decidir qué recursos de revisión en contra de amparos directos pueden llegar al pleno. En lo político, las fuentes consultadas aseguran que el ministro claramente actuó en este caso a favor de los intereses de Julio Scherer Ibarra. Algunos de los litigantes involucrados en el caso señalan incluso que el ministro llegó a decir: "No es un asunto de legalidad, sino de lealtad, tengo que ayudar a mi amigo".

13

Oro Negro: la venganza personal

Dicen que la venganza es un plato que se saborea mejor frío. Julio Scherer Ibarra supo hacerlo con el hijo del secretario de Hacienda de Vicente Fox, Francisco Gil Díaz, casi 20 años después de haber sido perseguido durante la administración del panista por el caso del Consorcio Azucarero Escorpión que estuvo a punto de llevarlo a prisión. El mismo Julio Scherer Ibarra, que en abril de 2022 acusó al fiscal Gertz Manero de "valerse de su poder y de recursos públicos para buscar venganzas personales",[1] usó su influencia sobre el Poder Judicial para hacer algo similar: cobrarle a Gonzalo Gil White la asignatura que tenía pendiente con su padre.

Antecedentes del caso

A partir del sexenio de Vicente Fox comenzaron a generarse algunos nichos de oportunidad para la inversión privada en el sector energético. Uno de los personajes que a partir de ese momento lograron abrirse camino en ese ámbito fue Gonzalo Gil White, hijo del secretario de Hacienda, Francisco Gil Díaz. Junto a José Antonio Cañedo White (sobrino de uno de los socios de Televisa, Guillermo Cañedo White), Gonzalo fundó Oro Negro, empresa que inició operaciones en 2012,

227

cuando se interesó en el sector petrolero, para tener sus años de mayor expansión luego de la aprobación de la reforma energética de Enrique Peña Nieto.

Una vez capitalizada con recursos provenientes de las afores de Banamex y Grupo Sura, en apenas tres años Oro Negro logró obtener contratos por más de mil 500 millones de dólares con Pemex, gracias al arrendamiento de cinco plataformas petroleras. Con Emilio Lozoya al frente de la paraestatal, se le otorgaron los contratos para rentar las plataformas Primus, Fortius, Laurus, Decus e Impetus.

En los años siguientes, sin embargo, el escenario cambió radicalmente. Cuando en 2017 cayeron los precios internacionales del crudo, la paraestatal entró en una situación financiera complicada que la obligó a renegociar sus contratos con varias compañías, incluida Oro Negro. A esto se sumó el hecho de que, desde febrero de 2016, había cambiado la dirección general de Pemex, y al frente quedó José Antonio González Anaya, quien tenía interés en favorecer a una empresa distinta a la de Gonzalo Gil White y sus socios.

Ante al complicado escenario que enfrentaba Oro Negro, la compañía entró en una situación de insolvencia y, el 11 de septiembre de 2017, no tuvo otra opción que irse a concurso mercantil, el recurso legal al que acuden las empresas que no están en condiciones de cumplir con el pago a sus acreedores; de esta manera pueden buscar acuerdos para reestructurar sus obligaciones. Al no fructificar esta opción, el 13 de octubre de 2017, la petrolera notificó a la compañía la decisión unilateral de dar por terminados anticipadamente los contratos de arrendamiento. Ante ello, la compañía planteó que las razones para terminar los contratos de arrendamiento eran ilegales y demandó a Pemex.

El 20 de febrero de 2019 se emitió una sentencia de primera instancia donde el juez le daba la razón a Oro Negro, al encontrar que las causas mencionadas por Pemex no justificaban la terminación anticipada de los contratos de arrendamiento. Con ello, se condenó a la petrolera a pagarle hasta mil millones de dólares a Oro Negro y dar cumplimiento a los contratos en sus términos originales. Dicha sentencia, sin embargo, fue posteriormente revertida el 25 de octubre de 2019, como producto de una apelación.

EL USO DE LA JUSTICIA PARA VENGANZA PERSONAL

Como referí en el capítulo 2, hace más de dos décadas Julio Scherer Ibarra fue acusado de haber cometido un fraude, al simular exportaciones para beneficiarse de estímulos fiscales cuando estaba al frente del Consorcio Azucarero Escorpión (Caze). El exconsejero seguramente nunca olvidó aquel encuentro con el exsecretario de Hacienda, Francisco Gil Díaz, a quien su padre fue a pedirle clemencia por él. El secretario en ese momento le respondió, con toda frialdad, que la autoridad actuaría conforme el Estado de derecho. Con el paso de los años, Julito encontraría la oportunidad de vengar aquel vergonzoso episodio y, al mismo tiempo, facturar una buena suma a través su red de negocios judiciales.

Cuentan que en primera instancia fueron los acreedores de Oro Negro quienes en 2018 llegaron a Scherer, pues calculaban que su asunto tendría mayores probabilidades de éxito si contrataban a alguno de los despachos asociados a quien habría de ser el futuro consejero jurídico del presidente. Seguramente se informaron previamente sobre el contexto político y calcularon que su caso avanzaría si alineaban sus acusaciones contra Gil White con la antipatía personal del consejero jurídico. Por lo visto, acertaron en su cálculo. Scherer mordió el anzuelo sin mayores dificultades.

Para que su denuncia contra Gonzalo Gil White y su reclamo de recibir un pago de 900 millones de dólares pudiera desahogarse con más agilidad y prosperar en el sistema de justicia, acudieron a Guillermo Barradas y Roberto García González, cuyo despacho era hábil para conseguir favores entre jueces y magistrados, como ya hemos visto. No es casual que, antes de actuar en el Poder Judicial federal, la estrategia de estos abogados se haya enfocado en el Poder Judicial local, sin duda más corrupto y manipulable que el primero. Como se ha explicado ya, desde hace un buen tiempo, Scherer y sus socios han operado a sus anchas en el ámbito de la justicia de la Ciudad de México. Tan es así que la operación contra Gil White no requirió que Scherer llegara al gobierno federal: comenzó a fraguarse antes, echando mano de su influencia en la justicia capitalina.

En efecto, el 18 de junio de 2018, el apoderado legal de un conjunto de bonistas (Oro Negro Primus, Pte. Ltd.; Oro Negro Laurus, Pte. Ltd.; Oro Negro Fortius, Pte. Ltd.; Oro Negro Impetus, Pte. Ltd.; y Oro Negro Decus, Pte. Ltd.) presentó una denuncia ante la FGR en contra de dos sociedades mexicanas del grupo: Perforadora Oro Negro e Integradora de Servicios Petroleros Oro Negro, así como de sus principales funcionarios y directivos, entre los cuales figura Gonzalo Gil White.

De manera genérica y con poca claridad, la demanda señalaba que Oro Negro había violado el procedimiento de pago establecido en un fideicomiso, aunque escondía el propósito de recabar información fiscal de las sociedades antes mencionadas para luego fabricar un supuesto caso de fraude fiscal a través de empresas factureras. De hecho, tan solo una semana después de que se presentara la denuncia, el ministerio público solicitó la información al SAT, sin mediar una autorización judicial.

La información resultó ser falsa, como el propio SAT lo reconoció más tarde. Esto mostró la intención de fabricar evidencias para acusar a Oro Negro de haber recurrido a empresas factureras para evadir impuestos. Fue con base en esa información, sin embargo, que el 17 de septiembre de 2018, ya durante la transición de gobierno, el ministerio público federal solicitó autorización de un juez federal para asegurar las cuentas bancarias de Oro Negro. Este, sin embargo, negó la solicitud, al argumentar que los recursos que se pretendían asegurar no estaban relacionados con delito alguno.

El despacho de García González y Barradas no se detuvo ahí, sino que recurrió al ámbito local, donde las cosas resultaban más sencillas para abogados de su perfil, más ahora que su socio Julio Scherer ocuparía la Consejería Jurídica. Así, usaron nuevamente la información apócrifa que había proporcionado el SAT, pero ahora para probar suerte ante la Fiscalía General de Justicia de la Ciudad de México. Allí presentaron prácticamente la misma denuncia que antes, y esta vez la maquinaria se activaría para asegurar las cuentas bancarias de Oro Negro y el mencionado fideicomiso.

Fue así como Scherer y sus socios echaron mano de la Fiscalía General de Justicia de la Ciudad de México y el Poder Judicial de la capital para tomar por la fuerza las plataformas de Oro Negro en altamar y luego tratar de meter preso a Gil White. Para ello recurrieron a Andrés Maximino Pérez Hicks, uno de sus alfiles en la fiscalía y el mismo agente de la Unidad de Investigación C-6 del ministerio público en el que "caerían" otros asuntos de interés para Scherer, como el de la cooperativa Cruz Azul que se verá a continuación.

El apoderado de las empresas del grupo solicitó medidas de restitución para tomar posesión de las plataformas Fortius, Laurus, Primus, Impetus y Decus, de Oro Negro. Cuando el caso llegó a la Unidad de Gestión Judicial Número 12 del Tribunal Superior de Justicia de la Ciudad de México (donde también se libró la orden de aprehensión contra Carlos Cabal y se involucró el caso Cruz Azul) ocurrió algo insólito: en contra de lo que había previamente ordenado un juez federal, el 19 de octubre de 2018, Enrique Cedillo García, integrante de la misma unidad, ordenó a través de una medida cautelar la entrega provisional de las plataformas petroleras a los demandantes. Para ello recurrió a la Marina para tomar las estructuras ubicadas en el mar territorial, cuyo mantenimiento y seguridad estaba a cargo de Oro Negro.

Esta decisión es de muy dudosa legalidad, pues un tribunal local no puede tomar una decisión de carácter federal. Llamó la atención, además, porque estaba en trámite un concurso mercantil, y lo normal en esas condiciones es esperar a que concluya el proceso y sea un juez federal quien ordene la entrega de los activos a quien corresponda. ¿Por qué el apuro?, esta es la pregunta. ¿Cómo explicar o justificar la decisión de ordenar una toma de las plataformas en altamar sino por el arreglo que existía entre el despacho García González y Barradas, representando los intereses de Scherer, y ciertos elementos de la Fiscalía y el Poder Judicial capitalinos?

Como ya se ha señalado, si algo caracteriza a la corrupción en el sistema de justicia es esa capacidad para conseguir medidas cautelares a modo, con las que se puede reducir o ganar tiempo en los asuntos. Incluso, en ocasiones como esta, las medidas cautelares que se dictan sin que la parte afectada tenga oportunidad previa de defenderse son de tal magnitud que el caso termina con ellas, independientemente de la resolución de fondo que se dicta una vez desahogado el proceso. En el caso de Oro Negro, en particular, los acreedores de la compañía pudieron adelantarse a una decisión judicial que habría demorado hasta un año y medio más en instancias federales. De haber contado con ese tiempo, Oro Negro podría haber continuado operando sus plataformas y, en ese periodo, posiblemente haber generado el flujo necesario para reestructurar los adeudos a sus acreedores y salvarse.

Pero eso no ocurrió. Scherer no quería que ocurriera. Por eso, el domingo 21 de octubre de 2018, en cumplimiento a la orden del juez Cedillo, se llevó a cabo un aparatoso y cuasi cinematográfico intento por tomar las cinco plataformas de Oro Negro en altamar, empleando helicópteros y personal de la Marina. La intentona falló, sin embargo, porque el personal se atrincheró y repelió el acto como si se tratara de una invasión, activando los cañones de agua que por protocolo de seguridad se emplean frente a ataques piratas, con lo que los helicópteros ni siquiera pudieron aterrizar.

Al día siguiente de estos hechos, el columnista Darío Celis (quien en sus columnas casi siempre respaldaba de una u otra forma la actuación de Scherer) escribió un artículo en el que criticaba a Oro Negro por haberse resistido a la orden judicial "poniendo en peligro helicópteros y a sus pasajeros: abogados, marinos y policías federales". De más está decir que el periodista también justificaba en su columna el fallo del juez Cedillo, al señalar que la decisión fue tomada después de revisar una "amplia evidencia de fraude administrativo".[2]

Al final, las medidas cautelares emitidas por el juez Cedillo terminaron por mostrarse tan endebles que fueron revertidas tan pronto como el asunto escaló a la justicia federal. A pesar de ello, al poco tiempo Cedillo fue ascendido de juez a magistrado del Tribunal Superior de Justicia, donde fue asignado a una de las salas más codiciadas por el tipo de negocios que suelen hacerse en ella.[3]

Este caso, sin embargo, no es el único donde se puede presumir la participación de Scherer, sus abogados y jueces de consigna. Como ya se adelantó, en julio de 2019, otro juez de la Ciudad de México, Joel de Jesús Garduño Venegas, adscrito a la misma Unidad de Gestión Judicial Número 12 (la "unidad Scherer"), giró una orden de aprehensión en contra de Gil White y otros socios y funcionarios de Oro Negro por administración fraudulenta y abuso de confianza.

En una clara muestra de uso faccioso de la justicia, la orden se libró con motivo de la supuesta existencia de unos pagos indebidos por concepto de "mantenimiento" de las plataformas, según la exposición que llevó a cabo el agente Maximino Pérez Hicks ante este juez. Llama la atención que en la carpeta de investigación no existe evidencia alguna de que dichos pagos existan, lo que sugiere que el ministerio público habría falseado los hechos e inventado la existencia de transferencias de dinero que nunca se hicieron.

El 28 de noviembre de 2019, el mismo juez, Joel de Jesús Garduño, dictó una nueva orden de aprehensión contra Gil White y dos directivos de Oro Negro más por un supuesto desvío de recursos por 160 millones de pesos. Como tantos otros asuntos de interés para Scherer, la orden fue procesada con inusual rapidez y la investigación se llevó a cabo en unos cuantos días. Cabe señalar que esta se dictó sin más pruebas que la acusación y sin llamar a que los acusados testificaran, como en su momento refirió Salvador García Soto.[4] Como también observó el columnista, si los turnos judiciales supuestamente se asignan de forma aleatoria o por sorteo, ¿cómo es que este caso había vuelto a caer en el mismo juez Joel de Jesús Garduño?

Dentro de la fiscalía capitalina, buena parte de estas investigaciones de Oro Negro se fraguaron en el área de Delitos Financieros, a la sazón encabezada por Édgar Pineda Ramírez, así como a través del agente ministerial Maximino Pérez Hicks. Según escribió en su momento Jorge Fernández Menéndez, este funcionario, ya removido de su cargo, tenía un ministerio público dedicado exclusivamente al caso Oro Negro. Según la información del periodista, esa oficina operaba en un área cerrada al público, junto a la oficina de la fiscal, vigilada permanentemente por cámaras y micrófonos para evitar cualquier filtración. Además, el proceso se llevaba "por fuera del sistema informático oficial, por lo que las partes investigadas no tienen derecho a conocer los asuntos ni a visitar esta área de trabajo que exige un registro especial". Ese esquema, que Fernández Menéndez calificaba como un "paquete VIP", les garantizaba, en el caso Oro Negro, órdenes de embargo, aseguramientos y arrestos.[5]

En retrospectiva, todo parece indicar que, en el caso Oro Negro, el aparato de justicia al servicio de Julio Scherer y sus socios falseó primero información fiscal, con el objeto de asegurar cuentas bancarias y hacerse de las plataformas petroleras de su deudor, y, más tarde, distorsionó los hechos y las pruebas existentes para obtener órdenes de aprehensión en contra de Gil White y sus socios. Hay que decir que su captura finalmente no fue posible porque estos lograron darse a la fuga...

14

Cruz Azul: la joya de la corona

Probablemente en ninguno de los casos en los que se involucró la red Scherer se han manejado cantidades tan elevadas de dinero como en el de la cooperativa Cruz Azul. Para comprender el asunto hace falta recordar que, desde hace ya un buen tiempo, la riqueza de esta cooperativa ha sido usada como botín por parte de sus directivos y abogados inescrupulosos, ávidos todos de extraer enormes sumas de dinero.

Varios de ellos han estado involucrados en una serie de prácticas fraudulentas por parte de una administración que se dedicó al saqueo sistemático de los recursos de los cooperativistas, valiéndose de empresas fachada y simulando compras o pagos de servicios que nunca existieron o que se efectuaron con sobreprecios, para de esa forma desviar enormes sumas a paraísos fiscales. Los principales afectados por esto, evidentemente, han sido los cooperativistas, sus trabajadores y pensionados.

La situación pudo cambiar con este gobierno. Era voluntad de López Obrador que los integrantes de la cooperativa recuperaran lo que en última instancia es suyo. Si no ocurrió así fue, en gran medida, porque Cruz Azul, con sus 715 socios, ha vivido por años inmersa en tal cantidad de disputas legales que la convierten en la joya de la corona de cualquier abogado. Y esos abogados, por lo visto, no han hecho más que prolongar y ahondar el conflicto.

Pero hay más: con su buen olfato para los negocios, Julio Scherer Ibarra desde un principio supo que Cruz Azul era una mina de oro. Por ello, en lugar de encauzar la voluntad presidencial y buscar que la cooperativa regresara a sus legítimos propietarios, habría preferido llevarse una buena tajada del gran botín cruzazulino, al costo de mantener al frente de la cooperativa a los cómplices de la administración corrupta que dirigió los destinos de la empresa durante largos años.

Para ello el consejero echó mano de una camarilla de abogados como Roberto García, Guillermo Barradas, Jorge Arturo Galván, César González, Juan Araujo y otros más. Naturalmente, Scherer también hizo un uso indiscriminado de su capacidad para influir en el Poder Judicial, especialmente en la Ciudad de México, donde tuvo en Rafael Guerra, el presidente del Tribunal Superior de Justicia, a un aliado estratégico que, junto al exconsejero, terminaría por ser implicado en graves actos de corrupción.

LA HISTORIA

Para un presidente con preocupaciones sociales y que ha hecho suya la bandera de la probidad, el tema Cruz Azul no podía ser indiferente. AMLO se sensibilizó con los cooperativistas y se convenció de que era necesario hacer algo para cambiar las cosas. Al presidente le convenía que la cementera funcionara adecuadamente, incluso para presumir un modelo exitoso de cooperativismo desde la propia visión y programa de la 4T.

Fue así como, al iniciar su segundo año de gobierno, López Obrador pidió que se atendieran los reclamos de varios cruzazulinos que fueron a protestar a Palacio Nacional por la corrupción de Guillermo Álvarez Cuevas, mejor conocido como Billy Álvarez, quien manejó Cruz Azul durante cerca de 30 años. En esa ocasión, los involucrados se retiraron con una promesa, formalizada en una mañanera, de que las secretarías de Gobernación y del Trabajo atenderían los motivos de la inconformidad.[1]

En realidad, fue el consejero jurídico quien terminó ocupándose del tema. Sin compartir necesariamente la visión que AMLO tenía sobre el caso, se apropió de este para beneficio personal y de su red de negocios judiciales. Algunas fuentes relacionadas con el asunto creen que el objetivo oculto de Scherer, su verdadero cálculo, era asumir el control sobre Cruz Azul para, a través de un testaferro, ser quien proveyera el cemento que se habría de usar en las grandes obras de infraestructura de la 4T.

Hay que recordar que, de tiempo atrás, la historia de escándalos y conflictos dentro de la directiva de Cruz Azul es una plagada de traiciones entre familiares y amigos cercanos; un *thriller* que en los últimos años ha involucrado a un conjunto de abogados usados para desviar recursos, cobrar altísimos honorarios y comprar favores entre jueces y magistrados.

Según cálculos formulados a vuelo de pájaro por uno de los abogados envueltos en una de las disputas más importantes entre directivos de la cooperativa, tan solo entre 2010 y 2020, el desfalco a la cooperativa por litigios relacionados con problemas internos superó los 10 mil millones de pesos.

De acuerdo con diversos testimonios, abogados como José Luis Nassar, Ángel Junquera, Diego Ruiz Durán, Fernando Martínez García de León y su socio, Eduardo Osorio Chong, por mencionar solo algunos, habrían recibido cuantiosos pagos cuya legalidad está en entredicho.

La figura más visible dentro de esta trama es Guillermo Álvarez Cuevas, quien se mantuvo tres décadas al frente de la dirección de Cruz Azul, como una suerte de cacique: corrupto pero benefactor y querido por una parte importante de los trabajadores, a quienes durante mucho tiempo logró unificar en los distintos grupos de poder al interior de la cooperativa.

En ese contexto, Billy y sus principales socios —incluidos abogados como Ángel Junquera— han sido responsables de varias conductas delictivas, entre las que destaca el desvío de grandes sumas de dinero, la creación de empresas fantasma, el uso de factureras, la constitución de fideicomisos inoperantes y el pago de servicios no prestados a través de diversos bufetes.[2]

Del esquema de negocios implementado por Billy Álvarez sabían —y habrían formado parte—, entre muchos otros, dos sujetos que hoy, por gracia de Julio Scherer Ibarra y sus socios, están al frente de la cooperativa: Antonio Marín y Víctor Velázquez. Ambos ocupaban puestos clave en la dirección de Cruz Azul y habrían sido copartícipes o coautores de distintas conductas delictivas.[3]

Sin embargo, llegado el momento Marín y Velázquez decidirían traicionar a Guillermo Álvarez para asumir ellos el control de Cruz Azul. A Velázquez, en particular, poco le importó la muy cercana relación que siempre tuvo con Billy, a quien incluso llamaba "tío", por estar casado con una sobrina suya. Tampoco le importó que gracias a este llegó a ser director comercial de la cooperativa, uno de los puestos más envidiados por el tipo de negocios que pueden hacerse y las comisiones que suelen cobrarse.

Así las cosas, a principios de 2018, tanto Velázquez como Marín empezaron a conspirar contra Billy y formaron el llamado "grupo disidente" dentro de la cooperativa, con el cual le disputaron el control a su exjefe y mentor. Llegado el momento, como veremos más adelante, usarían la información que habían logrado acumular sobre su administración para denunciarlo, después de alcanzar un acuerdo que les permitiera asumir el control de la cementera.

Para lograr su cometido, Velázquez echó mano, en primera instancia, de su asesor legal, Rafael Anzures Ortiz, un joven litigante de escasa experiencia, pero que entre sus peculiares "virtudes" estaba la de ser hijo de Rafael Anzures Uribe, presidente del Tribunal Federal de Justicia Administrativa entre 2020 y 2022, un lazo familiar que le permitió conseguir algunos fallos favorables en un sistema de justicia que tiene, entre sus principales vicios, el nepotismo y la corrupción.

Anzures Ortiz, a su vez, acudió a Fabián Aguinaco Bravo y, por medio de él —según revelan algunas de mis fuentes—, llegaron a tocar la puerta de Julio Scherer. Para entonces, el consejero ya había intentado meter mano en la cooperativa. Lo hizo a través de Juan Araujo y César González, con quienes buscó llegar a un arreglo pacífico. A su vez, el consejero se apoyó en Jorge Arturo Galván, quien se presentó como un familiar de Scherer a una reunión celebrada en una casona de Coyoacán, en la que llegó a amenazar a Miguel Borrell, el secretario de Finanzas de Billy, para que entregara la dirección o, de lo contrario, él y todos su grupo iría a dar a la cárcel.

Por las dimensiones del negocio, Julio tenía un claro interés en Cruz Azul: era entonces la segunda cementera más importante del país, con cuatro grandes plantas y una producción de 10 millones de toneladas al año, una facturación de 20 mil millones de pesos, centros comerciales, escuelas, hospitales, un hotel en Ixtapa y dos clubes de futbol, uno de primera y otro de segunda división.

Según fuentes consultadas, el consejero tendría al menos tres propósitos: buscarle una "solución" al problema de Cruz Azul, que ya había llegado hasta las puertas de Palacio Nacional; cobrar —como en otros casos referidos en este libro— comisiones a través de su red de bufetes de abogados; y, finalmente, beneficiarse de la venta de la cooperativa a algún grupo empresarial, actuando como el intermediario de esa venta.

Al aproximarse al asunto, Scherer no solamente operó en contra de la convicción del presidente, de que los cooperativistas pudieran recuperar lo que les pertenece. Incluso buscaría convertir a Cruz Azul en una sociedad anónima de capital variable para poder venderla. Hacer esto, en realidad, era algo extremadamente complejo y legalmente inviable, por tratarse de una cooperativa. Pero la ambición de Scherer aquí tampoco demostró tener límites.

El consejero y sus socios, al parecer, le habían puesto a Cruz Azul un precio cercano al billón de dólares.[4] Tanto empresarios como abogados involucrados en el tema aseguran que, con la encomienda de Scherer, personajes como Juan Araujo y César González ofrecieron la cooperativa a posibles compradores. La oferta les llegó a directivos de Cemex, a Emilio Azcárraga y a Ricardo Salinas Pliego. Aunque este último mostró inicialmente un interés, cuentan que finalmente prefirió declinar por las enormes complicaciones que representaba comprar una cooperativa. Mientras todo esto ocurría, Julio Scherer Ibarra incluso se apropió del equipo de futbol Cruz Azul, donde en enero de 2021 puso en la presidencia ejecutiva a Álvaro Dávila, quien, además de ser una figura cercana a Ricardo Salinas Pliego, y esposo de Paty Chapoy, es padre de Pablo Dávila, cuya esposa, Tania Villalobos, es hija del consuegro de Scherer, el secretario de Agricultura, Víctor Villalobos. Es tan evidente hasta qué punto los Scherer hicieron de Cruz Azul un negocio personal, que el 30 de mayo de ese mismo año, cuando el equipo salió victorioso de la Liga MX —cosa que no ocurría desde diciembre de 1997—, en medio de la cancha Julio Scherer Pareyó (Julito II), esposo de Jimena Villalobos, se tomó una fotografía con la copa entre sus manos, junto a su amigo y socio Mika (identificado como un presunto facturero, según algunas fuentes), el propio Álvaro Dávila y otros personajes que se paseaban por el campo como si fuese su patio trasero.[5]

Velázquez y Marín resultaban útiles a los objetivos del consejero. Por ello formó una alianza con ellos en la que acordó ayudarles a deshacerse de Billy y emprender él mismo un gran negocio con Cruz Azul a cambio de brindarles protección e impunidad. Mientras tanto, Scherer podía hacerle creer al presidente que estaba devolviéndoles la empresa a los "legítimos cooperativistas", sin informarle realmente en manos de quiénes estaba quedando la cementera y, evidentemente, ocultándole sus planes para esta.

Fue así como, juntos, Fabián Aguinaco y Julio Scherer idearían un plan para librar órdenes de aprehensión en contra de Billy y sus principales socios. Para instrumentar la estrategia, el consejero le pidió a Aguinaco ir a ver a su socio, Guillermo Barradas, quien procedería con un *modus operandi* similar al empleado en otros casos descritos en este libro.

Aunque en diversas entrevistas se puede escuchar al abogado asegurar que en su despacho estaban "casados con la causa" (incluso en algún momento dijo trabajar *pro bono*), se cree que Barradas llegó a cobrar hasta 180 millones de pesos, directamente o a través de terceros.

De la cifra antes mencionada, mis fuentes me entregaron evidencia de que, con cargo al presupuesto de la cooperativa, según la factura que exhibo en este libro, Velázquez le transfirió al despacho de este abogado un primer pago de 51 millones 434 mil 400 pesos (aunque aparentemente existe otro pago más que rondaría los 70 millones). El despacho Anzures, Téllez y Asociados recibió, como se prueba aquí también, 28 millones 713 mil 480 pesos; mientras que José Antonio García Alcocer, socio de Barradas, se embolsó 6 millones 766 mil 456 pesos. Aunque estos montos no cubren el equivalente a los 180 millones de dólares antes mencionados, al parecer, también cobraron importantes sumas el abogado Ricardo Cervantes, socio del Chino y Memo, y Manuel Fletes Stadeler.

Otro personaje del que el despacho García González y Barradas echó mano, según revelan cooperativistas, fue Jesús Hernández Alcocer, un exescolta de la Quina que organizó la toma violenta de las instalaciones de Cruz Azul en Gran Sur, el 6 de agosto de 2020, y amenazó de muerte a varios integrantes de la cooperativa, incluido el propio Billy Álvarez. Cabe recordar que este personaje —quien supuestamente murió de un infarto en la prisión en septiembre de 2022, poco tiempo después de asesinar a su esposa— fue conocido por ser un coyote del Tribunal Superior de Justicia de la Ciudad de México. Según información publicada en la prensa, el abogado tenía una relación muy cercana a Prudencio Jorge González Tenorio, asesor y operador de Rafael Guerra Álvarez, el presidente del Tribunal, e incluso existen imágenes en las que aparecen juntos saliendo del restaurante Suntory de la colonia Del Valle.[6]

Para cazar a Billy Álvarez y forzarlo a renunciar era necesario bloquear sus cuentas bancarias. Y aquí es donde el papel de Santiago Nieto entra una vez más en cuestionamiento. Como se explicó en el capítulo 8, la UIF no está legalmente facultada para bloquear cuentas *motu proprio*. Para hacerlo debe contar con la orden de un juez o recibir la solicitud de una autoridad extranjera u organismo internacional. Nieto, sin embargo, sorteó este requisito varias veces simulando que había una solicitud internacional. Para ello recurrió al agregado del FBI en México, Joseph González, y, con base en una comunicación suya, ordenó el 23 de junio de 2020 que se congelaran las cuentas de Álvarez Cuevas. En realidad, no se trataba de una solicitud formal ni tenía aval institucional. Incluso se trataba únicamente de una invitación a revisar las cuentas, no una solicitud para bloquearlas.[7]

Por ello la forma en que se tomó esta decisión fue ilegal y se basó en información falsa o parcialmente falsa, pues se le imputó a Guillermo Álvarez Cuevas nada menos que la posesión de 11 propiedades en Estados Unidos, cuando en realidad estaban a nombre de homónimos suyos. Así lo certificó un despacho independiente de abogados en Estados Unidos, a través de un documento al que tuve acceso por medio de una fuente.[8] Por todo esto, finalmente, el 26 de noviembre de 2020, la jueza séptima de distrito, Laura Gutiérrez de Velasco Romo, ordenó a la UIF descongelar las cuentas de Billy.

Siguiendo con el caso, el despacho de García González y Barradas se encargó de promover una serie de imputaciones selectivas, para así obtener diversas órdenes de aprehensión, varias de las cuales terminaron más tarde por mostrarse bastante endebles. Para cazar a Guillermo Álvarez Cuevas y a sus allegados —como Víctor Garcés, Ángel Junquera, Miguel Borrell y Mario Sánchez—, el Chino y Memo, empleando a la Fiscalía como una extensión de sus propias oficinas, recurrieron a 10 testigos a modo que estuvieran dispuestos a declarar en su contra.

Los dos declarantes más importantes, evidentemente, fueron Velázquez y Marín, quienes contaron una historia parcial, en detrimento de su exjefe, cuidando de no salpicarse a sí mismos. Rindieron también testimonio Juan Manuel Briseño González, María Alejandra Vázquez Paredes, Jorge Cruz Romero, Héctor Lara Avendaño, Delfino Pérez Rivera, Julián Luis Velázquez Rangel, Yolanda Ramírez Ramírez y hasta el hermano de Billy, José Alfredo Álvarez Cuevas.

No está de más mencionar que, por sus declaraciones a modo, todos estos personajes —salvo José Alfredo, el hermano de Billy— terminarían siendo premiados con cargos importantes dentro de la propia dirección de la cooperativa que al poco tiempo se integró.

Velázquez y Marín ocuparían las posiciones más importantes, al quedar a cargo de los consejos de administración y vigilancia, los de mayor relevancia. A pesar de haber sido cómplices de Billy, estos personajes nunca fueron investigados como parte de la trama de corrupción cruzazulina.[9]

Con el titular de la SEIDO, Alfredo Higuera Bernal —cercano amigo de Scherer— y Mauro Anselmo Jiménez Cruz —el responsable del área de lavado en la Fiscalía—, respondiendo a las instrucciones del consejero, se integró una carpeta de investigación, de la que derivaron las órdenes de aprehensión. Una de las declaraciones más relevantes del caso fue la del propio hermano de Billy, Alfredo Álvarez Cuevas, a quien, en una acción de dudosa legalidad, Mauro Anselmo visitó en junio de 2020 en su propio su domicilio, cerca del Hospital Ángeles del Pedregal, para tomarle declaración junto al abogado Guillermo Barradas. En estricto apego a la ley, este último nada tenía que hacer ahí, pues no era el abogado de Alfredo. Esa acción, por demás injustificada e irregular (el acusado estaba físicamente imposibilitado para declarar y no había razón para irle a tomar la declaración a su domicilio), fue parte de una estrategia para negociar un criterio de oportunidad, por el cual José Alfredo tuvo que declarar en contra de su propio hermano.

Aunque en el texto de la declaración falsamente se señala que lo anterior ocurrió dentro de la propia SEIDO, se puede fácilmente comprobar que no hay un registro de su ingreso a esa dependencia. Probablemente, tomarle al hermano de Billy una declaración en su propia casa era una manera de ocultar la turbia forma de proceder e incluso el hecho de que Barradas fue quien en realidad redactó la declaración. Más tarde lo reconocería el entonces abogado de Alfredo, en una conversación que sostuvo con otros abogados, como pude constatarlo en un audio grabado al que tuve acceso.

A pesar de la gran complejidad del caso y el número de testigos que declararon, las órdenes de aprehensión fueron solicitadas y libradas a una velocidad más que sorprendente. Primero la FGR y luego el Poder Judicial actuaron con una celeridad que envidiaría cualquier ciudadano de a pie. Para muestra, el 25 de marzo de 2020 compareció el tesorero de Billy, Briseño González, y el 5 de junio lo hizo Alfredo Álvarez Cuevas. Ya para el 26 de julio, cinco semanas después, el juez de control Agustín Moreno Gaspar (de la Unidad de Gestión Judicial Número 12, también conocida como "la unidad Scherer", por la cantidad de asuntos del interés del exconsejero que allí se resolvieron) giraba una orden de aprehensión contra Guillermo Álvarez Cuevas y nueve de sus colaboradores. Así, un proceso que con mucha suerte tarda seis meses logró desahogarse en un tiempo récord. "Ni dando dinero se logra hacer las cosas así de rápido", comentó un reconocido litigante, "pero en esas instancias el poder de Scherer era superior a cualquier suma de dinero".

El papel de Mauro Anselmo no terminó ahí. Aunque el nuevo sistema penal acusatorio impide acercamientos como el que aquí se practicó, el funcionario también se encargó de operar ante el juez Zeferín Hernández —uno de los juzgadores de consigna que más se plegaron a las órdenes de Scherer y sus socios— para que tanto a Billy como a Borrell, Garcés y Junquera se les dictaran órdenes de aprehensión en el penal del Altiplano, cosa que ocurrió el 29 de julio de 2020.

El tipo de delitos que se les imputaba a las personas antes mencionadas, en realidad, no justificaba enviarlos a una cárcel de máxima seguridad, donde se aloja a reos de alta peligrosidad. Un asunto como este podría haber caído en manos de cualquier otro juez, en un penal ordinario. La maquinaria presuntamente extorsiva que aquí describimos, sin embargo, encontró en esta estrategia una manera de intimidar a los acusados para así doblarlos rápidamente, evitar que pelearan el caso y forzarlos a negociar su salida de la cooperativa.

Cuando se supo que no había lugar en el Altiplano para que ingresaran los cuatro acusados, la fuerza de Scherer logró que en menos de una hora desde la mismísima Secretaría de Gobernación alguien ordenara el traslado de otros cuatro presos que estaban allí, para que de esta forma las cosas pudieran salir de acuerdo al plan. Finalmente, cuando los abogados de Billy y sus socios se enteraron a través de sus informantes (todo abogado de élite suele tenerlos dentro de las fiscalías) de que se les libraba una orden de aprehensión, se dieron a la fuga.

EL CASO JUNQUERA

Mención especial merece el caso del abogado Ángel Junquera, que durante varios años fue abogado de Álvarez Cuevas y sobre quien pesaban algunas acusaciones, como haber prestado servicios legales sin justificar los pagos que se le realizaron y por los cuales recibió cantidades millonarias. En su declaración, por ejemplo, el hermano de Billy señaló que esas cantidades ascendieron a 800 millones de pesos, ya fuese de manera directa o a través de sociedades que aparentemente controlaba, por servicios que nunca se materializaron.[10]

El también abogado de Miguel Alemán Magnani, como ya se ha dicho, se había ganado la antipatía de Scherer por su manera de proceder en los casos de Cruz Azul, Interjet y Radiópolis, en los cuales tenía un interés personal. Scherer había sido muy claro con él, en mayo de 2020, cuando le dijo: "Ya déjate de estar cruzando", y les advirtió tanto a él como a Alemán que si no hacían las cosas como él les señalaba ambos podrían ir a dar a la cárcel.

La amenaza surtió efectos: en poco tiempo, el 22 de agosto, el juez Iván Aarón Zeferín Hernández —claramente subordinado a Scherer, como ya se ha señalado— giró una orden de aprehensión contra Junquera. Más aún que en los casos antes mencionados, dicha orden se libró a una velocidad de Récord Guinness, pues habían pasado menos de 48 horas después de que un testigo incluyera su nombre en una declaración que tuvo lugar el día 20. Probablemente esta haya sido la más veloz de todas las órdenes libradas en el caso Cruz Azul.

Fue en ese contexto que García González y Barradas, junto a Aguinaco, acudieron con Junquera para ofrecerle un criterio de oportunidad que incluyera una reparación del daño. Para obligarlo a aceptar las condiciones que se le pretendían imponer, las cuales pasaban por una entrega importante de su patrimonio, en medios cercanos a Scherer, como es el caso del semanario *Eje Central*, de Raymundo Riva Palacio, comenzaron a salir notas en las que se divulgaba qué tipo de propiedades tenía en su haber.[11]

La presión se incrementó, más tarde, con otras notas de prensa publicadas en medios de muy escasa circulación y relevancia en las que se decía —falsamente— que existían órdenes de captura contra sus hijos, Ángel y Mauricio Junquera Fernández, por estar relacionados en un supuesto desfalco multimillonario.[12] Es posible incluso que la presión haya escalado al punto de amenazar a familiares del abogado con actos de violencia, pues personas cercanas a la familia comentan que, en noviembre de 2020, la camioneta de una de las hijas de Junquera recibió un impacto de bala y al día siguiente apareció misteriosamente incendiada afuera de su casa.

Con este y otro tipo de presiones lograron finalmente doblegar a Junquera para que aceptara negociar un acuerdo reparatorio por medio del cual se frenaba el proceso penal en su contra, a cambio de entregar 47 inmuebles por un valor cercano a los 700 millones de pesos. El convenio, en teoría, debía afinarse en el área de mediación de la Fiscalía General de Justicia de la Ciudad de México (FGJCDMX), donde las autoridades deben revisar, como ocurre con cualquier acuerdo reparatorio, que este sea equitativo, legal y jurídicamente viable. La realidad, sin embargo, es que el texto fue escrito enteramente en el despacho de García González y Barradas, quien vino a sustituir a la autoridad ministerial.

Pero, más allá de eso, lo insólito es que se incluyó un compromiso explícito, a cuyo texto tuve parcialmente acceso, donde a la letra dice, en la página 9, que el acuerdo no sería válido en caso de que en un plazo de 30 días no se lograra la cancelación de la orden de aprehensión librada por el juez Zeferín Hernández e incluso la orden de captura internacional o extradición (ficha roja) que ya había sido librada como consecuencia de aquella. En otras palabras, un "simple" despacho le garantizaba a un particular, por escrito, que iba a conseguir retirar una orden de aprehensión y de captura internacional en un tiempo muy inferior a lo normal (algo así tomaría al menos tres meses), cual si fuera una instancia de procuración o impartición de justicia.

Este convenio fue firmado entre Junquera y Jonathan Julián Molina Suárez, un prestanombres de Barradas, ante un fedatario público.

El día de la firma, según mis fuentes, estuvieron presentes Roberto García González, el Chino; Guillermo Barradas, Memo; Rafael Anzures Ortiz y otros abogados de menor importancia. Lo grave del documento que se firmó no es tanto la soberbia de estos abogados —socios de Scherer— y la seguridad con la que parecían creer que su poder sería eterno, como el hecho de que el convenio celebrado fue elevado a la categoría de acuerdo reparatorio y fue firmado por la fiscal Ernestina Godoy. Con ello, la Fiscalía General de Justicia de la Ciudad de México avaló que un particular llevara a cabo un acto que le corresponde a la autoridad.

Una vez celebrado el acuerdo reparatorio, Junquera comenzó a desprenderse de sus propiedades. Ya había entregado dos departamentos en Miami, por un valor de 8 millones de dólares, cuando la negociación se topó con pared en la Fiscalía General de la República. El argumento aquí era que el acuerdo firmado no procedía, pues los delitos de lavado de dinero y delincuencia organizada que se le habían imputado al abogado de Billy Álvarez no podían ser materia de un acuerdo de este tipo. Al parecer, la influencia que García González y Barradas habían vendido no surtía en la FGR los mismos efectos que en la FGJCDMX.

Tiempo después, en febrero de 2021, se dio a conocer en los medios que Junquera había presentado una denuncia ante la Fiscalía General de la República en la que sostenía que habían sido engañados y presionados por el despacho García González y Barradas, en supuesta colusión con Julio Scherer, para ceder su patrimonio a cambio de un beneficio al que no habían accedido.[13] A la fecha en que se concluye esta publicación todavía no es claro qué ocurrirá con el caso.

JUECES AL SERVICIO DE UNA DE LAS PARTES

La disputa por el control de la cooperativa en los tribunales ha estado contaminada por las decisiones de un conjunto de juzgadores, muchos de los cuales podrían ser parte de una red de corrupción y tráfico de influencias, especialmente en la Ciudad de México, a quienes los representantes legales de los cooperativistas han considerado denunciar penalmente.

Fuentes de la cooperativa Cruz Azul con las que conversé dijeron saber con toda precisión que el día 9 de marzo de 2021, a las nueve y media de la mañana, en las oficinas del Tribunal Superior de Justicia, en avenida Juárez 104, muy cerca de la Alameda Central, el magistrado Guerra, junto a uno de sus colaboradores más cercanos, recibió de manos del abogado de Billy Álvarez, David Cohen, 14 millones de pesos para frenar cualquier solicitud de aprehensión en contra de su cliente, cosa que finalmente no cumplió, pues actuó exactamente en sentido inverso.

El magistrado Francisco José Huber Olea, integrante de la Sexta Sala Civil, es otro de los que podrían estar involucrados en casos de corrupción vinculados a Cruz Azul. Sobre este juzgador cayeron varios juicios contra Billy Álvarez. Entre los trabajadores de la cooperativa Cruz Azul, como relató Ricardo Raphael en una columna, se dice que los coches que maneja el magistrado son los regalos que, presuntamente, le habría hecho su presidente, el cuestionado Guillermo Álvarez Cuevas, "para obtener un trato favorable en los asuntos que este juzgador tiene en su portafolios; expedientes cuyo valor rebasaría cualquier cifra imaginable".[14]

Por otro lado, varias de las decisiones dudosas que posteriormente tomaron los jueces de la Ciudad de México (ver figura 3) podrían derivarse de otros actos de corrupción. De forma consistente y parcial, una serie de juzgadores favorecieron a una de las partes del litigio: la de Velázquez y Marín, los socios de Scherer, al emitir varios fallos de dudosa legalidad. Ese evidente sesgo fue sistemático y no se dio en casos aislados.

Uno de los fallos más relevantes a favor de los llamados "disidentes" fue el del juez 60 de lo civil, José Manuel Salazar Uribe, quien instruyó a que se usara la fuerza pública para tomar las instalaciones de la cooperativa, localizadas en Periférico Sur, además de ser quien eliminó las medidas cautelares que les habían impedido a Velázquez y Marín desempeñar sus cargos directivos al frente de la cooperativa.

FIGURA 4
JUECES AL SERVICIO DE LA RED SCHERER EN EL CASO CRUZ AZUL

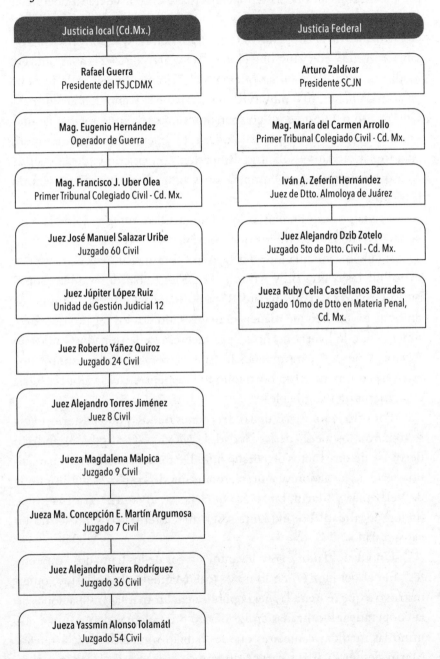

Justicia local (Cd.Mx.)	Justicia Federal
Rafael Guerra Presidente del TSJCDMX	**Arturo Zaldívar** Presidente SCJN
Mag. Eugenio Hernández Operador de Guerra	**Mag. María del Carmen Arrollo** Primer Tribunal Colegiado Civil - Cd. Mx.
Mag. Francisco J. Uber Olea Primer Tribunal Colegiado Civil - Cd. Mx.	**Iván A. Zeferín Hernández** Juez de Dtto. Almoloya de Juárez
Juez José Manuel Salazar Uribe Juzgado 60 Civil	**Juez Alejandro Dzib Zotelo** Juzgado 5to de Dtto. Civil - Cd. Mx.
Juez Júpiter López Ruiz Unidad de Gestión Judicial 12	**Jueza Ruby Celia Castellanos Barradas** Juzgado 10mo de Dtto en Materia Penal, Cd. Mx.
Juez Roberto Yáñez Quiroz Juzgado 24 Civil	
Juez Alejandro Torres Jiménez Juez 8 Civil	
Jueza Magdalena Malpica Juzgado 9 Civil	
Jueza Ma. Concepción E. Martín Argumosa Juzgado 7 Civil	
Juez Alejandro Rivera Rodríguez Juzgado 36 Civil	
Jueza Yassmín Alonso Tolamátl Juzgado 54 Civil	

FUENTE: Testimonios de abogados involucrados en el caso Cruz Azul

CRUZ AZUL: LA JOYA DE LA CORONA

No menos importante, este mismo juez legalizó una polémica asamblea que se llevó a cabo el 29 de septiembre de 2018, en la que Velázquez y Marín fueron nombrados presidentes de los consejos de administración y vigilancia. A pesar de que esta no había sido convocada conforme a los estatutos (entre otros "detalles", no se indicaba la dirección donde se llevaría a cabo, con lo que gran parte de los cooperativistas adversos tuvieron dificultades para llegar), Salazar Uribe le dio legalidad sin sujetarse a los procesos de ley ni reconocer las fallas y violaciones procesales que habían tenido lugar.[15]

Estos fallos del juez Salazar Uribe fueron ratificados posteriormente en dos instancias a nivel federal: en octubre de 2020, por la Séptima Sala Civil del Tribunal Superior de Justicia de la Ciudad de México; y en septiembre de 2021, por el Primer Tribunal Colegiado en Materia Civil de la Ciudad de México, donde también se avaló la legalidad de aquella asamblea, al votar de forma unánime el proyecto de sentencia de la magistrada María del Carmen Aurora Arroyo Moreno, según el cual el nombramiento de la directiva sí cumplía con todos los requisitos legales. En su ponencia, la magistrada llegó al extremo risible de afirmar que "el domicilio de la asamblea es la Ciudad de México" y determinó que con haber mencionado eso se cumplía el requisito de la convocatoria. Como ya se ha señalado, el juez Salazar Uribe tiene un vínculo muy cercano con el padre del joven Rafael Anzures Ortiz, abogado de Velázquez. Rafael Anzures Uribe, quien fungía como presidente del Tribunal Federal de Justicia Administrativa, fue nada más y nada menos quien evaluó al juez 60 para permitirle llegar a su puesto. Sin embargo, en lugar de excusarse, falló en varios juicios a favor de los "disidentes". En múltiples ocasiones, los socios de la cooperativa han señalado al juez Salazar de actuar a favor de Velázquez y Marín. Este juzgador fue responsable en su momento de emitir las órdenes de aprehensión en contra de Guillermo Álvarez y su hijo Robin Álvarez, así como otros socios que conformaban la junta de gobierno de Cruz Azul.

Para operar en la justicia local en favor de Velázquez y Marín, tanto el abogado Anzures Ortiz como Guillermo Barradas se vieron favorecidos por Júpiter López Ruiz, un juez de control adscrito a la ya mencionada Unidad de Gestión Judicial Número 12 ("la unidad Scherer"). En esta, en diciembre de 2020, se libró una orden de aprehensión en contra de varios miembros del consejo de administración de la cooperativa que disputaban el poder de los disidentes, entre ellos, el presidente del consejo, Francisco Javier Sarabia Ascencio, quien, en agosto de 2020, fue electo para ese cargo por 550 de los 715 socios de la cooperativa, junto a Alberto López Morales.

Otro de los juzgadores que actuaron a medida de los intereses de Scherer y sus abogados fue el juez 24 de lo civil, Roberto Yáñez Quiroz, quien dictó medidas cautelares a todas las autoridades para que se abstuvieran de emitir alguna resolución que impidiese a Marín y Velázquez seguir al frente del consejo de administración.[16] Como ya se mencionó, este juez falló también en otras sentencias de interés para el despacho García González y Barradas, como la que tuvo que ver con la familia Jenkins.

Otra juzgadora que también cerró filas a favor de los disidentes fue la jueza séptima de lo civil, María Concepción Elisa Martín Argumosa, muy cercana a Rafael Guerra, quien emitió una medida cautelar muy polémica y cuestionable, calificada como "infundada y hasta delictiva" por algunos abogados. A través de ese fallo, la jueza, por una deuda que la cooperativa tenía con Azul Concreto, uno de sus proveedores, ordenó bloquear las cuentas de los cooperativistas de la planta cementera de Cruz Azul en Hidalgo, ocupada por el grupo que había resistido la usurpación de Velázquez y Marín. Esa medida, orientada a presionar a los cooperativistas, les ha impedido cobrar sus sueldos y pensiones. En la medida cautelar que emitió la jueza, como explicó un abogado con conocimiento del caso, "hay una contradicción esencial entre el monto solicitado para la obtención del bloqueo a la empresa y la posibilidad de contraafianzar a los cooperativistas individualmente por el monto completo de la petición principal del juicio".

Difícilmente este comportamiento sesgado en el Poder Judicial local hubiera sido posible sin el conocimiento y complicidad que

Rafael Guerra Álvarez le habría brindado a Scherer dentro del Tribunal Superior de Justicia de la Ciudad de México. Según cooperativistas y abogados relacionados con el caso Cruz Azul, la red involucra, además de los ya mencionados, a jueces de lo civil como Alejandro Torres Jiménez, del Juzgado Octavo de lo Civil; María Magdalena Malpica Cervantes, del Noveno; Alejandro Rivera Rodríguez, del 36; y Yassmín Alonso Tolamatl, del Juzgado Civil 54. Casi todos ellos emitieron igualmente fallos a favor del grupo de Marín y Velázquez en condiciones que merecen ser investigadas. Entre cooperativistas y abogados todavía se dice que Guerra recibe aproximadamente un millón de pesos mensuales para mantener a estos personajes en sus puestos, cosa que el autor de este libro no está en condiciones de probar.

En el ámbito federal, varios juzgadores más habrían operado a favor de Scherer y sus socios. El más conspicuo de todos es Zeferín Hernández, quien dictó las órdenes de aprehensión contra Junquera, como ya se mencionó, así como contra los hermanos Álvarez Cuevas, Borrell, Garcés y Mario Sánchez, donde aplicó el Código Penal de forma retroactiva.[17]

Otros jueces federales inclinaron la balanza a favor de Velázquez y Marín con fallos cuestionables, como es el caso del juez federal quinto de distrito en materia civil, Alejandro Dzib Sotelo, quien el 7 de agosto de 2020 revocó de forma indebida una suspensión de amparo de forma oficiosa, sin notificar a las partes, y argumentó que, dado que Billy Álvarez estaba prófugo, la cooperativa no podía quedar acéfala, por lo que ordenó que esta les fuera entregada a Velázquez y Marín.[18] Este fallo a modo habría sido operado por el abogado David Cohen, accionado por Anzures Ortiz y Scherer Ibarra. El juez Dzib, que ya ha sido denunciado por su conducta, está siendo investigado por la FGR y el Consejo de la Judicatura Federal.

A favor de los intereses del consejero y sus socios, señalan las fuentes, operó también el Primer Tribunal Colegiado en Materia Penal del Primer Circuito, en la Ciudad de México, integrado por los magistrados Juan José Olvera López, Horacio Armando Hernández Orozco y Francisco Javier Sarabia Ascencio. Este tribunal, además de negarle un amparo a Billy Álvarez, confirmó, con el voto de dos de sus integrantes, la decisión de cancelar la orden de captura contra Junquera, producto de las negociaciones descritas anteriormente.

Al término de este libro, los problemas de la cooperativa están lejos de haberse resuelto. La forma en que Scherer manejó el caso a quienes más dejó perjudicados fue a los cooperativistas, trabajadores y pensionados. La suspensión de los pagos mensuales a unos 250 cooperativistas y jubilados de la planta de Cruz Azul en Hidalgo, decretada en diciembre de 2021, les ha impedido cobrar sus sueldos, pensiones y prestaciones sociales.

Se trata, como han denunciado los cooperativistas afectados, de un mecanismo de extorsión para forzarlos a apoyar la gestión de Velázquez y Marín, quienes parecen tener la clara intención de perpetuarse en sus cargos, replicando las prácticas de Álvarez Cuevas y su círculo cercano. Esas mismas prácticas que el entonces consejero jurídico de la Presidencia ha contribuido a mantener por resultarle funcionales a su red de negocios judiciales.

Ciertamente, la forma en que Scherer trató el tema Cruz Azul ha contribuido a que el conflicto dentro de la cooperativa se agudice, adquiriendo incluso connotaciones violentas, como pudo verse en Ciudad Sahagún, cuando gente de Velázquez y Marín intentó apoderarse por la fuerza de la planta de Tula, Hidalgo, tomada por un grupo de trabajadores, lo que arrojó un saldo de ocho muertos y más de 12 heridos.

15

Aleatica y Viaducto Bicentenario

OHL es una constructora española que se estableció en México en 1979. En realidad nunca tuvo ningún contrato importante en este país antes de 2002, cuando, a través de su filial —donde se situaría el más valioso de todos sus activos a nivel mundial— la empresa se vio favorecida por ciertos contratos con gobiernos estatales y federales.[1] El más importante de ellos fue la concesión del Circuito Exterior Mexiquense, adjudicado a OHL México por Arturo Montiel en 2003, cuando era gobernador del Estado de México (1999-2005).

A partir de 2015, esta empresa comenzó a verse inmersa en numerosos escándalos, al aparecer sospechas de corrupción en torno a diversas obras, particularmente las concesionadas durante el tiempo en que Enrique Peña Nieto fue gobernador de la misma entidad (2005-2011). Una de estas obras fue el Viaducto Bicentenario, correspondiente al segundo piso de la autopista México-Querétaro en el tramo comprendido entre Toreo, Tepalcapa y Tepotzotlán, y la vía que enlaza el Estado de México con la Ciudad de México.

Numerosas irregularidades acompañaron esta obra desde su concesión en 2008. Para empezar, OHL México se posicionó como la ganadora pese a haber presentado la propuesta más costosa.[2] El tema fue abordado en múltiples ocasiones por Andrés Manuel López Obrador, antes incluso de la campaña presidencial, cuando comenzó a referirse a la corrupción de la trasnacional.

El 27 de abril de 2017, en un mitin para promover la candidatura de Delfina Gómez a la gubernatura del Estado de México, el hoy presidente le dedicó buen espacio a la forma corrupta en la que se había adjudicado el Viaducto Bicentenario. En esa ocasión leyó un documento donde presentó lo que él mismo llamó "la prueba de la corrupción de OHL" y dijo que Peña Nieto había beneficiado de forma "descarada" a la empresa española, cuyos dueños estaban siendo investigados y juzgados por entregar sobornos a políticos del Partido Popular en su país.

AMLO incluso entró en algunos de los detalles del dictamen técnico a través del cual se justificó la decisión de otorgarle la concesión a OHL y destacó que se hubiera usado como pretexto que la propuesta de su competidor, Impulsora del Desarrollo y el Empleo en América Latina (IDEAL), propiedad de Carlos Slim, era "antiestética, desacorde e inarmónica con el entorno", a pesar de que esta ofrecía entregar al gobierno 20% de todos los ingresos recaudados por peaje, frente a 0.5% que daba OHL.[3]

Según el abogado Paulo Díez Gargari, unas horas antes de ese acto, el propio AMLO le entregó a Julio Scherer Ibarra toda la información de soporte con la que había sido elaborada la nota que ese día leyó el hoy presidente. Es claro, por ende, que tanto este como como el consejero estaban igualmente al tanto del tema. La diferencia era que AMLO tenía la convicción de que había que llegar al fondo del asunto, mientras que Scherer Ibarra calculaba que él mismo podría, en el futuro, ser un factor de una negociación con una empresa a la que —como veremos— lo unían varios intereses.

Con el tiempo, los escándalos vinculados a OHL fueron *in crescendo*. Para 2018 sus accionistas tomaron la decisión de vender la filial de la empresa al fondo australiano de inversión IFM Investors, el cual, a su vez, rebautizó a su filial mexicana como Aleatica. Tal vez para obtener información privilegiada, al llegar al país este fondo buscó la asesoría de un exsecretario de Hacienda, Pedro Aspe Armella, uno de los socios de Julio Scherer Ibarra. Para efectuar la operación, Aspe echó mano de Evercore, un banco de inversión donde trabajaba como analista Julio Scherer Pareyón, Julito II. Como veremos más adelante, este no es el único vínculo familiar entre los Scherer que encontramos en esta y otras historias que involucran al exconsejero.

Tanto OHL desde 2009 como IFM Investors desde 2017 han venido cobrando de forma ilegal una cuota de peaje por el uso del Viaducto Bicentenario. El cobro de esta, que entre 2009 y 2020 le permitió a la empresa embolsarse 6 mil 934 millones de pesos, es a todas luces ilegal e inconstitucional, pues la concesión no fue otorgada por el gobierno federal, a través de la Secretaría de Comunicaciones y Transportes (SCT) como correspondería, sino por el gobierno del Estado de México, el cual no tiene las facultades sobre las vías federales.[4]

Según una denuncia presentada a título personal por el abogado Paulo Díez Gargari, quien ha dado un seguimiento puntual al caso,[5] Aleatica es una de las muchas empresas que recurrieron a los "buenos oficios" de Scherer para obtener beneficios indebidos.[6] La denuncia plantea que si esta empresa pudo seguir explotando ilegalmente el Viaducto Bicentenario durante el gobierno de López Obrador, y cobrar una cuota de peaje, se debe al apoyo otorgado por el exconsejero y su red de despachos y socios, todos los cuales tendrían un interés particular en que así fueran las cosas. Según el denunciante, Scherer podría haber incurrido en asociación delictuosa, ejercicio ilícito del servicio público, coalición de servidores públicos, tráfico de influencias y ejercicio abusivo de funciones, entre otros posibles delitos.

Además del entonces consejero, otros personajes —de los que ya hemos hablado— habrían tenido un papel protagónico en lo que parece una red corrupta y corruptora: Raúl Mauricio Segovia Barrios, integrante del despacho Ferráez, Benet, Segovia e Igartúa (FBSI), que se ocupa de los negocios inmobiliarios de Scherer y a quien este último hizo consejero adjunto de Control Constitucional y de lo Contencioso; Mario Iván Verguer Cazadero, aquel jurídico de Seduvi que estaba a las órdenes de Scherer y a quien más tarde premió su lealtad con la Consejería Adjunta de Control Constitucional y de lo Contencioso; y Román García Álvarez, un abogado sin experiencia sustantiva y a todas luces incapacitado para el puesto, que también estuvo subordinado a Verguer Cazadero en Seduvi, y que el exconsejero puso como jurídico de la ahora llamada Secretaría de Infraestructura, Comunicaciones y Transportes (SICT).

Ciertamente, la 4T no se ha caracterizado por nombrar a perfiles de competencia especializada en cargos públicos. En muchos casos, eso tiene que ver con la falta de cuadros de confianza y, en otros, con un cierto desaseo en las tareas de la administración pública, como lo he escrito antes. En esta circunstancia, sin embargo, Scherer parece haber elegido intencionalmente a un jurídico falto de preparación.[7]

La más mínima noción de respeto al interés público sugiere que al frente de una secretaría que debe litigar casos en los que se manejan grandes sumas, y que tiene como contraparte a concesionarios que contratan a despachos de abogados bien capacitados, es necesario colocar a un director jurídico que conozca los temas del ramo, cosa que en esta instancia no era así. Pareciera que aquí Scherer buscó un perfil completamente subordinado a él. Para ello, nada mejor que alguien que, gracias al consejero, hubiera dado un enorme salto en su carrera y, de esta forma, le debiera todo y estuviera más que dispuesto a hacer lo que se le pidiera.

A esta trama se suman otros personajes vinculados directamente a Scherer, quienes evidencian el nivel de involucramiento que el exconsejero tenía con Aleatica y el caso del Viaducto Bicentenario y, por tanto, un conflicto de interés. Figuran, en primer lugar, Pedro Scherer Ibarra, hermano del consejero, propietario de una firma de asesoría financiera llamada ADyS que cobró varios millones de pesos a Aleatica por la asesoría en un proyecto (llamado Daytona), a través del cual, entre finales de 2019 y mediados de 2020, se refinanció la deuda de su subsidiaria, Autopista Urbana Norte, S. A. de C. V. Los gastos de refinanciamiento fueron de 264 millones de pesos, de los cuales una parte sustancial (no se sabe exactamente el monto) fue pagada al despacho de Pedro Scherer.

Aparecen igualmente distintos abogados vinculados a Scherer que fueron contratados por Aleatica e IFM, entre los que destacan Juan Antonio Araujo Riva Palacio, Alonso Rivera Gaxiola y Rodrigo Lagos Scherer.[8]

La denuncia plantea que el entonces consejero jurídico mantuvo en el error al presidente de la República, al hacerle creer que no había nada que investigar ni sancionar con respecto a Aleatica. La razón de este aparente engaño tiene que ver con el hecho de que, en los últimos años, Aleatica ha pagado grandes cantidades de dinero —ya sea directamente o a través de subsidiarias o afiliadas— a personas estrechamente vinculadas con Julio Scherer Ibarra, desde los mencionados abogados hasta parientes suyos en el sector financiero. Esas personas "se beneficiaron a sí mismas y benefician indebidamente a un grupo empresarial, permitiéndole seguir explotando ilegalmente un bien nacional de uso común, en perjuicio de la nación", según la denuncia.[9]

LA HISTORIA

Con la llegada del gobierno de Andrés Manuel López Obrador se planteó internamente la necesidad de recuperar el Viaducto Bicentenario como un bien nacional de uso común. El primero en hablar públicamente del tema fue el secretario de Infraestructura, Comunicaciones y Transportes, Javier Jiménez Espriú, quien, el 9 de noviembre de 2019, aseguró en una reunión con medios de comunicación que había una "presunta irregularidad" en la manera en que OHL había obtenido la concesión del Viaducto Bicentenario. Con este antecedente, el 10 de marzo de 2020, y tras varios requerimientos de información presentados por el director jurídico de la SICT, Carlos Francisco Sánchez Valencia (nombrado por Scherer el 16 de diciembre de 2018), la secretaría finalmente inició un procedimiento de sanción en contra del gobierno del Estado de México por explotar una vía de comunicación federal de forma ilegal. El presidente de la República, naturalmente, también tenía presente el tema, pues llegó a hablar del asunto en la mañanera del 22 de junio de 2020.[10]

Así las cosas, tanto el secretario Jiménez Espriú como Sánchez Valencia y el presidente López Obrador querían regularizar el asunto.

Sin embargo, Scherer y sus socios tenían un plan distinto. Por ello, al poco tiempo de iniciado el procedimiento de sanción, el accionista de control de Aleatica, IFM Global Infrastructure Fund, ya había recurrido a Alonso Rivera Gaxiola, uno de los socios de Scherer, para que lo representara.[11]

El 23 de julio de 2020, a los cuatro meses de iniciar el procedimiento de sanción, Jiménez Espriú renunció a Comunicaciones y Transportes por diferencias con el presidente —ya conocidas— y en su lugar entró Jorge Arganis Díaz Leal. Al poco tiempo, en septiembre de 2020, el nuevo secretario dio positivo por covid-19, lo que dañó severamente su salud y lo llevó a pasar un largo periodo hospitalizado. En esa coyuntura, como lo hicieron también en otros asuntos en tiempos de la pandemia, Scherer y sus socios operaron a sus anchas, pues, unos días después de que el secretario cayera enfermo, el director de Asuntos Jurídicos, quien había iniciado el procedimiento sancionatorio, fue forzado a renunciar. Así, el 16 de septiembre de 2020, Scherer (quien, como ya he relatado, había promovido una reforma legal para nombrar a todos los jurídicos del gobierno federal) recurrió a Román García Álvarez para ocupar esa posición.

El movimiento no fue casual: entre 2009 y 2015 este personaje se había desempeñado como director de Normatividad y Apoyo Jurídico de la Seduvi del gobierno de la Ciudad de México, donde tuvo como superior a Mario Iván Verguer Cazadero, a la sazón director de Asuntos Jurídicos de esa dependencia. Este personaje, como se ha señalado ya en el capítulo 4, fue muy útil a los negocios de Scherer y sus socios en la Seduvi y estaba dispuesto a hacer cualquier cosa que le pidiera el consejero.

Y eso fue precisamente lo que ocurrió: seis días después de que Scherer firmó su nombramiento, García Álvarez detuvo la decisión de imponer una sanción al gobierno del Estado de México por la explotación ilegal del Viaducto Bicentenario. Importa señalar que, el 22 de septiembre de 2020, el funcionario de la secretaría encargado del procedimiento puso a consideración del nuevo jurídico un proyecto de resolución en el que se señalaba que había quedado acreditado que el gobierno del Edomex no contaba con permiso para explotar el derecho de vía, por lo que se debía imponer una sanción económica (lo que tocaba a García Álvarez) para iniciar el procedimiento de recuperación del Viaducto.

En lugar de actuar en ese sentido, el funcionario incondicional a Scherer dio instrucciones, supuestamente en representación de Arganis —aprovechando su delicado estado de salud—, y procedió a firmar un convenio de colaboración entre la SICT y el gobierno del Edomex, a todas luces ilegal, en el que, a pesar de reconocer que el Viaducto Bicentenario es una vía de jurisdicción federal, mantenía un título de concesión estatal a favor del gobierno de esa entidad. Ese convenio, bautizado como "de la vergüenza" y que se firmó sin que se hubiera resuelto el procedimiento de sanción abierto en tiempos de Jiménez Espriú, fue aprobado y dictaminado tanto por el director de Asuntos Jurídicos, Román García Álvarez, como por Jorge Arganis. En el caso de este último, sin embargo, no es claro si su firma se obtuvo con su pleno consentimiento.[12] De hecho, hay evidencias de que el secretario no estuvo consciente de haberlo firmado.[13]

Como director jurídico de la SICT, Román García Álvarez estaba obligado a asegurarse de que las bases del convenio firmado con el gobierno del Estado de México fueran sólidas y, en caso de no serlo, denunciar el intento por legalizar lo que claramente constituye un delito: la explotación de una vía general de comunicación sin concesión otorgada por el gobierno federal. Pero no solamente este funcionario parece tener una responsabilidad. También la tiene el exconsejero jurídico, pues fue quien permitió que en el documento se señalara algo falso: que este había sido firmado por acuerdo del presidente de la República. El documento tuvo que haber sido analizado y propuesto por el consejero jurídico al presidente, según establece la ley. Hoy sabemos, de hecho, que tal acuerdo jamás existió, pues así lo confirmó la propia Presidencia de la República en una solicitud de transparencia.

Ante estos hechos, Scherer guardó un conveniente silencio. Un silencio que —según la denuncia de Díez Gargari— tenía por objeto beneficiar a Aleatica y a familiares suyos involucrados con esta empresa. Según la denuncia presentada por el abogado, "muchos fueron inducidos al error de pensar que el propio presidente de la República validaba el ilegal contenido de ese documento, y muchos otros lo utilizaron como pretexto para tratar de defender la supuesta legalidad de la explotación ilegal del Viaducto Bicentenario".[14] Estamos, en suma, ante otro más de los engaños y traiciones de Julio Scherer al presidente López Obrador.

LOS INTERESES DE SCHERER Y SUS SOCIOS

Con la celebración y publicación del convenio a través del cual se permitió seguir explotando el Viaducto Bicentenario, Scherer Ibarra habría buscado hacer un negocio doble: no solamente por recibir una comisión o soborno a cambio de beneficiar directamente a IFM Global Infrastructure Fund, accionista de control de Aleatica, sino beneficiar, una vez más, a dos de los despachos que representan sus intereses, el de Rivera Gaxiola y el de Araujo Riva Palacio, cuyos socios cobraban elevados honorarios.

Se sabe que el hermano del exconsejero, Pedro Scherer Ibarra, cobró varios millones de pesos a Aleatica por asesorar el refinanciamiento de la deuda de una de sus subsidiarias. Como asegura Paulo Díez Gargari, de los 264 millones de pesos que se pagaron por dicha operación, una parte sustancial fue a dar al despacho del hermano de Julio. La operación se cerró en abril de 2020, casualmente, el mismo mes en que IFM otorgó poderes en favor de Alonso Rivera Gaxiola y Rodrigo Lagos Scherer.

El monto que cobró el hermano del consejero jurídico se situó muy por encima del valor de estos servicios en el mercado si se toma en cuenta que la deuda en cuestión ascendía a 7 mil 050 millones de pesos. Si típicamente se cobra 1% por la reestructuración de un crédito bancario, según fuentes consultadas, lo razonable habría sido un pago en torno a los 70 millones. De hecho, de los 264 millones que la empresa destinó durante el segundo trimestre de 2020 a la formalización de su deuda, la parte sustancial fue para cubrir los honorarios del asesor financiero.

Al respecto, valdría la pena investigar si un porcentaje de los 200 millones que cobró el despacho Alfaro, Dávalos y Scherer, S. C. fue a engrosar las cuentas del exconsejero jurídico. Esa posible suma, como los honorarios que se embolsaron los abogados del despacho Rivera Gaxiola, Kálloi, Fernández, Del Castillo, Quevedo, Lagos y Machuca, pudo ser parte de un esquema disfrazado, a través del cual Julio Scherer habría recibido una abultada comisión por permitirle a Aleatica seguir explotando ilegalmente el Viaducto Bicentenario.

Nota para la reflexión

Desde hace mucho tiempo hablaba don Jesús Silva de la corrupción en México y decía: "Y el peor de los males es que ni siquiera pierden su respetabilidad".

AMLO en la mañanera del 8 de julio de 2019...

y en varias mañaneras más

Ofrecer evidencias documentales, testimonios de fuentes dispuestas a dar sus nombres e información más precisa de la que se ha podido exponer aquí es aún una tarea pendiente, algo que debe ser parte de una investigación de instituciones como la Fiscalía General de la República, la Fiscalía General de Justicia de la Ciudad de México o la Unidad de Inteligencia Financiera. Ningún particular puede tener acceso a datos de cuentas bancarias, empresas *offshore*, transacciones nacionales e internacionales, inversiones en bienes raíces, etcétera. Desde luego, esto también debería ser objeto de otras investigaciones periodísticas, para lo cual hace falta voluntad y recursos suficientes que permitan indagar a fondo en cada una de las áreas en las cuales el exconsejero y su red extendieron sus tentáculos.

Como lo señalé desde la presentación de este libro, no he pretendido aquí acusar a nadie de la comisión de una conducta delictiva, sino llamar la atención sobre un exfuncionario público que fue central durante la primera mitad de la actual administración y quien podría estar vinculado a algunos de los casos de corrupción más significativos de este gobierno. Estamos, en ese sentido, ante un personaje que ejemplifica la forma en que opera el negocio de la justicia en México, uno más de esos presuntos *brokers* que median la relación entre jueces y grandes despachos de abogados y a menudo obtienen sentencias favorables para sus clientes a cambio de elevadas sumas de dinero.

Mi interés va más allá de un solo hombre. En ese sentido, la intención no ha sido volver a Julio Scherer Ibarra sujeto de escarnio público. Por eso ni su nombre si su fotografía aparecen en la portada de este libro. Lo que me interesa, antes que sobre una persona, es llamar la atención sobre un mecanismo, un *modus operandi*. Porque la corrupción judicial de la que he hablado aquí no se agotará el día en que el personaje central de esta trama ya no esté ahí operando el negocio de la justicia: la forma en que funciona existió antes y seguirá existiendo después de él. La manera como operan los *brokers* es tan redituable que, cuando uno de ellos sale del juego, entra un sustituto rápidamente y con relativa facilidad; algo similar a lo que ocurre cuando se descabeza a un cártel del crimen organizado, llenando un espacio vacío.

La historia de Scherer Ibarra es importante para la izquierda. Lo es porque la mayor parte de sus acciones están en las antípodas de un proyecto de este corte, e incluso representan en muchos casos un obstáculo para algunas de las políticas más importantes de la 4T. Porque mientras el presidente López Obrador pregonó siempre que "primero los pobres", el lema del consejero parecía ser "primero mis negocios". Porque mientras AMLO buscaba incrementar la recaudación para fortalecer los ingresos públicos, y daba una lucha decidida contra la evasión, la elusión y el fraude fiscal, Scherer hacía gestiones a favor de ciertos deudores del fisco con los que llegaba a acuerdos para reducirles sus deudas, presumiblemente a cambio de obtener algún beneficio particular.

Porque mientras el presidente quería evitar la quiebra de Interjet, y el SAT y la Procuraduría Fiscal buscaban que Miguel Alemán Magnani, la cabeza de esa empresa, diera la cara por una cuantiosa deuda fiscal acumulada, Scherer y sus socios parecían más preocupados por sacarle al empresario cerca de 40 millones de dólares, a cambio de facilitarle las cosas o negociar su impunidad. Porque mientras López Obrador buscaba que personajes involucrados en actos de corrupción, como Alonso Ancira o Juan Collado, pagaran lo que se habían llevado y comparecieran ante la justicia, él lucraba con su red de negocios judiciales y movía sus influencias para que Altos Hornos, la empresa de Ancira, y Caja Libertad, de Juan Collado, quedaran en manos de uno de sus principales socios y amigos. Porque mientras López Obrador hablaba de separar el poder económico del poder político, Julito movía los hilos para quedarse con una parte de Grupo Radiópolis, por medio de uno de sus socios.

Porque mientras López Obrador quería que los cooperativistas de Cruz Azul —sus legítimos dueños— recuperaran lo que es de ellos y por años les han quitado directivos corruptos y abogados inescrupulosos, Scherer operaba tras bambalinas para que las cosas siguieran igual, y que dos cómplices de Billy Álvarez —el hombre que saqueó los recursos de la cooperativa durante décadas— quedaran al frente y continuaran con el mismo tipo de negocio corrupto. Porque en lugar de pensar en el interés de los cooperativistas —lo que se esperaría de un gobierno de izquierda— el consejero vio a Cruz Azul como la joya de la corona para hacerse de una buena suma de dinero, venderle la cooperativa a un privado y posiblemente beneficiarse él mismo de la transacción.

Porque mientras López Obrador se comprometía a luchar contra la corrupción de OHL/Aleatica —empresa consentida de Peña Nieto— y funcionarios de la Secretaría de Comunicaciones, Infraestructura y Transportes hacían esfuerzos para recuperar el Viaducto Bicentenario que aquella firma ha usufructuado por años a través de una concesión ilegal, el consejero operaba a favor de dicha empresa, frenaba el intento de sancionarla y buscaba dar una apariencia de legalidad a su actuación. Por eso, todavía hoy, al terminar este libro, quienes transitan por ese segundo piso del Periférico en el Estado de México están obligados a pagar un peaje cobrado de forma ilegal.

Mientras el primer presidente que ha tenido la izquierda en México en varias décadas buscaba promover la salud pública de la población y se comprometía con la prohibición del glifosato, los vapeadores, los cigarros electrónicos e incluso con una política energética nacionalista que priorizaba lo público antes que lo privado y los intereses extranjeros, Scherer traicionaba su confianza pasándole a firmar decretos o iniciativas de ley redactadas más bien para hacerles favores a grupos de interés tan poderosos como los de la industria agroalimentaria, el agronegocio, las tabacaleras o las compañías del autoabasto en el sector energético, muy probablemente capaces de recompensar generosamente ese tipo de favores.

Porque, aunque López Obrador buscó cerrar lo más posible la ventanilla a través de la cual se cuela el poder económico para capturar al poder político, Scherer se encargó de abrirla nuevamente para que, por medio de este, los dueños del dinero pudieran pedir favores, solicitar excepciones y obtener un trato VIP.

La traición de Scherer, como hemos visto, se dio también en el ámbito político-electoral. Porque mientras López Obrador y su movimiento se enfrentaban a panistas acusados de corrupción, como Maru Campos o Francisco García Cabeza de Vaca, el consejero veía la manera de venderles protección e impunidad, cumpliéndoles unas veces y otras no. Porque mientras el gobierno de Andrés Manuel apoyaba los esfuerzos para extraditar a César Duarte, el consejero operaba para que una de las beneficiarias de su "nómina secreta" se convirtiera en gobernadora de Chihuaha. Y porque mientras el grupo parlamentario de Morena en la Cámara de Diputados votaba por el desafuero del exgobernador de Tamaulipas, Scherer maniobraba para que el panista pudiera terminar su mandato.

Pero no solo eso: mientras Morena buscaba abrirse paso en elecciones intermedias para ampliar su presencia territorial en el país, los Scherer —Julio y Hugo— movían todos los hilos posibles para asegurarse una franquicia que no parece haber tenido otro objetivo que ganar enormes sumas de dinero a partir de las campañas para luego hacerse de jugosos contratos con los candidatos triunfantes. Como se mencionó aquí, esa parece haber sido la principal razón para tratar de detener la encuesta interna con la que se eligió al presidente del partido en 2020, cuando el exconsejero operó en el Tribunal Electoral, arguyendo que esos eran los deseos del presidente.

Sé que a algunos militantes y simpatizantes de la 4T les habrá generado extrañeza que alguien que ha mostrado una pública convicción del proyecto político de la autoproclamada Cuarta Transformación haya escrito un libro como este. Sin embargo, siempre me he tomado en serio el "no somos iguales" del presidente López Obrador. Ser diferentes no significa que cierto tipo de cosas dejen de ocurrir, sino que, cuando acontezcan, sea posible tomar las decisiones adecuadas para que no se repitan.

En otras palabras, cuando se presenta un caso de corrupción en las propias filas de la izquierda no debe ocultarse so pretexto de darle armas al adversario o "hacerle el juego a la reacción". Pensar así, al final de cuentas, es cerrar los ojos ante lo evidente, cuando lo que hace falta es sacar lecciones sobre cómo y por qué se mordió el polvo para, en última instancia, evitar que se repitan situaciones similares. En ese sentido, el movimiento que llevó a López Obrador al poder está obligado hoy a preguntarse cómo y por qué en los gobiernos de izquierda personajes como Julio Scherer Ibarra pueden llegar a enquistarse y volverse tan poderosos.

Como señalé al principio de este libro, voté por Andrés Manuel López Obrador en 2018 y por los candidatos de Morena en 2021. En 2024 volveré a votar por ese partido. Lo he hecho y lo haré convencido de su compromiso con los más desfavorecidos y que su propuesta política es mejor a las existentes. Lo hice también porque creo que la corrupción es uno de los principales problemas de México, aunque también a sabiendas de que esta se da en todo gobierno, especialmente en un país como el nuestro, donde tiene un carácter sistémico. Por ello es comprensible y lógico que este mal no se haya logrado erradicar.

Por todo esto es que importa entender cómo es que esa corrupción pudo darse desde las oficinas privadas de un funcionario clave en la Presidencia de la República—, justamente en un gobierno que tenía claro que esta se extirpa como se barren las escaleras: de arriba abajo. Es evidente, pues, que el presidente de la República cometió un error al confiar en Julio Scherer Ibarra; algo que logró enmendar a la mitad de su mandato, cuando tomó la decisión de quitarle el poder que le había otorgado, como jamás ocurrió en gobiernos previos con personajes semejantes. De forma discreta, López Obrador hizo algo que no habíamos visto nunca antes en este país.

Pero, aun habiendo rectificado al apartar a Scherer de su cargo y de su encargo, AMLO se equivocó al integrar un perfil como este a su equipo. El encargado de vigilar la legalidad de las acciones del Ejecutivo federal debe ser un buen abogado y —en el caso de un presidente como López Obrador— también uno de intachable reputación. No fue así. López Obrador debió informarse mejor y ponderar si los antecedentes de Scherer Ibarra eran los idóneos para ocupar la Consejería Jurídica y asumir una posición tan importante dentro de un gobierno que se planteó sanear la vida pública del país. En lugar de eso, el presidente se guio en buena medida por el nombre y la reputación de don Julio Scherer García, así como por la amistad y respeto que tuvo por él, asumiendo erróneamente que la honestidad y el compromiso son cualidades hereditarias.

No se trata de llamarnos a la ingenuidad: es posible que hasta el más honesto de los políticos necesite de un operador estilo Scherer. Tal vez era inevitable echar mano de un personaje así, capaz de transar con el poder económico y actuar en las alcantarillas de la política real. Lo que no era inevitable era entregarle tantas funciones y tanto poder a un personaje de sus características —a quien tenía la responsabilidad de vigilar— y, sobre todo, haberle dejado de poner verdaderos contrapesos, como sí llegó a hacerlo en muchas otras áreas del gobierno en las cuales nombró a funcionarios de visiones opuestas o intereses políticos enfrentados.

En más de una ocasión, López Obrador ha expresado que nada ocurre en México sin que se entere el presidente. De forma análoga, AMLO alentó muchas veces la idea de que bastaba con que el jefe del Ejecutivo fuese honesto para que la estructura debajo de este se alineara a ese compromiso ético. Hoy queda muy claro que esta es una idea ingenua y romántica, pues un presidente no tiene manera de controlar ubicuamente lo que ocurre en el inmenso aparato burocrático de la administración pública y, como vemos, a veces ni siquiera lo que pasa en las oficinas contiguas a la suya. Tal vez el presidente haya pensado algo distinto porque, en su experiencia previa de poder, al frente del gobierno capitalino, era más sencillo para la cabeza del Ejecutivo allegarse información sobre lo que ocurría en la estructura de su administración. A nivel federal, las cosas son muy distintas.

Probablemente el presidente no era del todo consciente de que el poder de un consejero jurídico de la Presidencia de la República es inmensamente mayor que el que tiene uno de su tipo a nivel local. Sobre todo, parece haber ignorado que, durante las últimas dos décadas, los consejeros jurídicos han jugado un rol medular en el negocio de la justicia en México. AMLO parecía desconocer por completo la forma en que este opera, a pesar de ser uno de los elementos que perpetúan los privilegios que su gobierno ha buscado combatir. Es posible también que lo que al presidente más le preocupaba era evitar que el Poder Judicial obstaculizara sus grandes proyectos de gobierno. Así, al ver que Julio cumplía esa tarea con aparente eficacia y le daba resultados satisfactorios, no se interesó por lo que pasaba dentro de sus oficinas.

Como he dado cuenta en este libro, el poder que amasó Scherer Ibarra se dio tanto en el terreno formal como en el informal. De manera formal, porque se arrogó la facultad de nombrar a todos los directores jurídicos del gobierno federal, con lo que obtuvo una poderosa arma de control político sobre todos los secretarios de Estado y altos funcionarios. De manera informal, porque en sus manos cayó una gran cantidad de encargos más allá de las competencias legales de un consejero jurídico, desde la relación con los poderes Legislativo y Judicial hasta la interlocución con los poderes fácticos. Funciones como estas, que probablemente debieran ejercerse desde la Secretaría de Gobernación, terminaron en una oficina comandada por una figura que no era objeto del escrutinio público y actuaba en la opacidad, sin contrapesos.

Para un presidente a tal punto comprometido en la lucha contra la corrupción, como es el caso de López Obrador, descuidar la importancia del Poder Judicial y la corrupción que allí tiene lugar ha sido uno de los grandes equívocos de su administración. Esta omisión tal vez responda al hecho de que, en el debate público, este es el más complejo y menos entendido de los Poderes de la Unión, pero también el que legaliza los actos de corrupción y facilita la impunidad de los corruptos.

¿QUÉ ES LO QUE AMLO TUVO QUE HACER DISTINTO?

Por un lado, debió promover a figuras de reconocido prestigio en todos aquellos puestos que tenían que ver con la procuración e impartición de justicia, así como en las áreas encargadas del litigio y la defensa legal de la administración pública. La penosa experiencia de buena parte de los integrantes de la llamada Mesa de Judicialización, comentada en este libro, o el perfil de algunos de los ministros que propuso para la Corte (como Yasmín Esquivel) muestran que este no fue el caso. Cuadros honestos y de claro compromiso con la lucha anticorrupción tuvieron que ocupar los roles más destacados, en vez de figuras manipulables y propensas a ser coaccionadas. Claro, cabe preguntarse hasta qué punto existen estos perfiles y si el presidente podía confiar en quienes estaban disponibles.

Por otro lado, AMLO se equivocó al renunciar a transformar de raíz al Poder Judicial y al entregarle la redacción de su reforma legal a Arturo Zaldívar, sin permitir un debate más plural y donde se escucharan voces alternativas. Difícilmente se puede esperar que la cabeza del Poder Judicial modifique este poder de forma sustancial. Es como si se le pidiera al jefe de la policía encabezar una reforma para modificar la corporación o como si se le encomendara al secretario de la Defensa plantear una reforma de las Fuerzas Armadas. El riesgo de que el resultado final sea el mantenimiento del *statu quo* sería elevado en ambos casos.

Para evitar que una historia como esta se repita, la 4T deberá en el futuro tener una actitud firme, similar, por ejemplo, a la que llevó al presidente López Obrador a obligar a los ricos a pagar impuestos en México y combatir decididamente el fraude fiscal. Tareas como estas requieren cambios legislativos de fondo, una voluntad política inquebrantable y asignar responsabilidades en áreas clave a funcionarios de probada firmeza e incorruptibilidad.

Comencé este libro recordando cómo se dieron las cosas durante esa mañanera en la que Julio Scherer Ibarra se despidió del gobierno. Paradojas de la vida y de la política, el presidente le dio a su exconsejero un trato más que generoso. Aunque envió un mensaje claro de que las puertas para él quedaban cerradas al finalizar "su cargo y encargo", no escatimó en expresar palabras de gratitud. Lo llamó "hermano" y hasta le permitió leer una carta en la que se despedía.

Algunos se preguntarán por qué AMLO estuvo lejos de tener esa misma deferencia con Irma Eréndira Sandoval cuando, el 21 de junio de 2021, divulgó en sus cuentas un video en el que se mostró en torno a una mesa frente a la exsecretaria de la Función Pública y al nuevo titular del despacho, Roberto Salcedo Aquino. AMLO le agradeció a la secretaria su contribución "durante el inicio del gobierno" (no durante toda la administración) y luego le dio la palabra. Tuvo que ser ella, con una voz temblorosa y sin la misma oportunidad que le dio a Julio, quien robara unos minutos para destacar lo que consideraba como los logros de su gestión.[1]

¿Por qué con el exconsejero todo fue tan distinto? ¿Por qué quedó un margen de ambigüedad donde no se terminaba de entender cómo habían finalizado las cosas entre ambos?

El mayor pecado de Irma Eréndira, después de todo, fue usar su puesto para promover a su hermano y conspirar contra la candidatura de Félix Salgado a través de filtraciones a la prensa. El pecado de Julio y su traición, en cambio, es tan grande que tal vez el idioma español no tiene una palabra que lo defina. ¿Por qué entonces quedó esa sensación de confusión? ¿Por lo que Julio supo y sabe? ¿Por lo que vio? ¿Por la gratitud personal que le tiene el presidente a él, y sobre todo, a la memoria de su padre? ¿Porque personajes como él *sirven* en la política real? ¿Porque podría ser nuevamente útil en el futuro? ¿O porque en realidad todavía no alcanzamos a dimensionar cabalmente de qué está hecho el gran negocio de la justicia en México?

Notas

Presentación

[1] Para ese entonces había publicado dos textos sobre el exconsejero: "¿Peligra encuesta de Morena en el Tribunal?", *El Heraldo de México*, 29 de septiembre de 2009. Disponible en https://heraldodemexico.com.mx/opinion/2020/9/29/peligra-encuesta-de-morena-en-el-tribunal-210390.html. Y "Tenemos que hablar de Scherer", *La Política Online*, 2 de junio de 2021. Disponible en https://www.lapoliticaonline.com/mexico/hernan-gomez-bruera-mx/hernan-gomez-bruera-tenemos-que-hablar-de-scherer.

[2] Con la esperanza de poder obtener evidencia documental, además, hice un total de 132 solicitudes de transparencia a dependencias locales y federales y, en especial, a los consejos de la Judicatura Federal y de la Ciudad de México. Lamentablemente, la forma en que operó el exconsejero y el grado de opacidad que existe dentro del Poder Judicial impidió obtener información valiosa por esta vía. De hecho, de las 132 solicitudes, la gran mayoría se dieron por terminadas sin haberse otorgado la información solicitada. En particular, se formularon peticiones de transparencia sobre cuestiones como trámites inmobiliarios de particulares presuntamente ligados a Scherer, sanciones administrativas en contra de jueces del Poder Judicial local y federal, currículums de funcionarios y exfuncionarios públicos para conocer sus antecedentes y vínculos. La mayoría de las peticiones 123 (93%) fueron solicitadas a instancias de la Ciudad de México, concretamente, a alguna de las 16 alcaldías de la Ciudad de México, al Tribunal de Justicia Administrativa de la Ciudad de México, al Tribunal Superior de Justicia, a la Fiscalía General de la Ciudad de México, al Consejo de la Judicatura de la Ciudad de México, a la Secretaría de Desarrollo Urbano y Vivienda, a la Secretaría de Movilidad y a la Procuraduría Ambiental y del Ordenamiento Territorial de la Ciudad de México. Las nueve peticiones restantes se hicieron en tres ocasiones a instancias del gobierno de Tamaulipas y federales. En el caso de las alcaldías y de las secretarías y Procuraduría, las solicitudes fueron rechazadas por tratarse de información que incluía datos personales de quienes promovieron trámites ante estas dependencias. Este tipo de solicitudes suele rechazarse bajo el argumento de que no lo permite ni la ley local ni la federal en cuestión de protección de datos personales.

[3] El artículo 4 de la Ley del Secreto Profesional y Cláusula de Conciencia para el Ejercicio Periodístico de la Ciudad de México establece el derecho inalienable de mantener en secreto la identidad de las fuentes que facilitan información a quienes ejercen el periodismo.

1. El negocio de la justicia en México

[1] Según una fuente, incluso en la Ciudad de México, un importante empresario de los medios solía organizar fiestas a las que acudía el personal del Tribunal Superior de Justicia.

[2] Este tipo de litigantes "distinguidos", revela la fuente, estaban tan acostumbrados a recibir un trato privilegiado que, alguna vez, uno de ellos, cuando fue a ver un asunto con el equipo de Godoy, pidió un whisky cuando le ofrecieron algo de tomar. Se llevó una sorpresa cuando le contestaron que solamente tenían café o té.

[3] Una fuente del Poder Judicial de Nuevo León relató, por ejemplo, cómo un conocido magistrado del Tribunal Superior de Justicia del estado suele mandar a su hijo a hacer esta tarea directamente con las partes involucradas en los juicios en los que está involucrado su padre.

[4] En varios apartados de este libro se hace mención de varios jueces y magistrados del ámbito local y federal. Se solicitó información pública, particularmente al Consejo de la Judicatura Federal y al Consejo de la Judicatura de la Ciudad de México, sobre las quejas que podrían tener los juzgadores que se mencionan en este libro ante estas instancias. Sin embargo, la respuesta en ambos casos fue negar esta información, debido a que divulgarla transgrediría el derecho al honor de los juzgadores. En segundo lugar, ambas instituciones me puntualizaron que solo se pueden transparentar las sanciones, es decir, las quejas que son procesadas, estipuladas por la UGIRA.

[5] Durante nuestra conversación, le planteé a este funcionario varias interrogantes que no logró responder. Me ofreció una reunión con el funcionario encargado del área para que él pudiera esclarecer mis dudas, pero esta nunca se concretó.

[6] Así fue establecido en el "Acuerdo general del pleno del Consejo de la Judicatura Federal, que reforma y adiciona el que reglamenta la carrera judicial y las condiciones de los funcionarios judiciales, en relación con la reincorporación, adscripción, readscripción y ratificación de magistrados de circuito y jueces de distrito", publicado en el *Diario Oficial de la Federación* el 17 de octubre de 2019, así como en sucesivos acuerdos publicados en años posteriores. Disponible en https://www.dof.gob.mx/nota_detalle.php?codigo=5575730&fecha=17/10/2019#gsc.tab=0.

[7] "Decreto por el que se declara[n] reformadas y adicionadas diversas disposiciones de la Constitución Política de los Estados Unidos Mexicanos, relativos al Poder Judicial de la Federación", *Diario Oficial de la Federación*, 11 de marzo de 2021. Disponible en http://www.dof.gob.mx/nota_de talle.php?codigo=5613325&fecha=11/03/2021.

[8] Tramposamente, se le hizo un traje a la medida al agregarle un transitorio a la Ley Orgánica del Poder Judicial de la Ciudad de México para permitir únicamente la reelección del presidente que estaba entonces en funciones, lo que constituye una ley prohibitiva constitucionalmente, según denunció en su momento la magistrada Celia Marín Sasaki. Véase Laura Gómez Flores, "Desechan amparo contra reelección de presidente del Poder Judicial de CDMX", *La Jornada*, 25 de octubre de 2021. Disponible en https://www.jornada.com.mx/notas/2021/10/25/capital/desechan-amparo-contra-reeleccion-de-presidente-del-pjcdmx/?fbclid=IwAR2nm gtnh7cKGOk4Mi7i-NNhUEpEiOcnUlqV2RMNj1viIJfGGFtXJBccLq8. Paradójicamente, a pesar de que la magistrada presentó tres amparos en contra de Guerra estos fueron desechados por supuestamente no tener interés jurídico ni legal en el asunto. La reelección de Guerra fue más grave aún que la de Elías, pues en aquel momento estaba establecida en la Ley Orgánica, mientras que en este caso la propia Constitución determinaba una prohibición expresa.

2. En el nombre del padre

[1] El video del homenaje completo puede verse en https://www.youtube.com/watch?v=z3e g9xoO5RI.

[2] Luis Pablo Beauregard, "Muere Julio Scherer, gran maestro del periodismo mexicano", *El País*, 7 de enero de 2015. Disponible en https://elpais.com/internacional/2015/01/07/actuali dad/1420649899_582345.html.

[3] Redacción, "Acepta Julio Scherer García el Premio Nacional de Periodismo", *Proceso*, 28 de abril de 2003. Disponible en https://www.proceso.com.mx/cultura/2003/4/28/acepta-ju lio-scherer-garcia-el-premio-nacional-de-periodismo-75537.html.

[4] Basado en su declaración patrimonial y en el Registro Nacional de Profesionistas.

[5] Ausencio Díaz, "Scherer y la lucha por el poder", *El Heraldo de Tabasco*, 22 de marzo de 2022. Disponible en https://www.elheraldodetabasco.com.mx/analisis/punto-y-aparte-scherer-y-la-lucha-por-el-poder-8024061.html.

[6] Palabras referidas en el homenaje póstumo que se le hizo en la Feria Internacional del Libro de Guadalajara, diciembre de 2015. Disponible en https://www.youtube.com/watch?v=z3e g9xoO5RI.

[7] Francisco Ortiz Pinchetti, "Julito", *Noroeste*, 4 de septiembre de 2021. Disponible en https:// www.noroeste.com.mx/colaboraciones/julito-BM1358627.

[8] *Idem.*

[9] Basado en información de Francisco Ortiz Pinchetti (*idem*) y en su currículum público en la Plataforma Nacional de Transparencia.

[10] Redacción, "Una captura difícil", *Expansión*, 20 de septiembre de 2011. Disponible en https:// expansion.mx/expansion/2011/09/14/una-captura-difcil. Aunque no se conocen escándalos públicos sobre el paso del exconsejero en la empresa paraestatal, se sabe que, durante el tiempo que Bancomext poseyó la mayor parte de las acciones de Ocean Garden, se manejó con mucha opacidad e incluso varios de sus directores se enriquecieron a costa del erario y las pérdidas de dicha empresa. Véase, por ejemplo, Carlos Peralta Gaxiola, "Análisis y acción", *El Imparcial*, 26 de noviembre de 2005. Disponible en https://www.elimparcial.com/amp/sonora/Colum nas/ANALISIS-Y-ACCION-20051126-0004.html. Y Claudia Ocaranza, "10 malas prácticas en la contratación pública mexicana", *Poderlatam*, 20 de agosto de 2019. Disponible en https:// poderlatam.org/2019/08/10-malas-practicas-en-la-contratacion-publica-mexicana/.

[11] Miguel Badillo, "Acusan a Gil Díaz de abuso de autoridad", *La Hora del Pueblo*, 2006. Disponible en http://lahoradelpueblo.blogspot.com/2006/12/acusan-gil-daz-de-abuso-de-autori dad.html.

[12] Georgina Howard, "El Fobaproa azucarero", *Reporte Índigo*, 23 de enero de 2013. Disponible en https://www.reporteindigo.com/reporte/el-fobaproa-azucarero/.

[13] Romina Román Pineda, "Investiga Secodam a Julio Scherer Ibarra", *El Universal*, 19 de julio de 2001. Disponible en https://archivo.eluniversal.com.mx/primera/7045.html.

[14] *Idem.*

[15] Julio Scherer García, *Los presidentes*, México, Debolsillo, 2012, pp. 326-328.

[16] Francisco Ortiz Pinchetti y Francisco Ortiz Pardo, *El fenómeno Fox. La historia que* Proceso *censuró*, México, Planeta, 2001, p. 66.

[17] Scherer García, *op. cit.*, pp. 388-390.

[18] *Idem.*

[19] Ortiz Pinchetti, *op. cit.*

[20] Francisco Rodríguez, "Julio Scherer: presiones a *Proceso*", *El Universal*, 20 de octubre de 2001. Disponible en https://archivo.eluniversal.com.mx/columnas/16568.html.

[21] *Idem.*

[22] Salvador Camarena, "¿Tarjetas Broxel en la elección capitalina?", *El Financiero*, 6 de junio de 2018. Disponible en https://www.elfinanciero.com.mx/opinion/salvador-camarena/tarje tas-broxel-en-la-eleccion-capitalina/.

[23] Versión pública del contrato DAS-03-2018, disponible en la Plataforma Nacional de Transparencia.

3. La relación con AMLO y la izquierda

[1] Redacción, "Cómo ha sido la relación de AMLO con los Scherer", *Infobae*, 2 de septiembre de 2021. Disponible en https://www.infobae.com/america/mexico/2021/09/02/como-ha-sido-la-relacion-de-amlo-con-los-scherer/.

[2] Dalila Escobar, "AMLO reprocha a *Proceso* que mantenga un periodismo 'distante completamente del poder'", *Proceso*, 2 de agosto de 2022. Disponible en https://www.proceso.com.mx/nacional/2022/8/2/amlo-reprocha-proceso-que-mantenga-un-periodismo-distante-completamente-del-poder-290741.html.

[3] Francisco Ortiz Pinchetti, *AMLO. Con los pies en la tierra*, México, HarperCollins, 2018, p. 13.

[4] Elena Chávez, *El rey del cash*, México, Grijalbo, 2022, pp. 31-32.

[5] Iván Sánchez, "Historia reciente: videoescándalos con audio de Julio Scherer donde nombra a Jesús Zambrano", *Crónica*, 1 de septiembre de 2021. Disponible en https://www.cronica.com.mx/notas-avivan_videoesc__ndalos_con_audio_de_julio_scherer_donde_nombra_a_jes__s_zambrano-1161975-2020.html.

[6] Aunque no es claro si en aquella elección Villarreal aportó los 30 millones adicionales que se le pedían, hay que decir que ni este monto ni los 50 millones que el propio empresario aseguraba haber donado en esa conversación fueron debidamente declarados, como debe ocurrir con los recursos privados en las campañas. De hecho, en el listado de aportantes y montos de 2012 que registraba el entonces Instituto Federal Electoral, a partir de la información que reportan los mismos partidos, no consta ninguna aportación de Julio Villarreal. Tan solo figuran donaciones privadas, ninguna de las cuales supera los 12 mil pesos. Véase Instituto Nacional Electoral, "Listado de aportes y montos". Disponible en https://portalanterior.ine.mx/archivos3/portal/historico/contenido/Listado_de_Aportantes_y_Montos_por_Partido_Politico/.

[7] Algunas obras que dan cuenta de estos mecanismos que operan en los partidos y en las campañas son María Amparo Casar y Luis Carlos Ugalde, *Dinero bajo la mesa. Financiamiento y gasto ilegal de las campañas políticas en México*, México, Grijalbo, 2018; y Luis Carlos Ugalde, "El financiamiento ilegal de las campañas políticas en México", en *Elecciones, justicia y democracia en México. Fortalezas y debilidades del sistema electoral, 1990-2020*, México, Tribunal Electoral del Poder Judicial de la Federación, 2020.

[8] Redacción, "Nosotros los López", *Quién*, septiembre de 2022. Disponible en https://issuu.com/expansionpublishing/docs/quien_464_compressed/s/16677759.

[9] Redacción, "¿Quién es Julio Scherer Ibarra, exconsejero jurídico de la Presidencia?", *Milenio*, 2 de septiembre de 2021. Disponible en https://www.milenio.com/politica/julio-scherer-ibarra-abogado-politico-perfil.

[10] Juan Pablo Becerra Acosta M., "Dos conversaciones con Julio Scherer", *El Universal*, 26 de marzo de 2022. Disponible en https://www.eluniversal.com.mx/opinion/juan-pablo-becerra-acosta-m/dos-charlas-con-julio-scherer-y-otras-imputaciones-contra-el.

[11] Redacción, "'10 veces le dije que no quería estar en el gobierno y 17 veces me insistió': Julio Scherer en conversación con Becerra Acosta", *Aristegui Noticias*, 28 de marzo de 2022. Disponible en https://aristeguinoticias.com/2803/mexico/10-veces-le-dije-que-no-queria-estar-en-el-gobierno-y-17-veces-me-insistio-julio-scherer-en-conversacion-con-becerra-acosta-enterate/?jwsource=cl.

[12] Petición de transparencia recibida el 8 de septiembre de 2022, oficio 100/CJEF/UT/299 79/2022. Disponible en https://tinyurl.com/2cpfe58n.

[13] Estos 232 nombramientos incluyen los distintos tipos de entidades de la administración pública federal, tales como centros nacionales de investigación, las empresas estatales y productivas del Estado, Comisiones de Protección a Víctimas y de Búsqueda de Personas Desaparecidas, Coneval, la Conagua, la Conapo, etcétera.

NOTAS

¹⁴ Así lo explicó en un tuit el abogado Paulo Díez Gargari el 2 de abril de 2022. Disponible en https://twitter.com/PDiezG/status/1510256121927376903?s=20&t=bd_RcIpDUYXT30lSoHx_dg.

¹⁵ En su momento pedí a su equipo acceder a esta propiedad para conocerla, a fin de resolver mis interrogantes, pero no se me permitió hacerlo.

¹⁶ Un caso es el del juez Juan Pablo Gómez Fierro, con quien habría tenido un severo altercado luego de que Alpízar intentó presionarlo para revertir la decisión de otorgar una suspensión definitiva a la reforma eléctrica del presidente. En trascendidos de prensa se menciona que quien envió a Carlos Alpízar fue Arturo Zaldívar. Véase Redacción, "Falló Zaldívar: el juez Gómez Fierro firma la suspensión definitiva de la reforma eléctrica", *La Política Online*, 19 de marzo de 2021. Disponible en https://www.lapoliticaonline.com/mexico/politica-mx/n-135312-fallo-zaldivar-el-juez-gomez-fierro-firma-la-suspension-definitiva-de-la-refor ma-electrica/. Otro caso es el de Elba Sánchez Pozos, una magistrada de circuito que despachaba en Cancún, la cual reveló cómo fue asignada al Tercer Tribunal Colegiado en Cancún en noviembre de 2018 y al poco tiempo tocó pared con un grupo de poder protegido por el hombre fuerte de Zaldívar. Según el testimonio de la magistrada Sánchez Pozos, en abril de 2019, dos de los integrantes del tribunal, presidido por Selina Haidé Avante Juárez —cercana precisamente a Alpízar—, decidieron liberar sin sustento legal a una persona que estaba presa, siguiendo una motivación que pareciera obedecer a la búsqueda de un beneficio particular. Para ello los magistrados habrían fraguado una operación que atropellaba la normativa procesal: simularon una sesión, excluyeron a la magistrada Pozos y luego incluso llegaron a enviarle la sentencia exigiendo su firma. La magistrada no solo se negó a hacerlo, sino que, además, se dirigió al presidente de la Corte para denunciar lo sucedido. Las consecuencias fueron funestas: para septiembre de 2019 ya le habían fabricado 16 denuncias por acoso; unos días después el Consejo de la Judicatura le anunciaba su traslado a Culiacán, castigo evidente para cualquier juzgador, por la presencia del crimen organizado; y más tarde fue suspendida por un año. Supuestamente, la decisión fue tomada por el área encargada de las investigaciones y responsabilidades administrativas (UGIRA) que tiene "autonomía técnica y de gestión". La realidad es que su titular estaba sometido por completo a la autoridad de Carlos Alpízar. Véase Hernán Gómez Bruera, "Algo huele a podrido en la justicia", *El Universal*, 26 de junio de 2022. Disponible en https://www.eluniversal.com.mx/opinion/hernan-gomez-bruera/algo-huele-podrido-en-la-justicia. Y Redacción, "Magistrada de circuito denuncia red de corrupción que llega a lo más alto del Poder Judicial", *Aristegui Noticias*, 14 de junio de 2022. Disponible en https://aristeguinoticias.com/1406/mexico/magistrada-de-circuito-denuncia-red-de-corrupcion-que-llega-a-lo-mas-alto-del-poder-judicial/.

¹⁷ Redacción, "Denuncian a mandos de Judicatura", *El Heraldo de Aguascalientes*, 4 de febrero de 2022. Disponible en https://www.heraldo.mx/denuncian-a-mandos-de-judicatura/.Y Abel Barajas, "Archiva FGR indagatoria contra mandos del CJF", *Reforma*, 24 de febrero de 2022. Disponible en https://www.reforma.com/archiva-fgr-indagatoria-contra-mandos-del-cjf/ar2356032.

¹⁸ En realidad, el contenido preciso de la denuncia se desconoce. Traté de obtenerla por todas las vías. Recurrí a canales formales e informales, solicitándola a la oficina del presidente de la Suprema Corte y a la Fiscalía General de la República, pero fue imposible conseguirla. Misteriosamente, el 24 de febrero, cuando no había transcurrido un mes de haber sido presentada, la FGR decidió archivarla por "falta de elementos". Véase Abel Barajas, "Archiva FGR indagatoria contra mandos del CJF", *Reforma*, 24 de febrero de 2022. Disponible en https://www.refor ma.com/archiva-fgr-indagatoria-contra-mandos-del-cjf/ar2356032.

¹⁹ La otra ministra de la Corte que llegó mientras Julio Scherer era consejero jurídico de la Presidencia fue Margarita Ríos Farjat.

²⁰ Roberto Zamarripa, "Primoroso", *Reforma*, 28 de enero de 2019. Disponible en https://www.reforma.com/aplicacioneslibre/preacceso/articulo/default.aspx?__rval=1&urlredirect=/apli caciones/editoriales/editorial.aspx?id=150081.

21 Presidencia de la República, "Versión estenográfica. Conferencia de prensa del presidente Andrés Manuel López Obrador del 31 de agosto de 2021". Disponible en https://www.gob.mx/presidencia/articulos/version-estenografica-conferencia-de-prensa-del-presidente-andres-manuel-lopez-obrador-del-31-de-agosto-de-2021?idiom=es. Y Redacción, "Todo el poder a Adán Augusto", El Heraldo de México, 1 de septiembre de 2021. Disponible en https://www.heraldo.mx/todo-el-poder-a-adan-augusto/.

22 Redacción, "'Hoy el ciclo se ha completado': esta es la carta de despedida de Scherer a AMLO", El Financiero, 2 de septiembre de 2021. Disponible en https://www.elfinanciero.com.mx/nacional/2021/09/02/hoy-el-ciclo-se-ha-completado-esta-es-la-carta-de-despedida-de-scherer-a-amlo/.

23 Alejandro Melgoza y Sergio Rincón, "La batalla por erradicar el glifosato", Ethos, 22 de septiembre de 2021. Disponible en https://www.ethos.org.mx/ethos-publications/la-batalla-por-erradicar-el-glifosato/.

24 "Toda nuestra visión no está para nada en el resto del gabinete y me temo que tampoco está en la cabeza del presidente", decía también Toledo: "Audio Víctor Toledo, titular de la Semarnat hablando sobre la 4T", 5 de agosto de 2020. Disponible en https://www.youtube.com/watch?v=9q-LkxrcK1I.

25 En diciembre de 2020 finalmente apareció publicado en el Diario Oficial de la Federación el decreto correcto, en el cual se establecía que para 2024 debería sustituirse por completo la utilización del glifosato por alternativas sostenibles. Véase Melgoza y Rincón, op. cit.

26 Mario Maldonado, "Los vapeadores, el exconsejero y la Corte", El Universal, 9 de febrero de 2023. Disponible en https://www.eluniversal.com.mx/opinion/mario-maldonado/los-vapeadores-el-exconsejero-y-la-corte.

27 Presidencia de la República, "Decreto por el que se reforman y adicionan diversas disposiciones de la Ley de la Industria Eléctrica", 29 de enero de 2021. Disponible en http://archivos.diputados.gob.mx/portalHCD/archivo/INICIATIVA_PREFERENTE_01FEB21.pdf.

28 Presidencia de la República, "Exposición de motivos de la iniciativa con proyecto de decreto por el que se reforman y adicionan diversas disposiciones de la Ley de la Industria Eléctrica", 29 de enero de 2021. Disponible en http://archivos.diputados.gob.mx/portalHCD/archivo/INICIATIVA_PREFERENTE_01FEB21.pdf.

29 "Decreto por el que se reforman y adicionan diversas disposiciones de la Ley de la Industria Eléctrica", Diario Oficial de la Federación, 24 de enero de 2023.

4. Patrimonio y negocios inmobiliarios

1 Juan Pablo Becerra Acosta M., "Dos conversaciones con Julio Scherer", El Universal, 26 de marzo de 2022. Disponible en https://www.eluniversal.com.mx/opinion/juan-pablo-becerra-acosta-m/dos-charlas-con-julio-scherer-y-otras-imputaciones-contra-el.

2 José Juan Mendoza, "Sin excepción, integrantes del Ejecutivo publicarán situación patrimonial, instruye presidente al transparentar declaración de bienes: AMLO", Chiapas en Contacto, 5 de enero de 2019. Disponible en https://www.chiapasencontacto.com/sin-excepcion-integrantes-del-ejecutivo-publicaran-situacion-patrimonial-instruye-presidente-al-transparentar-declaracion-de-bienes-amlo/.

3 En el rubro "participación en empresas, sociedades o asociaciones" Scherer declaró en mayo de 2021 no haber pertenecido a "ninguno" en los últimos dos años. Esto podría explicarse, aunque solo en parte, por un fideicomiso privado en Banorte que también figura en su declaración de ese año y que apareció hasta el año 2020. También pudiera tratarse de sus inversiones en fondos privados, pues, tanto en su declaración de 2020 como en la de 2021, Scherer declaró tener dos fondos de inversión, sin especificar más detalles.

4 Zedryk Raziel, "La Fiscalía investiga a Julio Scherer, exconsejero jurídico de López Obrador, por supuesto enriquecimiento ilícito y lavado de activos", *El País*, 10 de febrero de 2023. Disponible en https://elpais.com/mexico/2023-02-10/la-fiscalia-investiga-a-julio-sche rer-exconsejero-juridico-de-lopez-obrador-por-supuesto-enriquecimiento-ilicito-y-lavado-de-activos.html.

5 Íñigo Arredondo, "Consejero jurídico de AMLO no declara departamento de 1.7 mdd en Nueva York", *El Universal*, 19 de noviembre de 2020. Disponible en https://www.eluniversal.com.mx/nacion/consejero-juridico-de-amlo-no-declara-departamento-de-17-mdd-en-nueva-york.

6 *Idem.*

7 Redacción, "Julio Scherer Ibarra aclara situación de departamento en NY; lo cedió a exesposa", *Reporte Índigo*, 19 de noviembre de 2020. Disponible en https://www.reporteindigo.com/re porte/julio-scherer-ibarra-aclara-situacion-de-departamento-en-ny-lo-cedio-a-exesposa/.

8 Paulo Díez Gargari, "Este es el notario de cabecera y compadrito del exconsejero JS. Se llama Guillermo Alberto Rubio Díaz y es notario del @Edomex y del Patrimonio Inmueble Federal. Por instrucciones de JS y pagado por @Aleatica_mx dio fe de hechos falsos. Pronto será denunciado", Twitter, 28 de noviembre de 2021. Disponible en https://twitter.com/pdiezg/status/1464965265423273998?lang=es.

9 Redacción, "Bonilla confirma 'negociación' de Scherer", *Agencia Fronteriza de Noticias*, 24 de noviembre de 2019. Disponible en http://www.afntijuana.info/informacion_general/101425_bonilla_confirma_negociacion_de_scherer.

10 Las amenazas las hizo públicas el entonces secretario de Gobierno, Amador Rodríguez Lozano, durante la glosa del II informe del gobierno de Jaime Bonilla, ante la Junta de Coordinación Política del Congreso del Estado. "No nos tembló la mano cuando le cancelamos la notaría al poderosísimo Julio Scherer, que habló amenazándome, pero al final de cuentas no le hicimos caso": Congreso del Estado de Baja California, "Glosa. Secretaría General de Gobierno, 15 de septiembre de 2021", 16 de septiembre de 2021. Disponible en https://www.youtube.com/watch?v=X4BXYnkucZc.

11 Redacción, "Pandora Papers: Islas Vírgenes Británicas, el territorio de Reino Unido en el Caribe que se convirtió en uno de los principales paraísos fiscales del planeta", BBC *News Mundo*, 5 de octubre de 2021. Disponible en https://www.bbc.com/mundo/noticias-interna cional-58797867.

12 Andrea Cárdenas, "El dinero de políticos mexicanos y sus familias desembarca en paraísos fiscales", *Quinto Elemento Lab*, 3 de octubre de 2021. Disponible en https://quintoelab.org/project/pandora-papers-politicos-mexicanos-paraisos-fiscales.

13 Aunque la entidad en las Islas Vírgenes quedó inactiva en 2019, un año después de que Scherer pasó a formar parte del gobierno mexicano, la compañía en Estados Unidos sigue siendo la propietaria del piso de Miami. Véase Elías Camhaji, Georgina Zerega y Zorayda Gallegos, "Una filtración de millones de documentos destapa las riquezas 'offshore' de los poderosos de México", *El País*, 3 de octubre de 2021. Disponible en https://elpais.com/pandora-pa pers/2021-10-03/una-filtracion-de-millones-de-documentos-destapa-las-riquezas-offsho re-de-los-poderosos-de-mexico.html.

14 Raziel, *op. cit.*

15 Ignacio Rodríguez Reyna. "Artigas construyó...", *op. cit.*

15 Lauren Franco, "Humberto Artigas: 18 años de impunidad por remodelación de Los Pinos", *Contralínea*, 17 de junio de 2019. Disponible en https://contralinea.com.mx/investigacion/humberto-artigas-18-anos-de-impunidad-por-remodelacion-de-los-pinos/.

16 Entre dichos socios figuran Pedro Carlos Aspe Armella, Rafael Posadas Cueto, Augusto Arellano Ostoa, Luis Vázquez Sentíes, Luz María Aspe Armella, Isabel Rojas Velasco, Víctor Manuel Corona Artigas, María de las Mercedes Barrios Medina, Ana Marcela Scherer Ibarra y José Jaime Ferráez Calleja.

[17] El Reglamento de la Ley de Desarrollo Urbano de 2014 en la Ciudad de México establecía que la Secretaría de Desarrollo Urbano y Vivienda podría determinar la constitución de polígonos de actuación "para el mejor aprovechamiento del potencial de desarrollo en áreas de recicla-miento, sobre todo en zonas con franco deterioro o con infraestructura inutilizada".

[18] Esto se observa, por ejemplo, en cuestiones como la extensión de plazos o en que se dieron va-rias deficiencias en la solicitud para constituir el polígono, las cuales no fueron subsanadas antes del vencimiento. La autorización de este polígono, señala Paulo Díez Gargari, "se concedió con base en una premisa falsa: que la solicitud de Julio Scherer Ibarra y sus socios para construir el polígono de actuación se presentó antes de que entrara en vigor la prohibición expresa para construir polígonos de actuación en Polanco. Por el contrario, la solicitud no pudo haber sido presentada antes del 1 de julio de 2014, cuando la prohibición expresa entró en vigor desde el 7 de junio de 2014": Paulo Díez Gargari, Denuncia de hechos presentada ante la Fiscalía Ge-neral de la República, 2022, p. 23.

[19] Mario Maldonado, "Tres amigos y un cártel inmobiliario en CDMX", *El Universal*, 15 de septiembre de 2020. Disponible en https://www.eluniversal.com.mx/opinion/mario-maldo-nado/tres-amigos-y-un-cartel-inmobiliario-en-cdmx.

[20] Según la denuncia de Díez Gargari, los socios eran, además de Scherer y Aspe, Rafael Posadas Cueto, Augusto Arellano Ostoa, Luis Vázquez Sentíes, Luz María Aspe Armella, Isabel Rojas Velasco, Víctor Manuel Corona Artigas, María de las Mercedes Barrios Medina, Ana Marcela Scherer Ibarra y José Jaime Ferráez Calleja.

[22] Redacción, "'Con lupa' se revisarán contratos de actual administración para evitar corrupción: Sheinbaum", *MVS Noticias*, 12 de septiembre de 2018. Disponible en https://mvsnoticias.com/nacional/cdmx/2018/9/12/con-lupa-se-revisaran-contratos-de-actual-administracion-pa-ra-evitar-corrupcion-sheinbaum-386326.html.

[22] Redacción, "Sheinbaum revoca 20 permisos de polígonos de actuación para construir", *Expansión/Obras*, 13 de marzo de 2019. Disponible en https://obras.expansion.mx/cons truccion/2019/03/13/sheinbaum-revoca-20-permisos-de-poligonos-de-actuacion-para-construir. La última vez que se tocó el tema de los polígonos de actuación fue a principios de enero de 2020, cuando la jefa de gobierno anunció que se seguirían autorizando siempre y cuando cumplieran con el procedimiento administrativo correspondiente. Véase Ulises León, "Persistirán polígonos pese a críticas", *El Norte*, 3 de enero de 2020. Disponible en https://www.elnorte.com/persistiran-poligonos-pese-a-criticas/amp/ar1845590.

[23] Una de las evidencias que incluye la carpeta de investigación de la denuncia de Díez Gargari tiene que ver con el hecho de que el 13 de noviembre de 2018 Verguer Cazadero presentó en el Instituto Nacional de Ciencias Penales un libro titulado *Delitos en particular*, escrito junto a Christopher Arpaur, en el cual uno de los tres comentaristas que figuraban en la invitación era Julio Scherer Ibarra.

[24] El cártel inmobiliario fue un conjunto de negocios irregulares que se dieron fundamental-mente en la construcción de vivienda de la Ciudad de México durante el gobierno de Mancera (2012-2018), cuando se construyeron más pisos de los permitidos, gracias a una red de relacio-nes corruptas entre autoridades y desarrolladores.

[25] César Arellano García, "Niegan amparo a exsecretario de la Seduvi por desvío de 46 mdp", *La Jornada*, 15 de marzo de 2022. Disponible en https://www.jornada.com.mx/notas/2022/03/15/capital/niegan-amparo-a-ex-secretario-de-la-seduvi-por-desvio-de-46-mdp/.

[26] Más tarde, en agosto de 2015, Verguer Cazadero, designado como jurídico de la Seduvi desde el 1 de agosto de 2014, emitió una opinión jurídica, que hoy ha desaparecido de los archivos de la Seduvi, donde permitió que se expidiera un nuevo certificado de uso de suelo favorable a Scherer y sus socios.

[27] Los accionistas de esta sociedad son Julio Scherer Ibarra y su hijo, Julio Javier Scherer Pareyón. En el mismo acto de constitución se designó como comisaria de la sociedad a Elena Catalina

Castillo García, la secretaria particular de Scherer Ibarra desde hace más de 20 años. Denuncia de Díez Gargari, p. 50.

28 Denuncia de Diez Gargari, p. 51.

29 Gabriela Hernández, "Peña Nieto, SME y Mota-Engil: un 'pacto ilegal y corrupto', vigente con AMLO", *Proceso*, 17 de septiembre de 2022. Disponible en https://www.proceso.com.mx/reportajes/2022/9/17/pena-nieto-sme-mota-engil-un-pacto-ilegal-corrupto-vigente-con-amlo-293490.html.

30 La razón social Mota-Engil México, S. A. P. I. de C. V. ha recibido ocho contratos por parte del gobierno. El más importante de ellos es uno que le asignó Fonatur para un tramo del Tren Maya (Chiná-Campo de Tiro, Campeche), en el que la empresa debe encargarse de la elaboración de un proyecto ejecutivo, suministrar materiales de construcción y hacer adecuaciones a carreteras. El contrato se asignó en diciembre de 2021 y tiene vigencia hasta el 31 de diciembre de 2027 por un monto total de 4 mil 023 millones 658 mil 804 pesos. Adicionalmente, Mota-Engil forma parte de las ocho empresas que poseen siete contratos asignados por Banobras-Fonadin para la prestación de servicios de rehabilitación, la continuación de construcción y la supervisión de control y calidad de obra en un tramo de la carretera México-Querétaro (el tramo Palmerillas-Querétaro). Los contratos fueron asignados entre febrero y marzo de 2020 y se mantienen vigentes con un monto total de 3,001 millones 729 mil 760 pesos. Véase la Plataforma Nacional de Transparencia.

5. Negocios desde el poder

1 Además, la mencionada sociedad es propietaria de un lujoso apartamento en una de las zonas más exclusivas de Miami, el cual fue comprado en 2008 por 1.2 millones de dólares. Como ya se ha señalado, Scherer cubrió el pago de los impuestos de este inmueble entre 2013 y 2016, mientras que, a partir de ese año, se haría cargo la propia sociedad 3202 Turn Ltd.

2 Corporativo Kosmos, "Corporativo Kosmos, 50 años de liderazgo". Disponible en https://corporativokosmos.net/.

3 *Idem.*

4 Karla Casillas y Laura Sánchez Ley, "El cártel de la comida", *Vice*, 25 de febrero de 2019. Disponible en https://www.vice.com/es/article/43zq8n/el-cartel-de-la-comida.

5 *Idem.*

6 Redacción, "AMLO veta a empresa 'La Cosmopolitana' por 'mala reputación'", *Literal*, 20 de marzo de 2019. Disponible en https://literalmexico.com/video/amlo-veta-a-empresa-la-cosmopolitana-por-mala-reputacion/.

7 Arturo Ángel, "Empresa acusada de monopolio y de entregar alimentos en descomposición suma 51 contratos con AMLO", *Animal Político*, 6 de junio de 2019. Disponible en https://www.animalpolitico.com/2019/06/cartel-de-la-comida-contratos-amlo-morena/.

8 Las dependencias que más le han otorgado contratos a Kosmos —a través de Productos Serel— son Hospital Juárez de México (cinco contratos), la Dirección de Aeropuertos y Servicios Auxiliares (tres contratos), el Sistema Nacional para el Desarrollo Integral de la Familia (tres contratos) y el Instituto Mexicano del Seguro Social (dos contratos). El resto de contratos han sido otorgados por el Instituto Nacional de Migración, Compañía Mexicana de Exportaciones (Comesa), el Hospital Regional de Alta Especialidad de Oaxaca y la Fiscalía General de la República.

9 Alejandra Barriguete, "Gobierno de AMLO recluta a socio de grupo acusado de corrupción", *Mexicanos contra la Corrupción*, 16 de agosto de 2021. Disponible en https://contralacorrupcion.mx/gobierno-de-amlo-recluta-a-socio-de-grupo-acusado-de-corrupcion/.

10 Para completar toda esta red de nepotismo y negocios, una vez que llegó al puesto Bernardo Fernández, también puso a su primo Alan Torres como director de producción.

11 Como resultado de esta auditoría se inició el expediente de investigación SCG/DGRA/DADI/189/2020 para determinar posible responsabilidad administrativa de servidores públicos. Véase Barriguete, *op. cit.*

12 Redacción, "El 'narco' todo lo toca en la Comarca Lagunera", *Proceso*, 26 de noviembre de 2002. Disponible en https://www.proceso.com.mx/nacional/2002/11/26/el-narco-todo-lo-toca-en-la-comarca-lagunera-71041.html.

13 Francisco Rodríguez, "Liconsa y Grupo Turbofin roban al erario", *Índice Político*, 22 de julio de 2020. Disponible en https://indicepolitico.com/liconsa-y-grupo-turbofin-roban-al-erario/.

14 Georgina Zerega, "Las claves del 'caso Segalmex': los multimillonarios desfalcos en el organismo creado para garantizar la alimentación de los más necesitados", *El País*, 20 de marzo de 2023. Disponible en https://elpais.com/mexico/2023-03-20/las-claves-del-caso-segalmex-los-multimillonarios-desfalcos-en-el-organismo-creado-por-lopez-obrador.html.

15 El objeto declarado de esta sociedad era "comprar, arrendar, vender, enajenar de cualquier forma, administrar, usar, obtener en concesión, operar y llevar a cabo toda clase de operaciones y actos jurídicos con bienes inmuebles dentro de los Estados Unidos Mexicanos o en el extranjero".

16 Denuncia de Díez Gargari, p. 51.

17 Rivelino Rueda, "Hijo de Scherer gana contratos con información privilegiada", *El Sol de México*, 9 de marzo de 2022. Disponible en https://www.elsoldemexico.com.mx/mexico/politica/hijo-de-scherer-gana-contratos-con-informacion-privilegiada-7966042.html.

18 *Idem.*

19 Nancy Flores, "Investigan a socios de Oceanografía por robo de combustibles y lavado", *Contralínea*, 8 de abril de 2014. Disponible en https://contralinea.com.mx/interno/featured/investigan-socios-de-oceanografia-por-robo-de-combustibles-lavado/.

20 Nancy Flores, "Investigan a Trafigura e IPS por traficar huachicol en barcos", *Contralínea*, 26 de septiembre de 2021. Disponible en https://contralinea.com.mx/investigacion/investigan-a-trafigura-e-ips-por-traficar-huachicol-en-barcos/.

21 Karina Suárez, "Un juez federal reactiva la orden de captura contra el empresario Carlos Cabal Peniche por fraude", *El País*, 19 de octubre de 2021. Disponible en https://elpais.com/mexico/2021-10-20/un-juez-federal-reactiva-la-orden-de-captura-contra-el-empresario-carlos-cabal-peniche-por-fraude.html.

22 En estricto sentido, como dice Francisco Ortiz Pinchetti, Scherer Ibarra no podía ser heredero de las acciones de su padre en el semanario *Proceso*; así lo dice una mítica carta de Vicente Leñero, en la que se explica que los dueños de la revista son los trabajadores en activo, no los hijos de tal o cual accionista. Conforme ese "pacto moral original", reiterado en "La Carta" a 18 años de la fundación, señala Ortiz Pinchetti, "las acciones no son heredables", aunque probablemente el hijo del fundador pudo esgrimir argumentos jurídicos, válidos legalmente, pero nunca moralmente. Véase Francisco Ortiz Pinchetti, "¿De quién es *Proceso*?", *Sin Embargo*, 18 de enero de 2019. Disponible en https://www.sinembargo.mx/18-01-2019/3523971.

23 Acta constitutiva, 28 de abril de 2009, escritura núm. 143632 de fecha 10 de marzo de 2009.

24 En más de una ocasión, contacté al periodista Raymundo Riva Palacio para conversar, pero no obtuve respuesta.

25 "Estrictamente Digital", Plataforma Nacional de Transparencia, 2022. Disponible en https://buscador.plataformadetransparencia.org.mx/web/guest/buscadornacional?buscador=%22Estrictamente%20digital%22&coleccion=5.

26 Desde diciembre de 2018 se han otorgado siete contratos a Estrictamente Digital, S. C., principalmente por dependencias tales como el IMSS, Inegi y el TEPFJ con motivos de promoción de campañas oficiales, tales como informes de gobierno u otras. El monto menor ha sido un contrato de 67 mil 400 pesos, mientras que el mayor ha sido de 431 mil 034 pesos. La infor-

mación es pública y se puede consultar en "Estrictamente Digital, S. C., Resumen de actividad como proveedor de contratos", QuiénEsQuién.wiki, 2022. Disponible en https://www.
quienesquien.wiki/es/empresas/estrictamente-digital-sc?name=estrictamente+digital.

[27] Estrictamente Digital, S. C. Resumen de actividad como proveedor de contratos, *op. cit.*

[28] Redacción, "Reconocen el trabajo de Julio Scherer Ibarra. Políticos, legisladores y académicos
coinciden: fue interlocutor del gobierno", *El Heraldo de México*, 6 de septiembre de 2021. Disponible en https://heraldodemexico.com.mx/nacional/2021/9/6/reconocen-el-trabajo-
de-julio-scherer-ibarra-332545.html.

6. Morena como franquicia

[1] En el proyecto se planteaba que no había condiciones para llevar a cabo el ejercicio antes del
proceso electoral y, en consecuencia, la realización de la encuesta debía posponerse.

[2] En su momento escribí sobre el tema en un artículo publicado por *El Heraldo de México*: "¿Peligra encuesta de Morena en el Tribunal?", 29 de septiembre de 2020. Disponible en https://
heraldodemexico.com.mx/opinion/2020/9/29/peligra-encuesta-de-morena-en-el-tribu
nal-210390.html.

[3] Presidencia de la República, "Conferencia de prensa del presidente Andrés Manuel López
Obrador del 2 de octubre de 2020". Disponible en https://www.gob.mx/presidencia/es/
articulos/version-estenografica-conferencia-de-prensa-del-presidente-andres-manuel-lopez-
obrador-del-2-de-octubre-de-2020?idiom=es.

[4] Esta información se obtuvo a través de una fuente periodística. Extrañamente, en los rubros
de contratación de publicidad oficial otorgados por el gobierno de Tamaulipas se señala que la
administración de Cabeza de Vaca no hizo gastos por concepto de publicidad gubernamental,
lo cual se antoja altamente improbable. Es importante destacar, sin embargo, que la empresa de
Scherer, Fresno Producciones, S. A. de C. V., sí aparece enlistada en el padrón de contratistas
del gobierno de Tamaulipas.

[5] Como se recordará, entre 2020 y 2021, la hoy gobernadora estaba implicada en dos procesos
penales, uno de ellos por haber recibido sobornos del exgobernador César Duarte y el otro por
cohecho y uso ilegal de atribuciones, por haber recibido 1.3 millones de pesos en sobornos para
otorgar contratos a cinco empresas durante su gestión como alcaldesa.

[6] Hernán Gómez Bruera, "La corrupción de César Duarte expuesta por Javier Corral; Maru
Campos lo quiere proteger", La Octava, 19 de junio de 2022. Disponible en https://youtu.be/
lk8by-lorPE?t=1672.

[7] Miguel Badillo, "Grupo Kosmos, de familia Landsmanas, bajo investigación financiera y
judicial", *Contralínea*, 5 de septiembre de 2021. Disponible en https://contralinea.com.mx/
interno/semana/grupo-kosmos-de-familia-landsmanas-bajo-investigacion-financiera-y-ju
dicial/.

[8] El contrato fue asignado el 29 de agosto de 2019 y dejó de tener vigencia el 15 de septiembre
de 2019. Disponible en la Plataforma Nacional de Transparencia: https://buscador.platafor
madetransparencia.org.mx/web/guest/buscadornacional?buscador=%22La%20Cosmopolita
na%22&coleccion=5.

[9] Retomado de la conferencia matutina del 24 de marzo de 2022. Disponible en https://www.
youtube.com/watch?v=JStdMGP1Rv8.

7. El litigio como mina de oro

[1] Eugenio Aguirre, *El abogánster*, México, Planeta, 2014.

2 No tenemos claridad respecto a si este es el primer despacho que montó Julio Scherer Ibarra. Suponemos que es así porque en un reportaje titulado "El cártel de la comida" se citan declaraciones de Ulises Castellanos, encargado de prensa de Scherer, donde este afirma que La Cosmopolitana y Productos Serel, empresas de la familia Landsmanas, fueron clientes del despacho Scherer y Asociados por alrededor de cinco años y que la relación de trabajo finalizó en octubre de 2018. "Llevaba asuntos de muchos empresarios y políticos". Véase Casillas y Sánchez Ley, *op. cit.*

3 Ausencio Díaz, "Scherer y la lucha por el poder", *El Heraldo de Tabasco*, 22 de marzo de 2022. Disponible en https://www.elheraldodetabasco.com.mx/analisis/punto-y-aparte-scherer-y-la-lucha-por-el-poder-8024061.html.

4 *Idem.*

5 Raúl Monge y Jenaro Villamil, "La oscura eternización de Elías Azar", *Proceso*, 29 de octubre de 2015. Disponible en https://www.proceso.com.mx/reportajes/2015/10/29/la-oscura-eternizacion-de-elias-azar-154295.html.

6 A sus informes de 2014 y 2016, además de Carlos Slim y Olegario Vázquez, asistieron Miguel Ángel Mancera, jefe de gobierno de la Ciudad de México; Javier Bolaños Aguilar, presidente de la Cámara de Diputados; Aurelio Nuño, secretario de Educación Pública, y Humberto Castillejos, consejero jurídico. Véase Gerardo Jiménez, "Édgar Elías Azar rinde informe de labores del 2016 en TSJCDMX", *Imagen Radio*, 8 de diciembre de 2016. Disponible en https://www.imagenradio.com.mx/edgar-elias-azar-rinde-informe-de-labores-del-2016-en-tsjcdmx. Y Redacción, "Asiste MGZ como invitado especial al tercer informe del jefe de gobierno del Distrito Federal", *SN Digital Tlaxcala*, s. f. Disponible en https://www.sndigital.mx/18606-asiste-mgz-como-invitado-especial-al-tercer-informe-del-jefe-del-jefe-de-gobierno-del-distrito-federal.html.

7 La segunda reforma aprobada a la Ley Orgánica del Tribunal Superior de Justicia del Distrito Federal le habría permitido a Édgar Elías permanecer en su puesto 14 años, aunque renunció antes de ese tiempo.

8 Diecisiete magistrados votaron en contra de Elías. Algunos de ellos presentaron amparos para tratar de evitar su reelección: José Guadalupe Carrera, Petra Quezada Guzmán, María de Jesús Medel Díaz y Concepción Ornelas Clemente, quienes incluso intentaron llevar el caso a la Suprema Corte.

9 Monge y Villamil, *op. cit.*

10 Blas Buendía, "Édgar Elías Azar deja el TSJCDMX; Álvaro Pérez Juárez, su probable sustituto", *Expediente Ultra*, 20 de marzo de 2017. Disponible en https://expedienteultra.com/edgar-elias-azar-deja-el-tsjcdmx-alvaro-perez-juarez-su-probable-sustituto/. En 2016, por ejemplo, un artículo en *Proceso* señalaba que 43 de 70 magistrados que en ese momento estaban en el Tribunal habían sido nombrados por él, lo que da una idea de su enorme influencia. Monge y Villamil, *op. cit.*

11 Carlos Fernández de Lara, "Empresas mexicanas acusan a Yahoo por presunta corrupción", *Expansión*, 22 de septiembre de 2014. Disponible en https://expansion.mx/tecnologia/2014/09/19/yahoo-responde-a-demanda-por-sobornos-a-jueces-del-pjdf.

12 Redacción, "Denuncia Collado extorsión de Estado", *Reforma*, 27 de febrero de 2022. Disponible en https://www.reforma.com/aplicacioneslibre/preacceso/articulo/default.aspx?__rval=1&urlredirect=https://www.reforma.com/denuncia-collado-extorsion-de-estado/ar2357469?referer=--7d616165662f3a3a6262623b727a7a7279703b767a783a--.

13 Redacción, "Scherer formó una red de corrupción y de extorsión para beneficiarse: Díez Gargari", *Aristegui Noticias*, 8 de febrero de 2022. Disponible en https://aristeguinoticias.com/0802/mexico/scherer-formo-una-red-de-corrupcion-y-de-extorsion-para-beneficiarse-diez-gargari/.

8. El *modus operandi* de la red Scherer

[1] Retomado del currículum público de Julio Scherer Ibarra.

[2] Elena Castillo, quien ha sido secretaria particular de Scherer por cerca de 20 años, y lo fue también en la Consejería Jurídica, señala en su currículum haber trabajado para Scherer entre enero de 2007 y diciembre de 2009, para el caso de Araujo; entre enero de 2010 y diciembre de 2013, para el caso de Rivera Gaxiola; y entre enero de 2014 y noviembre de 2018, para el de Ferráez.

[3] Paulo Díez Gargari, documento con pruebas adicionales a la denuncia presentada ante la Fiscalía General de la República el 4 de febrero de 2022, 17 de febrero de 2022.

[4] De esos despachos, además, este es el único en el que dos de sus integrantes aceptaron hablar para esta investigación: uno de ellos fue Juan Araujo, mientras que el otro prefirió que su identidad quedara bajo reserva.

[5] Se le atribuye a Araujo el haber operado para sacar de la escena al agresor en contra de un conductor en el Viaducto Tlalpan. Una semana después de este hecho, el chofer falleció y dejó dos cartas donde confesó que Alberto Sentíes le ordenó cometer la agresión. Se ha señalado también que Araujo pagó fuertes sumas a víctimas indirectas del caso. Véase Redacción, "El agitado pasado de Lord Ferrari", *Kienyke*, 4 de marzo de 2018. Disponible en https://www.kienyke.com/historias/el-agitado-pasado-de-lord-ferrari. Y Redacción, "¿Quién es #Lord-Ferrari?", ADN40, 5 de marzo de 2018. Disponible en https://www.google.com/amp/s/www.adn40.mx/noticia/es-tendencia/notas/2018-03-05-19-15/quien-es-lordferrari%3f_amp=true.

[6] Como pude consultar en su página web, Thomas Dale & Associates es una empresa global de investigación y seguridad con sede en Los Ángeles y con oficinas regionales en Nueva York, México, Brasil, Venezuela, Colombia y Rusia, que emplea además a 300 expertos en todo el mundo: http://www.tdaltd.net/.

[7] Iram Ghori, "San Bernardino County: Phone Hacking Investigated in Colonies Cases", *The Press-Enterprise*, 2 de marzo de 2014. Disponible en https://www.pressenterprise.com/2014/03/02/san-bernardino-county-phone-hacking-investigated-in-colonies-case/. Y Joe Nelson, "P.I. Firm Employee Accused of Perjury in Phone-Hack Case", *The Sun*, 11 de abril de 2014. Disponible en https://www.sbsun.com/2014/04/11/pi-firm-employee-accused-of-perjury-in-phone-hack-case/.

[8] Según una fuente que trabaja en el despacho AGPRyC, en ese local no hay ninguna oficina de seguridad ni nunca la ha habido.

[9] Damas 94 ha sido usado, por ejemplo, como domicilio legal en una denuncia presentada por empleados de Araujo en contra del abogado Paulo Díez Gargari por el caso Aletica. Además, es la sede de dos empresas del hijo de Araujo, Juan Antonio Araujo Garrido: Financiera Mutuo y Caliza, una empresa dedicada al desarrollo de proyectos solares fotovoltaicos. Mercaderes 39, por su parte, fue usado como domicilio legal en un amparo presentado por Alonso Ancira, donde figura el nombre de José Manuel Quintanares, empleado de Araujo. Esas misma dirección también fue empleada por otro de sus colaboradores, José Antonio Sadurní, en uno de los amparos tramitados a Radiópolis, e incluso figura como dirección de la revista *Edicta + Estilo de Vida*, editada por Araujo. No menos importante, este domicilio ha figurado como sede de Arcafim, una sociedad financiera de objeto múltiple propiedad de Araujo.

[10] Con base en la versión pública de Julio Scherer y de su secretaria particular, Elena Catalina Castillo García.

[11] Redacción, "No tengo nada de qué arrepentirme, la función que hice está al escrutinio público, responde Scherer a Paulo Díez", *Aristegui Noticias*, 13 de octubre de 2021. Disponible en https://aristeguinoticias.com/1310/aristegui-en-vivo/entrevistas-completas/no-tengo-nada-

de-que-arrepentirme-la-funcion-que-hice-esta-al-escrutinio-publico-responde-scherer-a-paulo-diez-video/.

12 Un primer contrato se firmó en marzo de 2019 por un monto de 30.7 millones de pesos. Más tarde se otorgaron otros dos contratos por 29.5 millones de pesos cada uno. Véase "Resumen del contrato AA-006B00001-E34-2019-2040932", QuiénEsQuién.wiki, 2021. Disponible en https://www.quienesquien.wiki/es/contratos/AA-006B00001-E34-2019-2040932?tipo-entidad=contract&proveedor=regulation-&-compliance-sc=undefined&collection=contracts. "Resumen del contrato AA-006B00001-E56-2021-2531834", QuiénEsQuién.wiki, 2021. Disponible en https://www.quienesquien.wiki/es/contratos/AA-006B00001-E56-2021-2531834?tipo-entidad=contract&proveedor=regulation-&-compliance-sc=undefined&collection=contracts#datosgenerales. Y "Resumen del contrato AA-006B00001-E56-2021-2631120", QuiénEsQuién.wiki, 2021.

13 Comisión Nacional Bancaria y de Valores, Contrato abierto número CNBV/037/20.

14 Finalmente, en la terna entraron Juan Luis González Alcántara Carrancá, Loreta Ortiz y Celia Maya; fue electo el primero.

15 Contacté a Guillermo Barradas en dos ocasiones: la primera fue el 8 de junio, a través de un mensaje directo a su celular, sin obtener respuesta alguna; mientras que la segunda fue a través de un abogado conocido por ambos, a quien respondió con una negativa.

16 Alejandro Saucedo, "Guillermo Barradas, ¿abogado de la corrupción?", Código Activista, 29 de diciembre de 2021. Disponible en https://codigoactivista.com/gobierno/guillermo-barradas-abogado-de-la-corrupcion/.

17 Redacción, "Scherer formó una red de corrupción y de extorsión para beneficiarse: Díez Gargari", *op. cit.*

18 Becerra Acosta, *op. cit.*

19 *Idem.*

20 Leonor Flores, "Van por huachicoleros; cinco evaden 15 mdp", *El Universal*, 25 de febrero de 2020. Disponible en https://www.eluniversal.com.mx/cartera/giran-orden-de-captura-5-vinculados-al-huachicol-2-ligados-lozoya.

21 Salvador García Soto, "Tras los pasos de Julio", *Expreso*, 2 de febrero de 2022. Disponible en https://www.expreso.com.mx/seccion/expresion/serpientes-y-escaleras/383294-tras-los-pasos-de-julio.html. Y Raymundo Riva Palacio, "Castillo de naipes", *El Financiero*, 29 de septiembre de 2021. Disponible en https://www.elfinanciero.com.mx/opinion/raymundo-riva-palacio/2021/09/29/castillo-de-naipes/.

22 Nancy Flores, "Juicios contra abogados revelan maquinación para extorsionar empresarios", *Contralínea*, 7 de abril de 2022. Disponible en https://contralinea.com.mx/juicios-contra-abogados-revelan-maquinacion-para-extorsionar-empresarios/.

23 *Idem.*

24 *Idem.*

25 Redacción, "Denuncian cooperativistas ante EU a exjefe de UIF", 26 de enero de 2022. Disponible en https://www.reforma.com/aplicacioneslibre/preacceso/articulo/default.aspx?__rval=1&urlredirect=https://www.reforma.com/denuncian-cooperativistas-ante-eu-a-ex-jefe-de-uif/ar2338160?referer=—7d616165662f3a3a6262623b727a7a7279703b767a783a—.

26 Hiroshi Takahashi, "Las redes judiciales de Julio Scherer", *El Sol de México*, 8 de octubre de 2021. Disponible en https://www.elsoldemexico.com.mx/analisis/el-espectador-las-redes-judiciales-de-julio-scherer-7311541.html.

27 Huber Olea se ha dado a conocer por protagonizar los más diversos escándalos, entre otros, haber sido el juzgador que, en un fallo incomprensible y muy criticado, propuso una fianza por 450 mil pesos en contra del profesor Sergio Aguayo por haber dicho que el exgobernador de Coahuila, Humberto Moreira, hedía a corrupción. En su momento, Ricardo Raphael escribió una columna en la que contaba cómo este magistrado es dueño de una riqueza que difícilmente

podría explicar. En su "nada republicana" oficina del Tribunal, escribió Raphael, "puede uno envidiar los cuadros de Alberto Gironella, Rafael Coronel, Jorge Marín o Leonardo Nierman", y es conocido por usar autos ostentosos e incluso haber llegado al Tribunal en coches Ferrari. Véase Ricardo Raphael, "@MagistradoHuber", *El Universal*, 30 de enero de 2020. Disponible en https://www.eluniversal.com.mx/opinion/ricardo-raphael/magistradohuber.

[28] Desplegado publicado por Rafael Zaga Tawil en *Reforma*, 28 de marzo de 2022, p. 7.

[29] A nivel federal, por ejemplo, si en materia penal el primer circuito, correspondiente a la Ciudad de México, tiene 10 tribunales colegiados, esa posibilidad sería de una sobre diez.

9. Juan Collado: "libertad por libertad"

[1] Redacción, "Las claves del caso de Juan Collado: de qué se le acusa y los involucrados", *Expansión*, 2 de marzo de 2022. Disponible en https://politica.expansion.mx/mexico/2022/03/02/claves-caso-juan-collado.

[2] Se trata de uno de los negocios de Collado: la empresa Libertad Servicios Financieros, la cual es la principal operadora en el mercado de sociedades populares financieras (Sofipo). Las Sofipo son organizaciones que se constituyen como sociedades anónimas de capital variable y están especializadas en las microfinanzas sin ánimos de especulación ni lucro, ofreciendo planes de ahorro y préstamos para sus asociados. Estas operan por medio de las autorizaciones correspondientes que emite la Comisión Nacional Bancaria y de Valores (CNBV).

[3] Oficina del fiscal general de la República, Dirección de la Unidad de Documentación y Análisis, Denuncia de Juan Collado Dot en contra de quien resulte responsable, 19 de octubre de 2021, p. 4.

[4] Luis Pablo Beauregard, José María Irujo y Joaquín Gil, "El abogado de Peña Nieto usó una trama de empresas fantasma en México para cobrar dinero en Andorra", *El País*, 9 de enero de 2020. Disponible en https://elpais.com/internacional/2020/01/09/actualidad/1578602770_220285.html.

[5] Mario Carbonell, "El caso de Juan Collado, defensor de los poderosos, un reto para la justicia en México", *France 24*, 25 de octubre de 2019. Disponible en https://www.france24.com/es/20191025-caso-juan-collado-justicia-méxico.

[6] La conversación con Juan Araujo tuvo lugar el 25 de abril de 2022, antes de que compareciera en la audiencia inicial del caso.

[7] Oficina del fiscal general de la República, *op. cit.*, p. 4.

[8] La versión de Araujo sobre este asunto es distinta. Según él, fue Collado quien en primera instancia los buscó para pedirles apoyo legal con asuntos de potenciales clientes, los cuales su despacho no podía llevar por los problemas legales que enfrentaba. Araujo asegura que siempre hubo una relación profesional y fue Antonio Collado (el hijo de Juan Collado) quien le pidió que le ayudara con potenciales clientes, sin haber sido él quien solicitó esa alianza.

[9] Le pregunté en un cuestionario por escrito y sus respuestas más bien se salieron por la tangente. "Vi a Araujo dos o tres veces en mi vida, lo mismo que a César González", contestó en uno de varios mensajes que envió por notas de voz de WhatsApp. Luego le pregunté, textualmente: "¿Te contactó a ti o a alguien de la UIF el abogado Juan Araujo o alguno de sus socios para tratar el caso Collado o algún otro caso vinculado a sus clientes? Si es que tú o alguien de la dependencia se reunió con ellos por el caso Collado, ¿cómo fue esa reunión? ¿Se frenó finalmente la investigación o cómo te explicas que en la denuncia Collado dice que lograron resolverle el problema que tenía con la UIF?". Su respuesta fue la siguiente: "Efectivamente, solicitan una audiencia conmigo. Va Juan Collado, va un abogado que trabajó con Constancio Carrasco... De hecho no estuvo Araujo en esa sesión y lo que se les dijo es que, si veíamos algún tipo de irregularidad, íbamos a dar vista a las autoridades competentes. Allí se les dijo que, en realidad,

la Unidad [de Inteligencia Financiera] no tenía una investigación abierta y que, por lo tanto, no se les iba a permitir tener acceso al expediente como tal".

10 Los abogados señalan que es falso que César González haya contactado a Collado cuando este se encontraba en España, aún más que le haya pedido regresar a México. Su versión es que lo contactaron una vez que Collado había regresado al país, ya que González se había enterado "a través de una de sus fuentes en el medio penal" de que había una orden de aprehensión en su contra, y por esa razón le llamó, para contárselo. Según César González, en esa reunión le informó a Collado que había una orden de aprehensión en su contra, por lo que le sugirió enfáticamente irse o esconderse, mientras su despacho presentaba un amparo para indagar si efectivamente estaba en curso una investigación. Al parecer, Collado le habría dicho que no podía cancelar su comida y él le insistió que lo hiciera. La fuente consultada dentro del despacho de Araujo atribuye a una casualidad el hecho de que Collado haya sido detenido ese mismo día.

11 Oficina del fiscal general de la República, *op. cit.*, p. 8.

12 Arturo Ángel, "Oficios filtrados, mensajes, audios y pagos: las pruebas de la FGR contra los abogados acusados por Collado", *Animal Político*, 8 de marzo de 2022. Disponible en https://www.animalpolitico.com/2022/03/oficios-filtrados-mensajes-audios-y-pagos-las-pruebas-de-la-fgr-contra-los-abogados-acusados-por-collado/. La versión del socio de Araujo, expresada durante la conversación que sostuve con él, es que Isaac Pérez Rodríguez era un gestor de la oficina y simplemente se le pidió firmar el contrato para que pudiera ser él quien fuera a España —donde Collado les iba a entregar el dinero—, cobrara el cheque en el banco y allí mismo abriera una cuenta para depositarlo. El entrevistado asegura también que firmaron un contrato específico con él para establecer los términos en que se haría esta operación.

13 Según Araujo y uno de sus socios, las cosas se dieron de otra forma. Aseguran que fue Collado quien les habló de su interés por vender la empresa por no tener otra alternativa ante la falta de liquidez que enfrentaba. Como sus cuentas estaban bloqueadas, señalan ellos, su cliente necesitaba contar con el flujo suficiente para enfrentar los gastos de nómina de sus oficinas, poder mantener a su familia y tener recursos disponibles para pagarles a sus abogados.

14 Araujo niega que las cosas se hayan dado así. Dice que simplemente le recomendó a Collado contratar a Gómez Arnau, pero no que esto haya sido una imposición. Le pregunté, sin embargo, por qué había decidido recomendarle a su cliente a una persona tan cercana a Julio Scherer Ibarra. La respuesta de Araujo fue que se trató de una simple "casualidad". Al autor de estas líneas le resulta difícil creer esa versión.

15 Oficina del fiscal general de la República, *op. cit.*, p.

16 Hernán Gómez Bruera, "Lo que revela el caso Collado", *El Universal*, 22 de mayo de 2022. Disponible en https://www.eluniversal.com.mx/opinion/hernan-gomez-bruera/lo-que-revela-el-caso-collado

17 No está de más mencionar que, por una decisión burocrática enredada del Consejo de la Judicatura, el expediente del caso no podía consultarse en línea, a pesar de ser un documento público.

18 Coincidentemente, Juan Omar Fierro, periodista de *Proceso*, apareció esa mañana en *Aristegui Noticias* para presentar la misma información, y también omitió el hecho de que el tribunal había revocado el sobreseimiento. El periodista solo rectificó esa información cuando Carmen incluyó en la conservación al abogado Paulo Díez Gargari, quien hizo la importante precisión.

10. Alonso Ancira y Altos Hornos de México

1 De acuerdo con el reportaje, un mes después de la compra de Agronitrogenados, AHMSA transfirió más de 3 millones 700 mil dólares a las cuentas de Grangemouth Trading Company, una firma *offshore* de la constructora Odebrecht, desde la cual, según mencionaba la investigación,

se distribuyeron millones de dólares para sobornar a varios políticos de los países donde la empresa tenía operaciones. Véase Ignacio Rodríguez Reyna, "Las millonarias transferencias de AHMSA a Odebrecht", *Quinto Elemento Lab*, 2 de agosto de 2018. Disponible en https://quintoelab.org/project/las-millonarias-transferencias-de-ahmsa-a-odebrecht.

2 Redacción, "¿Qué es Agronitrogenados? El mal negocio de Pemex que llevó a la detención del presidente de Altos Hornos", *Animal Político*, 29 de mayo de 2019. Disponible en https://www.animalpolitico.com/2019/05/altos-hornos-pemex-agro-nitrogenados/.

3 Consultado para esta investigación, Juan Araujo negó que Ancira hubiese llegado a su despacho por intermediación o recomendación de Scherer y aseguró que no tuvo mayor diálogo con el consejero jurídico en torno a este asunto. El abogado declaró que la única comunicación que su despacho tuvo con Julio Scherer sobre el tema fue para pedirle —intercediendo por su cliente— que se reconsiderara la manera en la que se había valorado la planta de Agronitrogenados. Araujo asegura, además, que Scherer fue implacable en su respuesta: que se trataba de "un tema del presidente", por lo que cerró cualquier tipo de negociación al respecto.

4 "Abogados acusados por extorsión a Juan Collado salen libres | PROGRAMA COMPLETO | 20/05/2022", Grupo Fórmula, 20 de mayo de 2022. Disponible en https://www.youtube.com/watch?v=wK7kSK52O-g.

5 Diana Lastiri, "Ofrece Ancira pagar en cuatro años daño por Agronitrogenados", *El Universal*, 9 de febrero de 2019. Disponible en https://www.eluniversal.com.mx/nacion/ofrece-ancira-pagar-en-4-anos-dano-por-agro-nitrogenados.

6 Araujo niega terminantemente haberle prometido a su cliente que no iría a prisión. En nuestra conversación, dijo desconocer las razones por las cuales Ancira decidió reemplazarlo, aunque mencionó algunas fricciones personales. Según él, no fue sino hasta que Scherer dejó su puesto cuando Gertz invitó a Ancira a denunciar, como parte de una persecución política y personal en contra del exconsejero jurídico del presidente.

7 Acuerdo reparatorio, causa penal 211/2019, versión final confidencial. Disponible en https://www.gob.mx/cms/uploads/attachment/file/665773/Acuerdo_reparatorioOK.pdf.

8 El 23 de agosto de 2021, el día en que se había pactado su constitución formal ante la Notaría Pública 246, Ancira y su familia no acudieron a la cita. Entonces, Pemex envió un oficio al Reclusorio Norte, donde comunicó el incumplimiento en el que había incurrido el empresario. Este último, por su parte, alegó que sí había constituido el fideicomiso, pero que lo había hecho en Estados Unidos, cosa que no era reconocida por Pemex, por considerar que carecía de validez legal. Véase Redacción, "Alonso Ancira incumple acuerdo reparatorio con Pemex", *Expansión*, 25 de agosto de 2021. Disponible en https://expansion.mx/empresas/2021/08/25/alonso-ancira-incumple-acuerdo-reparatorio-con-pemex.

9 Darío Celis, "La revancha de Alonso Ancira", *El Financiero*, 27 de agosto de 2021. Disponible en https://www.elfinanciero.com.mx/opinion/dario-celis/2021/08/27/la-revancha-de-alonso-ancira/.

11. La extorsión a Miguel Alemán

1 Raymundo Riva Palacio, "Lo que costó no pagar", *El Financiero*, 27 de noviembre de 2019. Disponible en https://www.elfinanciero.com.mx/opinion/raymundo-riva-palacio/lo-que-costo-no-pagar/.

2 "Miguel Alemán Magnani", Wikidat. Disponible en https://es.wikidat.com/info/miguel-aleman-magnani.

3 Redacción, "Quién es Miguel Alemán Magnani y cuáles son sus negocios", *Infobae*, 8 de julio de 2021. Disponible en https://www.infobae.com/america/mexico/2021/07/08/quien-es-miguel-aleman-magnani-y-cuales-son-sus-negocios/.

[4] Beatriz Pérez Sánchez, "Interjet: una gran empresa de capital nacional", *International Journal of Scientific Management and Tourism*, vol. 4, núm. 2, 2018, p. 477.

[5] Redacción, "Quién es Miguel Alemán Magnani y cuáles son sus negocios", *op. cit.*

[6] Darío Celis, "A la espera de un milagro", *El Financiero*, 20 de mayo de 2021. Disponible en https://www.elfinanciero.com.mx/opinion/dario-celis/2021/05/19/a-la-espera-de-un-milagro/.

[7] Redacción, "Scherer Ibarra tejió red para beneficio propio cuando era consejero de la Presidencia: Paulo Díez", *Aristegui Noticias*, 13 de octubre de 2021. Disponible en https://aristegui noticias.com/1712/aristegui-en-vivo/entrevistas-completas/scherer-ibarra-tejio-red-para-be neficio-propio-cuando-era-consejero-de-la-presidencia-paulo-diez-video/.

[8] Suárez, *op. cit.*

[9] Celis, "A la espera de un milagro", *op. cit.*

[10] José Lemus, *El fiscal imperial*, México, HarperCollins, 2022 p. 69.

12. Banco Santander y la millonaria herencia de Garza Sada

[1] "Capítulo 2: Los jugos de Alfa". *Crónicas de un Regio*, s. f. Disponible en https://cronicasdeun-regio.jimdofree.com/hasta-en-las-mejores-familias/cap%C3%ADtulo-2-los-jugos-de-alfa.

[2] *Idem.*

[3] El 18 de marzo se transfirieron 12 mil 200 acciones; el 30 de agosto, 6 millones; el 8 de noviembre, 5 millones 500 mil; y el 18 de noviembre, otros 8 millones 500 mil.

[4] María Alejandra Arroyo, "Ceremonia luctuosa por Roberto Garza Sada Jr.", *La Jornada*, 15 de agosto de 2010. Disponible en https://www.jornada.com.mx/2010/08/16/economia/022n2eco.

[5] Gerardo Montes es conocido por haber sido detenido por fraude procesal en julio de 2010, aunque posteriormente quedó en libertad por falta de elementos. Véase Jesús Padilla, "Perfilan terna partidista", *Reporte Índigo*, 31 de enero de 2018. Disponible en https://www.reporteindi go.com/reporte/perfilan-terna-partidista-seleccion-fiscalia-anticorrupcion-candidatos/.

[6] "Capítulo 2: Los jugos de Alfa", *op. cit.*

[7] Redacción, "Citan a los Garza Delgado por delito", *El Líder USA*, 21 de febrero de 2013. Disponible en http://elliderusa.com/citan-a-los-garza-delgado-por-delito/.

[8] Darío Celis, "AMLO le mide al agua", *El Financiero*, 27 de mayo de 2022. Disponible en https://www.elfinanciero.com.mx/opinion/dario-celis/2022/05/27/amlo-le-mide-al-agua/.

[9] Información recopilada del directorio disponible en el semanario del PJF.

[10] Lamentablemente, el Consejo de la Judicatura niega el acceso a ese tipo de información. Como señalé antes, a través de Transparencia únicamente es posible obtener detalles sobre sanciones impuestas a los jueces, pero no las quejas que llegan en su contra, supuestamente para conservar el honor de los que no lo han sido.

[11] Ramón Alberto Garza, "Garza Delgado vs. Santander: el desenlace", *Código Magenta*, 22 de junio de 2022, https://codigomagenta.com.mx/articulo/que-alguien-me-explique/garza-del gado-vs-santander-el-desenlace/.

[12] Celis, "AMLO le mide al agua", *op. cit.*

13. Oro Negro: la venganza personal

[1] Redacción, "Julio Scherer Ibarra retira denuncia contra el fiscal Alejandro Gertz Manero", *Animal Político*, 14 de agosto de 2022. Disponible en https://www.animalpolitico.com/2022/08/julio-scherer-ibarra-retira-denuncia-contra-el-fiscal-alejandro-gertz-manero/.

[2] Darío Celis, "Defiende Oro Negro toma de plataformas", Dinero en Imagen, 22 de octubre de 2018, https://www.dineroenimagen.com/dario-celis/defiende-oro-negro-toma-de-plataformas/104114

[3] El 26 de octubre de 2018, el juez segundo de distrito en materia civil de la Ciudad de México, Benito Arnulfo Zurita, ordenó detener la restitución de las plataformas de Oro Negro a los acreedores y que cualquier persona ajena a la tripulación que se encontrara en esas instalaciones se retirase de ellas.

[4] Salvador García Soto, "Rosario Robles vuelve a San Lázaro", El Universal, 7 de diciembre de 2019. Disponible en https://www.eluniversal.com.mx/opinion/salvador-garcia-soto/rosario-robles-vuelve-san-lazaro.

[5] Jorge Fernández Menéndez, "MP y jueces: el paquete VIP", Excélsior, 28 de febrero de 2020. Disponible en https://www.excelsior.com.mx/opinion/jorge-fernandez-menendez/mp-y-jueces-el-paquete-vip/1366813.

14. Cruz Azul: la joya de la corona

[1] Para ver la sesión en la que ocurrió esto: "Encinas: Me temo que está mal informado… sí hemos tenido contacto con cooperativa Cruz Azul", Sin Censura, 10 de diciembre de 2019. Disponible en https://www.youtube.com/watch?v=7diPRtH8swI.

[2] María Idalia Gómez y Jonathan Nácar, "Martín Junquera, el mago de Cruz Azul", Eje Central, 13 de agosto de 2020. Disponible en https://www.ejecentral.com.mx/la-portada-martin-junquera-el-mago-del-cruz-azul/.

[3] Así lo plantea una denuncia presentada el 18 de enero de 2022 ante la FGR por un grupo de cooperativistas representados por Iñaki Blanco, donde se señala que en distintos momentos Marín y Velázquez "consintieron, toleraron, facilitaron y muy probablemente se beneficiaron de las conductas ilícitas de Guillermo Álvarez Cuevas". Sin embargo, en lugar de denunciar todo aquello de lo que tuvieron conocimiento, guardaron por años un silencio conveniente.

[4] El cálculo contemplaba un millón de dólares por cooperativista (son cerca de 780), a lo que había que sumar liquidaciones de altos funcionarios, incluidos Velázquez y Marín, quienes también se llevarían una enorme suma.

[5] La fotografía fue publicada en la cuenta de Instagram de Poncho Barbosa Castilla (@ponchobaca), el 31 de mayo de 2021.

[6] Redacción, "Hernández Alcocer: el coyote del Tribunal", Reforma, 29 de junio de 2022. Disponible en https://www.reforma.com/libre/acceso/accesofb.htm?__rval=1&urlredirect=/hernandez-alcocer-el-coyote-del-tribunal/ar2427953?referer=--7d616165662f3a3a6262623b727a7a7279703b767a783a--.

[7] Redacción, "Denuncian cooperativistas ante EU a exjefe de UIF", Reforma, 26 de enero de 2022. Disponible en https://www.reforma.com/aplicacioneslibre/preacceso/articulo/default.aspx?__rval=1&urlredirect=https://www.reforma.com/denuncian-cooperativistas-ante-eu-a-ex-jefe-de-uif/ar2338160?referer=—7d616165662f3a3a6262623b727a7a7279703b767a783a—.

[8] Comunicación dirigida al señor Guillermo Héctor Álvarez Cuevas, despacho jurídico Nixon Peabody LLP Abogados, 7 de junio de 2020. El documento lleva la firma de John Sandweg, socio de la firma, y Jerry Robinette, director de Investigaciones de esta, y está traducido por Mónica Geraldine Desvignes, perita traductora autorizada por el Tribunal Superior de Justicia de la Ciudad de México.

[9] Briseño González se convirtió en el director financiero de la cooperativa; Vázquez Paredes, en la tesorera; Cruz Romero, en secretario particular del consejo de vigilancia; Lara Avendaño, en secretario del consejo; Pérez Rivera, en encargado del hotel Meliá Azul; Julián Luis Ve-

lázquez Rangel, en director de Administración de Bienes y Gestión de Calidad; y Yolanda Ramírez Ramírez, en directora financiera de Cruz Azul Futbol Club, A. C.

[10] Miguel Badillo, "El delator de Billy Álvarez", *Oficio de Papel*, 25 de junio de 2020. Disponible en https://oficiodepapel.com.mx/contenido/2020/06/25/el-delator-de-billy-alvarez/.

[11] En una nota de enero de 2022 se decía que Junquera era propietario de un Lamborghini Aventador svj Roadster 2019, color amarillo, e incluso que lo estaba vendiendo en 16 millones de pesos, cosa que aparentemente era falsa. Véase Redacción, "El auto barato de Junquera", *Eje Central*, 3 de diciembre de 2020. Disponible en https://www.ejecentral.com.mx/el-auto-ba rato-de-junquera/.

[12] Tyler Palahniuk, "Hay una orden de aprehensión en contra de los hijos del abogado Ángel Junquera Sepúlveda: Un juez penal de la Ciudad de México ordenó la captura de los hijos de Ángel Junquera Sepúlveda, exabogado de Interjet", *Cobertura 360*, 9 de marzo de 2022. Disponible en https://cobertura360.mx/2022/03/09/la-opinion/hay-una-orden-de-apre hension-en-contra-de-los-hijos-del-abogado-angel-junquera-sepulveda/. Y Redacción, "Orden de aprehensión en contra de los hijos del abogado Ángel Junquera Sepúlveda", *Metrópoli Hoy*, 9 de marzo de 2022. Disponible en https://metropolihoy.com/orden-de-aprehen sion-en-contra-de-los-hijos-del-abogado-angel-junquera-sepulveda/#:~:text=El%20aboga do%20%C3%81ngel%20Junquera%20Sep%C3%BAlveda,%C3%81ngel%20y%20Mauri cio%20Junquera%20Fern%C3%A1ndez.

[13] Arturo Ángel, "De Cruz Azul a Gómez Mont: los casos bajo sospecha por presuntos nexos entre Scherer y abogados", *Animal Político*, 7 de febrero de 2022. Disponible en https://www.ani malpolitico.com/2022/02/casos-presuntos-nexos-scherer-abogados-cruz-azul-gomez-mont/.

[14] Raphael, *op. cit.*

[15] Eduardo Alavez, "Cooperativistas de Cruz Azul acusaron a un juez civil de 'violar reiteradamente la ley' a favor de los disidentes", *Infobae*, 25 de agosto de 2020. Disponible en https://www.infobae.com/america/deportes/2020/08/25/cooperativistas-de-cruz-azul-acusa ron-a-un-juez-civil-de-violar-reiteradamente-la-ley-a-favor-de-los-disidentes/.

[16] Julio Escobar, "Juzgador del TSJCDMX señalado por desacato en la UDLAP es el mismo que operó en contra del grupo mayoritario de la cooperativa Cruz Azul", *El Búnker*, 21 de octubre de 2021. Disponible en https://elbunkernoticias.com/juzgador-del-tsjcdmx-senalado-por-desca to-en-la-udlap-es-el-mismo-que-opero-en-contra-del-grupo-mayoritario-de-la-cooperati va-cruz-azul/.

[17] El artículo 400 bis del Código Penal Federal establece una serie de penas para la operación con recursos de procedencia ilícita. Dicho artículo fue reformado el 12 de noviembre de 2021 para incluir a quien "oculte, encubra o pretenda ocultar o encubrir la naturaleza, origen, ubicación, destino, movimiento, propiedad o titularidad de recursos, derechos o bienes, cuando tenga conocimiento de que proceden o representan el producto de una actividad ilícita". El juez Zeferín Hernández empleó este precepto para dictar una serie de órdenes de aprehensión por ilícitos cometidos antes de que tuviera lugar dicha reforma. Artículo disponible en https://mexico.justia.com/ federales/codigos/codigo-penal-federal/libro-segundo/titulo-vigesimotercero/capitulo-ii/.

[18] Diana Zavala, "Los nuevos directivos de Cruz Azul: 'Nuestro objetivo es sanear la empresa'", *Expansión*, 18 de agosto de 2020. Disponible en https://obras.expansion.mx/construc cion/2020/08/18/nuevos-directivos-cruz-azul-nuestro-objetivo-sanear-empresa.

15. Aleatica y Viaducto Bicentenario

[1] Redacción, "OHLA, la empresa constructora que está ligada a Peña Nieto", *Obras/Expansión*, 3 de agosto de 2022. Disponible en https://obras.expansion.mx/construccion/2022/08/03/ ohl-mexico-que-paso-pena-nieto.

NOTAS

² *Idem.*

³ Andrés Manuel López Obrador, "Tengo conocimiento que Yunes entregó a Peña los videos y este instruyó a Chong para entregarlos a *El Universal* y a medios y periodistas", Facebook, 27 de abril de 2017. Disponible en https://www.facebook.com/watch/?v=10156180917639782.

⁴ Al cobrar una cuota por el uso del Viaducto Bicentenario, la empresa incurre en un presunto delito, sancionado con hasta 12 años de cárcel y la pérdida de las obras e instalaciones.

⁵ Si bien Paulo Díez Gargari ha sido criticado por abogados cercanos a Scherer por ser asesor jurídico de Infraiber, una empresa contratista del gobierno del Estado de México encargada de auditar las autopistas en la entidad, ni la empresa ni el abogado parecen tener un interés económico contra Aleatica. De hecho, si el gobierno federal retomara la concesión del Viaducto Bicentenario, Infraiber muy probablemente perdería el contrato que actualmente tiene con el gobierno de la entidad.

⁶ Denuncia de Paulo Díez Gargari, *op. cit.*

⁷ García Álvarez había ocupado un puesto de tercer nivel en Seduvi, del cual saltó a Caminos y Puentes Federales, donde su tarea básicamente era responder solicitudes de transparencia.

⁸ Juan Araujo, en particular, fue contratado por una subsidiaria de Aleatica en 2020 para presentar una denuncia en contra de Paulo Díez Gargari en el Estado de México, una de cuyas pruebas principales consistió en una fe de hechos falsos elaborada por el notario de cabecera de Scherer, Guillermo Alberto Rubio Díaz. Por su parte, Rivera Gaxiola y Lagos Scherer fueron contratados por IFM para demandar por daño moral a Paulo Díez, además de que el despacho de ambos ha sido contratado por esa misma firma para defenderla en contra de las sanciones y requerimientos de la CNBV a Aleatica en relación con su falsa contabilidad.

⁹ Denuncia de Paulo Díez Gargari, *op. cit.*, p. 4.

¹⁰ Cuando el periodista Hans Salazar le preguntó si iban a retirarle a OHL la concesión del Viaducto Bicentenario, contestó: "Eso lo tiene que responder el secretario de Comunicaciones, estoy seguro de que está tomando nota y se va a revisar el contrato". AMLO recordaba bien de qué se trataba el asunto, pues afirmó: "Conocí ese caso cuando yo estaba en la oposición y lo denuncié, por eso también lo puedo repetir ahora, porque ya es público, lo denuncié y lo denuncié creo que en Chalco". Luego recordó en qué condiciones la empresa de Slim había quedado fuera de la jugada y terminó diciendo: "Esas cosas pasaban, sucedían. Hay que procurar que eso se acabe por completo". Véase Presidencia de la República, "Versión estenográfica de la conferencia matutina del presidente Andrés Manuel López Obrador, AMLO, 22 de junio de 2020". Disponible en https://lopezobrador.org.mx/2020/06/22/version-estenografica-de-la-conferencia-de-prensa-matutina-de-presidente-andres-manuel-lopez-obrador-2/.

¹¹ El 21 de abril de 2020 IFM le otorgó un poder a Alonso Rivera Gaxiola y a Rodrigo Lagos Scherer para que lo representaran en una querella contra Paulo Díez Gargari.

¹² Todo parece indicar que la firma de Arganis fue recortada de un PDF, por lo que resulta inválida, y se colocó sin su consentimiento, aprovechándose de que recién estaba dejando el hospital.

¹³ Casi un mes después de su publicación, en una comparecencia del 19 de noviembre ante la Cámara de Diputados, dijo que el tema del Viaducto Bicentenario todavía lo estaban revisando los abogados, y el 30 de ese mismo mes, en una entrevista para el canal ADN40, formuló una aseveración similar. Véase Denuncia de Paulo Díez Gargari, *op. cit.*, p. 39.

¹⁴ Denuncia de Paulo Díez Gargari, *op. cit.*, p. 30.

Nota para la reflexión

¹ "Cambio de titular en la Secretaría de la Función Pública", Andrés Manuel López Obrador, 21 de junio de 2021. Disponible en https://www.youtube.com/watch?v=N12l2Gf7-CE.

Traición en Palacio de Hernán Gómez Bruera
se terminó de imprimir en junio de 2023
en los talleres de
Impresora Tauro, S.A. de C.V.
Av. Año de Juárez 343, col. Granjas San Antonio,
Ciudad de México